Slightly Shady

사랑이 머무는 자리

Slightly Shady

사랑이 머무는 자리

AMANDA QUICK

사랑이 머무는 자리

아만다 퀵
이린 옮김

큰나무

이 린

이화여자대학교 정치외교학과를 졸업하고
해외 책을 국내에 소개하는 저작권 에이전시에 근무했다.
버지니아 울프와 J. R. R. 톨킨, E. M. 포스터, 19세기 유럽사에
심대한 사랑을 품고 있으며 앞으로도 좋은 책을 꾸준히 번역할 계획이다.

사랑이 머무는 자리

초판 인쇄 / 2001년 6월 20일
초판 발행 / 2001년 6월 25일

지은이 / 아만다 퀵
옮긴이 / 이 린
펴낸이 / 한익수
펴낸곳 / 도서출판 큰나무

등록 / 1993년 11월 30일(제5-396호)
주소 / 120-837 서울시 서대문구 충정로 3가 3-95 2층
전화 / 02) 365-1845 · 1846   팩스 / 02) 365-1847
통신 / 천리안 큰나무북   e-mail / BTREEPUB@chollian.net
홈페이지 / www.bigtreepub.co.kr

값 8,500원

ISBN 89-7891-116-1 03840

"만약 늦은 오후 아만다 퀵의 책을 손에 들었다면

밤새도록 놓지 못하게 될 것이다."

— The Denver Post

　사랑을 일컬어 '장미의 기적'이라고 했던 사람은 프랑스 소설가 장 주네였지요. 여기서 장미라는 존재는 단순한 꽃이 아니라, 신비와 몽상, 팬터지, 그리고 숨겨진 아름다움을 말합니다. 사랑을 하는 과정이 모두 자명하고 단순하다면, 우리가 겪게 되는 대부분의 혼란이란 아마 없을지도 모릅니다. 하지만 겹겹이 숨겨진 비밀을 벗기고 나타나는 '기적'이라는 이름 역시 얻지 못하겠지요. 그저 단순하며 확실한 일들만이 남게 되지 않을까요?

　기적 없는 삶은 얼마나 지루할까요. 사랑 없는 인생은, 장미를 보지 못하는 삶은 얼마나 공허할까요? 로맨스를 읽지 못하는 여름, 아만다 퀵을 읽지 못하는 계절은 참 길기만 할지도 모르지요.

　독특함과 열정, 서스펜스와 유머가 공존하는 내용으로 국내 독자들에게 친숙한 매력을 과시하는 아만다 퀵은 '한 번 책을 들면 놓지 못하게 하는 작가'라는 평을 듣고 있습니다. 이 신작 역시, 공포와 사랑이 공존하는 그녀만의 색깔이 짙게 배어나오고 있네요.

　　발랄한 재치와 엉뚱한 정숙함을 갖춘 라비니아 레이크는 침입자이자 사사건건 자신을 괴롭혀대는 토비어스 마치를 만납니다. 단순하게만 보였던 사건의 배후가 드러남에 따라 고약한 토비어스와 더 고약한 여자 라비니아는 실타래처럼 얽힌 사건들 속을 누빕니다. 때로는 열정적으로, 때로는 심각하게, 풍자와 웃음이 배인 점잖은 탐색을 펼치며 서로에게 차츰 몰입해 가는 거죠.

　　매력이라는 감정은 예기치 못한 방향에서 다가와 우리들에게 새로운 눈을 뜨게 해주는 역할을 하는 법. 그 과정은 복잡하고 힘든 사건들 속에서 유연한 태도를 잃지 않는 주인공들에 의해 정교하게 펼쳐집니다. 그리고 마침내, 매력의 마수에 걸린 이들이 서로를 향해 줄 수 있는 힘은? 바로 장미의 기적, 사랑의 힘 아닐까요. 우리 독자들 역시, 또 다른 장미향을 맡게 되는 것이겠고요.

　　여름에 로맨스를 읽는다는 행위를 저는 이렇게 생각합니다. 잠깐 동안 장미향에 취해 보는 것, 잠깐 동안 기적의 눈부심에 젖어 보는 것, 잠깐 동안 자기 아닌 자신을 발견하고, 일상에서 얻을 수 없는 향기에 숨막혀 보는 것이라고요.

　　독자 여러분들께서 이 여름을 책과 더불어 시원하게 보내시기를 기대해 봅니다.

이　린

프롤로그

침입자의 눈이 차갑게 빛났다. 그는 손을 들어 선반 위의 꽃병들을 쓸어버렸다. 섬세한 꽃병들이 거칠게 바닥에 부딪혀 수백 개의 파편으로 산산이 흩어졌다. 남자는 작은 조각상들이 있는 곳으로 몸을 움직였다.

"서둘러 짐을 챙겨 떠나는 게 좋을 거요, 레이크 부인."

그는 토기 접시들과 아프로디테 상 및 여러 조각상들 쪽으로 거친 시선을 던지며 말했다.

"마차가 15분 후면 출발할 거요. 짐을 꾸렸든 아니든, 당신과 당신 조카는 그 마차를 타게 될 거라는 점을 분명히 말해 두겠소."

라비니아 레이크는 계단 아래 서서, 자신의 도자기들이 깨지고 부서지는 광경을 무력하게 응시했다.

"당신에겐 이럴 권리가 없어요. 우리 집을 엉망으로 만들고 있다구요."

"정반대요, 부인. 난 당신 목숨을 구하고 있는 중이오."

그는 부츠발로 커다란 에트루리아 항아리를 흔들어댔다.

라비니아는 항아리가 마루에 쓰러져 박살나자 기겁을 했다. 저 무식한 남자에게 아무리 소리질러도 소용없다. 그가 가게를 깨부수기로 작정한 이상, 그녀에게 이 남자를 멈추게 할 방법은 없었다. 라비니아는 일찍이 인생에서 조용히 물러나야 할 때도 있다는 사실을 배운 바 있었다. 하지만 운명의 박해에 시달리면서도 평온하게 참는 방법까지는 배우지 못했다!

"여기가 영국이라면 당신은 당장 체포되었을 거예요, 마치 씨."

"하지만 여긴 영국이 아니잖소, 레이크 부인."

토비어스 마치는 방패를 찬 실물 크기의 군인 조각상을 잡더니 넘어뜨렸다. 로마 군인은 들고 있던 칼 위로 넘어졌다.

"여긴 이탈리아고, 내 명령에 따르는 것 외에 당신에게 다른 선택의 여지는 없소."

이 남자와 이치를 따져 봐야 소용없었다. 토비어스 마치를 설득하려고 애쓴 탓에 짐을 꾸릴 시간만 줄어들었을 뿐이었다. 그러나 그녀의 고집스러운 천성은 저항도 없이 싸움에서 물러나는 법을 몰랐다.

"악당."

라비니아가 잇새로 내뱉었다.

"이성적이지 못하시군."

그가 다른 줄에 놓인 적토 화병을 마루에 던졌다.

"하지만 당신이 말하고 싶어하는 게 뭔지 이해는 하오."

"당신이 절대 신사가 아니라는 점은 확실해요, 토비어스 마치."

"그 점에 대해선 당신과 다투고 싶지 않소."

그는 허리까지 오는 나체 비너스 상을 발로 찼다.

"당신도 전혀 숙녀가 아니지, 그렇지 않소?"

조각상이 부서져 가루가 되자 그녀의 몸이 굳어졌다. 그 누드 비너스 상은 단골들에게 대단히 인기 높았던 작품이었다.

"어떻게 이럴 수가? 내가 단지 생계를 꾸려가기 위해 이곳에 가게를 열었다는 이유만으로 모욕해도 되나요?"

"충분한 이유가 되오."

갑자기 그가 그녀에게 다가섰다. 희미한 등불 아래서, 그의 억제된 얼굴은 어떤 조각상보다도 차가워 보였다.

"당신이란 여자는 내가 쫓던 그놈들에게 어쩌다 말려든 바보일 뿐, 범죄조직이나 살인자들과 한 패가 아니라는 결론을 내렸소. 고마워하시오."

"당신이 한 말이라고는 그 악당들이 내 가게를 정보 교환 장소로 사용한다는 게 전부잖아요. 솔직히, 마치 씨, 당신의 막돼먹은 태도를 봐서는 당신 말 따위는 전혀 믿을 수 없어요."

그는 주머니에서 접혀진 한 장의 종이를 꺼냈다.

"이게 당신 꽃병에 숨겨져 있던 걸 부인하겠소?"

라비니아는 그 저주받을 쪽지를 응시했다. 불과 몇 분 전에 이 남자가 사랑스러운 그리스 화병을 산산조각 내는 광경을 애통하게도 그냥 지켜봐야만 했다. 그리고 꽃병 안에는 어떤 녀석이 자기 두목에게 쓴 것으로 추정되는 쪽지가 감춰져 있었다. 해적과의 거래가 성공적으로 진행중이라는 내용이었다.

라비니아는 뺨을 부풀렸다.

"고객 한 명이 개인적인 기록을 떨어뜨리고 간 게 내 잘못은 아니에요."

"한 명이 아니오, 레이크 부인. 여러 명의 악당이 당신 가게를 몇 주 동안이나 이용해 왔소."

"어떻게 그 사실을 알았죠?"

"난 이 건물과 당신을 거의 한달 동안 감시했소."

그가 내뱉은 뜻밖의 고백에 그녀의 눈이 순수한 놀람으로 커졌다.

"날 감시하면서 한달을 보냈다는 말인가요?"

"처음에는 로마에 있는 칼라일의 조직에 당신이 적극 가담하고 있다고 생각했었소. 한참 지켜보고 나서야 소위 '고객'들에 대해서 당신 자신은 아는 게 없다는 결론을 내릴 수 있었소."

"멋지군요."

그는 조롱 섞인 시선을 던져왔다.

"지금 그 말은 그놈들이 들락거린 이유와 조직에 대해 알고 있다는 뜻이오?"

"그런 말이 아니에요."

그녀는 자기 목소리가 커졌다는 걸 알았지만 어쩔 수 없었다. 이제껏 이토록 화가 나거나 공포에 질린 적이 있었는지 생각나지 않았다.

"난 그 사람들이 정직한 골동품 애호가들이라고 믿었어요."

"정말이오?"

토비어스는 높은 선반 위에 가지런히 놓인 어두운 초록색 유리 항아리 수집품들을 응시했다. 그의 미소는 차가웠다.

"그럼 당신은 얼마나 정직하지, 레이크 부인?"

그녀는 몸을 경직시켰다.

"무슨 뜻이죠?"

"아무 뜻도 아니오. 난 그저 이 가게에 있는 물건 거의가 고대 예술품을 복제했다고 말하는 거요. 진품은 거의 없지."

"당신이 어떻게 알아요?"

그녀가 맞받았다.

"고미술품에 대해 전문가라고는 하지 말아요. 말도 안 되는 주장이니까. 당신이 학술적인 연구가라고 할 수 있어요? 내 예술품에 이런 횡포를 부리고 나서 말이에요."

"맞소, 레이크 부인. 난 그리스와 로마 골동품 전문가는 아니오. 그저 전문 직업인이요."

"말도 안 돼요. 단순한 전문 직업인이 왜 칼라일이라는 악당을 쫓아 로마까지 와야 한단 말이죠?"

"내 의뢰인 중 한 명이 베넷 러클랜드라는 남자의 행방을 알려달라고 날 고용했소. 난 그 일 때문에 온 거요."

"그 사람이 어떻게 되었는데요?"

토비어스는 그녀를 쳐다보았다.

"그는 로마에서 살해당했소. 내 의뢰인은 칼라일이 지휘하는 조직에 대해 베넷이 너무 많은 비밀을 아는 바람에 살해당했다고 믿고 있지."

"가능한 이야기군요."

그는 다른 항아리를 바닥에 던졌다.

"떠날 시간까지 십 분 남았군, 레이크 부인."

희망이 없었다. 라비니아는 치맛자락을 두 손에 꼭 쥐고 계단을 오르기 시작했다. 하지만 어떤 생각이 떠올라 계단 중간에서 멈췄다.

"당신 의뢰인을 대신해서 살인자를 탐문하는 일 말예요. 좀 수상한 직업처럼 보이는군요."

그가 작은 로마산 기름 램프를 박살냈다.

"가짜 골동품을 파는 직업보다 수상하지는 않소."

라비니아는 부아가 났다.

"아까도 말했지만, 그것들은 가짜가 아니에요. 기념품용으로 복제된 것들이라구요."

"마음대로 생각하시오. 내겐 위조품에 아주 가까워 보일 뿐이니까."

그녀는 보일락 말락 미소지었다.

"하지만 당신 입으로 골동품 전문가는 아니라고 말했잖아요? 그
저 전문 직업인일 뿐이죠."

"떠날 시간까지 겨우 8분 남았군, 레이크 부인."

그녀는 긴장이 커지면 언제나 하던 버릇대로 목에 건 은제 펜던
트를 만지작댔다.

"당신을 괴물 같은 건달로 봐야 할지 아니면 단순히 미친 사람으
로 판단내려야 할지 결정할 수가 없군요."

그는 싸늘하게 반문했을 뿐이었다.

"무슨 차이가 있소?"

"없어요."

정말 어떻게 이런 일이 있을 수가. 그에게 굴복하는 것 말고 그녀
에게는 다른 선택의 여지가 없었다.

좌절과 분노의 신음을 내뱉으며, 그녀는 계단을 황급히 올라갔다.
작고 어둠침침한 램프 불이 걸린 방에 도착했을 때, 라비니아는 주
어진 이 상황을 한껏 즐기고 있는 에멀린을 발견했다. 자신과는 아
주 다른 모습이었다. 두 개의 중간 크기와 한 개의 대형 트렁크가
활짝 열린 채 놓여 있었고, 작은 트렁크는 이미 꽉 차서 터지기 일
보 직전이었다.

"맙소사, 이모가 와서 정말 다행이에요."

에멀린이 옷장 안에서 머리만 쏙 내민 채, 낮은 목소리를 냈다.

"왜 이렇게 오래 걸렸어요?"

"마치 씨에게 이 오밤중에 우리를 거리로 내몰 권리가 없다고 설
득하려 애써 봤단다."

"그분은 우릴 거리로 내몰고 있는 게 아니에요."

에멀린이 팔에 골동품 화병을 소중히 껴안고 옷장에서 빠져나왔
다.

"우리가 안전하게 영국까지 갈 수 있도록 교통편에다가 두 명의

호위까지 제공했잖아요. 정말 너그러운 분이에요."

"말도 안 돼. 그 남자에게 무슨 너그러움이 있단 말이니. 그저 게임을 즐기는 것뿐이야. 우릴 내쫓으려고 안달이 났더구나."

에멀린은 화병을 천으로 둘둘 감느라 바빴다.

"그분은 이 가게를 연락처로 이용하고 있다던 범죄조직 두목 칼라일 때문에 우리가 심각한 위험에 처했다고 생각하는 거예요."

"하지만 우리가 그에게서 들은 건, 로마를 무대로 활동하는 무슨 범죄조직이 있다는 정도잖니."

라비니아는 찬장을 열었다. 미끈하게 잘생긴 얼굴의 귀족적인 아폴로 상이 그녀를 응시했다.

"우선 나는 그 남자가 하는 이야기는 한 마디도 믿을 수가 없구나. 자기가 음험한 목적이 있어서 이곳을 이용하려는 것 아니겠니?"

"전 그분이 진실을 말했다고 봐요."

에멀린이 세 번째 트렁크에 쿠션을 쑤셔넣었다.

"만약 이모 말이 맞다고 해도 우리가 위험에 처한 건 사실이에요."

"정말로 질 나쁜 범죄조직이 관련된 거라면 말이다, 그 두목이 토비어스 마치라고 해도 난 놀라지 않겠어. 자기 입으로야 단순한 전문 직업인이라고 하지만 알게 뭐니. 그 남자는 악마적인 데가 있다구."

"이모는 지금 너무 흥분하셔서 극단적으로 상상하고 있어요. 그럴 때면 사물을 이성적으로 판단하지 못한다는 걸 스스로도 잘 아시잖아요."

도자기가 박살나는 소리가 층계참에서 울려 퍼졌다.

"저 빌어먹을 남자."

라비니아가 투덜댔다.

에멀린은 고개를 약간 기울이고는 그 소리를 듣느라 짐을 싸던 손길을 멈췄다.

"우리가 반달 족(고대 유럽을 강탈했던 야만족)과 강도들의 희생자라는 걸 보이고 싶은가 보죠. 그렇지 않겠어요?"

"가게를 휘저어 놓으면, 칼라일은 자기 정체가 누설되었다는 걸 의심하지 않을 거라고 말하더구나."

라비니아는 벽장에서 아폴로를 꺼내려고 낑낑댔다.

"하지만 그것도 거짓말일걸. 그 남자는 지금 아래층에서 신나게 부숴대고 있단다. 완전히 정신나간 사람처럼 말이다."

"그렇지 않을 거예요."

에멀린이 다른 화병을 싸려고 옷장으로 돌아갔다.

"이 모든 일 중 유일한 행운은 말이다,"

라비니아는 아폴로의 가슴에 팔을 두르고는 벽장에서 꺼냈다.

"진품들을 여기 위층에 둔 거지. 이것들을 아래층의 가짜하고 나란히 진열해 놓았더라면 무슨 일이 일어났을까 생각하기만 해도 소름끼쳐. 마치는 진짜고 가짜고 간에 몽땅 박살내버렸을 것 아니니."

"제 생각에는 우리가 칼라일의 일당이 아니라고 그분이 생각한 것 자체가 제일 행운이라고 봐요."

에멀린은 화병을 싸서 트렁크에 넣었다.

"우리가 죄 없는 바보들이 아니라, 악당들과 관계 있다고 여겼다면 무슨 일이 일어났겠어요? 생각만 해도 등골에 식은땀이 흘러요."

"유일한 수입원을 전부 망쳐놓고 우리를 집에서 쫓아내는 일보다 더 고약한 일이 또 있겠니."

에멀린은 그들을 둘러싼 오래된 돌벽을 쳐다보고는 고상하게 코웃음쳤다.

"이 불편한 방을 집이라고 부르지 마세요. 난 조금도 여길 그리워하지 않을 거예요."

“우리가 런던에서 무일푼으로 거리를 헤맬 때가 오면, 넌 분명히 여기를 그리워하게 될 거다.”

“아네요.”

에멀린이 타월로 감싸인 화병을 두드렸다.

“영국으로 돌아가면 우린 이 골동품들을 팔 수 있어요. 구식 화병과 조각상을 수집하는 게 유행이잖아요. 이걸 팔아서 번 돈으로 집도 빌릴 수 있을 거예요.”

“오래 가진 않아. 이 물건들을 처분해서 여섯 달 정도는 버티겠지만, 마지막 골동품을 팔면 우리는 필사적인 상황에 처할 거야.”

“긍정적인 쪽으로 좀 생각해 봐요. 이모는 항상 그래 왔잖아요. 우리의 고용주가 그 근사한 백작하고 달아나는 바람에 정처 없이 로마로 흘러온 건 사실이에요. 하지만 우리가 얼마나 잘해 왔는지 좀 보세요. 골동품 사업에 뛰어들 때만 해도 이모는 긍정적으로 생각했잖아요.”

라비니아는 순전히 의지의 힘으로 좌절의 고함소리를 억눌렀다. 재앙이 닥칠 때마다 자신에게 쏟아지는 에멀린의 신뢰 때문에 정말 미칠 지경이었다.

“아폴로를 옮기게 좀 도와다오.”

그녀가 말했다.

라비니아가 커다란 누드 조각상을 방을 가로질러서 끌고 가는 모양을 에멀린이 의심스럽다는 듯 지켜보았다.

“그건 트렁크 대부분을 차지할 거예요. 조각상은 놔두고, 대신 화병 몇 개를 꾸리는 게 낫지 않을까요?”

“아폴로야말로 화병 몇십 개와 맞먹는 가치가 있어.”

라비니아는 방 중간 정도에서 숨을 깊이 들이쉬려고 열심히 애썼다. 그리고는 조각을 고쳐 잡았다.

“이건 우리 물건들 중 최고로 가치 있는 골동품이라구. 이걸 가져가야 해.”

“트렁크에 아폴로를 집어넣으면, 이모의 책들을 넣을 자리가 없어질 텐데요.”

에멀린이 부드럽게 말했다.

라비니아의 뱃속이 꼬이는 듯했다. 그녀는 영국에서 가져왔던 시집들로 가득 찬 선반을 둘러보았다. 이것들을 놔두고 가야 한다는 생각만 해도 참을 수가 없었다.

“난 시집들을 다시 모을 수 있어.”

그녀는 조각상을 더욱 꽉 쥐었다.

“결국엔 말야.”

에멀린은 라비니아의 얼굴을 살피며 머뭇거렸다.

“정말 괜찮겠어요? 이 책들이 이모한테 얼마나 큰 의미를 갖는지 난 알고 있어요.”

“아폴로가 더 중요해.”

이로써 얘기는 끝났다. 에멀린은 아폴로 상의 다리 아래 부분을 잡으려고 몸을 숙였다.

부츠발 소리가 계단에 울려 퍼졌다. 토비어스 마치가 문가에 나타났다. 그는 트렁크를 흘낏 보더니, 라비니아와 에멀린을 쳐다보았다.

“지금 당장 떠나야 하오.”

그가 말했다.

“10분이라도 더 지체하게 해서 위험을 무릅쓸 생각은 없소.”

라비니아는 그의 머리에 화병을 던지고 싶은 욕망을 느꼈다.

“난 아폴로를 두고 가지 않겠어요. 우리가 런던에 도착하면 이 물건이 우리를 빈민굴에서 구해 줄 유일한 물건이 될지 모른다구요.”

에멀린이 우거지상을 했다.

“제발, 이모. 너무 과장하지 마세요.”

“완전한 진실이야.”

라비니아가 퉁명스럽게 말했다.

“그 빌어먹을 조각상을 내게 주시오.”

토비어스가 그들에게 다가섰다. 그는 조각을 끌어당겨 팔에 안았다.

“내가 트렁크에 집어넣지.”

에멀린이 따스하게 미소지었다.

“고마워요. 좀 무겁거든요.”

라비니아는 역겹다는 듯 코웃음쳤다.

“그에게 감사하지 마, 에멀린. 오늘밤의 이 모든 난리가 저 남자 때문 아니니.”

“감사하오.”

토비어스가 건조하게 말했다. 그는 트렁크에 조각을 넣었다.

“또 없소?”

“있어요.”

라비니아가 재깍 대답했다.

“문가에 놓인 저 항아리요. 보기 드물게 탁월한 작품이죠.”

“이 트렁크에 안 들어갈 것 같은데.”

토비어스가 뚜껑을 잡고는 그녀를 쳐다보았다.

“아폴로와 항아리 중에서 선택해야 하오. 둘 다 가져갈 순 없소.”

그녀의 눈이 의심으로 가늘어졌다.

“당신이 그걸 가지려는 거군요, 내 항아리를 훔치려는 수작이에요.”

“분명히 말해 두겠는데, 레이크 부인, 난 저 빌어먹을 항아리에 손톱만큼도 관심 없소. 아폴로요, 항아리요? 당장 고르시오.”

“아폴로요.”

그녀가 웅얼댔다.

에멀린은 서둘러 아폴로 상 주변에 널린 나이트 가운과 신발들을
챙겼다.

"준비 다 됐어요. 마치 씨."

라비니아가 딱딱하게 미소지었다.

"준비가 끝났어요. 지금은 그저 오늘밤 당신이 저지른 짓에 대해
언젠가는 다 되갚아줄 수 있길 바랄 뿐이에요, 마치 씨."

그는 트렁크를 소리나게 닫았다.

"그건 협박이오, 레이크 부인?"

"마음대로 생각해요."

그녀는 한 손에는 손가방을, 다른 손에는 여행용 외투를 집어들
었다.

"가자, 에멀린. 마치 씨가 우리가 나가기도 전에 이곳을 태워버리
겠다고 마음먹기 전에 떠나야 해."

"그렇게 이상한 소리는 그만 두세요."

에멀린이 자신의 코트와 보닛을 집어들었다.

"난 이 상황에서 마치 씨가 대단히 사리에 맞게 행동하고 있다는
생각이 들어요."

토비어스가 머리를 숙였다.

"도와줘서 고맙소, 에멀린 양."

"라비니아 이모의 말에 신경 쓰지 마세요. 긴장할 때마다 이성을
잃거든요. 이모 천성이죠."

토비어스가 차가운 눈길을 라비니아에게 던졌다.

"이미 확인해서 알고 있소."

"당신이 이해하시기를 바라요. 오늘밤 일어난 이 모든 날벼락에,
시집들까지 두고 가야 한다구요. 이모한테는 정말 힘든 결정이죠.
당신도 아시겠지만, 이모는 시를 좋아하거든요."

"오, 제발!"

라비니아는 외투를 어깨에 휙 걸친 후 쏜살같이 문을 나섰다.

"난 이 한심한 대화를 더 이상 듣고 싶지 않아요. 어쨌든 한 가지는 분명하군요. 난 지금 당장 당신의 불쾌한 존재로부터 벗어나고 싶은 기분이에요, 마치 씨."

"내 가슴에 상처를 주는군, 레이크 부인."

"내가 바란 만큼은 아닐 걸요."

그녀는 층계에 멈춰서서 그를 쳐다보았다. 그는 상처 입은 것처럼 보이지 않았다. 그러긴커녕, 엄청나게 위압적으로 보였다. 트렁크 중 하나를 수월하게 들고 있는 모습이 그의 뛰어난 육체적 능력을 입증하고 있었다.

"집으로 가게 되어 기뻐요."

에멀린이 층계로 다가왔다.

"이탈리아는 여행하기엔 정말 좋지만, 그래도 영국이 그리웠거든요."

"나도 그래."

라비니아는 토비어스 마치의 넓은 어깨에서 눈을 휙 떼고, 발을 구르며 내려왔다.

"여기서의 일은 순전히 악몽이었어. 저 소름 끼치는 언더우드 부인하고 로마를 여행하자던 게 누구 생각이었지?"

에멀린이 목소리를 가다듬었다.

"이모였던 것 같은데요."

"이 다음에 내가 그렇게 정신나간 제안을 하면 정신 깨는 약이라도 내 코밑에 놓아주렴, 에멀린. 그 정도는 해주겠지?"

"그때에는 그 제안이 분명히 멋진 일처럼 보였을 거요."

토비어스가 그녀의 뒤에서 말했다.

"정말 그랬죠."

에멀린이 온화하게 대꾸했다.

"이모는 이렇게 말했었어요. '로마에서 얼마나 멋질지 생각해 봐. 온통 골동품에 둘러싸여서 말야.' 또 이랬죠. '전부 언더우드 부인 비용이라구.' 이렇게도 말했어요. '우린 고급 취향을 지닌 사람들 덕분에 멋진 생활을 즐기게 될 거야'."

"이제 됐다, 에멀린."

라비니아가 말을 가로챘다.

"그 일이 한 번쯤은 배울 만한 경험이 됐다는 걸 너도 알잖니."

"다양한 경험이었을 거라고 생각하는데."

토비어스가 다소 심드렁하게 말했다.

"소문에 의하면 언더우드 부인은 추잡한 파티를 열곤 했다는데, 그게 사실이오?"

라비니아는 이를 뿌드득 갈았다.

"단지 좋지 않은 상황에서 한두 번의 사소한 소란이 있었을 뿐이에요."

"사실 그 파티는 좀 끔찍했어요."

에멀린이 끼어들었다.

"이모와 난 파티가 끝날 때까지 침실문을 잠그고 있어야 했죠. 하지만 진짜 황당했던 사건은, 어느 날 아침에 일어나 보니 언더우드 부인이 백작 나리하고 달아난 걸 발견한 거예요. 그 덕분에 우린 돈 한푼 없이 오도가도 못하고 남겨졌죠."

"그럼에도 불구하고,"

라비니아가 강하게 말을 이었다.

"우린 어려움을 극복하고 아주 잘 해나가는 중이었어요. 바로 당신, 마치 씨가 우리 사업에 끼어들기 전까지는."

"날 믿으시오, 레이크 부인. 이 일에 대해서 나보다 더 유감인 사람은 없소."

그녀는 층계 발치에 멈춰 서서 깨어진 도자기와 조각상이 가득 흩어진 꼴을 쳐다보았다. 그가 모든 것을 파괴했어, 라비니아는 멍하니 생각했다. 깨지지 않은 화병은 하나도 없었다. 한 시간도 채 안 걸려서 그는 거의 넉 달간 쌓아올린 사업을 가루로 만들어 버린 것이다.

"당신이 나만큼 유감스러워하리라곤 믿을 수 없군요, 마치 씨."

그녀는 손가방을 꽉 쥐고, 파편들 사이를 헤치고 문까지 걸어갔다.

"이 재앙은 순전히 당신 탓이라는 게 내 생각이거든요."

마침내 토비어스의 귀에 가게의 뒷문이 열리는 소리가 들려온 것은 아직 동이 트기 전이었다. 그는 어둑어둑한 계단에서 손에 총을 든 채 기다렸다.

한 남자가 램프를 들고 뒤쪽 방에서 나타났다. 그는 도자기 파편들을 발견하고 끌어모으기 시작했다.

"제기랄."

그러더니 계산대 위에 등불을 올려놓고 잽싸게 방을 가로질러 커다란 화병의 파편들을 조사했다.

"제기랄."

그는 다시 중얼대며 파괴된 물건들을 살피고 돌아다녔다.

"염병할!"

토비어스가 그 남자에게 한 발 다가섰다

"무엇을 찾고 계시나, 칼라일?"

칼라일은 아주 조용했다. 약하게 흔들리는 램프 불빛 아래, 그의 얼굴은 냉혹한 악마의 가면처럼 보였다.

"누구냐?"

"당신은 날 모를걸. 베넷 러클랜드의 친구가 당신을 찾으라고 나를 보냈지."

"러클랜드라. 오, 그래. 미리 염두에 뒀어야 했는데. 제길."

칼라일이 엄청나게 빠른 속도로 움직였다. 그는 손을 올려 총을 겨누더니 일 초의 망설임도 없이 쏠 준비를 했다.

토비어스는 이미 장전한 상태였다. 그가 먼저 권총의 방아쇠를 당겼다.

그러나 탄환은 발사되지 않았다. 급히 주머니에서 두 번째 권총을 꺼냈지만 이미 너무 늦었다.

칼라일이 권총을 쏘았다.

토비어스는 왼쪽 다리가 몸에서 떨어져나가는 듯한 느낌을 받았다. 충격 때문에 그는 뒤로 날아가서 굴렀다. 그리고는 계단 기둥을 잡으려 버둥대다가 권총을 떨어뜨리고 말았다. 어떻게 했는지는 모르겠지만, 계단 아래로 머리부터 굴러 떨어지는 것은 간신히 모면했다. 그러나 칼라일은 이미 두 번째 권총을 준비하고 있었다.

토비어스는 계단 위로 다시 기어오르려 애썼지만 왼쪽 다리를 제대로 움직일 수가 없었다. 간신히 손과 오른쪽 다리를 바닷게처럼 저으며 계단을 올라가기 위해 힘을 쥐어짰다. 순간 바닥에 고인 액체에 발이 미끄러졌다. 자신의 허벅지에서 흘러나온 피였다.

바로 그 아래에서 칼라일이 조심스럽게 계단으로 향했다. 그가 두 번째 총알을 발사하지 않은 것은 어둠이 짙어 목표물을 분명히 포착할 수 없기 때문이었다.

어둡다는 것만이 토비어스의 희망이었다.

그가 간신히 문가에 도착해 안으로 들어가려 할 때 라비니아가 두고 간 무거운 항아리가 손에 닿았다.

"권총이 불발되는 것처럼 성가신 일도 없지, 안 그래?"

칼라일이 정말 유쾌하게 말을 걸었다.

"게다가 총까지 떨어뜨리다니. 꼴사납군. 정말 한심해."

그는 이제 날랜 속도로 확실하게 계단을 오르는 중이었다.

토비어스는 항아리를 굴려서 자기 쪽으로 끌어당긴 다음 제대로 숨을 쉬려 애썼다. 고통 때문에 왼쪽 다리가 불타는 것처럼 느껴졌다.

"나를 잡으라고 자네를 고용한 놈이 말해 주기는 했나? 목을 간수해서 영국에 돌아가지 못할 거라는걸?"

칼라일이 계단 중간에서 물었다.

"내가 블루 쳄버의 멤버였다는 것도 알려주던가? 그게 무슨 의미인지 알고는 있냐구."

딱 한 번의 기회밖에 없어. 토비어스는 스스로에게 말했다. 적절한 때가 올 때까지 기다려야 해.

"네놈이 이 일로 얼마를 챙겼는지 모르지만, 결코 충분한 액수는 아니었다는 걸 알아두라구. 그 거래를 받아들이다니 넌 바보야."

칼라일이 점차 가까이 다가왔다. 그의 목소리에는 잡아놓은 먹이를 조롱하는 듯한 즐거움이 역력히 드러나 있었다.

"목숨을 대가로 치러야 하니까 말야."

토비어스는 남은 힘을 전부 쥐어짜서 그 커다란 항아리를 떠밀었다. 둥그런 화병은 계단을 향해 빠른 속도로 굴러갔다.

칼라일이 계단 꼭대기에서 멈춰섰다.

"뭐야, 이 소리는?"

항아리가 그의 다리에 부딪쳐 깨지자 칼라일은 비명을 질렀다. 균형을 잡으려고 손톱으로 벽을 긁어대며 버둥거렸지만 소용없는 일이었다.

사람이 넘어지면서 여기저기 부딪히는 둔탁한 소리와 비명소리가 울려 퍼졌다. 갑자기 쿵하는 소리가 육중하게 울리더니 그 후로는 마치 아무 일도 없었다는 듯 침묵이 내려앉았다.

그리고도 몇 분이 더 지난 후에야 토비어스는 침대보를 벗겨 길게 찢어낸 후, 왼쪽 다리를 동여맸다. 다리를 끌 때마다 머리가 흔들렸다.

　비틀거리는 몸을 끌고 계단 중간쯤에 다다르자 토비어스는 거의 기절하기 일보직전이었다. 하지만 간신히 버티고 서서는 아래를 내려다보았다. 칼라일은 계단 끝에서 목이 이상한 각도로 뒤틀린 채 누워 있고 그 주위를 항아리의 파편들이 장식했다.

　"그녀는 아폴로 상을 선택했었지."

　토비어스는 죽은 남자를 향해 속삭였다.

　"이제 와서 하는 말이지만, 올바른 결정이었어. 그 여자의 직관은 정말 뛰어나다니까."

1

그에게 일기를 팔았던 신경질적이고 자그만 체구의 남자는 협박이 위험한 사업임을 경고했다. 이 시종의 일기에 쓰인 작은 정보만으로도 사람을 죽게 만들 수 있었다.

하지만 떼돈을 벌게 하기도 하지, 홀튼 펠릭스는 생각했다.

몇 년간 지옥 같은 도박장에서 구르며 먹고산 그는 위험에 익숙했고, 결단력이 모자라거나 주사위를 굴리는 일에 도가 트지 못한 사람들한테 돌아가는 건 아무것도 없다는 사실 또한 익히 알고 있었다.

그 남자는 멍청이가 아니었어. 그는 펜촉에 잉크를 살짝 묻히면서 중얼거리고는 글을 계속 썼다. 협박 사업은 오랫동안 지속할 게 못 되었다. 그는 그저 자신을 짓누르는 빚더미를 청산할 정도의 돈만 벌면 바로 손을 뗄 작정이었다.

하지만 일기는 계속 갖고 있어야 할 듯했다. 다시 빚을 지게 되면 이 속에 담긴 비밀들이 요긴하게 쓰일지도 모른다.

순간 노크소리가 들려 그는 소스라치게 놀랐다. 방금 완성한 협박장의 마지막 줄을 힐끗 보았다. 잉크 한 방울이 떨어져 있다. 그것을 보자 화가 치밀었다. 자신의 편지에서 드러나는 재치와 명확성에 관해서 그는 자부심을 갖고 있었다. 단어 하나하나의 의미가 제대로 전해지게끔 얼마나 노력해 왔던가.

만약 혼자 힘으로 이 빚더미 지옥에서 빠져나오느라 버둥대지 않았으면 위대한 작가나 제2의 바이런(영국의 시인)이 될 수도 있었을 것이다.

해묵은 분노가 그를 관통했다. 만약 인생이 거지같이 불공평하지만 않았어도 모든 일이 훨씬 쉬웠을 텐데.

만약 아버지가 카드내기 결투에서 죽지 않았더라면? 절망의 늪에 빠진 어머니가 그의 나이 겨우 16살에 열병에 걸려 죽지 않았다면? 그랬다면 그가 무슨 일을 해낼 수 있었을지 누가 알겠는가? 다른 남자들이 갖고 있는 것들을 다만 얼마라도 받을 수 있었다면!

그는 협박꾼으로 타락했다. 하지만 언젠가는 자신이 마땅히 누렸어야 할 지위에 오르고 말리라. 그는 맹세했다. 언젠가는·!

노크소리가 다시 울렸다. 틀림없이 빚쟁이 중 한 명일 터였다. 마을 상점 여기저기에 차용증을 남발했었으니.

그는 편지를 구겨버리고 급히 일어섰다. 방을 가로질러 창가로 가서 커튼을 젖히고 밖을 내다보았다. 좀전에 노크했던 사람이 누군지 모르겠지만, 기다리지 않고 가버렸다. 하지만 문가에 무슨 꾸러미를 남겨둔 것 같았다.

그는 문을 열고 꾸러미를 집으려 몸을 굽혔다. 순간 두꺼운 코트를 입은 사람의 형체가 뛰어나오는 것이 얼핏 시야에 들어왔다.

습격자가 무시무시한 힘으로 그의 뒤통수를 내리쳤다. 순식간에 모든 것이 끝나고, 홀튼 펠릭스는 엄청난 빚에서 자유롭게 되었다.

2

죽음의 악취가 진동했다. 라비니아는 불 켜진 방의 문가에서 숨을 참으며 서둘러 손수건을 꺼냈다. 이게 도대체 무슨 일이람? 전혀 상상해 본 적도 없는 상황이었다. 그녀는 자수가 놓인 리넨 천으로 코를 막은 후, 몸을 돌려 달아나고 싶은 충동과 싸웠다.

홀튼 펠릭스의 몸은 난로가 앞에 대자로 뻗어 있었다. 처음엔 상처가 보이지 않아 혹시 그가 심장발작으로 사망한 건 아닌지 의심했다. 하지만 곧 남자의 두개골 형태가 끔찍하게 일그러져 있는 것이 보였다.

보나마나 펠릭스에게 협박을 받은 다른 피해자가 그녀보다 앞서 도착했던 것이리라. 그녀는 펠릭스가 아주 간교한 악당은 아니었다는 사실을 상기했다. 은밀한 탐문을 필요로 하는 이런 사업에 초보자인 그녀조차 협박 편지를 받고 얼마 지나지 않아 그의 정체를 알아낼 수 있었다.

일단 그의 주소를 알아낸 후, 라비니아는 이웃의 하녀와 요리사 몇 명과 이야기를 나누었다. 펠릭스가 밤마다 도박장에 가는 버릇이 있다는 사실을 알아낸 그녀는 그의 집을 뒤지려고 오늘밤 이곳에 왔던 것이다.

그가 자신의 편지에서 아주 커다란 가치가 있다고 떠들었던 그 일기를 찾아야 했다.

불안감에 위가 꼬이는 것을 느끼며, 그녀는 작은 방을 수색했다. 여전히 난로가에선 불이 기세 좋게 타오르고 있는데도 등골에 식은 땀이 흘렀다. 이제 어떻게 해야 할까? 그 살인자는 펠릭스를 죽인 것으로 만족하고 그냥 물러갔을까, 아니면 소지품을 뒤져 그 일기를 찾아냈을까?

해답을 알 길은 딱 하나뿐이다. 원래 계획대로 펠릭스의 소지품을 수색해야 한다.

라비니아는 억지로 발을 옮겼다. 그 끔찍한 광경을 향해 나아가려면 공포라는 보이지 않는 벽을 밀어낼 의지력이 필요했다. 사그라드는 불꽃의 일렁이는 빛이 벽면에 소름 끼치는 그림자를 드리우고 있었다. 그녀는 시체를 보지 않으려고 애썼다.

가능한 한 숨을 안 쉬려고 노력하며, 그녀는 어디서부터 시작해야 할까 고민했다. 펠릭스는 숙소를 단순하게 꾸며 놓았다. 그가 빚에 시달리던 것을 생각해 보면 그리 놀랄 일도 아니었다. 분명히 그는 빚을 갚기 위해 촛대나 테이블을 팔아치운 적이 있을 것이다. 하인이 그녀에게 해준 이야기에 따르면 펠릭스란 인간은 잽싸다는 소문이 파다했다. 돈을 챙길 기회라면 놓치지 않고 달려드는, 절조 없는 기회주의자라고도 했다. 협박은 노름꾼의 경력을 가진 펠릭스가 그간 꾸며 왔던 수없이 많은 불유쾌한 사업 계획들 중 하나에 불과하리라. 그러나 결국 그마저도 실패로 돌아간 것이 분명했다.

라비니아는 창문 가까이에 놓인 책상을 보며 살인자가 이미 서랍을 뒤졌더라도 그곳에서부터 시작해 보기로 마음먹었다. 자기가 살인자라면 여기부터 뒤지기 시작했을 게 분명했다.

그녀는 펠릭스의 시체에서 가능한 한 멀리 돌아 서둘러 목표 지점으로 갔다. 책상 위는 펜과 잉크병을 비롯해 자질구레한 것들로 어질러져 있었고, 여분의 잉크를 빨아들일 때 쓰는 모래와 밀랍을 녹여내는 금속 쟁반도 있었다.

서둘러 책상 오른편 서랍 세 개 중 첫번째 것을 열었다. 그때, 어떤 감각이 엄습해 그녀의 목덜미 잔털이 쭈뼛 곤두섰다.

등뒤에서 조용하면서도 단호한 부츠 소리가 울렸다. 숨이 멎을 듯한 공포가 닥쳐왔고 심장이 너무도 빠르게 고동치는 바람에 난생 처음으로 기절할 것 같은 기분이 들었다.

살인자가 아직도 이 집에 있었던 것이다!

한 가지는 분명했다. 기절이라는 사치스런 여유를 부릴 때가 아니다.

라비니아는 뭔가 무기가 될 만한 것을 찾으려고 책상 위에 놓인 물건들을 뒤적이다가 펜나이프를 움켜쥐었다. 작고 그다지 날카롭지도 않았지만 그밖에 달리 적당한 것이 없었다.

무기를 꼭 쥔 채 그녀는 몸을 돌려 살인자를 바라보았다. 컴컴한 문가에 그의 모습이 희미하게 떠올랐다. 전체적인 윤곽만 드러날 뿐 남자의 얼굴은 그림자에 가려 보이지 않았다.

남자는 다가오지 않고 문설주에 느긋이 한쪽 어깨를 기대며 가슴팍에 팔짱을 끼었다.

"혹시 아는지 모르겠소, 레이크 부인."

토비어스 마치가 말했다.

"당신과 내가 언젠가는 또 만날 것 같은 느낌이었지. 이렇게 흥미진진한 상황에서 만날 줄은 몰랐지만 말이오."

입을 떼기 위해선 최소한 두 번 침을 삼켜야 했다. 마침내 가까스로 말을 할 수 있게 된 그녀의 목에서 떨리는 목소리가 나왔다.

"당신이 저 남자를 죽였나요?"

토비어스는 시체를 힐끗 보았다.

"아니, 나도 당신처럼 살인자가 떠난 후에 도착했소. 내 생각에 펠릭스는 현관 앞 계단에서 살해당한 것 같소. 살인자가 이 방까지 시체를 끌고 온 거요."

새로운 의심이 그녀의 뇌리에 떠올랐다.

"여기서 뭘 하고 있었죠?"

"나도 방금 같은 질문을 하려던 참이었소."

그가 생각에 잠긴 태도로 그녀를 관찰했다.

"하지만 답을 알 것 같군. 당신도 아마 펠릭스가 뿌린 협박 편지를 받은 사람 중 한 명이겠지."

순간적이나마 라비니아는 공포조차 잊게 하는 분노를 느꼈다.

"저 끔찍한 인간이 이번 주에만 내게 두 번이나 편지를 보냈어요. 처음 편지는 월요일에 왔죠. 주방 뒷문에 꽂혀 있더군요. 조롱 섞인 그의 요구사항을 읽었을 때 난 내 눈을 믿을 수가 없었어요. 그는 백 파운드를 요구했다구요. 상상할 수나 있나요? 백 파운드면 입을 다물겠다는 거죠. 참을 수 없을 만치 역겨워요."

"무엇에 관해 입을 다물어 준다는 거요? 우리가 지난 번 만나고 난 이후에 무슨 잘못을 더 저질렀소?"

"어떻게 그런 말을 할 수 있어요? 이 일은 전적으로 당신 잘못이 잖아요."

"내 탓이라고?"

"그래요, 마치 씨. 이건 다 당신 탓이라고요."

그녀는 펜나이프로 시체를 가리켰다.

"저 한심한 인간이 로마에서 벌인 내 사업을 놓고 협박하려 했죠. 모든 걸 폭로하겠다면서 말이에요."

"정말 그랬소?"

토비어스는 몸을 똑바로 폈다. 무언가 부자연스럽게 뻣뻣한 움직임이었다.

"상당히 흥미롭군. 정확히 말해서 그가 무엇을 알고 있었다는 거요?"

"말했잖아요, 전부 알고 있었다구요. 로마에 있는 내 가게가 악당들의 소굴로 자주 이용되었다는 걸 폭로하겠다고 협박했어요. 그는 내가 범죄조직의 하수인이고 가게를 살인자들의 접선 장소로 제공했다는 이야기를 은근히 비추더군요. 심지어는 내가 범죄조직 두목의 정부였다고까지 했어요."

"그게 편지에 쓰여 있던 내용 전부요?"

"전부냐구요? 충분하지 않은가요? 마치 씨, 당신이 온갖 노력을 다 했지만 어쨌든 내 조카와 난 로마에서 당신이 저지른 행패로부터 살아남았어요."

그는 머리를 기울였다.

"또 당신 성미가 발동한 모양이군. 아무래도 쉽게 고칠 수 있는 성격이 아닌 모양이오."

그녀는 그 말을 무시했다.

"난 에멀린이 멋진 사교 시즌을 누리게 해주려는 희망을 갖고 있어요. 다행히 그 애는 좋은 신사를 만났어요. 에멀린이 근사한 삶을 살게 해줄 수 있는 신사죠. 지금은 정말 중요한 시기예요. 내 말 알아듣겠어요? 티끌만한 소문에라도 그 애 이름이 오르내리도록 둘 순 없어요."

"알겠소."

"만약 로마에서 우리가 악당들하고 관련이 있었다는 헛소문을 펠릭스가 퍼뜨리면, 상상할 수도 없는 타격을 입게 될 거예요."

"악명 높은 범죄조직 두목의 정부였던 여자의 조카라는 게 밝혀지면, 에멀린을 사교계에 밀어넣으려는 당신 계획이 틀어지겠구려."

"틀어져요? 모든 걸 망칠 거예요. 이건 정말 불공평해요. 우리는 그 범죄조직이나 칼라일이라는 남자와 아무 상관이 없다구요. 손톱만큼이라도 제정신이 있는 인간이라면 어떻게 에멀린과 내가 그 살인자하고 관련이 있을 거라는 망상을 할 수 있겠어요?"

"난 처음부터 그 생각을 했소. 당신이 기억하는지 모르겠지만."

"이상한 일도 아니죠."

그녀가 딱딱하게 말했다.

"난 제정신을 지닌 인간에 한해 말했어요. 당신이 그 범주에 속할 것 같진 않군요."

"홀튼 펠릭스도 그 범주에 속하진 않소."

토비어스는 시체를 응시했다.

"내 결점을 시시콜콜히 열거하는 즐거움은 다음 기회를 위해 아껴두는 게 좋겠다고 생각하오만. 우린 지금 다른 문젯거리에 직면해 있소. 난 우리 둘 다 같은 목적으로 이곳에 왔다고 생각하오."

"당신이 왜 이곳에 왔는지 전혀 모르겠어요, 마치 씨. 난 칼라일의 시종이 쓴 일기를 찾으러 왔죠."

그녀는 말을 멈추고는 얼굴을 찡그렸다.

"당신은 이 일에 대해 뭘 더 알고 있죠?"

"'자기 시종에게도 영웅일 수 있는 남자는 없다'는 오래된 속담을 알고 있으리라 생각하오. 칼라일의 충실한 하인이 그에 관한 추악한 비밀을 몰래 적은 것으로 보이오. 칼라일이 죽은 이후에……."

"칼라일이 죽었어요?"

"그렇소. 내가 들은 바로는 그 시종이 영국으로 가는 운임료를 벌려고 일기를 팔았소. 그는 로마에 도착하기 전에 노상강도의 손에 죽었지. 내가 확인할 수 있던 사실은 일기가 두 번 더 팔렸다는 거요. 그때마다 일기의 소유자들은 참혹한 변을 당했고."

그는 펠릭스 쪽으로 고개를 돌렸다.

"그리고 이제 세 번째 희생자가 나온 거요."

라비니아는 숨을 삼켰다.

"맙소사."

"맞아, 끔찍하지."

토비어스는 문에서 돌아와 책상 앞으로 다가갔다.

라비니아는 불편하게 그를 쳐다보았다. 그의 움직임에 전과 다른 뭔가가 있다는 생각이 들었다. 거의 알아챌 수 없을 정도로 약하긴 했지만 걸음을 옮길 때마다 다리를 절고 있었다. 그녀가 마지막에 그를 보았을 때는 절대로 그렇지 않았다.

"어떻게 일기장에 대해 그만큼 많이 알게 됐어요?"

"지난 몇 주 동안 그 빌어먹을 물건을 찾는 중이었소. 그걸 쫓아 대륙을 횡단했지. 며칠 전에 영국에 도착했소."

"왜 그걸 쫓았는데요?"

토비어스는 책상 서랍을 불쑥 열어젖혔다.

"그 일기야말로 내 의뢰인의 의문에 대한 해답이라고 믿었기 때문이오."

"어떤 의문 말인가요?"

그는 어깨 너머로 그녀는 바라보았다.

"반역과 살인에 대한 것이지."

"반역?"

"전쟁중에 일어난 반역."

그는 다른 서랍을 열더니 서류를 샅샅이 뒤졌다.

"지금은 이 문제를 논의할 시간이 없소. 나중에 설명하겠소."

"로마에서의 당신 노력이 실패했다고는 말하지 말아요, 마치 씨. 그 불쾌했던 밤에 우리를 쫓아버린 대가는 분명 넉넉히 받았겠죠? 자, 정확하게 말해 봐요. 그 칼라일이란 남자는 어떻게 된 거죠? 그가 부하에게서 소식을 전달받으러 우리 가게에 어슬렁거리곤 했다고 당신이 그랬죠."

"칼라일은 당신이 떠난 후에 나타났소."

"그래서요?"

"발을 헛디뎌서 계단 아래로 굴러떨어졌지."

그녀의 눈이 의구심으로 동그래졌다.

"헛디뎌서 굴러떨어져요?"

"사건이란 늘상 일어나게 마련이오, 레이크 부인. 계단은 특히 조심해야 할 장소고 말이오."

"알겠어요. 에멀린과 내가 떠난 후에 당신이 일을 좀 거칠게 처리한 모양이군요."

"복잡한 사정이 있었소."

"그랬겠죠."

라비니아는 무슨 이유에서인지 이 끔찍한 상황에서조차 토비어스에게 비난을 퍼붓는 행위에 비뚤어진 만족감을 느꼈다.

"홀튼 펠릭스의 첫 협박 편지를 받자마자 즉시 진실을 알았어야 했어요. 그때까지도 우리 상황은 괜찮았다구요. 일이 꼬인 원인이 당신 때문인 걸 바로 알아봤어야 하는데."

"빌어먹을. 레이크 부인, 지금은 내게 책임 전가할 때가 아니오. 일의 전말에 대해 당신은 아무것도 모르고 있소."

"깨끗하게 인정하는 게 어때요? 시종의 일기에 관련된 사건은 전적으로 당신 탓이라구요. 로마에서 당신이 일을 제대로 처리했으면 우린 오늘밤 여기 있지 않았겠죠."

토비어스는 매우 조용했다. 으스스하게 널름대는 난로 불빛을 받은 그의 눈에 위험한 빛이 어른거렸다.

"장담하오만 이탈리아의 독사들을 조종하던 살무사는 이미 죽었소. 불행히도 그게 문제의 끝은 아니라오. 내 의뢰인은 모든 문제가 확실히 해결되기를 원하고 있소. 그래서 날 고용했고, 내가 뜻하는 바도 정확히 그것이지."

그녀는 등골이 서늘해졌다.

"알았어요."

"칼라일은 한때 '블루 쳄버'라고 알려진 범죄조직의 일원이었소. 그 조직은 영국뿐 아니라 유럽 전역에 걸쳐 세력을 떨치고 있었소. 아주르(담청색)라는 별명의 두목이 몇 년간 조직을 이끌어 왔지."

그녀의 입이 바싹 말랐다. 이유는 알 수 없었지만 그가 진실을 말하고 있다는 느낌이 들었다.

"정말 연극 같은 얘기네요."

"아주르는 명실상부한 조직의 우두머리요. 하지만 우리가 확인한 바로는 몇 년 전에 죽었소. 블루 쳄버는 그가 죽은 후에 혼란 상태지. 아주르에게는 강력한 부두목이 두 명 있었는데, 한 명은 칼라일이고 다른 남자의 정체는 아직 베일에 가려 있소."

"아주르와 칼라일이 죽었으니, 당신 의뢰인이 알고 싶어하는 것은 다른 부두목의 정체겠군요?"

"맞소. 그 일기 속에 아마 정보가 담겨 있을 거요. 운이 좋으면 일기 속에 아주르가 누구였는지와 또 다른 몇몇 문제의 해답이 들어 있겠지. 자, 이 일이 얼마나 위험한지 이제 알겠소?"

"네."

토비어스는 한 다발의 서류를 꺼냈다.

"거기 우두커니 서 있지만 말고 좀 도와주면 어떻겠소?"

"도와요?"

"당신이 도착했을 때 난 침실을 뒤지고 있었소. 아직 다 못 끝냈지. 촛불을 들고 방에 뭐가 있는지 보고 와요. 그 동안에 난 여기 일을 마치겠소."

처음 라비니아의 머리에 떠오른 생각은 토비어스더러 지옥으로나 꺼지라고 말해 주는 것이었다. 하지만 그가 옳다는 생각이 뒤늦게 떠올랐다. 어차피 둘 다 같은 목적으로 왔으니 펠릭스의 방을 뒤지는 일은 그녀에게도 도움이 된다. 게다가 그의 지시를 따라야 하는 강력한 이유가 또 있었다. 침실을 나가면 저 피범벅된 시체를 볼 필요가 없어진다.

그녀는 양초를 집어들었다.

"펠릭스 씨를 죽인 사람이 일기를 가져갔을 수도 있다는 걸 아나요?"

"만약 그렇다면 우리 문제는 엄청나게 혼란스러워지오."

그는 차가운 시선을 던졌다.

"한 번에 하나씩 하시오, 레이크 부인. 우선 그 저주받을 일기를 찾을 수 있는지부터 보고 와요."

그의 말이 맞다. 토비어스 마치는 부아를 돋우고, 신경을 건드리고, 엄청나게 성가시지만 어쨌든 옳았다. 한 번에 하나씩. 그게 일을 해결할 수 있는 유일한 방법이었다. 사실, 그녀의 삶을 구제할 방법이기도 했다.

라비니아는 급히 복도에 면한 작은 방으로 들어갔다. 침대 옆 협탁에 책 한 권이 놓여 있었다. 강렬한 호기심이 꿈틀거렸다. 마침내 행운이 따라준 것일지도 모른다.

그녀는 제목을 확인하기 위해 방을 가로질렀다.

"<숙녀 교육론>."

그 가죽 표지 안에 일기가 감춰져 있으리라 기대하며 라비니아는 책을 펼쳐 몇 장을 넘겼다. 엄청난 실망감이 그녀의 가냘픈 희망을 산산조각냈다. 일기가 아니라 최근에 출판된 소설이었다.

그녀는 책을 제자리에 놓고 세면대로 갔다. 작은 서랍을 뒤지는 데 오래 걸리지는 않았다. 마땅히 있을 만하다고 여겨지는 물건들이 놓여 있었다. 빗, 브러시, 세면 도구들.

다음 차례로 옷장을 조사했다. 비싸 보이는 리넨 셔츠들과 세 벌

의 세련된 코트가 있었다. 펠릭스는 화려한 옷을 구입하는 데 많은
돈을 쓰는 듯했다. 아마 값비싼 의상을 사업상의 투자로 여긴 것이
리라.
"뭘 좀 찾아냈소?"
토비어스가 다른 방에서 조용히 물었다.
"아뇨, 당신은요?"
"아무것도."
그녀는 옷장에 달린 서랍을 열었지만, 몇 장의 셔츠와 크러뱃 밖
에 없었다. 옷장 문을 소리나게 닫고 가구가 거의 없는 방을 둘러
보았다. 숨조차 쉬지 못할 정도의 좌절감이 밀려들었다. 펠릭스가
날 협박하는 데 사용한 일기를 찾지 못하면 어떻게 되는 거지?
그녀의 시선이 다시금 협탁 위의 가죽 장정 책으로 쏠렸다.
느리게 방을 가로질러 라비니아는 책에 시선을 던졌다. 도대체
어린 숙녀용으로 쓰여졌을 소설에 악당이 관심을 둔 이유가 무엇일
까?
그녀는 다시 책을 집어들고 몇 페이지를 뒤적거렸다. 그리고 드
문드문 읽어 보았다. 곧 이 책은 분명 어린 숙녀용이 아니라는 것을
알 수 있었다.

<28>
…우아하게 다듬어진 그녀의 엉덩이는
나의 벨벳 채찍 아래에서 기쁨에 떨고…….

"맙소사."
그녀는 책을 소리나게 덮었다. 종이조각이 마룻바닥에 떨어졌다.
"흥미로운 걸 좀 발견했소?"
토비어스가 다른 방에서 질문을 던졌다.

"전혀 아니에요."

라비니아는 바닥에 떨어진 작은 종이조각을 쳐다보았다. 종이에 손으로 쓴 글씨가 보였다. 그녀는 얼굴을 찌푸리며 몸을 굽혀 종이를 줍고는 그 위에 휘갈겨진 글을 읽었다. 그것은 주소였다. 헤즐턴 스퀘어 14번지.

펠릭스는 왜 이 별난 소설에 주소를 적은 종이쪽지를 끼워놨을까?

그녀는 복도에 울리는 토비어스의 부츠 소리로 그가 다가오고 있음을 알아챘다. 충동적으로 라비니아는 쪽지를 주머니에 숨긴 후 문을 향해 몸을 돌렸다.

그는 사그러드는 불빛을 등지고 그림자를 드리우며 나타났다.

"어떻소?"

"일기는커녕 단서조차도 못 찾았어요."

어떤 면에서는 사실이지.

"나도 그렇소."

그는 엄격한 표정으로 침실을 둘러보았다.

"우리가 너무 늦게 왔소. 펠릭스를 죽인 작자가 누구든지, 그가 일기를 가져가버린 것 같소."

"하나도 이상할 것 없죠. 나라도 틀림없이 그랬을 거예요."

"제길."

그녀는 인상을 찡그렸다.

"왜 그래요?"

"또 다른 협박꾼이 행동을 개시할 때까지 기다려야 할 것 같소."

"다른 협박꾼이라구요?"

그녀는 충격으로 잠시 움직이지 못했다.

"맙소사, 도대체 무슨 말을 하는 거예요? 펠릭스의 살인자 역시 협박 희생자를 물색할 거라는 말인가요?"

“만약 돈벌이가 될 만한 사업이라면 그러고도 남지.”

“젠장맞을.”

“내 기분도 마찬가지지만 우린 좀더 긍정적인 측면을 바라봐야 하오, 레이크 부인.”

“내겐 긍정적인 점이 하나도 안 보여요.”

그가 비틀린 미소를 던져왔다.

“그래도 우리 둘 다 제각기 펠릭스를 잘 쫓아왔지 않소. 아니오?”

“그는 온갖 단서를 뿌리고 다닐 만큼 돌대가리 바보였어요. 협박 편지를 전달했던 꼬맹이를 매수하는 것도 식은 죽 먹기였구요. 그 애는 몇 푼의 동전에 고기 파이를 얹어주자 기꺼이 그의 집을 알려주더군요.”

“대단히 영리하시군. 펠릭스를 죽인 자는 만만치 않을 듯하니 우린 힘을 합쳐야 하오.”

“그게 무슨 소리죠?”

“내 말뜻을 완전히 이해했을 거라고 보는데.”

“맙소사, 이걸로 충분해요. 이제 내게서 손을 떼주면 고맙겠군요.”

“유감스럽게도 안 되겠소, 레이크 부인.”

그는 그녀를 방 밖으로 데리고 나가 홀로 인도했다.

“우리가 함께 이 그물에 걸려든 이상, 함께 해결해야 한다는 게 내 의견이오.”

3

"다시 마치 씨를 만났다니 믿을 수가 없어요. 게다가 그런 희한한 상황에서요."

에멀린이 자신의 잔에 커피를 따르며 말했다.

"놀라운 우연이에요."

"글쎄, 그렇게 놀라운 일은 아니란다. 그의 말을 믿는다면 말야."

라비니아는 접시 바닥을 스푼으로 톡톡 쳤다.

"그의 말에 따르면, 협박 편지 사건이 로마에서의 일과 관계가 있다는구나."

"홀튼 펠릭스가 범죄조직의 멤버라는 거예요?"

"아니, 펠릭스가 우연히 그 범죄조직 부두목의 시종이 쓴 일기를 손에 넣은 것 같더구나."

"지금은 그게 다른 사람 수중에 있다는 거군요."

에멀린이 생각에 잠겼다.

"십중팔구 펠릭스를 살해한 사람의 손에 있겠죠. 마치 씨가 여전히 추적중이고요. 그분은 정말 끈기가 있어요, 그렇죠?"

"흥, 그 남자는 돈 때문에 이 일을 하고 있는 거야. 의뢰인이 누구든지 돈만 지불되면 그만이지. 다 돈 욕심 때문이라구."

그녀의 표정이 굳어졌다.

"로마에서 우릴 그렇게 쫓아내고도 별 성과를 거두지 못했는데 왜 의뢰인이 여전히 그를 고용하는지 모르겠지만."

"로마에서의 일에 관해선 마치 씨에게 감사해야 한다는 걸 알면서도 그러세요. 다른 사람이었다면 우리를 범죄조직의 일원이라고 결론짓고는 그에 맞게 처리했을 거예요."

"탐정 수사를 전문으로 하는 사람이 우리를 범죄조직과 관련 있다고 여긴다면 바보천치임에 틀림없어."

"물론이죠."

에멀린이 부드럽게 미소지었다.

"하지만 마치 씨보다 지성이 모자라거나 관찰력이 없는 인물이었다면 틀림없이 우리를 범죄조직의 일원이라고 여겼을 거예요."

"너무 성급히 토비어스 마치를 믿지 마라, 에멀린. 난 그를 신뢰할 수 없어."

"내게도 그래 보여요. 왜 그러시죠?"

"난 어젯밤 살인 현장에 있는 그를 봤다니까."

"그도 역시 이모를 발견했고요."

에멀린이 지적했다.

"맞아. 하지만 그가 나보다 먼저 와 있었어. 내가 도착했을 때 펠릭스는 죽어 있었고. 그러니 토비어스 마치가 살인자 중 한 명일 수도 있지."

"오, 그렇다고는 생각지 않아요."

"왜? 마치는 그와 로마에서 만난 칼라일도 죽었다고 그랬어."

"이모, 칼라일은 계단에서 발을 헛디뎠다고 하셨잖아요."

"그건 마치가 해준 얘기잖니. 칼라일의 죽음이 실은 사고가 아니라고 해도 난 하나 놀라지 않겠다."

"어쨌든 확실하지 않잖아요. 중요한 건 그 악당이 죽었다는 사실이죠."

라비니아는 잠시 망설였다.

"마치는 내가 일기 찾는 걸 도와줬으면 하더구나. 우리가 서로 협조하길 바라는 거지."

"완벽한 계획이잖아요. 두 분 모두 일기를 찾을 결심이니 협조하지 않을 이유가 없잖아요?"

"마치에겐 돈을 지불할 의뢰인이 있지만 내겐 없잖니."

에멀린은 찻잔 너머로 그녀를 응시했다.

"마치 씨에게 수입의 일부를 달라고 요구할 수 있을 거예요. 이탈리아에 있었을 때도 이모는 흥정하는 데 비상한 재주가 있으셨잖아요."

"그 문제를 좀 생각해 봤다."

라비니아가 천천히 인정했다.

"하지만 그와 동업하는 게 내겐 아주 불편하구나."

"달리 선택의 여지가 없잖아요. 로마에서의 소문이 여기서 문제되기 시작하면 꽤 불편해질 거예요."

"정말 낙천적이구나, 에멀린. 그건 불편 이상이 될 거야. 네가 시즌을 즐기는 데 방해되는 건 물론이거니와 나의 새 경력까지 완전히 망칠 거라구."

"새 일 얘기가 나왔으니 말인데요, 마치 씨에게 이모의 새 일을 언급하셨나요?"

"물론 아니지. 내가 왜 그래야 하니?"

"이모와 마치 씨가 친밀해질 수밖에 없는 경우에 처했으니, 그를 신뢰해야 하지 않을까 싶어서요."

"우리 관계에 '친밀감' 따위는 없어. 에멀린, 우리가 함께 있던 방에는 시체가 굴러다녔다구."

"오, 물론이죠."

"그런 환경에서는 친밀해질 여지가 없어."

"이해해요."

"어쨌든 토비어스 마치하고 친밀해지는 건 내가 그 무엇보다 바라지 않는 일이야."

"목소리가 높아지네요, 라비니아 이모. 그게 무슨 의미인지 아시죠?"

라비니아는 엄청나게 힘을 줘서 쥐고 있던 잔을 탁 소리나게 놓았다.

"그게 의미하는 바는, 내가 피곤해서 신경이 예민하다는 거야."

"그래요. 하지만 마치 씨 말대로 일기를 찾기 위해서는 협력 외에 다른 선택의 여지는 없는 게 분명해 보이는데요."

"그런 남자와 협력 관계를 맺는 것처럼 멍청한 일은 또 없다는 게 분명하지."

"진정하세요."

에멀린이 부드럽게 말했다.

"마치 씨에 대한 개인적인 감정 때문에 판단력이 흐려지셨어요."

"잘 들으렴, 토비어스 마치는 음험한 게임을 벌이고 있는 거야. 우리가 그를 우연히 만났던 저번 때처럼 말야."

"무슨 게임이요?"

에멀린이 이젠 지쳤다는 표정으로 물었다.

라비니아는 잠깐 생각했다.

"홀튼 펠릭스와 똑같은 목적에서 일기를 찾아 헤매는 것일 수도 있지 않겠니. 협박 말이다."

에멀린의 스푼이 접시에서 요란하게 덜그럭댔다.

"마치 씨가 그런 협박꾼과 조금이라도 비슷한 점이 있다고는 생각할 수 없어요."

"우린 그에 관해 아무것도 몰라."

라비니아는 손바닥을 테이블에 얹고는 몸을 일으켰다.

"일기를 손에 넣고 나서 그 남자가 무슨 일을 저지를지 누가 장담하겠니?"

에멀린은 한숨을 쉬었다.

"좋아요, 로마에서 난리를 겪은 후에 우리를 영국에 무사히 보내줬다는 것 말고는 이모가 마치 씨를 믿을 이유가 없긴 하죠. 그 여비가 만만찮게 들긴 했겠지만요."

"그는 우릴 쫓아내길 원했어. 게다가 자기가 여비를 직접 치렀겠니? 분명 의뢰인한테 청구서를 보냈겠지."

"그럴지도 모르죠. 하지만 제가 지적하고 싶은 건, 이모에게 달리 선택권이 없다는 거예요. 그를 무시하기보다는 함께 일하는 게 이득이라구요. 최소한 그가 찾아내는 물건마다 모두 확인할 순 있잖아요."

"그 반대의 경우도 가능하지."

에멀린의 표정이 굳어졌다. 그녀의 눈에 불안감이 떠올랐다.

"달리 무슨 계획이 있으세요?"

"아직은 없구나."

라비니아는 주머니에 손을 넣었다. 그리고는 <숙녀 교육론>에서 나온 쪽지를 꺼냈다. 그녀는 주소를 다시 한 번 확인했다.

"하지만 계획을 세울 작정이다."

"그게 뭐예요?"

"작은 단서란다. 아무 도움이 되지 못할지도 모르지만."

그녀는 쪽지를 주머니에 도로 집어넣었다.

"이게 쓸모 없다고 밝혀진 다음에 토비어스 마치와의 협력을 고려해도 늦지 않아.”

“그녀는 침실에서 뭘 찾아낸 게 틀림없어.”
토비어스는 의자에서 몸을 일으켜 널찍한 책상 앞으로 돌아나왔다. 그는 몸을 기대고 모서리에 손을 짚었다.
“분명히 확신할 수 있어. 아무것도 모른다는 듯 순진한 눈을 하고 있더라구. 그 여자 성격과는 아주 동떨어진 일이지.”
죽은 아내의 동생인 앤서니 싱클레어가 이집트 골동품 책에서 눈을 떼 그를 올려다보았다. 그는 21살 난 젊은이다운 나른한 자세로 의자에 늘어져 있었다.
앤서니가 작년에 이사해 나갔을 때 토비어스는 집이 쓸쓸해지지 않을까 걱정했었다. 결혼하면서부터 내내 그를 데리고 살았기 때문이었다. 아내 앤이 죽은 후에도, 토비어스는 그를 제대로 양육하기 위해 최선을 다했다. 그런 만큼 그는 앤서니가 주변에 있는 것에 익숙했다.
하지만 몇 블록 떨어진 곳에 자신의 숙소를 정한 지 2주가 지나자, 앤서니가 여전히 이곳을 자기 집처럼 여긴다는 게 분명해졌다. 그는 식사 때마다 어김없이 나타났다.
“동떨어진 일이라구요?”
앤서니가 무심하게 반복했다.
“라비니아 레이크는 전혀 순진하지 않거든.”
“하긴, 미망인이라고 말씀하셨죠.”
“누구라도 그 여자 남편의 운명에 의심을 품었을 거다. 그 남자가 말년을 정신병원의 병상에 묶인 채 살았다고 해도 놀라지 않을걸.”
“오늘 아침에만도 그녀를 의심하는 소리를 백 번도 넘게 하셨어요.”
앤서니가 부드럽게 말했다.

"지난밤에 그 여자가 단서를 찾았다고 생각했으면, 왜 본인한테 확인하지 않으셨죠?"

"당연히 그 여자가 부인했을 테니까. 그녀는 내게 협조할 생각이 없어. 거꾸로 세워놓고 마구 흔들어대서 주머니나 지갑에 있는 것들을 쏟아내게 하지 않는 이상 단서를 가지고 있다는 걸 증명할 방법이 없다구."

앤서니는 아무 말 없이 심각한 의문이 담긴 표정으로 토비어스를 바라보았다.

토비어스는 턱을 딱딱하게 굳혔다.

"제길, 말하지 마라."

"죄송하지만 말해야겠어요. 그 여자를 거꾸로 세워놓고 흔들어대서 뭘 감췄는지 알아보지 그러셨어요?"

"빌어먹을, 숙녀를 거꾸로 세우는 게 마치 내가 여성에게 평상시 하는 행동인 것처럼 말하는구나."

앤서니가 눈썹을 올렸다.

"제 말의 요지는, 여자들과 관련해서 매형에게는 세련된 통제력이 있었다는 거죠. 그러면서도 신사가 지켜야 할 도리를 넘지 않았구요. 그런데 레이크 부인만 예외군요. 그녀에 대해 말을 꺼낼 때마다 극도로 무례해지시니 말이에요."

"레이크 부인은 정말 예외적인 여자야."

토비어스가 말했다.

"예외적일 만큼 강철 같은 심장에 지독한 옹고집의 소유자지. 끔찍이도 다루기 힘들어. 그 여자와 있으면 어떤 남자라도 정신이 이상해질 거다."

앤서니는 동정 어린 이해의 태도로 고개를 끄덕였다.

"다른 사람한테서 자신의 특성을 발견하는 건 짜증나는 일이죠. 게다가 그 다른 사람이 아름다운 여성일 경우라면 더더욱요."

“경고하겠다, 앤서니. 오늘 아침 난 네 웃음거리가 되어줄 기분이 아니야.”

앤서니는 건성으로 읽고 있던 두꺼운 책을 덮었다.

“매형은 석 달 전 로마에서 있었던 사건 이후로 그 여자한테 매혹된 겁니다.”

“매혹? 그건 말도 안 된다는 걸 잘 알잖아.”

“전 그렇게 생각 안 합니다. 휘트비가 매형의 열에 들뜬 헛소리에 대해 충분히 말해 줬어요. 매형이 입은 부상으로 인한 열병을 치료했을 때 말이에요. 휘트비는 매형이 보이지 않는 레이크 부인을 상대로 장황하고 일방적인데다 조리에 맞지 않는 헛소리를 했다고 그러더군요. 영국에 돌아오신 후, 적어도 하루에 한 번은 그녀에 대한 이야기를 꺼내곤 하셨구요. 그 숙녀에게 넋이 나가는 중이라는 뜻이죠.”

“난 거의 한달간 로마에서 그 정신나간 여자 뒤를 쫓아다니며 시간을 보내야 했다. 가는 장소마다 그 여자를 지켜보면서 말이다.”

토비어스가 책상 모서리를 움켜쥐었다.

“너도 그렇게 긴 시간 동안 여자 뒤꽁무니를 쫓아봐라. 그 여자가 길거리에서 만나는 모든 사람을 추적하고, 들르는 가게마다 쫓아다녀야 하는 거라구. 게다가 그 동안 내내 여자가 살인자하고 음모를 꾸미는 건지, 아니면 살해당할 위험에 빠지는 건 아닌지 줄창 걱정하면서 말이다. 그런 일은 남자한테 엄청난 인내를 요구하지.”

“말씀드렸지만, 매형은 매혹된 겁니다.”

“매혹되었다는 건 너무 강한 표현이야.”

토비어스는 왼쪽 허벅다리를 문질렀다.

“그녀가 잊을 수 없는 인상을 남겼다는 것만은 기꺼이 인정할 수 있겠지만.”

“알겠습니다.”

앤서니가 오른쪽 발목을 왼쪽 무릎에 얹고 조심스럽게 세련된 바지의 주름을 바로잡았다.

"오늘 다리 통증이 심하세요?"

"잘 모르는가 보다만, 밖에 비가 내리고 있다. 날씨가 습해지면 언제나 훨씬 불편해지지."

"제게 투덜대지 마세요, 토비어스."

앤서니가 빙긋 웃었다.

"매형의 성질일랑은 그 여자분을 위해 아껴두시라구요. 만약 두 분이 일기를 찾기 위해 파트너가 되면, 매형의 고약한 유머를 쓰실 기회가 많이 있을 거라고 생각합니다만."

"그 여자와 협력 관계를 맺는다는 생각만으로도 소름이 끼치는구나."

그때 조심스러운 노크 소리가 들렸다.

"그래, 휘트비, 무슨 일인가?"

문이 열리자, 깔끔한 차림의 땅딸막한 남자가 나타났다. 토비어스의 충성스러운 집사이자 가정부이며, 필요할 때는 의사 역할도 하는 휘트비였다. 들쭉날쭉한 이 집의 수입에도 불구하고, 휘트비는 언제나 우아해 보였다. 휘트비와 앤서니로 인해 토비어스는 남성적인 패션과 스타일 면에서 열등감을 느끼곤 했다.

"웨슬리 네빌 경이 오셨습니다."

휘트비가 상류층 인사를 안내할 때 쓰는 무게 있는 목소리로 말했다.

토비어스는 자신의 집사가 사회적 지위만으로 인간을 높이 평가하지 않는다는 사실을 알고 있었다. 오히려 자신만의 연극적 여흥거리로 삼을 기회를 즐긴다는 쪽이 적당한 표현일 것이다. 휘트비는 언제나 배우가 되지 못한 일을 아쉬워했다.

"안으로 모시게, 휘트비."

집사가 문가에서 사라졌고 앤서니는 의자에서 천천히 일어났다.

"제기랄. 난 의뢰인에게 나쁜 소식을 전하는 걸 싫어해. 다들 불쾌하게 여기거든. 언제 그들이 의뢰비를 지불하지 않겠다고 결심할지 알 수 없는 일이지."

토비어스는 나직하게 말했다.

"네빌 경에겐 별다른 선택의 여지가 없을 겁니다. 달리 일 시킬 사람이 있어야 말이죠."

앤서니 역시 조용히 대꾸했다.

키가 크고 장대한 체구의 남자가 초조한 기색을 숨기지도 않은 채 성큼성큼 걸어들어왔다. 웨슬리 네빌의 부와 귀족적인 혈통은 모든 면에서 분명히 드러났다. 매처럼 날카로운 외모라든지, 세련되게 재단된 값비싼 코트와 번쩍거리는 부츠 등등에서.

"안녕하십니까, 네빌 경. 이렇게 일찍 뵙게 되리라고는 예상하지 못했습니다."

토비어스는 의자를 가리켰다.

"앉으시지요."

네빌은 그 형식적인 인사엔 전혀 반응도 보이지 않은 채 눈을 가늘게 뜨고 토비어스의 얼굴을 살폈다.

"이봐, 마치. 자네 전갈을 받았네. 어젯밤에 무슨 일이 있었는지 말해 보게. 일기를 찾았나?"

"유감이지만, 제가 도착했을 때는 이미 사라지고 없었습니다."

"염병할."

네빌이 장갑을 벗었다. 맨손으로 머리칼을 쓸어올리자 묵직한 금반지에 박힌 검은 보석이 번쩍였다.

"난 이 문제가 하루빨리 해결되기를 원하네."

"유용한 단서 몇 개를 건졌습니다."

토비어스는 전문가적인 식견을 보여주려고 노력했다.

"가능한 빨리 일기를 찾아야 해. 너무 많은 것들이 이 문제에 걸려 있다구."

"알고 있습니다."

"물론 알고 있겠지."

네빌이 브랜디가 든 찬장으로 가서 술병을 꺼냈다.

"다그쳐서 미안하네. 자네가 그 빌어먹을 일기를 열심히 찾고 있다는 걸 나도 잘 아네."

그는 술을 따르다가 토비어스를 쳐다보았다.

"마셔도 되는가?"

"물론이죠."

토비어스는 네빌이 값비싼 브랜디를 유리잔에 콸콸 퍼붓는 장면을 보며 움찔하지 않으려고 애썼다.

네빌은 재빨리 두 모금을 넘기고는 잔을 내려놓았다. 그런 다음 심각한 표정으로 토비어스를 쳐다보았다.

"문제는 그걸 즉시 찾아내야 한다는 걸세, 마치. 일기가 악당들 수중에 들어간다면 우리는 아주르의 진짜 정체뿐만 아니라 블루 챔버의 마지막 생존자의 이름을 알아내지 못할 거라네."

"최대한 이 주일만 더 주십시오. 일기를 갖게 되실 겁니다."

"이 주 더? 불가능해, 너무 길어."

"가능한 한 빨리 해결하기 위해 사력을 다할 겁니다. 제가 약속드릴 수 있는 건 그것뿐이군요."

"빌어먹을, 하루가 지날수록 그만큼 일기가 분실되거나 훼손될 가능성도 커지는 거야."

앤서니가 고개를 젓더니 공손하게 목청을 가다듬었다.

"이 점을 상기시켜 드려야겠군요. 그 일기가 여기 런던 어딘가에 존재한다는 사실을 알게 된 것만 해도 완전히 토비어스의 노력 덕분입니다. 한달 전 알고 계시던 정보보다 엄청나게 진보된 거죠."

“그래, 그렇지.”

네빌은 이리저리 방 안을 걸어다니다가 관자놀이를 문질렀다.

“날 이해해 주게. 일기의 존재를 알게 된 후로 잠을 제대로 못 잤어. 그 범죄자들의 반역행위로 인해 전쟁통에 죽어간 사람들을 생각할 때마다 분노가 치밀거든.”

“그 저주받을 일기를 저만큼 찾길 원하는 사람도 없을 겁니다.”

토비어스가 말했다.

“하지만 그걸 가져간 놈이 누구든 우리가 손에 넣기도 전에 일기를 없애버리면 어쩌지? 두 사람의 이름을 알 수 없게 될 텐데.”

“어떤 놈이 가져갔는지 모르겠지만, 일기를 불에 던져버리진 않을 겁니다.”

네빌이 관자놀이를 문지르던 손길을 멈추고는 얼굴을 찌푸렸다.

“일기가 훼손되지 않을 거라고 확신하는 이유가 뭔가?”

“일기가 없어지기를 원하는 유일한 인간은 아마 블루 챔버의 마지막 생존자일 겁니다. 그가 일기를 가졌을 가능성은 거의 없죠. 그 이외의 다른 놈은 협박용으로 엄청난 가치가 있는 걸 태워버리지 않을 겁니다.”

“자네 논리가 맞네.”

네빌이 마지못해 인정했다.

“시간을 좀 주십시오. 일기를 찾아드리겠습니다. 아마 그 이후엔 우리 둘 다 푹 잘 수 있을 테지요.”

4

그 예술가는 항상 불과 함께 작업해 왔다. 불꽃이 주는 열기에다가 뜨거운 물 양동이, 손의 체온이 함께 어울려 밀랍을 부드럽게 해줘서 주물을 뜰 수 있게 되는 것이다.

두터우면서도 유연하게 밀랍을 바르기 위해서는 강하고 확고한 손길이 필요했다. 모형을 뜨는 첫 단계에서 예술가는 작품을 손끝으로 예민하게 느끼기 위해 눈을 감은 채 일했다. 그런 후 작고 예리하며 따뜻하게 데운 도구가 작품에 생기와 에너지, 사실감을 부여하기 위해 사용된다.

예술가의 관점에서, 완성된 작품의 진가는 가장 사소한 디테일에서 결정되는 법이다. 턱의 곡선이라든가 의상의 세심한 묘사, 인물의 표정 등등이 그렇다.

비록 감상자는 그런 세부적인 요소에 많이 신경 쓰지 않지만 아주 사소한 현실적 요소들이야말로 모든 위대한 작품들의 특징인 충격적인 효과를 주기 마련이다.

예술가의 손길을 받은 따뜻한 밀랍은 매끄러운 피부 아래를 흘러
가는 핏줄기처럼 고동치는 듯했다. 인생을 모조하는 데 이 정도로
완벽한 재료는 없을 것이다. 죽음의 순간을 붙잡아 두기에도 역시.

5

라비니아는 잎이 무성한 나뭇가지 아래 멈춰서서 주소를 확인했다. 헤즐턴 스퀘어 14번지는 신록이 무성한 공원 옆의 근사한 주택가 중간쯤에 위치해 있었다. 우아한 가로수와 새로 만든 가스등들이 저택들의 현관을 장식했다.

거리에 서 있는 화려한 이륜 마차를 본 그녀의 마음이 불편해졌다. 마차의 말들은 모두 털이 반지르르하고 고삐를 쥔 마부는 비싼 제복 차림이었다.

홀튼 펠릭스가 이렇게 고급 주택가에 사는 사람을 알 뿐만 아니라 협박하려 했다는 것은 믿기 어려웠다.

그녀는 가로수가 우거진 주택가를 면밀하게 살폈다. 이 저택들의 현관문 안에 발을 들이는 일조차 쉽지 않을 듯했다. 하지만 어쨌든 시도해 보는 것 외에 달리 방법이 없다. 그녀에게는 지금 손에 쥔 주소만이 유일한 단서였다.

마음을 다져먹으면서, 라비니아는 길을 건너 14번째 저택의 흰 대리석 계단을 올라갔다. 무거운 놋쇠 손잡이를 들어올려 위엄 있게 들리기를 바라면서 문을 두드렸다.

나직한 발소리가 들려오더니 문이 열렸다. 황소 같은 체구에 오만한 얼굴의 집사가 그녀를 내려다보았다. 그의 눈에 어린 표정을 본 라비니아는 집사가 자신의 면전에서 문을 닫아버리려 한다는 걸 알 수 있었다. 그녀는 급히 지난달에 인쇄해 두었던 명함 한 장을 내밀었다.

"주인께 전해 주시겠어요? 정말 긴급한 일이에요. 내 이름은 라비니아 레이크구요."

집사는 그 명함을 경멸 섞인 눈으로 쳐다보았다. 분명히 명함을 전하지 않으려는 쪽으로 결론을 내린 듯했다.

"주인께선 절 만나고 싶어하실 거예요."

라비니아가 얼음장 같은 목소리로 말했다. 물론 뻔뻔한 거짓말이었지만, 그 순간에 그녀가 생각할 수 있는 전부였다.

"좋습니다, 마담. 들어오셔서 홀에서 기다리시죠."

그녀는 깊은 숨을 들이쉬고는 서둘러 안으로 들어섰다. 이제 첫 관문은 넘은 거야, 라비니아는 생각했다.

집사가 어두운 복도로 사라진 사이 라비니아는 주위를 둘러보았다. 발밑에는 흑백의 타일이 깔렸으며 정교하게 테를 두른 거울이 벽을 장식하고 있었다. 이것들은 이 집 주인의 유행에 민감한 취향을 드러냈다.

그녀는 집사가 돌아오는 소리를 듣고는 숨을 죽였다. 그가 나타나자 곧 그녀의 명함이 효과를 발휘했다는 것을 알 수 있었다.

"도브 부인이 만나시겠답니다. 이쪽으로 오시지요, 마담."

그녀는 숨을 다시 내쉬었다. 이제 협박 편지와 살인 사건에 대해 털어놓도록 그 이방인을 설득해야 하는, 좀더 복잡한 작업에 직면했다.

라비니아는 노랑과 초록, 그리고 금박으로 장식된 커다란 거실로
안내되었다. 가구들은 줄무늬 비단으로 덮여 있었고 공원의 전경이
내다보이는 창가엔 두꺼운 초록색 벨벳 커튼이 노랑 끈으로 묶여
있었다.

검정 테가 둘러진 멋진 은회색 비단 드레스 차림의 우아한 부인
이 소파에 앉아 있었다. 좀 떨어져서 보면 삼십대로 착각할 수도 있
을 외양이었다. 하지만 가까이 다가서자, 지적인 눈가에 새겨진 가
느다란 주름과 한때는 매끈했을 것이 분명한 목과 턱선이 늘어져
있는 게 눈에 띄었다. 벌꿀빛 머리칼에도 흰 머리가 꽤 섞여 있었
다. 이 여성은 35살이 아니라 45살에 가까웠다.

"레이크 부인이십니다."

집사가 정중하게 소개했다.

"레이크 부인, 앉으세요."

세련되고 침착한 목소리였지만 미미한 긴장감이 담겨 있었다.

라비니아는 줄무늬 비단 팔걸이 의자에 앉은 후, 화려한 가구들
에 둘러싸여 대화하는 일에 익숙한 것처럼 보이려고 애썼다. 한때
는 생생한 적갈색이었지만 이젠 파삭한 낙엽 색깔에 가깝게 된 자
신의 모슬린 드레스가 너무 초라해 보일까 봐 걱정이 들었다. 원래
색으로 되돌리려 얼마 전 염색도 해보았지만 그다지 성공적이진 못
했다.

"만나주셔서 감사합니다, 도브 부인."

"그렇게 괴상한 명함을 받고서 어떻게 내가 당신을 거절할 수 있
었겠어요?"

조앤 도브는 우아하게 휘어진 눈썹을 치켜올렸다.

"당신이 어떻게 내 이름을 알게 됐는지 물어봐도 될까요? 우리가
만난 적이 없다는 건 분명하니까."

"숨길 건 없지요. 전 그저 공원에서 산책하는 유모 중 한 명한테

물어봤을 뿐이에요. 당신이 딸을 둔 미망인이라는 소리를 들었죠.”

“오, 그래요. 사람들이 수군대곤 하죠.”

“저의 새 직업상, 그런 특별한 수군거림에 주목해야 할 필요가 있거든요.”

조앤은 소파의 팔걸이에 놓인 명함을 두드렸다.

“정확히 말해서, 당신의 새 직업이 갖는 특성이 뭐라는 건가요, 레이크 부인?”

“그건 나중에 설명해 드려야겠어요, 만약 그때도 흥미가 있으시다면요. 그보다 먼저, 제가 오늘 여기를 방문한 이유를 말하게 해주세요. 제 생각에는 우리가 공통적으로 아는 사람이 있는 것 같은데요, 도브 부인.”

“그게 누군가요?”

“그의 이름은 홀튼 펠릭스예요.”

조앤의 눈썹이 의아스럽다는 듯 모아졌다. 그녀는 머리를 저었다.

“난 그런 사람에 대해 아는 바가 없어요.”

“정말요? 그 사람의 침대 옆에 놓인 책에서 당신 주소를 발견했는데요.”

라비니아는 이제 조앤의 확실하고도 숨김 없는 관심을 끌었다는 걸 알 수 있었다. 잘된 일인지는 알 수 없었다. 하지만 이제 일은 시작됐고 되돌아갈 수는 없었다. 그녀와 같은 직업의 여성은 험난한 고개를 건널 준비가 되어 있어야 한다!

“그의 침대 옆에 놓인 책에 우리 집 주소가 있었다고 했나요?”

조앤은 조용히 앉아서 흔들림 없는 시선을 던졌다.

“정말 이상하군요.”

“사실 그 남자의 직업만큼 이상하지는 않죠. 그는 협박범이었어요.”

약간의 침묵이 흘렀다.

"협박범'이었다'구요?"

도브 부인이 되물었다.

"지난밤에 제가 펠릭스 씨를 볼 기회가 있었는데, 그는 죽어 있었죠. 정확히는 살해당했어요."

그 순간, 조앤의 몸이 아주 미세하게 굳어졌다. 가녀리게 숨을 한 번 들이키는 정도의 반응이었지만, 라비니아는 이 여성이 충격을 받았다는 사실을 알아차렸다.

조앤은 곧 정상을 되찾았다. 너무도 빨라서 라비니아는 펠릭스의 죽음에 대한 그녀의 반응을 자신이 착각했던 건 아닌가 싶을 정도였다.

"살해당했다고 했나요?"

조앤은 마치 라비니아가 날씨에 관한 이야기라도 꺼낸 것처럼 태연하게 물었다.

"그래요."

"확실해요?"

"확실합니다. 쉽게 착각할 수 있는 종류의 일은 아니죠."

라비니아는 장갑 낀 손을 모았다.

"도브 부인, 정직하게 말할게요. 전 홀튼 펠릭스에 대해 아는 게 거의 없지만, 믿을 수 없는 인간이라는 사실만은 확실히 알고 있어요. 그는 절 협박하려고 했어요. 제가 오늘 온 것은, 당신도 그 남자의 피해자들 중 한 사람인지 묻기 위해서예요."

"정말 말도 안 되는 질문이군요. 내가 협박 같은 것에 굴복할 사람으로 보이나요?"

라비니아는 공손한 동조의 태도로 머리를 약간 끄덕였다.

"저 역시 그런 강도짓이나 다름없는 일에 순순히 돈을 내줄 마음은 없었어요. 사실, 그 때문에 화가 나서 펠릭스 씨의 주소를 알아내려고 뛰어다녔죠. 그게 어제 저녁 제가 그 남자의 집에 갔던 이유예요. 일부러 그가 집에 없을 것이 확실한 저녁 시간을 택했죠.”

“도대체 왜 그랬는데요?”

라비니아는 어깨를 으쓱했다.

“펠릭스가 가지고 있다던 일기장을 손에 넣기 위해서였어요. 하지만 제가 도착했을 무렵엔 누군가 이미 다녀간 후였어요.”

“살인자였나요?”

“네.”

조앤이 잠시 곰곰이 생각하는 동안 짧지만 긴장된 침묵이 흘렀다.

“정말 용기가 대단하네요, 레이크 부인.”

“다른 선택의 여지가 없다고 느꼈어요.”

“당신 문제는 저절로 해결된 듯하군요. 협박범이 죽었으니까.”

“정반대예요, 도브 부인.”

라비니아가 냉소적으로 미소지었다.

“문제가 더 복잡해졌죠. 제가 회수하려던 일기는 펠릭스의 방에 없었어요. 난 그 일기가 그를 죽인 남자나……,”

라비니아는 미묘하게 잠시 말을 멈추었다.

“여자의 수중에 있을 거라는 결론을 내렸죠.”

도브 부인은 절대 멍청하지 않았다. 그녀는 즉각 라비니아가 암시한 바를 알아채고 재미있다는 투로 말했다.

“내가 펠릭스 씨를 죽이고 일기를 가져간 살인자인지 물어보는 건가요?”

“전 사실 당신이 그 살인자이길 바라고 있었죠. 그렇다면 모든 문제가 훨씬 단순하고 명확했을 테니까요.”

조앤의 눈에 기묘한 빛이 어렸다.

“정말 독특한 여성이군요, 레이크 부인. 흥미롭지만 난 살인자나 협박범에 대해 아는 게 없어요.”

그런 후 조앤은 짐짓 시계를 쳐다보았다.

"이런, 너무 늦었네요. 유감이지만 이만 가주셔야겠어요. 오늘 오후에 전속 디자이너와 약속이 있거든요."

일이 잘 풀리지 않고 있었다. 라비니아는 조금 더 밀어붙이기로 했다.

"도브 부인, 만약 홀튼 펠릭스의 협박 편지를 받고 그를 죽인 당사자가 아니시라면 지금 아주 위험한 상황에 계신 거예요. 제가 당신을 도울 수 있어요."

조앤은 영문을 모르겠다는 표정을 지었다.

"무슨 뜻이죠?"

"우리는 홀튼 펠릭스를 죽이고 일기를 훔쳐간 인간이 그 사업을 이어갈 수도 있다는 걸 염두에 두어야 해요."

"다른 협박이 있을 거라고 예상하나요?"

"비록 아직은 협박 편지가 오지 않았지만, 다른 누군가가 그 일기를 가지고 있다는 사실은 변함 없어요. 아주 마음에 걸리지 않나요?"

조앤은 라비니아의 말에 어떤 반응도 내비치지 않았다.

"난 협박받은 적 없다고 했잖아요. 레이크 부인. 이런 말을 하고 싶진 않지만 당신이 하는 이야기를 듣고 있자니 정신병원에 갈 날이 머지않은 듯하군요."

라비니아는 양손을 꽉 마주 잡았다.

"홀튼 펠릭스가 당신에 관해 뭔가를 알아낸 게 틀림없어요, 부인. 그렇지 않고서야 당신 주소를 갖고 있을 이유가 없지요."

조앤의 눈에 분노가 번쩍였다.

"어떻게 내가 그따위 인간과 친분이 있을 거라고 생각할 수 있죠? 당장 나가요, 레이크 부인. 아니면 하인을 시켜 끌어내겠어요."

"도브 부인, 제발 제 말을 들어주세요. 당신이 홀튼 펠릭스의 피해자 중 한 명이라면, 당신의 정보와 제가 알아낸 사실을 서로 맞춰 볼 수 있을 거예요. 그걸 토대로 현재 그 일기를 가진 자의 정체를 파악할 수 있을 거구요. 당신도 분명 저만큼이나 일기를 찾는 일에 관심이 있으실 거라고 생각해요.”

“당신 탓에 시간만 낭비했어요.”

“사례비는 조금이면 돼요. 제 시간과 필요 비용을 메울 정도만. 이 사건 조사를 맡게 된다면 기쁘겠어요.”

“이제 충분해요. 당신은 완전히 정신나간 사람이군요.”

조앤의 눈이 돌처럼 차가워졌다.

“당장 나가요. 아니면 길거리로 내몰 테니까.”

직접 부딪혀 보는 것은 이걸로 됐다.

라비니아는 좌절의 신음을 작게 내뱉으며 일어섰다.

“가야겠군요. 하지만 제 명함을 갖고 계시니까, 마음이 변하시면 절 찾으세요. 오래 지체하지 않으시길 바라요. 시간이 중요하니까 요.”

그녀는 재빨리 문으로 걸어가 거실을 나섰다. 집사가 조소 어린 시선을 보내더니 현관문을 열었다.

라비니아는 보닛 끈을 묶고는 계단을 내려갔다. 머리 위로는 잿 빛 하늘이 우울하게 펼쳐져 있었다. 오늘 오후 그녀의 운수로 보건 대, 집에 도착하기 전에 다시 비가 내릴 것이 틀림없었다.

그녀는 길을 가로질러 건너갔다. 인정하기 싫었지만, 에멀린이 옳 았다. 그녀의 조카는 헤즐턴 스퀘어 가에 사는 사람이라면 누구라 도 협박 편지의 희생자라는 사실을 인정하기 싫어할 것이라는 점과, 이방인을 고용하여 미묘한 사안을 문젯거리로 만들려 하진 않으리 라고 예측했었다.

이젠 다른 계획을 세워야 한다. 그녀는 모퉁이를 돌아 두 줄로 늘 어선 주택가 사이의 좁은 길을 걸었다.

작은 길가에 드리워진 그늘이 갑자기 짙어진 듯했다. 또한 빗줄기와는 무관한 냉기가 그녀의 등골을 타고 흘렀다. 등뒤에 누군가가 있다.

이 지름길을 택한 게 실수였는지도 몰랐다. 하지만 갈 때도 이 도로를 지났으며 그땐 안전했다. 그녀는 멈춰서서 재빨리 뒤를 돌아보았다.

두꺼운 외투 차림의 건장한 남자가 오솔길 입구의 불빛을 모두 막은 채 서 있었다.

"여기서 당신을 보게 되지 않을까 생각했었소, 레이크 부인."

토비어스 마치가 다가왔다.

"당신이 가는 곳마다 나도 있게 되는군."

라비니아는 클레어몬트 레인에 있는 작은 집의 협소한 홀로 들어선 후에도 여전히 속이 부글거리고 있었다. 토비어스 마치가 그녀의 바로 뒤에 멈춰섰다.

가정부인 칠튼 부인이 앞치마 자락에 커다랗고 솜씨 좋은 손을 닦으면서 나타났다.

"오셨군요, 비를 맞고 집에 오시는 게 아닌가 걱정했어요."

그녀는 호기심을 숨기지 않은 채 토비어스를 쳐다보았다.

"운 좋게 전혀 젖지 않았어요."

라비니아가 보닛과 장갑을 벗었다.

"하지만 오늘의 행운은 그게 다예요. 보다시피 초대받지 않은 손님을 달고 왔어요. 칠튼 부인, 서재로 차를 가져다 주세요."

"그러죠."

토비어스에게 탐색하는 눈초리를 보내며, 가정부는 부엌으로 갔다.

"지난주에 사온 우롱차를 쓸 필요는 없어요."

라비니아가 그녀의 뒤에 대고 외쳤다.

"찬장을 보면 좀더 저렴한 묵은 차가 남아 있을 거예요."

"엄청난 환대에 대단히 감동했소."

토비어스가 비꼬았다.

"엄청난 환대는 초대받은 사람들만을 위한 거죠."

그녀는 보닛을 옷걸이에 걸고는 몸을 돌려 복도로 걸어갔다.

"자기 마음대로 들이닥친 사람들을 위한 게 아니라구요."

"마치 씨."

에멀린이 이층으로 향하는 계단의 난간에서 몸을 내밀었다.

"다시 뵈어 정말 반가워요."

토비어스는 위를 올려다보고는 처음으로 미소지었다.

"나도 정말 기쁘군요, 에멀린 양."

에멀린이 사뿐히 계단 아래로 내려왔다.

"헤즐턴 스퀘어의 그 집으로 당신도 가셨나 봐요? 그곳에서 이모를 만나셨군요?"

"말한 그대로요."

"그가 헤즐턴 스퀘어까지 날 따라온 거야."

라비니아가 작은 서재 문을 열고 들어갔다.

"로마에서 그랬듯이 다시 날 탐색하고 있는 거라구. 정말 넌더리나는 습관이지."

토비어스가 안락한 서재로 따라 들어갔다.

"그 넌더리나는 습관은, 당신이 자신의 일정을 알려줬으면 필요가 없었던 일이오."

"도대체 왜 내가 그래야 한단 말이죠?"

그는 으쓱했다.

"당신이 입을 다물고 있는다면, 계속해서 당신을 쫓아다녀야 하기 때문이오."

“이건 정말 너무해. 완전히 미칠 노릇이라구요.”

그녀는 책상 앞으로 가서 앉았다.

“당신은 내 개인 사업에 끼어들 권리가 없어요.”

“그럼에도 불구하고 난 그렇게 하기로 작정했다오.”

토비어스는 앉으라는 말도 기다리지 않고 커다란 의자에 자리를 잡았다.

“최소한 일기 문제가 해결날 때까진 내게 협조하기를 강력히 제안하는 바요, 레이크 부인. 우리가 빨리 힘을 합할수록 더 빨리 만족스런 결과를 얻게 될 거요.”

“마치 씨 말이 맞아요, 이모.”

에멀린도 서재로 들어와 의자에 앉았다.

“두 분이 협력하시는 게 좋겠어요. 오늘 아침에도 그런 말을 했잖아요.”

라비니아는 두 사람을 노려보았다. 그녀는 덫에 걸렸다는 사실을 알았다. 힘을 합하는 것이야말로 논리적이었다. 자신도 바로 조금 전에 조앤 도브에게 똑같은 주장을 하지 않았던가?

그녀는 눈을 가늘게 뜨고 토비어스를 바라보았다.

“당신을 어떻게 믿으라는 거죠, 마치 씨?”

“당신은 못 믿겠지.”

그는 에멀린에게 미소지었던 것과는 달리, 따뜻함이라고는 전혀 없는 냉소를 입가에 떠올렸다.

“내가 당신을 믿을 수 있을지 없을지 확신할 수 없는 것과 똑같이 말이오. 하지만 달리 이성적인 대안이 없다는 것을 우리 둘 다 익히 알고 있잖소.”

에멀린이 기대에 차서 라비니아의 다음 말을 기다렸다.

라비니아는 받아칠 말이 떠오르기를 바라며 잠시 머뭇거렸다. 그러나 아무 생각도 들지 않았다.

"제기랄."

그녀는 손가락으로 책상을 두드렸다.

"이럴 수가."

"당신이 어떤 기분인지 잘 알고 있소."

토비어스가 건조하게 말했다.

"절망감이라는 단어가 뇌리에 떠오르고 있겠지, 아니오?"

"절망감이라는 말만으로는 이 순간 내 감정을 전부 표현할 수 없어요."

그녀는 의자에 등을 기대고는 의자 팔걸이를 꽉 움켜쥐었다.

"좋아요, 마치 씨. 모두들 그러는 쪽이 '이성적'이고 '논리적'이라고 하는 것 같으니까, 파트너 관계를 맺도록 해야겠군요."

"훌륭하군."

토비어스의 눈이 승리감으로 번쩍였다.

"이로써 우리 일은 훨씬 단순하고도 효율적이 될 거요."

"난 그렇게 생각되지 않는군요."

그녀가 몸을 앞으로 숙였다.

"하지만 시도해 볼 수밖에 없겠죠. 당신이 먼저 시작하세요."

"먼저?"

"당신의 신뢰를 먼저 보이시라는 말이죠, 물론."

그녀는 특정 상황하에서만 보이곤 하는 달콤한 미소를 뿌렸다.

"조앤 도브에 대해 아는 걸 말해 봐요."

"조앤 도브가 누구요?"

"맙소사, 이럴 줄 알았어."

라비니아가 에멀린에게로 몸을 돌렸다.

"봤니? 어처구니없는 일이지. 마치 씨는 우리보다도 아는 게 적다구. 협력해 봐야 우리에게 무슨 이익이 있겠니?"

"진정해요, 이모. 마치 씨에게 기회를 주셔야죠."

"방금 기회를 줬잖아. 전혀 쓸데없는 짓이었고 말야."

"내게도 당신에게 제공할 만한 게 있다고 생각하오만, 레이크 부인."

그녀는 의심을 감출 수 없었다.

"예를 들자면요?"

"조앤 도브에 대해 아는 바가 없다는 건 인정하오. 하지만 그렇다고 해서 짧은 시간 동안 많은 정보를 밝혀내는 게 어려우리라 여기진 않소."

"왜 그렇게 생각하죠?"

라비니아가 호기심이 생겨 물었다. 자신의 새 직업에 대해 배울 것이 많다는 것을 재삼 상기했다.

"난 런던에 정보망을 갖고 있소."

"스파이들을 말하는 건가요?"

"아니, 그저 믿을 만한 사람들을 말하는 거요. 그들은 일이 벌어질 때면 기꺼이 정보를 팔지. 탐문해 볼 수는 있지만 당신이 이미 아는 걸 찾아내 봤자 시간 낭비일 거요. 당신이 오늘 그녀와 무슨 이야기를 나눴는지 말해 주는 게 훨씬 수월한 일처리요."

에멀린은 놀란 소리를 냈다.

"이모, 그 부인과 만나겠다는 말씀은 하지 않으셨잖아요."

라비니아는 손을 내저었다.

"글쎄, 기회가 눈앞에 있길래 그저 잡은 것뿐이야."

"이모는 그냥 동네가 어떤지 살펴보고 무슨 유용한 정보가 있는지 알아보기만 하겠다고 그랬잖아요."

에멀린이 걱정스러워하며 얼굴을 찡그렸다.

"그 집에 들어가 대화를 나누겠다는 계획은 말해 주지 않았어요."

"난 쇠뿔은 단김에 빼라는 속담대로 한 것뿐이야."

"하지만, 이모……."

"도대체 그녀한테 무슨 소릴 했소?"

토비어스가 너무나도 조용한 말투로 끼어들었다.

에멀린이 다소 성급하게 말했다.

"이모는 정보를 얻을 뿐 아니라 의뢰인을 확보할 절호의 기회라 여기신 것 같아요."

"의뢰인이라구?"

토비어스는 경악한 듯했다.

"그 이야기는 이쯤에서 그만두자구나, 에멀린."

라비니아가 단호하게 말했다.

"마치 씨에게 내 개인 사업에 관해 전부 떠벌릴 필요는 없잖니. 이분께는 관심 밖의 일일 게 분명하니까."

"전혀 그렇지 않소. 당신과 관련된 모든 일에 상당한 흥미를 갖는 현재로선 아주 사소한 부분이라도 내겐 굉장한 관심거리지."

에멀린이 라비니아에게 얼굴을 찡그렸다.

"이런 상황하에서 이모가 왜 마치 씨에게 아무 말도 하지 않으려는지 이해할 수 없어요. 마치 씨는 결국 진실을 알게 되실 텐데."

"정확히 하자면 당장 알아야겠지. 무슨 뚱딴지 같은 일을 벌이는 거요, 부인?"

"난 그저 나와 내 조카의 생계를 꾸려 나가려고 애쓰고 있어요. 길바닥에서 구걸하는 지경까지 떨어지지 않으려고 말이죠."

"자, 어떻게 당신의 생계를 꾸려 나가겠다는 거요?"

"내가 이 직업에 발을 들여놓아야 했던 건 전적으로 당신 책임이에요, 마치 씨. 당신 탓에 새로운 사업이라는 모험에 뛰어들어야 했다구요. 덧붙이자면, 이 일을 통해서는 아직 충분한 수입이 나오지 않고 있죠."

그는 이제 자리에서 일어나 있었다.

"제기랄, 당신의 새 직업이 뭐요?"

에멀린이 그에게 책망하는 눈길을 던졌다.

"놀라실 필요 없어요, 마치 씨. 저도 이모의 새 직업이 상당히 희한하다는 점은 인정하겠어요. 불법적인 구석은 하나도 없지만요. 사실 이모는 당신에게서 영감을 얻은 거예요."

"맙소사."

토비어스가 단 두 걸음만에 책상 앞으로 다가오더니 손을 짚었다.

"도대체 무슨 일을 벌이고 있는 건지 말하시오."

그는 라비니아의 기를 질리게 만드는, 극도로 부드러운 목소리로 낮게 말했다.

그녀는 망설이다가 어깨를 으쓱하고는 책상 가운데 서랍을 열어 새로 찍은 명함 중 하나를 꺼냈다. 입을 꼭 다문 채, 토비어스가 똑똑히 명함을 볼 수 있도록 그의 앞에 놓인 마호가니 책상의 반들거리는 표면 위에 그것을 놓았다.

토비어스는 그 명함을 내려다보았다. 그녀는 조용히 그의 시선을 쫓았다.

사설 조사 대행
비밀 철저 보장

그녀는 마음의 준비를 했다.

"어처구니없군."

토비어스가 책상에서 명함을 낚아챘다.

"당신은 내 영역을 침범했소. 도대체 당신이 이 일을 할 수 있다고 생각하게 된 계기가 뭐요?"

"한마디 해도 되겠어요? 이 직업에 특별한 자격이 요구되지는 않는다고 봐요. 그저 허다하게 질문을 하고 다니면 되는 거죠."

토비어스가 눈을 가늘게 떴다.

"일기를 찾는 일에 당신을 고용해 달라고 조앤 도브를 부추겼겠군, 그렇지 않소?"

"내가 이 문제를 탐문하는 것에 수수료를 지불하면 어떻겠냐고 제안하긴 했죠."

"완전히 미쳤군, 응?"

"당신이 내 정신 상태에 관해 질문하다니 참 우습네요, 마치 씨. 석 달 전에 로마에서 나 역시 당신의 정신 상태에 마찬가지 의문을 품었거든요."

그는 손을 퉁겨 명함을 책상 너머로 날려보냈다. 명함은 허공을 날아가 바로 그녀 앞에 떨어졌다.

"미친 게 아니라면 머릿속이 텅 비었음에 틀림없소. 이 일이 위험하다는 개념조차 없다니."

"물론 다소 위험스러운 측면이 있다는 건 알아요. 어젯밤에 펠릭스 씨의 두개골을 봤으니까 말이죠."

그는 다리를 저는 사람치고는 엄청나게 빠른 속도로 책상 모서리를 돌아 다가왔다. 그리고는 그녀의 팔을 잡고는 의자에서 강제로 일으켜 세운 후 그대로 번쩍 들어올렸다.

에멀린이 의자에서 펄쩍 뛰어 일어났다.

"마치 씨, 이모한테 무슨 짓이에요? 얼른 내려주세요."

그는 에멀린의 요청을 무시했다. 아니, 그의 신경은 온통 라비니아에게 쏠려 있어 듣지 못했다.

"미친 게 아니라면 당신은 조그만 참견쟁이 바보요, 레이크 부인. 당신이 무슨 짓을 저질렀는지 알고나 있소? 난 계획을 짜느라 몇 주를 보냈는데 당신은 단지 하루만에 모든 것을 뒤죽박죽으로 만들어 놓았소."

그의 눈에 드러난 숨김없는 분노 때문에 라비니아는 입이 바짝 말랐다. 자신을 이 정도로 당황하게 할 위력이 그에게 있다는 생각 때문에 그녀 또한 부아가 치밀었다.

"내게서 손을 떼요."

"우리의 파트너 관계를 인정하기 전까지는 안 되오."

"날 형편없이 깎아내리면서 왜 그렇게 나랑 일하고 싶어하는 거죠?"

"우린 같이 일하게 될 거요, 레이크 부인. 오늘 오후 벌어진 사건 덕분에 당신 혼자서 계속 일을 벌이도록 내버려두는 위험을 감수해선 안 된다는 게 명백해졌소. 당신에게는 감시가 필요해."

그녀는 그의 말투가 마음에 들지 않았다.

"마치 씨, 날 계속 이렇게 들고 있을 수는 없어요."

"너무 확신하진 마시오, 부인."

"당신은 신사가 아니에요."

"예전에 들어본 소리군. 자, 우리가 동업해서 일기를 찾는 일에 합의를 본 거겠지?"

"당신과 협력하는 일이라면 뭐든 간에 조금도 관심이 없다구요. 하지만 당신과 맞부딪치지 않을 도리가 없어 보이니, 기꺼이 동업해서 정보를 교환하도록 하죠."

"현명한 결정이오, 레이크 부인."

"하지만 차후 이런 식의 무례한 언동은 자제해야 한다고 강력히 주장하는 바예요."

아플 정도는 아니었지만 라비니아는 그의 강한 손힘을 느낄 수 있었다.

"자, 이제 내려줘요."

말없이 토비어스는 바닥에 그녀를 내려놓고 손을 풀었다.

그녀는 치맛자락을 털고는 머리칼을 매만졌다. 당황함과 분노, 기묘한 숨막힘 같은 것이 느껴졌다.

"정말 난폭하군요, 마치 씨. 난 사과를 받아야겠어요."
"용서를 구하오, 마담. 당신의 어떤 특성이 내게서 최악의 면모를 이끌어내는 것처럼 보이는군."
"맙소사."
에멀린이 중얼댔다.
"이 동업 관계는 시작부터 삐그덕거리네요."
라비니아와 토비어스는 잊고 있던 에멀린을 동시에 쳐다보았다. 누가 먼저 말하기도 전에 문이 열리고 칠튼 부인이 찻잔이 든 쟁반을 들고 요란하게 들어왔다.
"제가 차를 드릴게요."
에멀린이 조용히 말하고는 쟁반을 받아들려고 급히 달려갔다.

세 개의 잔이 다 채워질 때쯤, 라비니아의 분노도 가라앉았다. 토비어스는 등뒤로 손을 깍지 낀 채, 창가에 서서 작은 정원을 내다보았다. 그에겐 여전히 다소 위험하고도 예측불가능한 분위기가 서려 있었다. 하지만 그가 더 이상 '참견쟁이 바보' 어쩌고 하지 않는 것만 해도 좋은 징조라고 라비니아는 스스로에게 말했다.
칠튼 부인이 나가고 문이 닫히자, 라비니아는 차를 한 모금 마시고는 조심스럽게 내려놓았다. 거대한 시계가 무거운 침묵을 뚫고 똑딱소리를 냈다.
"처음부터 다시 시작해 봅시다."
토비어스가 단호하게 말했다.
"정확히 도브 부인에게 뭐라고 말했소?"
"난 그녀에게 솔직하게 털어놓았어요."
"제기랄."
라비니아는 목청을 가다듬었다.
"그저 내가 협박 편지의 피해자 중 한 명이었고, 은신처까지 그

사랑이 머무는 자리 73

협박범을 쫓아갔다가 다른 누군가가 먼저 다녀갔다는 걸 알았다고 했을 뿐이에요. 펠릭스가 협박 편지에서 언급했던 일기가 사라졌고, 침대 옆에 놓여 있던 그 역겨운 소설에 그녀의 주소가 끼워져 있더라고 설명했죠."

"그게 당신이 방에서 찾아낸 거로군. 나도 당신이 뭔가를 발견했다는 걸 알아챘더랬소. 제길, 왜 내게 말하지 않았지?"

"마치 씨, 번번이 내게 호통만 치고 있으면 우린 아무것도 하지 못할 거예요."

그의 턱이 경직되었지만 반박하지는 않았다.

"계속하시오."

"불행히도 할 말은 그게 다예요. 조앤 도브는 협박 편지에 관해서는 아무것도 모른다고 했지만, 난 그녀가 펠릭스의 피해자들 중 한 명이라고 확신해요. 그녀를 의뢰인으로 받아들이겠다고 제안했지만 거절하더군요."

그녀가 양손을 펼쳐 보였다.

"그래서 난 그 집을 떠났구요."

현관문 밖으로 집어던져질 뻔한 사실까지 구태여 밝힐 필요는 없을 것이다.

"어젯밤 내가 당신과 함께 있었다는 말을 그녀에게 했소?"

"아뇨, 이 일에 당신이 관련되었다는 말은 전혀 하지 않았어요."

토비어스는 방금 들은 정보에 관해 잠깐 곰곰이 생각했다. 그러고 나서 커다란 의자 주변에 놓인 작은 테이블로 다가가더니 찻잔과 받침을 집어들었다.

"그녀가 미망인이라고 했던가?"

"그래요. 공원에 있던 유모들 중 한 명이 말하길 그 여자의 남편이 일년 전에 죽었다더군요. 그녀의 딸이 대무도회에서 약혼을 발표한 직후에."

찻잔을 받침 위에 내려놓던 토비어스의 손이 멈칫했다. 날카로운 홍미가 그의 눈에서 반짝였다.

"그 유모가 남편이 왜 죽었는지도 말했소?"

"자기 영지를 방문하던 중에 생긴 갑작스러운 병 때문이라나요. 자세한 것은 묻지 않았어요."

"알겠소."

토비어스는 찻잔을 조심스레 받침 위에 놓았다.

"도브 부인은 자신이 협박당하고 있었다는 걸 인정하지 않았다고 했지?"

"네."

라비니아는 망설이며 덧붙였다.

"그녀는 협박을 당했다고 말하진 않았어요. 하지만 그녀의 태도로 보건대 내가 말하는 내용을 그녀 또한 아주 잘 알고 있다고 확신했죠. 그녀는 상당히 초조해하고 있어요. 그녀가 머지않아 내게 연락해도 놀라지 않을 거예요."

6

토비어스가 클럽으로 들어섰을 때는 아직 꽤 이른 시각이었다. 분위기는 차분했고 그저 희미하게 신문을 넘기는 소리와 찻잔이 받침에 달깍대는 소리, 간혹 유리잔에 포도주 병이 부딪치는 소리만이 들려왔다. 커다랗고 푹신한 독서용 의자에 기댄 사람들의 대부분은 머리가 희끗희끗했다.

이 시각에 여기 있는 사람은 보통 ‘정부(情婦)라든가 패션보다는 카드 놀이나 투자에 더 흥미를 갖게 되는 나이였다. 더 젊은 축들은 사격 시합을 하든가 아니면 옷을 맞추러 갔을 터였다.

그리고 그들의 아내와 정부들은 분명 쇼핑하는 데 정신이 팔려 있을 것이다. 종종 이 두 부류의 여자들이 같은 양장점과 모자가게를 이용하는 경우가 있었다. 하지만 어떤 남자의 아내와 정부가 맞닥뜨렸다는 말은 들어본 바 없었다. 그런 경우라면, 물론 부인 쪽이 매춘부를 무시해야 하리라.

하지만 만약 앞뒤 안 가리고 불 같은 성격의 라비니아에게 그런

일이 일어났다면, 즉시 그들 앞에 놓인 모슬린 옷감 따위는 갈기갈
기 찢어지고 말겠지.

무슨 이유에서인지 그런 상상을 하자 저조한 기분임에도 불구하
고 즐거워졌다.

라비니아라면 정부를 해치우자마자 남편을 궁지에 몰아붙일 게
틀림없어. 그 남자는 아마 최악의 봉변을 당하게 될 테지.

그의 미소가 그쳤다.

"아, 자네군, 마치."

크랙번 백작이 신문을 내려놓고 안경 너머로 토비어스를 쳐다보
았다.

"오늘쯤 자넬 보게 되지 않을까 생각은 했지."

"안녕하십니까, 백작님."

토비어스는 난로가 맞은편 의자에 앉았다. 그는 무심결에 오른쪽
허벅다리를 문지르기 시작했다.

"불가 가까이 자리잡으시다니 현명하십니다. 오늘 오후는 시내
여기저기를 뛰어다닐 만한 날이 아니더군요. 비가 내려서 길이 온
통 진흙탕입니다."

"시내를 뛰어다니는 건 벌써 30년간 나와 인연이 없는 소리였네."

크랙번 백작의 회색 눈썹이 안경 위로 불쑥 솟아올랐다가 내려갔
다.

"다른 이들이 내게 와주는 쪽이 더 좋지."

"예, 그렇죠."

크랙번 백작은 사랑하는 아내가 십년 전에 죽은 후로, 거의 클럽
에서 살다시피 했다. 토비어스는 그런 그를 잊지 않고 정기적으로
방문했다.

그들의 우정은 거의 20년 전, 옥스퍼드 대학을 막 졸업하고 무일
푼이던 토비어스가 크랙번 백작의 일에 지원했을 때까지 거슬러 올

라간다. 명망 높은 가문의 백작인데다 엄청난 재산가이자 최고 상류층과 교분이 있는 그가 왜 연고도 없고 가족도 없는 무경험의 젊은이를 고용했는지는 아직까지도 알 수 없었다. 하지만 토비어스는 백작의 신뢰에 항상 감사해 왔다.

그는 오 년 전에 사설 탐정소를 차리면서 백작의 회계와 사업 일에서 손을 뗐지만, 여전히 그의 충고와 지혜를 소중히 받아들였다. 게다가 백작은 대부분의 시간을 보내는 클럽에서 유용한 소문과 가십을 수집해 최신 정보를 전해 주었다.

백작이 신문을 소리나게 바스락거리며 페이지를 넘겼다.

"자, 어젯밤 무슨 도박꾼이 살해당했다고 들었는데 그게 무슨 소린가?"

"놀랍습니다."

토비어스가 쓸쓸한 미소를 지었다.

"어떻게 그 소식을 들으셨죠? 신문에 기사가 났습니까?"

"아니, 카드 게임 중간에 그 이야기가 나와 엿들었지. 이틀 전에 자네가 질문했던 홀튼 펠릭스라는 이름이 들리더군. 그는 죽은 건가?"

"네, 확실히. 누군가 무거운 걸로 그의 두개골을 내리쳤더군요."

"음."

백작이 신문으로 관심을 돌렸다.

"네빌이 자네에게 찾아달라고 한 일기는 어떻게 되었나?"

토비어스는 불가 쪽으로 다리를 뻗었다.

"제가 현장에 도착했을 때는 이미 사라지고 없었습니다."

"알겠네. 안됐구만, 네빌이 그 소식을 좋아하지 않을 걸세."

"안 좋아하더군요."

"이제 어디서부터 시작해야 할지 감이 오나?"

"아직은 아닙니다만, 그 빌어먹을 물건에 관한 어떤 정보라도 사겠다고 정보원들에게 말해 두었습니다.”

토비어스가 망설이며 말을 이었다.

“새로운 소식이 있습니다.”

“뭔가?”

“이 일을 하는 동안만 협력할 파트너 관계를 맺어야 했습니다. 새 동료는 이미 귀가 솔깃한 단서를 얻어냈더군요.”

백작이 재빨리 고개를 들어 놀라움에 반짝이는 눈으로 그를 살폈다.

“파트너라구? 앤서니를 말하는 건가?”

“아뇨, 앤서니는 이따금 조수 노릇만 했죠. 그 역할을 계속할 겁니다. 그가 내 사업에 너무 깊숙이 관련되지 않길 바란다고 전에도 말씀드렸었죠.”

백작이 재미있다는 듯 물었다.

“본인이 그 일을 하고 싶어한다고 해도?”

“그건 중요한 문제가 아닙니다.”

토비어스는 손을 뻗어 따뜻한 불기운을 쬐었다.

“이 일은 신사에게 맞지 않아요. 스파이보다 겨우 한 단계 나은 정도죠. 수입으로 말하자면 좋게 말해도 들쭉날쭉합니다. 죽은 아내 앤에게 앤서니가 안정되고 존경할 만한 직업을 갖게 하겠다고 약속 했습니다.”

“젊은 앤서니도 존경받고 안정된 직업에 흥미를 갖던가?”

백작이 건조하게 물었다.

“아직은 아닙니다.”

토비어스가 인정했다.

“하지만 그는 21살밖에 안 됐습니다. 현재로선 과학, 고고학, 예술, 바이런의 시 등 광범위한 주제에 관심을 갖더군요.”

“다른 일들이 다 실패하면, 부유한 상속녀와 결혼하라고 자네가 충고해 주면 되잖나."

"전 앤서니가 부유한 여자와 결혼하는 건 고사하고 만날 기회조차 만들지 않는 듯해서 걱정입니다. 우연히 그런 기회가 생긴다 해도, 그가 대화 소재라고는 드레스나 스캔들밖에 없는 젊은 여자들에게 경멸감을 갖고 있기 때문에 관계가 진척되기도 전에 끝날 겁니다."

"글쎄, 내가 자네라면 그의 장래에 대해서 그다지 걱정하지 않겠네. 내 경험으로 보건대, 젊은이는 어느 순간 스스로 결정을 내리기 마련이더군. 결국 우리가 할 일이라고는 그들이 잘되기를 바라는 것 외에는 거의 없다네. 자, 이제 자네의 새 동업자에 대해서 좀 말해 보게나."

"라비니아 레이크 부인입니다. 제가 전에 그녀에 대해 말씀드렸었죠?"

백작의 입이 딱 벌어졌다가 닫혔고, 다시 벌어졌다.

"맙소사, 자네가 로마에서 만났다던 그 레이크 부인 말인가?"

"바로 그 여자 맞습니다. 그녀도 펠릭스의 협박 피해자들 중 한 명인 듯하더군요."

토비어스는 불을 응시했다.

"다 제 잘못입니다."

"오, 그런 소리 말아."

백작이 안경을 치켜올리고는 몇 번 눈을 깜박였다.

"정말 흥미진진한 전개로군."

"저로서는 빌어먹을 정도로 복잡한 전개인데요. 더군다나 그 여자는 사설 탐정 일을 시작했습니다. 제게서 영감을 얻은 모양이더군요."

"기절초풍할 일이로군."

백작이 머리를 저었다. 그는 즐거움과 놀라움 사이에서 갈피를 못 잡는 것처럼 보였다.

"자네가 혼자 힘으로 이뤄낸 기묘한 직업과 똑같은 경력을 추구하는 여성이라. 남자로서는 기절초풍할 노릇이지."

"기절초풍하는 정도야 제가 느낀 엄청난 충격의 일부일 뿐이지요. 하지만 그 여자가 직접 일기를 찾아나설 결심을 한 이상, 저로선 그녀와 파트너 관계를 맺는 것 외에 달리 선택의 여지가 없었습니다."

"물론 그랬겠지."

백작이 이해심 있게 끄덕였다.

"그 여자를 계속 감시하고 통제할 수 있을 유일한 방법일 테니."

"그 어느 누구도 레이크 부인을 통제할 순 없을 거요, 저조차도요. 하지만 새 동업자 문제를 말하려고 온 것은 아닙니다. 질문을 좀 드리려고요."

"그게 뭔가?"

"사교계에서 발이 넓으시고 계속 소문을 추적하고 계시죠. 헤즐턴 스퀘어에 사는 조앤 도브라는 여자에 대해 뭔가 알고 계십니까?"

백작은 그 질문에 대해 잠깐 생각하더니 신문을 접어 밀쳐 놓았다.

"글쎄, 도브 부부는 사교계에 자주 나오지는 않았네. 그들과 연관된 가십거리가 거의 없어. 약 일년 전에 그들의 딸이 콜체스터 가의 후계자와 약혼식을 올렸네. 필딩 도브는 바로 그 직후에 사망했지."

"그 부인에 관해 아시는 건 그게 전부인가요?"

백작이 널름대는 불꽃을 가만히 응시했다.

"그녀는 20여년 전에 도브와 결혼했지. 상당한 나이차가 있었어. 도브가 그녀보다 25살인가 30살인가 더 먹었지, 아마. 그 여자의 출신지나 가족에 대해서는 전혀 알려진 바가 없다네. 하지만 한 가지 사실은 확실히 말해 줄 수 있지."

토비어스가 조용한 의문을 담고 눈썹을 모았다.

"필딩 도브가 죽자 조앤 도브는 남편의 엄청난 유산을 상속받았네. 그 여자는 지금 대단히 부유해."

"부에 따르는 권력도 갖추고요."

"맞아."

백작이 말했다.

"그리고 사람이란 부유하고 권력이 생길수록 자신의 비밀을 묻어 두기 위해 그 무엇이라도 하고 싶어지기 마련이지."

클레어몬트 레인 7번지 앞에 우아한 마차가 멈췄을 때도 비는 여전히 심하게 내리고 있었다. 라비니아는 말쑥한 제복을 입은, 남자답게 생긴 하인이 문을 열려고 뛰어내려와 우산을 펴는 광경을 커튼 사이로 지켜보았다. 장대비 때문에 마차에서 내린 여인이 누구인지 볼 수 없었지만, 라비니아가 아는 중에 그렇게 비싼 마차와 하인을 갖출 여유가 있고 끔찍한 날씨에도 밖에 나올 이유가 있는 여자는 단 한 명뿐이었다.

조앤 도브는 천으로 싼 꾸러미를 들고 있었다. 그녀는 재빨리 계단을 올라갔다.

하인이 주의 깊게 우산을 받쳤지만, 몇 분 후 그녀가 따스한 복도에 들어섰을 때 무릎까지 오는 부츠와 우아한 스타일의 짙은 회색 망토는 이미 축축해져 있었다.

라비니아는 황급히 난로가 근처의 의자를 권했다.

"차 좀 부탁해요, 칠튼 부인."

라비니아는 자신의 집에 고상한 손님들이 찾아오는 게 매일 있는 일처럼 들리도록 노력하며 서둘러 지시했다.

"새로 들여온 우롱차로 해줘요."

"즉시 준비하지요, 마담."

가정부가 절을 하며 방을 물러나다가 그만 발을 헛디뎌 넘어질 뻔했다.

라비니아는 조앤에게 돌아서서 적절한 말을 찾으려고 했다.

"비가 한동안 계속 내릴 듯하네요."

그녀는 즉시 바보 같은 말이라고 후회했다. 미래의 의뢰인에게 전혀 감동을 줄 말이 아니었다.

"그렇네요."

조앤이 검정 장갑을 낀 손을 들더니 베일을 걷어올렸다.

라비니아가 하려던 말은 조앤의 창백한 얼굴과 황량한 눈동자를 보는 순간 전부 뇌리에서 사라졌다. 경악한 라비니아는 황급히 일어났다.

"괜찮아요, 부인? 정신 드는 약을 가져오도록 할까요?"

"약은 도움이 안 돼요."

조앤의 목소리는 눈에 드러난 공포와는 다르게 차분했다.

"당신이 날 도와주기를 바라요, 레이크 부인."

"무슨 일이시죠?"

라비니아는 천천히 의자에 몸을 묻었다.

"지난번 말씀을 나눈 후에 무슨 일이 생겼나요?"

"한 시간 전에 이게 우리 집 문간에 떨어져 있는 걸 발견했어요."

매우 신중하게 조앤은 가져온 사각형 꾸러미를 풀었다.

천을 풀자, 가로세로 약 삼십 센티미터 정도의 나무상자 안에 밀랍으로 만든 작은 작품이 보였다. 라비니아는 말없이 조앤에게서 그것을 받았다.

그녀는 빛이 더 잘 드는 창가로 다가가 예술적으로 채색되고 섬세하게 묘사된 작품을 살펴보았다. 그것은 화판 위에 도드라지게 올라오도록 만든 부조(浮彫) 조각품이었다.

정교하게 묘사된 초록 드레스를 입고 바닥에 쓰러져 있는 여성의 모습으로, 얼굴은 옆을 향하고 있어 볼 수 없었다. 허리선이 높은 드레스의 등쪽은 깊이 파였고 드레스 끝자락에는 작은 장미가 세 줄로 장식되었다.

하지만 라비니아의 주의를 끈 것은 조각의 머리에 사용된 진짜 머리칼의 색조로, 은색이 섞인 블론드였다. 그녀는 조앤의 머리칼과 같다고 생각했다.

"정말 유별나지만 훌륭한 밀랍 작품이네요 하지만 왜 제게 보여 주시는지 모르겠군요."

"여자의 모습을 잘 봐요."

조앤이 양손을 무릎께에 모아 꽉 움켜쥐었다.

"그녀가 누운 바닥 아래가 붉은 색인 게 보이죠?"

라비니아는 다시 한 번 꼼꼼히 살폈다.

"마치 진홍색 스카프나 붉은 비단 위에 누워 있는 것처럼 보이는 군요."

그녀는 마침내 자신이 보고 있는 것이 무엇인지 깨달았다.

"맙소사."

"그래요. 인물 아래쪽에 약간의 붉은 칠을 했죠. 분명히 피를 나타낸 거예요. 그 여자는 죽어 있어요. 이건 살인 장면이죠."

라비니아는 조앤의 눈을 마주 응시했다.

"이 밀랍 작품에 나온 여자는 당신을 묘사한 것 같아요. 죽이겠다는 협박이군요."

"나도 그렇게 생각해요. 그 초록색 드레스는 내 딸의 약혼식 날 입었던 거고요."

라비니아는 잠깐 생각에 잠겼다.

"다른 때도 입은 적이 있었나요?"

"아뇨, 그 옷은 약혼식용이었어요. 다른 곳에서 입은 적은 없어요.”

“이 작품을 만든 자가 누구든 간에, 그 드레스를 본 것이 틀림없어요. 따님의 약혼식에 하객이 몇 명 정도 참석했죠?”

조앤의 입이 씁쓸하게 비틀렸다.

“불행히도 하객 명단에 오른 사람만 3백 명이 넘었죠.”

“맙소사, 혐의자가 엄청나게 많은 셈이군요.”

“그래요, 내 딸이 지금 런던에 없는 걸 하늘에 감사해요. 이걸 보면 무척이나 놀랄 거예요. 그 애는 아버지의 죽음이 준 충격에서도 아직 벗어나지 못하고 있죠.”

“따님이 어디에 있죠?”

“메리앤은 요크셔에 있는 약혼자 친척의 영지를 방문중이에요. 난 그 애가 런던으로 돌아오기 전에 이 문제를 해결하고 싶어요. 당신이 즉각 조사를 시작하리라 믿어요.”

상류층 사람을 다룰 때는 매우 조심해야 하는 법이다. 그들은 대금을 지불할 능력이 있지만 돈을 떼먹는 일에도 능숙하니까.

“이 작품을 보낸 자의 신원을 파악하는 일에 수수료를 주실 생각이 있으신가요?”

그녀가 조심스럽게 물었다.

“그렇지 않다면 오늘 내가 왜 여기에 왔겠어요?”

“오, 물론 그렇죠.”

상류층 인사들은 비할 바 없이 퉁명스럽고 요구도 많은 법이다.

“레이크 부인, 당신은 벌써부터 이 일에 대해 조사를 하는 중이라고 말했죠. 전에 나에게 한 그 제안은 여전히 유효한가요?”

“네.”

라비니아가 성급하게 대꾸했다.

“물론 유효해요. 의뢰를 받게 되어 기쁘군요, 도브 부인. 이제 액수에 관해 의논해야겠네요.”

"세부적으로 시시콜콜히 파고들어갈 필요는 없어요. 성과가 만족할 만하면 얼마가 청구되든지 난 신경 쓰지 않아요. 일이 끝나는 대로 내게 청구서를 보내세요. 장담하지만 즉시 지불받게 될 거예요."

조앤이 차갑게 미소지었다.

"나와 일한 사람이나, 내 집에 하인을 소개한 누구한테라도 한 번 물어봐요. 모두들 제때에 돈을 받았다고 말해 줄 거예요."

그 정도면 충분하다고 라비니아는 생각했다. 금액 건으로 의뢰인의 심화를 돋우다가 수수료를 받지 못하는 것은 그녀가 무엇보다 바라지 않는 일이었다.

그녀는 목청을 가다듬었다.

"그럼 시작하도록 하죠. 일단 몇 가지 질문을 드려야겠네요. 제가 부인의 사생활에 쓸데없이 간섭하고 있다고 생각지는 말아주셨으면 해요."

복도 쪽에서 현관문 열리는 소리가 나자 그녀는 말을 멈췄다.

조앤은 즉각 긴장하며 닫혀진 객실 문을 응시했다.

"다른 방문객이 있나 보군요. 오늘 내가 당신을 찾아온 이유는 누구한테도 말하지 말아줬으면 해요."

"걱정 마세요, 도브 부인. 제 조카일 거예요. 그 애는 새로 사귄 친구인 프리실라 워스햄 양을 방문하러 갔었답니다. 워스햄 양이 그 애를 초대했죠, 친절하게도 자기 마차까지 보내서요."

라비니아는 자기 말이 자랑하는 것처럼 들리지 않기를 바랐다. 그녀는 레이디 워스햄의 초대가 조앤 도브처럼 부유한 사교계 인사들과 친한 사람에게는 별 의미가 없다는 걸 잘 알고 있었다. 하지만 에멀린의 경우엔 엄청난 사회적 쾌거였다.

"알았어요."

하지만 그때 너무나 익숙한 남성적인 목소리가 홀에서 울려 퍼졌다.

“신경 쓰지 마십시오. 내가 직접 보고 오죠, 칠튼 부인.”

“제기랄. 저 남자는 언제나 곤란할 때 등장해.”

라비니아가 중얼댔다.

조앤이 재빨리 그녀를 쳐다보았다.

“누구죠?”

문이 열리고 토비어스가 방으로 걸어 들어왔다. 그는 조앤 도브를 보자 걸음을 멈추고는 대단히 정중하게 인사를 했다.

“안녕하십니까.”

그는 허리를 펴고 라비니아 쪽을 향해 한쪽 눈썹을 치켜올렸다.

“내가 없는 사이 상당한 발전이 있었군, 레이크 부인. 대단하오.”

“이 신사는 누구죠?”

조앤이 날카로운 어조로 물었다.

라비니아는 토비어스에게 가만 있으라는 눈초리를 보내고는 재빨리 말했다.

“제 동업자를 소개하겠어요, 도브 부인.”

“동업자에 대한 이야기는 없었잖아요.”

“결정한 지 얼마 안 되었거든요.”

라비니아가 무마하려는 듯이 말했다.

“이분은 토비어스 마치 씨예요. 제 일을 거들어 주시죠.”

“사실대로 말하자면,”

토비어스가 라비니아에게 의미 있는 시선을 보냈다.

“레이크 부인이 저를 거들고 있습니다.”

조앤은 그의 얼굴을 찬찬히 살펴보고는 라비니아에게 시선을 돌렸다.

“이해가 안 되는군요.”

“아주 간단해요. 마치 씨와 저는 파트너 관계를 맺고 있어요. 사실 부인께는 아주 좋은 거죠. 제 의뢰인으로서, 우리 두 사람의 봉사를 추가 비용 없이 받으실 수 있으니까요.”

“곱절 이익인 셈이죠.”

토비어스가 거들었다. 라비니아는 확신을 줄 수 있기를 바라며 간신히 미소를 지어 보였다.

“마치 씨는 이런 종류의 일에 경험이 풍부해요. 정말 신중한 사람이죠.”

“알겠어요.”

조앤은 전적으로 만족한 것처럼 보이진 않았지만 확실히 그녀로선 선택할 여지가 별로 없었다.

“좋아요.”

라비니아는 토비어스에게 밀랍 작품을 넘겨주었다.

“도브 부인이 얼마 전에 이걸 받았다며 갖고 오셨어요. 죽이겠다는 위협이라고 생각하시죠. 나도 동의하고요. 이 작품 속 여자가 입은 드레스는 도브 부인 것이고, 보시다시피 머리칼 역시 부인의 것과 같은 색이에요.”

토비어스는 한참 동안 작품을 조사했다.

“이상하군. 보통 협박범은 오래된 비밀을 폭로하겠다고 위협하는 법이오, 죽이겠다고 협박하는 게 아니라. 수입원을 살해한다는 것은 비논리적이니까.”

짧지만 묵직한 침묵이 내리깔렸다. 라비니아는 조앤과 시선을 교환했다.

“마치 씨가 잘 지적했어요.”

라비니아가 퉁명스레 중얼거렸다.

“그렇군요.”

조앤은 생각에 잠긴 표정으로 말했다.

라비니아는 새 의뢰인이 좀전보다 훨씬 흥미를 갖고 토비어스를 관찰하는 것을 알아챘다.

토비어스가 작품을 내려놓았다.

"우리가 다룰 악당은 이미 살인을 저질렀다는 점을 명심해야 합니다. 이 살인자는 살해 위협이 피해자의 돈을 울궈먹는 데 좀더 효과적이라 생각하는지도 모르죠."

조앤이 동의하며 고개를 끄덕였다.

이제 다시 내가 이끌어 나갈 때야, 라비니아는 생각했다. 토비어스는 주도권을 잡고 있는 것마냥 행동하고 있었다.

그녀는 조앤을 보았다.

"아주 사적인 질문을 해야겠어요, 도브 부인."

"홀튼 펠릭스가 무슨 일로 나를 협박했는지 알고 싶은 거겠죠."

"구체적인 그의 협박 내용을 알게 된다면 물론 도움이 됩니다."

조앤은 토비어스에게 힐끗 눈길을 던지고는 라비니아를 잠깐 생각에 잠긴 시선으로 보았다.

"가능한 한 짧게 말하죠. 난 18살에 오갈 데 없는 신세가 되어 할 수 없이 가정교사 일을 시작했어요. 19살에 한 남자한테 정신이 나갔었죠. 완전히 실수였어요. 그 남자는 내가 고용된 집안을 자주 찾던 손님이었죠. 난 사랑에 빠졌다고 믿었고 그도 마찬가지일 거라 생각했어요. 그 남자가 날 유혹하도록 내버려둘 만큼 바보였다니…… 지금 생각해도 두려울 지경이에요."

"알겠어요."

라비니아가 조용히 말했다.

"그는 날 런던으로 데려가서 작은 집을 마련해 주었죠. 몇 달간은 모든 일이 순조로웠어요. 순진하게도 난 그와 결혼하리라고 믿었으니까."

조앤의 입이 냉소적으로 비틀렸다.

"그가 이미 돈 많은 상속녀와 결혼 약속을 한 사실을 알고 실수를 깨달았어요. 나랑 결혼할 생각 따윈 털끝만큼도 없었던 거예요."

라비니아의 한 손이 꽉 주먹쥐어졌다.

"끔찍한 남자군요."

"그래요, 정말 나쁜 남자죠. 하지만 진부한 이야기예요. 결국에 그는 날 버렸답니다. 난 돈 한푼 없었고 집세를 낼 수도 없게 됐어요. 그달 말에는 살던 집에서 쫓겨날 상황이었죠. 애인이던 남자는 우리가 함께 사는 동안 하다못해 저당잡히거나 팔 만한 가치가 있는 선물조차 주지 않았더랬어요. 난 그에게서 약속 외에는 어떤 것도 얻을 생각이 없었으니 그런 걸 달라고 해본 적도 없고요. 신원보증인이 없었기 때문에 다른 가정교사 자리를 구할 수조차 없었죠."

"그래서 어떻게 하셨어요?"

라비니아가 부드럽게 물었다.

조앤은 그녀를 지나쳐서 창문가로 가서는 소리 없이 내리는 빗줄기 속에 무언가 신기한 것이라도 있는 양 내다보았다.

"그 당시 난 굉장히 낙심해 있었어요. 일주일 내내 밤마다 강가로 걸어가서는 악몽을 끝내버릴까 생각했어요. 하지만 늘 동이 트기 전에 돌아왔죠. 용기가 없었다고 해도 할 말이 없군요."

"그렇지 않아요."

라비니아가 단호하게 말했다.

"당신은 강에 투신하려는 욕구를 거부할 정도로 굉장한 용기를 보여줬어요. 누구라도 정신이 극도로 약해졌을 때는 앞으로 남은 삶은 고사하고 단 하루조차 견디기 힘들게 되죠."

그녀는 토비어스의 시선이 자신에게 닿는 것을 느꼈지만 그를 쳐다보지 않았다.

조앤은 그녀에게 속내를 알 수 없는 눈길을 던지고는 다시 빗줄기에 시선을 고정했다.

"강에서 발길을 돌리던 어느 날, 현관에서 필딩 도브가 날 기다리고 있더군요. 난 애인과 만나는 중에 몇 번 그를 본 적이 있지만 잘

알지는 못했었죠. 나에게 관심이 있다고 분명히 밝히더군요. 그리고
는 집세를 내주겠으니 걱정 말라고 했어요.”

조앤이 메마른 미소를 지었다.

“그가 나의 새로운 후견인이 되고자 한다는 걸 알았죠. 지금 생각
해도 거의 믿을 수 없지만, 기적적으로 난 자존심을 회복했어요. 난
다시 누군가의 애인이 될 생각은 없다고 했죠. 하지만 돈을 빌려준
다면 고맙겠다고요. 가능한 빨리 갚겠다고 약속했어요. 놀랍게도 그
는 고개를 끄덕이더니 어떻게 돈을 투자할지 묻더군요.”

토비어스가 어딘가 뻣뻣한 자세로 의자에 앉았다.

“도브가 돈을 빌려주던가요?”

“그래요.”

조앤은 부드러운 미소를 지었다.

“그리고 약간의 투자 조언도요. 나는 그가 추천했던 건축 사업에
그 돈을 투자했죠. 집과 상점이 세워지는 동안 우리는 여러 번 만나
서 이야기를 나눴고 그 과정에서 난 필딩을 친구로 생각하게 됐어
요. 몇 달 지나서 부동산을 처분하자 당시로서는 거액에 해당하는
돈을 받았죠. 곧바로 필딩에게 돈을 갚게 되었다는 소식을 전했어
요.”

“그가 뭐라고 하던가요?”

라비니아가 물었다.

“날 찾아와서는 결혼하자고 청했어요.”

조앤의 눈동자가 기억을 반추하며 그늘졌다.

“그때쯤에는 나 역시 그와 깊은 사랑에 빠져 있었죠. 그의 청혼을
받아들였어요.”

라비니아는 눈가가 촉촉이 젖어옴을 느꼈다. 그녀는 눈물이 흐르
지 않도록 두어 번 헛기침을 했지만 헛수고였다. 토비어스와 조앤
이 그녀를 쳐다보았다.

"용서하세요, 도브 부인. 하지만 정말 감동적인 이야기예요."

그녀는 주머니에서 손수건을 꺼내 눈물을 닦았다. 그리고는 최대한 조용하게 코를 풀었다.

작은 사각형의 수놓인 리넨 천을 내려놓은 그녀는 눈에 조롱을 담은 채 자신을 쳐다보는 토비어스를 보았다. 그녀는 그에게 역겨워하는 시선을 던졌다. 이 남자에게는 세련된 감수성이란 게 없어.

그녀는 손수건을 꾸깃꾸깃 구겨서 호주머니에 도로 집어넣었다.

"죄송해요, 도브 부인. 그럼 홀튼 펠릭스는 당신의 결혼 전 연애 사실을 폭로하겠다고 협박했겠군요?"

조앤은 자신의 손을 내려다보다가 고개를 끄덕였다.

"그래요."

"정말 지독하게 끔찍한 인간이에요."

"흐흠."

토비어스가 소리를 냈다. 라비니아는 가만 있으라는 시선을 보냈다. 하지만 그는 개의치 않았다.

"나쁘게 듣지는 말아 주십시오, 부인. 하지만 그 일이 왜 스캔들이 된다는 건지 모르겠군요. 무엇보다도 20년도 더 된 옛날 일이잖습니까?"

"내 딸은 콜체스터 가의 상속자와 약혼했어요, 마치 씨. 그 집안에 대해 조금이라도 알고 있다면, 조모인 레이디 콜체스터가 가족의 재산을 관리한다는 것도 익히 아실 텐데요. 그녀는 엄격한 가장이죠. 약간의 사소한 스캔들도 당장에 손자의 결혼식을 취소해 버릴 충분한 이유가 되는 거예요."

토비어스가 어깨를 으쓱했다.

"이렇게 오래된 스캔들이 문제되리라고는 보지 않습니다만."

조앤이 미동도 않고 앉아 있었다.

"위험한지 아닌지는 내가 판단해요. 남편은 콜체스터 가와 맺어지게 되자 기뻐했었죠. 약혼식 무도회에서 메리앤과 춤출 때 그의 눈에 가득하던 기쁨을 잊을 수 없어요. 그리고 내 딸은 깊은 사랑에 빠져 있어요. 난 어떤 것도 이 결혼을 방해하도록 내버려두지 않을 거예요, 마치 씨. 알아듣겠어요?"

라비니아는 토비어스가 대답하기 전에 그를 노려보며 끼어들었다.

"당신이 의심을 즐겨 한다는 건 잘 알겠어요. 하지만 그 의심일랑은 당신 마음속에만 담아두면 고맙겠군요. 상류사회에서 결혼 약속이 뭘 의미하는지 아나요? 한 젊은 숙녀의 미래가 지금 경각에 달린 거예요. 도브 부인은 어머니로서 예방조치를 취할 절대적인 권리가 있어요."

"물론 그렇소."

토비어스의 눈이 냉소적인 즐거움으로 빛났다.

"용서하십시오, 도브 부인. 레이크 부인이 옳습니다. 물론 상류사회에서 이루어지는 결혼에 관해서 전 전혀 아는 바가 없죠."

놀랍게도 조앤은 미소지었다.

"이해해요."

"마치 씨가 상류사회에 대해 아는 게 없다고 해서 일을 해내지 못한다는 뜻은 아니에요."

라비니아는 서둘러 말하며 토비어스에게 의미심장한 시선을 던졌다.

"그렇죠?"

"나는 조사에는 일가견이 있소."

라비니아가 조앤에게 몸을 돌렸다.

"당장 조사를 시작할 테니 안심하세요."

"어디서부터 시작할 계획이죠?"

조앤이 순수한 호기심을 드러냈다.

라비니아는 밀랍 작품이 놓인 테이블로 다가가 다시 한 번 가까이 들여다보며 세부 사항을 조사했다.

"이것은 분명 아마추어의 작품은 아니에요."

그녀가 천천히 말했다.

"밀랍 예술가에게서 조언을 구한 다음 일에 착수해야겠어요. 그들은 대체로 독특한 스타일이나 작업방식을 갖고 있죠. 운이 좋다면, 이 개성적인 조각품을 누가 만들었는지 알려줄 예술가를 찾아낼 수 있을 거예요."

토비어스가 놀라움을 감추지 못하고 그녀를 응시했다.

"그거 나쁘지 않은데."

그녀는 이를 악물었다.

"밀랍 전문가를 어디서 알아낸단 말이죠?"

둘 사이의 긴장을 전혀 알아채지 못한 조앤이 물었다.

라비니아는 손가락으로 매만졌다.

"이 문제에 대해서는 제 조카에게 조언을 구해야겠네요. 에멀린은 런던에 온 이후에 거의 모든 종류의 미술관과 화랑들을 찾아다녔으니까 밀랍으로 된 조각품을 전시하는 곳도 알려줄 수 있을 거예요."

"좋아요."

조앤이 우아하게 일어나며 장갑을 집었다.

"그 문제는 당신한테 맡기죠. 다른 질문은 없나요?"

"하나 있어요."

라비니아는 용기를 불러모으려 애쓰며 머뭇거렸다.

"뻔뻔하다고 생각하실까 봐 걱정이군요."

조앤은 재미있다는 듯한 기색이었다.

"내가 협박 편지를 받는 이유가 뭐냐던 저번 질문보다 더 뻔뻔한 질문은 생각할 수 없군요."

"제 조카가 레이디 워스햄 덕분에 몇몇 초대를 받았어요. 하지만 에멀린이 프리실라 양과 같이 다니려면 새 드레스가 필요해요. 부인의 양장점 이름을 좀 알려주시면 감사하겠어요."

그녀는 토비어스의 눈썹이 거의 머리 꼭대기까지 치켜 올라가는 것을 느꼈다. 하지만 그에게도 아무 말 하지 않을 만큼의 분별력은 있었다.

조앤은 생각에 잠긴 표정으로 라비니아를 쳐다보았다.

"마담 프란체스카는 아주 비싼 디자이너죠."

"오, 최소한 한두 벌의 드레스를 장만할 여유는 돼요."

"유감스럽게도 그녀는 추천받은 사람만을 새 고객으로 받아들인답니다."

라비니아의 심장이 쿵 떨어졌다.

"알겠어요."

조앤이 문으로 걸어갔다.

"당신을 추천하게 돼서 기쁘군요."

그들은 잠시 후 그 불길한 밀랍 작품을 에멀린에게 보였다.

"저라면 하프 크레센트 레인에 사는 번 부인에게 가보겠어요."

에멀린은 심각한 표정으로 관찰했다.

"런던에서 그녀만큼 뛰어난 솜씨를 지닌 사람은 없으니까요."

"난 들은 적이 없구나."

"그녀가 의뢰를 많이 받지 않기 때문일 거예요."

"왜 그렇소?"

에멀린은 밀랍 작품에서 고개를 들어 토비어스를 올려다보았다.

"그녀가 만든 작품들을 보시면 알게 될 거예요."

7

"이 일에 보수를 지급하겠다는 의뢰인을 찾은 걸 축하하오."

토비어스가 마차 좌석에 비스듬히 몸을 기댔다.

"일을 마쳤을 때 청구서를 보낼 상대가 있다는 건 언제나 기쁘지."

"당신 탓에 그녀를 거의 놓칠 뻔했잖아요."

라비니아는 축축한 냉기를 막기 위해 울로 만든 포근한 외투를 끌어당겼다.

"작정을 했더라도 그 이상 무례할 수는 없었을 걸요."

그가 슬쩍 미소지었다.

"최소한 난 양장점 이름을 물어볼 정도로 뻔뻔하지는 않았소."

라비니아는 그 말을 무시하고 마차 창문 밖을 내다보았다.

런던은 오늘따라 회색빛 음영으로 짙게 채색되어 있었다. 무겁게 가라앉은 하늘 밑으로 돌이 깔린 도로가 축축하게 빛을 발했다. 비 때문에 대부분의 사람들은 집에 틀어박혔지만, 몇몇 사람들은 비를 피해 마차를 타거나 이 문에서 저 문으로 뛰어다니고 있었다. 마차 위의 마부들은 코트로 몸을 감싸고는 귀밑까지 모자를 눌러쓴 채였다.

"충고 하나 해도 되겠소?"

토비어스가 부드럽게 물었다.

"당신 충고요? 별로요."

"하지만 해야겠소. 지혜가 담긴 말을 몇 마디 하지. 새 일을 계속하고 싶다면 조심하는 게 신상에 좋을 거요."

마지못해 그녀는 어둠침침한 거리에서 시선을 돌려 그를 바라보았다.

"무슨 충고를 하고 싶은 거예요?"

"의뢰인이 비통한 이야기를 늘어놓을 때 울어대는 것은 좋지 않소. 그들이 무슨 이야기를 하든 믿어 줄 거라는 인상을 주게 되거든. 내 경험으로는 의뢰인은 거짓말을 하게 되어 있소. 눈물을 흘려서 거짓말을 더 하라고 부추길 필요는 없는 일이지."

"도브 부인이 우리한테 거짓말을 했다는 거예요?"

그는 어깨를 으쓱했다.

"의뢰인은 항상 거짓말을 하오. 이 일을 계속하다 보면 곧 배우게 될 거요."

그녀는 외투자락을 꽉 움켜쥐었다.

"도브 부인이 얘기를 꾸며냈다고는 믿을 수 없어요."

"어떻게 안다는 거요?"

"내 직감은 예리해요."

그는 재밌다는 표정이었다.

"그렇게 믿어 드리지."

날 짜증나게 하는 데에는 선수야, 그녀는 생각했다.

"내 부모님은 뛰어난 최면술사셨어요. 아주 어릴 때부터 그분들

조수로 일했죠. 부모님이 돌아가시고 나서는 가끔 최면술 치료를 하면서 생계비를 벌었어요. 직관력은 그 분야에서 필수적이죠”

“제기랄, 내 파트너가 최면술사였다니. 내가 무슨 죄를 졌길래 이런 일을 당한 거지?”

그녀가 메마른 미소를 던졌다.

“당신이 재미있어하니 기쁘군요. 하지만 내가 도브 부인의 이야기를 믿는다는 사실은 바꾸지 못해요.”

그는 어깨를 으쓱했다.

“나 또한 그녀의 이야기가 모두 거짓이라곤 생각지 않소. 허구에도 사실을 섞으면 훨씬 그럴 듯한 이야기가 된다는 걸 알 만큼 영리한 여자인 듯하더군.”

“너무 냉소적이군요, 마치 씨.”

“이 사업에서는 꼭 필요한 특성이오.”

그녀는 눈을 가늘게 떴다.

“한 가지는 확실해요, 죽은 남편에 대한 애정엔 거짓이 없어요.”

“이 일을 오래 하다 보면 결국 알게 될 거요. 모든 의뢰인들이 사랑에 대해 거짓말을 한다는 걸 말이오.”

그녀가 더 말하기 전에 마차가 덜컥대며 정지했다. 토비어스는 문을 열고 내렸다. 하지만 가뿐하게 내리지는 못했다. 통증을 느끼는 듯 머뭇거리는 행동이었다. 그녀를 부축하려고 몸을 돌린 그는 평온한 표정이었다.

그의 손에서 느껴지는 힘에 라비니아는 충격을 받았다. 그는 그녀를 끌고 비를 피해 현관 앞에 섰다. 어색함을 감추기 위해 그녀는 주위에 깊은 관심을 쏟는 체했다.

하프 크레센트 레인은 구불구불한 골목길이었다. 높은 돌벽으로 둘러쳐져 짙은 그림자가 깔려 있었다. 평소에도 태양빛과는 무관했을 장소였지만, 이런 날이면 특히나 지옥 같은 어둠이 내려앉았다.

토비어스가 날카롭게 문을 두드렸다. 안에서 발소리가 들렸다. 잠시 후 가정부가 나타나 토비어스를 흘끔거렸다.

"무슨 일이죠?"

그녀는 귀가 먹은 사람들 특유의 엄청나게 큰 목소리로 질문했다. 토비어스는 움찔 뒤로 물러섰다.

"번 부인을 만나려고 왔소."

가정부가 한 손을 귀에 댔다.

"뭐라구요?"

"밀랍 작품 예술가를 만나려 왔다구요."

라비니아는 단어 하나하나 또박또박 말했다.

"표를 사셔야 해요."

가정부가 쩌렁쩌렁 울리는 음성으로 말했다.

"번 부인은 표 없이는 더 이상 누구도 들여놓지 않수. 너무 많은 사람들이 보고 갔죠. 처음에는 살 것처럼 굴다가 일단 들어와서 구경만 하고는 가버리지 뭐요."

"우린 밀랍 작품을 구경하러 온 게 아니에요."

라비니아도 크게 말했다.

"뭘 좀 물어보러 왔어요."

"다들 온갖 변명을 하죠. 그래 봐야 소용없수. 표 없이는 들어올 수 없어요."

"좋소."

토비어스가 여자의 손에 동전 몇 개를 떨어뜨렸다.

"두 사람 분으로 충분하오?"

가정부가 동전을 셌다.

"좋아요, 됐어요."

가정부가 물러서자 라비니아는 희미한 불빛이 켜진 홀로 들어섰다. 토비어스가 그녀를 쫓았다. 등뒤에서 문이 닫히자, 어둠은 더욱 짙어졌다.

가정부는 캄캄한 복도를 따라 내려갔다.

"이쪽으로 오슈."

라비니아는 토비어스를 쳐다보았다. 그는 먼저 가라는 손짓을 했다. 말없이 그들은 가정부를 따라 복도 끝까지 걸어갔다. 가정부가 연극적인 화려함이 깃든 무거운 문을 열었다.

"들어가요. 번 부인은 곧 나올 거유."

그녀가 소리를 질렀다.

"고마워요."

라비니아는 어둠침침한 방으로 들어서다 흠칫 멈춰섰다. 그곳에는 많은 사람들이 있었다.

"손님이 있는 줄은 몰랐어요."

가정부는 라비니아의 말에는 아무 대꾸 없이, 소리나게 문을 닫고는 토비어스와 라비니아를 붐비는 방 안에 남겨 놓았다.

두꺼운 커튼이 두 개의 작은 창문에 드리워져 그나마 조금밖에 흘러들지 않는 불빛을 가리고 있었다. 유일한 빛이라고는 피아노 위에 놓인 크고 화려한 촛대에 밝혀진 촛불뿐이었다. 어딘지 모르게 냉랭한 분위기였다. 촛불이 그려내는 방문객들의 희미한 그림자에서 냉기가 뿜어져 나오는 것 같았다. 라비니아는 난로가에 불기가 없는 걸 깨달았다.

손님들은 다양한 자세로 서거나 앉아 있었다. 크러뱃을 우아하게 맨 남자는 팔걸이 의자에 앉아 조용히 독서를 하고 있었는데, 그 옆에는 불빛이 하나도 없었다. 흰 주름장식이 달린 긴 소매 드레스를 입은 풍만한 여자는 피아노 의자를 차지했다. 불기 없는 난로 주변에는 반쯤 마신 브랜디 잔을 손에 든 남자가 앉아 있고 그 옆으로는 두 명의 다른 신사가 체스 게임을 벌이고 있었다.

기이한 정적이 길고 폭 좁은 방에 가득했다. 아무도 새로 들어온 사람을 쳐다보지도 움직이지도 않고 말하지도 않았다. 방의 모든 사람들이 마치 무언가 행동을 하던 중에 영원히 굳어져 버린 것 같았다.

"맙소사."

라비니아가 숨을 들이켰다. 토비어스는 그녀를 지나쳐 영원히 끝나지 않을 체스 게임을 벌이고 있는 신사에게로 걸어갔다.

"놀랍군. 전에도 밀랍 작품을 본 적이 있지만 이렇게 실물처럼 보이는 건 처음이오."

라비니아는 책을 읽고 있는 인물에게 천천히 다가갔다. 그 작품의 머리는 진짜처럼 기울어진 채 유리 눈알은 페이지 위의 활자에 고정된 듯이 보였다. 눈썹 사이로 찌푸린 주름이 보였고, 혈관이 드러난 손등에는 가느다란 잔털까지 나 있었다.

"누구라도 이것들이 말하고 움직이리라 여기겠어요."

그녀는 누가 듣기라도 하는 듯 속삭였다.

"저런, 정맥엔 희미한 푸른 기가 도네요. 저 여자 뺨이 얼마나 창백한지 좀 봐요. 섬뜩하지 않아요?"

"당신 조카가 말하길, 밀랍 작품을 만드는 예술가들은 대부분 작품을 진짜처럼 보이게 하려고 천이나 보석, 다른 물품들을 사용한다더군."

토비어스가 근사한 드레스를 입은 여자에게 다가갔다. 그 인물의 손가락은 나른하게 부채를 만지작대는 듯하며 입가에는 수줍은 미소가 감돌았다.

"하지만 번 부인은 속임수를 쓸 필요가 없는 예술가요. 이 조각상들은 정말 훌륭하게 만들어졌군."

앞치마와 모자를 쓰고 피아노 앞에 앉은 인물상이 허리까지 고개를 숙였다.

"고마워요."

인형이 명랑한 웃음소리를 냈다.

라비니아는 작은 비명소리를 삼키며 급히 뒤로 물러났다. 그 바람에 외알 안경 너머로 찡그린 표정을 짓는 멋쟁이에게 가까이 다가서게 되었다. 마치 그 인물이 자신을 만지기라도 하는 것 같아 그녀는 펄쩍 물러나다 그 와중에 들고 있던 꾸러미를 거의 떨어뜨릴 뻔했다.

그녀는 자신을 한심하게 여기면서 균형을 잡고 외투 주름을 편 후, 예의 바른 미소를 지었다.

"번 부인이시군요?"

"그래요."

"전 라비니아 레이크이고 이분은 마치 씨예요."

번 부인은 피아노 의자에서 일어섰다. 미소짓는 뺨에 보조개가 패였다.

"내 전시실에 온 걸 환영해요. 내 인형들을 마음껏 감상하시라고 이곳으로 모셨죠."

토비어스가 머리를 숙였다.

"대단하시군요. 정말 놀라운 작품들입니다."

"칭찬해 줘서 고마워요, 마치 씨."

번 부인이 밝은 색 눈동자에 기쁨을 담은 채 라비니아를 쳐다보았다.

"하지만 레이크 부인은 의견이 다르신 듯하군요."

"전혀 아녜요."

라비니아가 재빨리 말했다.

"그저 당신 작품이…… 예상 밖이었기 때문이에요. 놀랍다고나 할까요. 내 말은 이 방에 있는 사람들은 꼭, 저기……."

"완전히 죽은 것처럼 보이지도 않고 완전히 살아 있는 것 같지도 않다, 이 말인가요?"

라비니아가 희미하게 미소지었다.

"참 놀라운 재능이군요."

"고마워요. 하지만 당신은 내 작품을 불길하게 느끼는 사람들 부류에 속하는 것 같네요."

"오, 정말 그렇지 않아요. 그저 이 밀랍 인물상들이 너무 사람 같아서……."

시체 같다는 게 정확한 표현이다. 하지만 라비니아는 비평을 삼갔다. 이 여성은 예술가다. 예술가들에게 기묘하고 신경질적인 경향이 있다는 것은 널리 알려진 사실이다.

번 부인의 보조개가 다시 패였다. 그녀는 안심하라는 손짓을 했다.

"내가 기분 나빠할까 봐 걱정할 필요는 없어요, 레이크 부인. 내 작품이 모든 사람의 기호에 맞지는 않음을 잘 알고 있으니까요."

"확실히 흥미로운 작품들이군요."

토비어스가 말했다.

"하지만 가족 초상화를 내게 의뢰하지는 않으시겠죠, 마치 씨."

"정말 예리하십니다, 번 부인."

토비어스가 부채를 든 여인의 우아하게 만들어진 목덜미를 관찰했다.

"그 예리함이 바로 당신의 인물 작품들이 이토록 생명감을 갖게 된 이유겠군요."

번 부인은 킥킥거리는 웃음소리를 냈다.

"난 외관 밑에 숨은 진실을 간파해내는 재주가 있죠. 당신 말이 맞아요. 그 재능이야말로 정확한 작품 제작에 중요하죠. 그러나 조각에 생명을 주려면 그 이상의 것이 필요해요. 섬세한 세부작업 말이에요. 예를 들면 눈가의 잔주름을 보세요, 정확한 위치에 있는 정맥 덕분에 피가 흐르는 것처럼 보이는 거예요."

토마스가 고개를 끄덕였다.

"알겠습니다."

라비니아는 자신이 쥐고 있는 밀랍 작품의 정확한 세부묘사에 생각이 미치자 몸이 굳어졌다. 만약 운 나쁘게도 우리가 바로 그 살인자를 찾아온 거라면 어쩌지? 그녀는 방 건너편 토비어스와 시선을 마주했다. 그가 살짝 고개를 저었다.

그녀는 마음을 가라앉히려 심호흡을 했다. 물론 그가 옳았다. 범인이 보낸 살인 협박에 대한 단서를 구하러 바로 그 살인범을 찾아왔다는 것은 우연치고도 너무 심했다. 하지만 그렇다 해도 런던에 얼마나 많은 밀랍 공예가들이 있겠는가? 틀림없이 별로 많지 않을 것이다. 에멀린은 망설임 없이 번 부인을 전문가 명단의 맨 위에 두었다.

마치 라비니아의 마음을 읽은 듯, 번 부인이 다 안다는 표정으로 활짝 웃었다.

라비니아는 정신을 산란케 하는 어지러운 생각들을 떨쳐냈다. 내가 도대체 왜 이런담? 말도 안 되는 생각을 하고 있잖아. 이 조그맣고 활기찬 여성이 살인을 저질렀다고 상상하기는 불가능해.

"바로 그 문제에 관해 논의하려고 온 거예요."

그녀가 말했다.

"예술적인 세부사항들 말인가요?"

번 부인의 눈이 반짝였다.

"정말 구미가 당기네요. 작품에 관해 이야기하는 것보다 더 좋아하는 일도 없죠."

라비니아가 가장 가까운 테이블 위에 꾸러미를 내려놓았다.

"이 밀랍 작품을 잘 살펴보시고 이런 걸 만들 수 있을 만한 예술가가 누구인지 말씀해 주신다면 정말 고맙겠어요."

"작품에 사인이 없나요?"

번 부인이 테이블로 다가섰다.

"이상하네요."

"작품을 보시면 만든 이가 왜 사인을 하지 않았는지 이해하실 겁니다."

토비어스가 건조하게 말했다.

라비니아는 천을 묶어놓은 끈을 풀었다.

"저런."

번 부인이 주머니에서 은테 안경을 꺼내 콧잔등에 걸쳤다. 그녀는 눈을 떼지 못했다.

"맙소사."

이마에 주름이 새겨졌다. 그녀는 방을 가로질러선 피아노 위에 밀랍 작품을 내려놓았다. 라비니아도 뒤따라 번 부인 뒤에 서서 촛불이 죽어 있는 여자를 너울대며 비추는 정경을 지켜보았다.

"단지 연극이나 소설 장면을 묘사한 건 아니죠?"

번 부인이 시선을 떼지 않고 물었다.

"제대로 짚으셨군요."

토비어스가 라비니아 옆에 섰다.

"우리는 이게 협박용이라고 믿고 있습니다. 그래서 어떤 자가 만들었는지 알아내고 싶습니다."

번 부인이 나직한 목소리로 말했다.

"그래요. 당신들이 그걸 알고 싶어하는 이유가 이해되는군요. 이 작품에는 엄청난 잔인함이 담겨 있어요. 무시무시한 분노에다 엄청난 증오까지. 당신한테 온 건가요, 레이크 부인? 아니, 그렇지 않겠군요. 작품 속 여자의 머리칼은 점점 은색으로 바뀌는 금발이에요. 당신은 젊고, 머리칼도 빨간색이잖아요."

토비어스가 라비니아의 머리칼에 수수께끼 같은 시선을 던졌다.

"정말 빨갛죠."

그녀는 그에게 얼굴을 찡그려 보였다.

"사적인 논평은 필요 없어요, 마치 씨."

"그저 사실을 말했을 뿐이오."

단순한 사실을 말한 게 아닐 것이다. 그녀는 토비어스가 빨강머리 여자를 싫어하는 남자인지 궁금해했다. 아마도 그는 빨강머리 특유의 불같은 성질과 다루기 힘든 기벽에 대한 온갖 말도 안 되는 헛소리들을 진짜로 믿고 있는지도 모른다.

번 부인이 고개를 들었다.

"어떻게 이걸 손에 넣었죠?"

"아는 사람 집의 현관에 떨어져 있었다더군요."

토비어스가 말했다.

"정말 이상하군요."

번 부인이 머뭇머뭇 말했다.

"아주 불쾌한 작품이긴 하지만 상당히 잘 만들어졌다는 것은 인정해야겠어요."

"이 정도 수준의 작품을 전에 본 적 있으세요?"

라비니아가 물었다

"내 작품들 말고요? 아뇨."

번 부인이 천천히 안경을 벗었다.

"그렇진 않은 듯하군요. 난 경쟁자들 작품이 전시된 화랑을 돌아봤어요. 이런 수준의 솜씨라면 분명히 기억해 두었을 거예요."

"그럼 이 화가는 대중에게 노출되기를 꺼리는가 보군요?"

토비어스가 물었다.

번 부인은 이마를 찡그렸다.

"그렇지만 이 정도 재능 있는 예술가라면 자기 작품을 보이고 평가받고픈 욕망이 솟구쳐 그냥 숨겨 두지는 못하죠."

"보이지 않으면 돈도 벌지 못할 테고 말이죠."

번 부인은 단호하게 고개를 저었다.

"돈 문제만이 아니에요, 레이크 부인. 그 예술가가 부유하다면 돈이야 하찮은 거죠."

라비니아는 근처에 있는 매혹적인 밀랍 작품을 흘끗 쳐다보았다.

"이해해요."

"밀랍 예술가는 많지 않아요. 밀랍 작품이 급속도로 몰락해서 잔인한 것을 즐기는 애송이 청년들에게나 먹힐 오락거리가 되어서 유감스러워요. 프랑스에서 최근에 생긴 불쾌한 사업 탓이죠. 마담 투소(런던에 있는 밀랍인형 전시관의 창립자. 프랑스 혁명 당시 처형당한 많은 저명인사의 머리 또는 데드 마스크를 제작하였다. 1802년 이래 런던에서 작품을 전시하여 명성을 떨쳤다)가 길로틴 처형이 있은 후 많은 데드 마스크를 만들었죠. 그로 인해 대중들은 소름 끼치는 전율을 즐기는 취향이 생겼어요."

마치 당신의 작품들이 냉기를 일으키듯이 말이군요, 라비니아는 생각했다.

"저희에게 도움말을 주셔서 감사합니다."

라비니아는 작품을 들어 다시 싸기 시작했다.

"하지만 조금이라도 단서를 주시길 바랐는데……. 이제 우린 다른 곳에서 조사를 진행해야겠군요."

번 부인의 둥근 얼굴에서 생기가 사라졌다.

"조심하시는 게 좋아요."

토비어스의 얼굴에 냉랭한 호기심이 번득였다.

"무슨 말씀을 하시려는 겁니까, 부인?"

번 부인은 라비니아가 꾸러미를 묶고 매듭을 짓는 모습을 쳐다보았다.

"누가 그 작품을 만들었든 간에 그건 협박용이 분명하니까요."

라비니아는 도브 부인의 눈에서 보았던 경직된 공포를 떠올렸다.

"그게 문제의 예술가가 노린 것이라면 그 자가 남자든 여자든 분명 성공했어요."

"누구 작품인지 알려드리지 못해 유감이군요. 하지만 한 가지는 말할 수 있어요. 당신들은 복수, 아니 어쩌면 응징을 해야 한다는 생각에 사로잡힌 사람을 찾아야 해요. 내 경험으로는 이렇게 완전히 증오에 빠질 수 있는 이유는 하나밖에 없어요."

라비니아는 우뚝 멈춰섰다.

"그게 뭐죠, 번 부인?"

"사랑이죠."

번 부인이 다시 미소지었다. 반짝이는 생기로 눈에 광채가 돌았다.

"가장 위험한 감정이잖아요."

거의 모든 사람이 사랑에 관해 자신만의 확고한 의견을 갖고 있군, 라비니아는 새삼 깨달았다.

8

"당신은 어떤지 모르겠네요, 마치 씨."

잠시 후 라비니아는 자신의 서재에 들어서면서 말했다.

"어쨌든 난 신경을 안정시키기 위해 뭔가 마셔야겠어요. 번 부인과 그녀의 밀랍 수집품들은 정말 충격적이더군요."

토비어스가 문을 살짝 닫고 그녀를 살폈다.

"레이크 부인, 처음으로 우리가 완전히 의견의 일치를 보게 되었소."

"뜨거운 차 한 잔 정도는 이 경우에 효과가 없겠어요. 독한 술이 필요해요."

그녀는 방을 가로질러 떡갈나무 찬장을 열고는 안에 든 유리 술병을 꺼냈다. 거의 가득 차 있었다.

"행운이군요. 우리를 고통에서 구할 치료약을 찾았어요. 내가 잔을 채울 테니까 불을 좀 피워 주세요."

"알겠소."

토비어스는 난로가로 걸어가 어색하게 한쪽 무릎을 구부렸다. 그의 표정이 경직되었다.

라비니아는 이맛살을 찌푸리며 포도주 병을 유리잔에 기울였다.

"다리를 다쳤나요?"

"작은 사건이 있었소."

그는 불씨를 일으키는 데 정신을 집중했다.

"다리야 훌륭히 회복되었지만, 오늘같이 궂은 날이면 때때로 내가 저지른 실수를 뼈저리게 깨닫소."

"실수라뇨?"

"걱정할 필요 없소, 레이크 부인."

토비어스는 하던 일을 마친 다음 선반 끝을 잡고 일어났다. 그녀를 돌아본 그의 표정은 어떤 기분인지 전혀 드러나지 않았다.

"아무것도 아니오."

그는 분명히 더 설명하기를 원치 않는 듯했고, 그의 다리 상태 역시 그녀가 상관할 바 아니었다. 게다가 토비어스 마치에게 동정을 느껴야 할 이유 또한 손톱만큼도 없었다. 그럼에도 불구하고 라비니아는 마음이 쓰였다.

그의 눈빛이 짜증으로 굳어졌다. 그녀의 눈에서 뭔가를 본 것이 틀림없었다.

"그 포도주로 문제를 충분히 해결할 수 있을 거요."

"나한테 으르렁거릴 필요 없어요."

그녀가 두 번째 잔에 술을 따랐다.

"난 예의 바르게 행동하고 있을 뿐이에요."

"우리 사이에 그런 격식은 필요 없소. 우린 파트너잖소?"

그녀가 술잔 하나를 건넸다.

"파트너끼리 서로 공손해야 할 필요는 없다는 조항이 사설 탐정의 직업윤리에 있기라도 한가요?"

"그렇소."

그는 한번에 거의 반 이상을 들이켰다.

"내가 방금 만든 규칙이지."

"알았어요."

그녀는 자기 잔에 든 술을 홀짝였다. 포도주의 기운이 그녀의 정신과 감정 양쪽 모두에 생기를 주었다. 이 남자가 예의 바른 걱정을 원치 않는다면, 굳이 그를 보살피려 애쓰지는 않을 것이다.

그녀는 불가에 놓인 의자에 앉아서 작은 안도의 한숨을 토했다. 불꽃의 온기 덕분에 번 부인의 작품을 보고 난 후 그녀에게 달라붙어 있던 축축한 냉기를 없앨 수 있었다.

토비어스는 앉으라는 권유도 기다리지 않고 그녀 앞의 의자에 앉았다. 둘 다 말을 꺼내지 않은 채 몇 분 동안 술을 홀짝이며 침묵 속에 앉아 있었다. 토비어스가 왼쪽 다리를 문지르기 시작했다. 잠시 후 라비니아의 인내심이 바닥났다.

"다리의 통증 때문에 괴롭다면, 내가 최면 치료요법으로 가라앉게 해드릴 수 있어요."

"조금이라도 그런 생각은 하지 마시오."

그가 으르렁댔다.

"당신을 무시하는 건 아니오. 하지만 당신이 나를 혼수상태에 빠뜨리도록 놔둘 수는 없지."

그녀의 몸이 굳어졌다.

"당신 마음대로 하세요. 무례하게 굴 필요까진 없다구요."

그의 입이 비틀렸다.

"용서하시오. 하지만 난 소위 최면술의 힘 따윈 믿지 않소. 내 부모님은 과학자셨소. 그분들은 프랭클린 박사나 라브와지에(유명한 프랑스 과학자)의 신봉자셨지. 눈을 들여다보거나 자석을 갖고 사람을 비몽사몽에 빠뜨리는 일 같은 것은 완전히 말도 안 되오. 그런 종류의 시범일랑은 멍청이 관객들을 즐겁게 해주는 데나 적합하지.”

“흥, 최면술은 30여 년 전부터 시행되었어요. 게다가 그 시작은 파리에서였다는 걸 기억하라구요. 나라면 너무 잘난 척 않겠어요. 최면요법에 대한 대중의 관심을 깔볼 수 없다는 걸 알게 될 거예요.”

“나도 그건 알고 있소. 일반 대중의 지성에 대해서는 할 말이 없지.”

만약 분별이 있다면, 이쯤에서 대화를 끝내야 하리라. 하지만 더 깊이 파고들고 싶은 마음에 멈출 수가 없었다.

“부모님이 과학자셨다구요?”

“내 아버님은 전기에 관한 연구를 하셨소. 어머니는 화학에 매진하셨고.”

“정말 흥미롭군요. 지금도 실험을 계속하고 계시나요?”

“두 분은 실험실이 폭발하는 바람에 돌아가셨소.”

그녀가 숨을 멈췄다.

“끔찍한 일이었군요.”

“내게 보낸 마지막 편지를 보면 두 분은 서로의 연구 분야를 통합해 가열성 화학물질과 전기 기계장치를 결합시키는 실험을 하기로 결심하셨던 것 같소. 그 결과는 재앙이었고.”

그녀가 몸을 떨었다.

“당신이 폭발에 다치지 않은 건 하늘의 도우심이군요.”

“난 당시 집을 떠나 있었소. 부모님 장례를 위해 돌아왔지.”

“부모님이 돌아가신 후에 그분들의 집에 살았나요?”

“불가능한 일이었소.”

토비어스가 손으로 잔을 감쌌다.

“폭발 때문에 집이 무너졌고 돈도 없었지. 부모님은 마지막 실험에 가진 돈 전부를 쓰셨거든.”

"그랬군요."

라비니아가 의자 등에 머리를 기댔다.

"정말 비극적인 사건이네요."

"아주 오래전 이야기요."

그는 포도주를 한 모금 더 들이키고 잔을 내려놓았다.

"당신 부모님은 어떠시오?"

"그분들은 최면술 시범을 위해 미국에 초청받으셨죠. 그런데 타고 가던 배가 침몰했어요. 승객 전원이 사망했죠."

그의 턱이 굳어졌다.

"미안하오."

그가 그녀를 쳐다보았다.

"당신 부모님을 도왔다고 했잖소. 그분들과 함께 있지 않았던 거요?"

"난 그 당시 결혼했었어요. 부모님을 미국에 초청했던 신사는 우리 부부의 여비까지 지불할 의사가 없었죠. 어쨌든 내 남편 존은 그 일에 관심이 없었으니까요. 그는 시인이었죠. 미국이 진정한 형이상학적 관념을 실행하기에는 맞지 않다고 생각했어요."

토비어스가 끄덕였다.

"그 점에서는 의심할 바 없이 그가 옳았소. 언제 남편이 죽었소?"

"결혼한 지 일년 반만에요. 열병 때문이었죠."

"진심으로 애도를 표하오."

"고마워요."

그가 죽고 거의 10년이 되어가는 지금은 존에 대한 달콤하고 부드러운 추억들이 오래된 꿈처럼 희미해져 가고 있었다.

"이런 질문을 해도 좋을지 모르겠군. 남편의 시집이 출간된 적 있소?"

그녀가 한숨을 지었다.

“아뇨. 하지만 그의 작품은 정말 뛰어났어요.”

“그랬겠지.”

“진정 천재적인 시인의 경우 제대로 평가받지 못하기가 일쑤잖아요.”

“흔히 있는 일이라고 들었소.”

그는 잠시 입을 다물었다.

“어떻게 생활을 해나갔는지 물어도 되겠소? 남편에게 다른 수입원이 있었소?”

“내가 최면술을 시행해서 번 돈으로 살았어요. 존이 죽고 나서도 몇 년간 계속했죠.”

“왜 그만뒀지?”

라비니아는 포도주를 홀짝이고 잔을 내려놓았다.

“북쪽의 작은 마을에서 불행한 사건이 있었어요.”

“무슨 사건?”

“그것에 관해서는 말하고 싶지 않아요. 그 일 때문에 다른 직업을 찾게 되었다고만 해두죠.”

“알았소. 에멀린은 언제부터 당신과 살게 되었소?”

“육 년 전부터요. 그 애 부모가 마차 사고로 죽은 이후부터죠.”

이제 화제를 바꿀 때라고 라비니아는 생각했다.

“에멀린은 번 부인의 작품을 보게 되면 왜 그녀가 작품 의뢰를 많이 받지 못하는지 알 거라고 했죠. 이제 그 애가 한 말이 무슨 뜻인지 알겠어요.”

“그렇소.”

“예술품이 너무 진짜 같아서 영락없이 살아 있는 것 같더군요. 난 그녀의 조각들이…….”

그녀는 적절한 말을 찾느라 망설였다.

“불길하게 느껴져요.”

“아마 밀랍의 특성 때문일 거요.”

토비어스가 생각에 잠긴 표정으로 잔에 남은 포도주를 응시했다.

“그 물질은 원래가 돌이나 진흙처럼 차갑지 않소. 또 회화에서처럼 이차원적인 이미지를 갖는 것도 아니고. 형을 잘 뜨고 채색이 훌륭하게 입혀지면, 그것만큼 인간의 피부와 비슷해 보이는 것도 없지.”

“번 부인이 작품의 손등과 눈썹, 속눈썹에 진짜 털을 사용했다는 걸 눈치챘어요?”

“그렇소.”

“그녀의 작품은 상당히 독특하지만 이곳에 두고 싶지는 않아요.”

라비니아가 몸을 떨었다.

“벽난로 위에 할아버지 초상화를 걸어 두는 건 괜찮지만, 실물 크기의 형상을 서재 의자에 앉혀 두는 건 전혀 다른 문제라구요.”

“물론이오.”

토비어스가 신중하게 불을 응시했다.

이어진 침묵 속에서 불꽃만이 너울댔다. 잠시 후, 라비니아는 다시 찬장으로 술병을 가지러 갔다. 그녀는 잔을 채우고는 의자 옆 테이블 위에 술병을 내려놓으며 앉았다.

토비어스와 둘만 함께 있는 건 불편했다. 우리에겐 전혀 공통의 화제가 없어. 만약 협박범이나 사라진 일기장, 언젠가는 끝날 사업상의 협력관계 등을 염두에 두지 않는다면 말이야. 라비니아는 속으로 생각하며 샐쭉거렸다.

잠시 후, 토비어스가 자세를 좀더 편히 하려 왼쪽 다리를 쭉 뻗었다.

“이제 현안 문제로 돌아가야 할 때라고 생각하오. 우리가 이 문제를 어떻게 처리해야 할지 줄곧 생각해 왔소. 번 부인은 그다지 도움이 되지 않더군. 사랑이 증오로 변하느니 어쩌니 하는 온갖 쓸데없는 소리나 늘어놓고.”

“그건 두고봐야 알겠죠. 어쨌든 더 좋은 방안이라도 있나요?”

그녀가 퉁명스럽게 물었다.

토비어스는 망설이며 대답했다.

“일기장에 관한 어떤 정보라도 가져오면 두둑이 쳐주겠다고 정보원들에게 말을 흘려놓았소. 하지만 지금으로선 오리무중이라는 걸 인정해야겠군.”

“즉, 별다른 대안이 없다는 말이군요.”

그는 의자 팔걸이에 손가락을 톡톡 두드리다가 갑자기 몸을 일으켰다.

“그렇소, 더 좋은 대안은 없소.”

라비니아는 조심스럽게 그를 살폈다.

“그렇다면 다른 전시관 주인들과 이야기해 보는 게 좋겠어요.”

“그렇겠지.”

토비어스는 수수께끼 같은 표정으로 그녀를 쳐다보았다.

“하지만 나 혼자서 하는 게 나을지도 모르오.”

“뭐라구요?”

그녀가 포도주 잔을 테이블에 쾅 내려놓고 벌떡 일어섰다.

“어떻게 감히 날 제쳐놓고 일을 처리하려는 거죠? 그 말은 못 들은 걸로 하겠어요.”

“라비니아, 시간이 지날수록 이 문제는 훨씬 복잡하고 위험스러워지고 있소. 이젠 쉽게 해결나지 않을 거라는 것도 분명해졌소. 당신이 깊이 관련되는 게 내키지 않는군.”

“난 이미 깊이 관련됐어요. 잊으셨는지 모르겠지만, 조사하는 비용을 내겠다는 의뢰인이 생겼을 뿐만 아니라 나 자신도 홀튼 펠릭스가 보낸 협박 편지의 피해자였다구요.”

“물론 난 계속해서 당신과 협의할 거고 정보도 줄 거요.”

“말도 안 돼. 무슨 속셈인지 다 알아요.”

그녀가 손을 엉덩이에 짚었다.

“내 의뢰인을 가로챌 참이군요. 그렇죠?”

“제기랄. 라비니아, 난 당신 의뢰인을 넘보는 게 아니오. 당신의 안전을 보장하려고 애쓰는 거지.”

“나 자신쯤은 돌볼 자신이 있어요, 마치 씨. 내 손님에게 손을 뻗치려는 행위는 허락할 수 없어요.”

그가 성큼 다가와 그녀의 턱을 부드럽게 잡았다.

“당신은 정말 이제껏 내가 만났던 여자 중에서 가장 고집 세고 까다로운 사람이오.”

“당신 입에서 그런 소리가 나오다니, 칭찬으로 여겨야겠군요.”

토비어스의 손에서 발산되는 온기가 그녀를 꼼짝 못하게 했다. 거의 고통스러울 만큼 강렬한 자각이 라비니아의 온몸을 훑고 지나 갔다. 그녀는 갑자기 머리가 멍해지며 최면상태에 있는 듯 느껴졌 다.

그가 너무 가까이 있어서라고 라비니아는 생각했다. 물러나서 거 리를 두어야 했다. 하지만 정말 기묘하게도, 그렇게 행동할 의지를 불러일으킬 수 없었다.

“당신에게 묻고 싶었던 게 한 가지 있소.”

그가 매우 부드럽게 말했다.

“내 의뢰인에 대해 질문할 생각이면 다시 생각하세요.”

“내 질문은 조앤 도브와는 상관없소.”

그가 그녀의 뺨에서 손을 뗐다.

“이탈리아에서 있었던 일 때문에 정말 나를 싫어하는지 알고 싶 소.”

자신의 입이 아마 떡 벌어졌을 거라고 라비니아는 생각했다.

“뭐라고 했어요?”

“들었잖소.”

“난 당신이 무슨 이야기를 하는지 이해할 수 없어요.”

그녀가 웅얼댔다.

“그 일로 우리 둘이 연관되었지.”

그는 다른 쪽 손을 들어 손바닥으로 그녀의 얼굴을 어루만졌다.

“로마에서 있었던 사건 때문에 날 미워하오?”

“분명 덜 난폭한 방식으로 일을 처리할 수도 있었잖아요.”

“시간이 없었소. 칼라일이 그날 저녁 움직임을 개시할 거라는 전
갈을 바로 직전에 받았다오. 다 설명했잖소.”

“변명이에요.”

“그 일 때문에 날 싫어하오?”

“아뇨. 당신을 싫어하지 않아요. 당신이 좀더 예의 바른 방식으로
일을 처리했으면 좋았을 거라 생각할 뿐이죠. 하지만 신사다운 태
도가 당신의 특성이 아니라는 건 알아요.”

그는 엄지손가락으로 그녀의 아랫입술을 쓸었다.

“날 싫어하지 않는다고 다시 말해 보시오.”

“오, 좋아요. 난 당신을 싫어하지 않아요. 로마에서의 그날 밤 당
신이 정신없는 상태였다는 것을 알고 있으니까.”

“정신없다고?”

라비니아는 약간 어지러웠다. 분명히 빈속에 너무 많은 포도주를
들이켜서 그럴 것이다. 그녀는 입술을 축였다.

“에멀린과 내가 위험에 처했다고 결론지었다는 걸 알아요. 그때
당시의 당신 마음 상태를 이해해요.”

“지금의 내 마음 상태는 어떻게 생각하오?”

“뭐라고요?”

“난 지금 이탈리아에서의 그날 밤만큼이나 미친 게 틀림없소.”

토비어스가 몸을 밀착했다.

"하지만 완전히 다른 이유에서지."

그의 입이 그녀의 입술을 덮었다.

물러서야 한다는 생각이 들었지만 이미 너무 늦었다.

토비어스의 강한 손이 라비니아의 얼굴을 감쌌다. 그와의 키스가 그녀의 모든 감각을 폭발시켰다. 그는 더 세게 그녀를 끌어안았다. 강렬한 충격이 그녀를 휩쓸었다. 거의 서 있을 수조차 없었다. 마치 불가에 세워둔 밀랍인형처럼 흐물흐물 무언가 녹아내리는 듯했다. 몸을 고정시키려 라비니아는 그의 어깨에 손가락을 감았다.

라비니아가 자신에게 매달리는 것을 느낀 그는 신음소리를 내며 그녀의 가슴이 자신의 가슴에 눌릴 만큼 꼭 끌어안았다.

"맙소사. 나 자신도 이유를 알 수 없지만, 이탈리아에서부터 난 이렇게 하기를 원해 왔소."

그가 그녀의 입술에 대고 속삭였다.

그의 말은 전혀 시적이지 않았다. 하지만 어째서인지 그녀는 거의 참을 수 없는 전율을 느꼈으며 자신을 휩쓸어가는 폭풍 같은 감정에 넋이 나갔다.

"이건 미친 짓이에요."

그를 붙들지 않으면 그녀는 무너져 내릴 것 같은 기분이었다.

"완전히 미친 짓이에요."

"그래."

토비어스는 그녀의 머리칼 속으로 손가락을 넣어 귓불을 깨물 수 있도록 머리를 뒤로 기울였다. 계속해서 목에 키스하자 라비니아는 헐떡였다.

"안 돼요, 이건 포도주 탓이라구요."

"포도주 탓이 아니오."

그가 그녀의 허벅지 사이에 자신의 무릎을 밀어넣었다.

"포도주 탓임에 틀림없어요."

그의 몸에서 타오르는 불길을 감지한 그녀는 엄습하는 갈망의 파
도 아래 몸을 떨었다.

"술기운에서 깨어나면 둘 다 이 일을 후회할 게 틀림없어요."

"포도주 탓이 아니오."

토비어스가 다시 말했다.

"아니, 물론 포도주 탓이에요. 아니라면 왜…… 앗."

그의 이가 조심스럽게 귓불을 자근거리자 그녀는 흠칫했다.

"맙소사, 지금 무슨 짓을 하고 있는지 알기나 해요?"

"빌어먹을 포도주 탓이 아니오."

이제 라비니아는 숨을 제대로 쉴 수 없었다.

"우리가 이 괴상한 행동을 하는 데 다른 이유가 있다고는 생각할
수 없어요. 서로를 진짜 좋아하는 것도 아니잖아요."

토비어스가 머리를 번쩍 들었다. 그의 눈 속에 분노와 그외 무언
가 알 수 없는 격앙된 감정이 스쳐갔다.

"만사를 일일이 따져야겠소, 라비니아?"

간신히 의지를 총동원해 그녀는 마침내 그에게서 물러났다. 숨을
고르려고 애쓰며 마구 헝클어져 목덜미에 흘러내린 머리칼과 엉망
이 된 어깨의 숄을 정리했다.

"당신과 나는 이런 종류의 일에서조차 공손하고 품위 있는 태도
를 유지하기 힘든 것처럼 보여요."

라비니아가 웅얼댔다.

"이런 종류의 일? 우리 사이에 일어난 일을 그렇게 부르는 거
요?"

"그러면요?"

그녀는 머리칼에 핀을 꽂았다.

"당신은 뭐라고 부르고 싶은데요?"

"열정이라고 부르기도 하지."

열정. 그 말은 다시금 라비니아의 숨을 막히게 했다.

"열정이라고요?"

그녀가 분노에 차서 그를 노려보았다.

"열정? 당신이 날 유혹해서 내 의뢰인을 가로채도록 내버려둘 줄 알았어요? 이 모든 일이 그 때문 아닌가요?"

끔찍한 정적이 서재를 메웠다.

잠시 동안 그녀는 토비어스가 대답하지 않을 생각이라고 여겼다. 거의 영원처럼 느껴지는 시간 동안 그는 깊은 장막이 드리워진 눈으로 그녀를 가만히 쳐다보기만 했다.

마침내 움직인 그는 서재문으로 걸어가 열었다. 나가다 말고 문지방에서 잠깐 걸음을 멈췄다.

"염려 마시오, 라비니아. 열정이나 유혹으로 당신을 뒤흔들 수 있을 거란 생각은 해보지도 않았으니까. 확실히 당신은 사업을 최우선으로 치는 여자군."

그는 복도로 나가면서 매우 부드럽게 문을 닫았다. 나무로 된 바닥에 그의 부츠소리가 울리는 것이 들렸다. 토비어스가 집을 떠날 때까지 그녀는 움직일 수 없었다. 현관문이 닫히자, 라비니아는 최면상태에서 깨어난 기분이었다.

천천히 창문으로 걸어가 비에 흠뻑 젖은 정원을 오랫동안 쳐다보며 서 있었다.

토비어스의 말 중 하나는 옳았다. 방금 전 일은 포도주 탓이 아니었다.

그 키스는 실수였어. 그는 클럽의 계단을 올라가며 생각했다. 무슨 악마가 씌어서 그런 짓을 했단 말인가?

그는 움찔했다. 냉철하게 생각을 못했던 것이 문제였다. 분노, 좌절, 상식을 뒤엎는 욕망 등이 뒤범벅되도록 내버려두었던 것이다.

토비어스는 하인에게 모자와 장갑을 건네고 안으로 들어갔다. 웨
슬리 네빌이 손에 적포도주 잔을 들고 창가의 의자에 깊숙이 몸을
묻고 있었다. 그 옆에는 술병이 놓여 있었다. 움찔 멈춰선 토비어스
는 지금이라도 거리로 피신해 나가면 안 될까 생각했다. 네빌은 그
가 오늘 가장 만나고 싶지 않은 사람이었다. 그에게 전할 좋은 소식
도 없었거니와, 네빌은 나쁜 소식은 싫어했다.

그 순간, 마치 신호라도 받은 것처럼 네빌이 머리를 들더니 술 한
모금을 더 들이켰다. 그는 토비어스가 온 것을 보았다. 그의 짙은
눈썹이 찌푸린 이마 위로 한데 모아졌다.

"자네였군, 마치. 언제나 들어오려나 궁금해하던 참이었지. 할 말
이 있네."

마지못해 토비어스는 발길을 돌려 네빌이 앉은 자리의 맞은편으
로 갔다.

"여기서 뵙기에는 좀 이르군요. 비를 피하러 오셨나요?"

네빌의 입이 비틀렸다.

"기운을 내려고 왔지."

그는 들고 있던 잔에 의미심장한 시선을 떨구었다.

"오늘밤에 불쾌한 일을 해야 하거든."

"뭡니까?"

"샐리와의 정사를 끝내기로 작정했어."

네빌이 적포도주를 벌컥 들이켰다.

"그녀는 점점 원하는 게 많아지고 있거든. 여자들은 시간이 좀 지
나면 모두 다 그런 법이지. 안 그런가?"

토비어스는 네빌이 누굴 말하는지 떠올리기 위해 잠깐 생각에 잠
겨야 했다. 마침내 그의 의뢰인이 가끔 입에 올리곤 하던 정부의 이
름이라는 걸 기억해냈다.

"아, 네, 샐리 말씀이죠."

그는 창밖에 내리는 빗줄기를 응시했다.

"당신이 말씀하셨던 바로 미루어 보아, 멋진 장신구 두어 개 정도면 그 성난 고양이를 달랠 수 있지 않을까 싶군요."

네빌이 어림없다는 듯 코방귀를 뀌었다.

"성가신 꼴을 보지 않고 우리 사이가 끝났다는 걸 그 여자한테 확실히 알리려면 아주 비싼 패물을 들여야 할걸. 탐욕스러운 암코양이거든."

호기심 때문에 토비어스는 빗줄기에서 네빌의 얼굴로 시선을 돌렸다.

"왜 관계를 끝내려는 겁니까? 샐리와 있는 걸 즐기시는 줄 알았는데요."

"아, 그 여자는 충분히 매력적이지."

네빌이 과장스레 눈을 찡긋했다.

"생기가 넘치는데다가 상당히 창조적이지. 무슨 말인지 알 걸세."

"가끔 그렇게 말씀하셨던 걸로 기억합니다."

"불행히도 그런 생기와 창조성은 남자한테 대가를 요구하게 되어 있거든."

네빌이 한숨을 내쉬었다.

"인정하긴 싫네만, 난 예전 같지 않네. 게다가 요즘 그녀가 요구하는 보석이 지나치게 많아. 지난달에 귀걸이 몇 개를 줬더니 거기에 박힌 보석이 너무 작다고 나한테 신경질인 거야."

샐리는 프로군, 토비어스는 생각했다. 그 여자는 네빌의 마음이 떠나고 있음을 확실히 알고 있어. 관계가 거의 끝날 때라는 걸 깨닫자, 네빌이 자기를 쫓아 버리기 전에 얻을 수 있는 건 뭐든 짜내려고 서두르는 거야.

토비어스가 딱딱하게 미소지었다.

"샐리 같은 계통에 종사하는 여성들은 나중을 대비해야 합니다.

화류계 여자들에게는 보장된 연금이 없잖습니까.”

“그 여자는 내가 찾아냈던 그 매춘굴로 돌아갈 수도 있다구.”

네빌이 머뭇대더니 눈을 가늘게 떴다.

“아마 나 대신 자네가 그녀를 돌볼 수도 있을 걸세. 오늘밤이 지나면 샐리는 새 후원자를 찾으러 나설 거야. 그 여자의 침대 기술에 대해서라면 개인적으로 보증할 수 있네.”

아무리 생기가 넘치고 창조적일지언정 딴 남자의 정부를 물려받을 생각은 전혀 없었다.

“말씀을 들어보니 제겐 그럴 여유가 없군요. 그녀야 최고지만 그만큼 비싸지 않습니까.”

네빌은 포도주를 다 마셔버리고 잔을 내려놓았다.

“용서하게, 마치. 자넬 성가시게 할 의도는 없었어. 자네 일이 어떻게 진척됐는지에 훨씬 관심이 가는군. 그 저주받을 일기장에 대한 새 정보가 있나?”

토비어스는 신중하게 말을 골랐다. 그의 경험상, 의뢰인들은 낚시나 사냥 용어를 사용한 은유적인 표현에 만족스러워하곤 했다.

“이것만큼은 확실하게 말씀드릴 수 있습니다. 흔적을 추적하고 있는데 점점 냄새가 짙어지는군요.”

네빌의 눈에서 열렬한 흥미가 번뜩였다.

“무슨 말인가? 뭘 알아냈지?”

“이번 접근에는 너무 특별한 의미를 두지 않는 게 좋겠습니다. 하지만 미끼 몇 개를 풀어놨고 입질도 몇 번은 있었습니다. 며칠만 더 주시면 낚싯대를 걷어올릴 수 있겠죠.”

“맙소사, 도대체 뭐가 그리 오래 걸린단 말인가? 우린 그 빌어먹을 일기장을 찾아야 해, 그것도 당장.”

계산된 범위 내에서 위험을 감수해야 할 때군, 토비어스는 생각했다.

“제 노력이 만족스럽지 않으시다면, 다른 사람을 찾아보셔도 됩니다.”

네빌의 입술이 짜증으로 비틀렸다.

“정말 신중하게 이 문제를 다룰 사람이 달리 없다는 걸 자네도 나만큼이나 잘 알잖나.”

토비어스는 스스로조차 숨을 참고 있다는 걸 의식하지 못하다가 천천히 안도로 숨을 토해냈다.

“진정하십시오. 곧 성과를 보여드릴 테니까요.”

“그렇게 될 거라고 믿네.”

네빌이 빈 잔을 치우더니 의자에서 몸을 일으켰다.

“미안하지만 나가야겠네. 보석상에 가기로 했거든.”

“샐리의 이별 선물입니까?”

“그렇다네, 내 생각으로는 예쁜 목걸이가 어떨까 싶은데. 돈이 좀 나가겠지만 기쁨을 얻었으면 그 대가를 치러야 하지 않겠나? 보석상한테 오늘 둘러서 고르고 돈을 지불하겠다고 말해 두었지. 물건이 잘못 오는 위험에 처하고 싶지는 않거든.”

“무슨 위험 말입니까?”

네빌이 코방귀를 뀌었다.

“바턴이 말하길 지난달 정부한테 주려고 그 가게에서 사파이어 브로치를 주문했다더군. 그는 늦장을 피우며 제때 대금을 치르지 않았지. 그러자 보석상이 바턴의 시내 저택으로 보석을 배달시켰다네. 문제는 그 보석이 귀여운 정부에게 간 게 아니라 바턴 마누라한테 배달됐다는 거지.”

토비어스는 순간 웃음을 터뜨릴 뻔했다.

“정말 놀라운 실수로군요.”

“보석상 주장은 그랬네.”

네빌은 어깨를 으쓱했다.

"하지만 그런 일이 생길 가능성은 아무리 낮더라도 사양이네. 잘 가게, 마치. 일기장에 관한 정보가 들어오는 대로 알려주게. 밤이건 낮이건 상관없네."

"알겠습니다."

네빌은 고개를 한 번 끄덕이고 클럽의 앞문으로 걸어나갔다.

토비어스는 젖은 거리의 마차를 쳐다보며 한동안 앉아 있었다. 바깥의 어두움이 창유리에 내려앉아 온통 회색 안개가 주위를 감싸는 것처럼 느껴졌다.

라비니아 레이크를 생각할 때마다 엄습하는 욕망에 대한 해결책으로 매춘부를 사는 게 좋을지도 모른다. 하지만 그는 진실을 알고 있었다. 그날 오후의 키스는 가장 깊은 두려움을 확인시켰다. 돈으로 산 여자의 열정 따위로는 그의 절실한 허기와 고통을 없앨 수 없을 것이다.

잠시 후 그는 일어나서 커피를 마시러 갔다. 가는 길에 테이블 가에 놓여 있던 신문 한 부를 집어들었다.

크랙번 백작이 난로가 옆 항상 앉는 자리에 있었다. 그는 타임스 지에서 눈을 들지 않았다.

"네빌이 다른 방에 앉아 기다리는 걸 봤네. 자네를 구석으로 몰아 붙이던가?"

"네."

토비어스는 의자에 몸을 묻었다.

"부디 사냥 용어는 쓰지 말아 주시면 정말 감사하겠습니다. 그 말 때문에 네빌과 방금 나눈 대화가 떠오르는군요."

"그래? 무슨 소식을 전했는데?"

"모든 일이 잘 되어가고 있다고만 말했죠."

"정말인가?"

"아뇨. 하지만 그렇게 말해 줄 이유는 없잖습니까."

"음."

신문이 백작의 손에서 바스락거리는 소리를 냈다.

"네빌이 자네 말에 만족하던가?"

"아닌 것 같더군요. 하지만 다행스럽게도 그는 다른 데 정신이 팔려 있었습니다. 오늘밤에 자기 정부한테 더 이상 그녀의 봉사를 필요로 하지 않는다는 통보를 할 작정이라더군요. 이별의 고통을 줄여줄 보석을 고르러 가는 중일 겁니다."

"그래."

백작이 천천히 신문을 내려놓았다. 그의 눈에 골똘히 생각하는 빛이 떠올랐다.

"그의 애인이 전애인 같은 운명에 처하지 않기만 바랄 뿐이네."

토비어스는 신문을 펼치다 멈칫했다.

"무슨 뜻입니까?"

"몇 달 전까지만 해도 네빌은 다른 암코양이와 애인 관계였지. 그 여자에게 싫증나기 전까지 거의 일년 정도 커즌 가에 있는 집에 데리고 살았던 것 같아."

"그래서요? 네빌 정도 되는 지위의 남자가 정부를 거느리고 사는 게 그리 희한한 일은 아닙니다. 그렇게 안 하는 쪽이 희한하죠."

"맞아, 하지만 버림받은 며칠 후에 그 여자가 강에서 죽은 채로 발견된 것은 희한하지."

"자살인가요?"

"그렇다고들 하더군. 실연의 상처가 컸던 것은 분명했고."

토비어스가 읽지 않은 신문을 천천히 다시 접어 팔걸이 의자 위에 놓았다.

"그건 믿기가 좀 어렵군요. 네빌은 매춘굴 여자들 중에서 정부를 고른다고 하던데요. 그들은 직업 여성들입니다."

"그래, 맞아."

“그런 여자들은 보통 감상주의에 빠지지 않죠. 돈을 지불하는 남자와 가망 없는 사랑에 빠지는 실수를 저지를 거라 여겨지진 않습니다.”

“나도 동의하고 싶네.”

백작이 다시 신문으로 눈길을 돌렸다.

“그럼에도 불구하고 몇 달 전 그의 마지막 정부가 자살했다는 소문이 퍼졌었네.”

9

다음날 오후, 토비어스는 두 시가 되기 직전 클레어몬트 레인에
도착했다. 그는 아직 다 멈춰서지도 않은 마차에서 급히 뛰어내렸
다. 왼쪽 허벅지에 날카로운 통증이 달리자, 순간 마차 문짝을 꽉
움켜쥐었다. 깊은 숨을 내쉬자 통증이 사그라들었다.

"우린 운이 좋군요."

앤서니가 마차에서 우아하게 뛰어내렸다.

"비가 그치고 있습니다."

토비어스의 눈이 하늘로 향했다.

"곧 또 오겠지."

"제가 매형에게서 제일 존경하는 특성 중 하나가 바로 낙천성이
라는 말씀을 드렸던가요? 그야말로 어디를 가든 주변에 햇살이 가
득할 듯한 기질을 갖고 계시죠."

토비어스는 대꾸하지 않았다. 사실 그는 언짢은 심정이었고, 자신
도 그걸 알고 있었다. 다리에 느껴지는 둔한 통증 때문은 아니었다.

그는 오늘 아침 기이한 감각 때문에 잠에서 깨어나 불편한 기분을 느꼈다. 나 정도의 연륜과 경험을 가진 남자라면 감정을 통제할 수 있어야 한다고 그는 스스로에게 말했다. 라비니아를 다시 보고 싶다는 열망은 애인에게 꼭 들러야 직성이 풀리는 앤서니 또래의 젊은 혈기에 버금갈 정도였다.

주택가의 거리에 임대마차가 도착하는 걸 본 순간 토비어스의 불쾌감은 놀라움으로 변했다.

그는 우뚝 멈춰섰다.

"도대체 저 여자가 지금 뭐 하려는 거지?"

앤서니가 히죽 웃었다.

"매형의 새 파트너에게 자기만의 계획이 있나 보군요."

"악마한테나 잡혀가라지. 내가 두 시경 올 거라고 오늘 아침에 저 여자한테 전갈을 보냈단 말이다."

"아마 레이크 부인은 매형의 명령에 복종하길 원하지 않았나 보군요."

"그녀는 다른 밀랍인형 전시관을 찾아가자고 했었어. 만약 자기 혼자 가게 내가 내버려둘 거라 여겼다면, 생각을 다시 해야 할걸."

앤서니와 토비어스가 계단에 막 이르렀을 때 현관문이 활짝 열렸다.

라비니아가 눈에 익은 갈색 울로 된 외투와 반부츠차림으로 문가에 서 있었다. 그녀는 집 안의 누군가와 이야기를 나누느라 길가 쪽에 등을 돌리고 있었다.

"조심해, 에멀린. 이건 우리 소장품 중 최고의 작품이야."

머리도 돌리지 않은 채 라비니아는 현관 밖으로 주의 깊게 뒷걸음질쳐 나왔다. 토비어스는 그녀가 천으로 감싼 커다란 꾸러미의 한끝을 붙잡고 있는 것을 보았다.

몇 초 후 에멀린이 시야에 들어왔다. 그녀의 윤기 나는 검은머리가 예쁜 얼굴을 감싼 청색 보닛 아래 물결쳤다. 그녀는 천에 싸인 물건의 다른 한쪽 끝을 들고 낑낑거리고 있었다.

"아주 무겁군요."

에멀린이 발 밑을 살피면서 말했다.

"이것 대신 다른 물건을 팔아야 할지도 모르겠어요."

앤서니가 숨을 들이쉬었다. 토비어스는 그가 숨을 죽이고 있는 것을 알아챘다.

두 남자가 층계에 우두커니 서 있다는 사실을 눈치채지 못한 라비니아는 계속 뒷걸음질쳤다.

"다른 건 이만큼 값을 많이 받지 못할걸. 좋은 아폴로 조각상이면 엄청난 돈을 지불할 수집가를 알고 있다고 트레들로가 암시하더라."

"드레스 몇 벌 사자고 이 훌륭한 조각을 팔아선 안 된다니까요, 이모."

"새 옷을 투자의 일환으로 생각해야 해, 에멀린. 벌써 몇 번씩이나 설명했잖니. 그 낡고 유행 지난 드레스를 입고 극장에 가면 어떤 청년이 너한테 다가오겠어?"

"옷 안의 사람을 볼 줄 모르는 남자라면 원치 않는다고 이미 말씀드렸잖아요."

"말도 안 된다. 결혼하기 전에 옷 안을 보여주면 신세 망친다는 걸 잘 알잖니, 에멀린."

에멀린이 웃음을 터뜨렸다.

"그녀는 햇살 가득한 하늘 아래를 춤추며 흘러가는 시내 같아요."

앤서니가 속삭였다.

토비어스는 신음을 내뱉었다. 앤서니가 말한 대상은 확실히 라비니아는 아니었다.

그는 두 여자가 계단 아래로 걸음을 옮기는 광경을 지켜보았다.

이모와 조카딸 사이의 신체적 차이점이 더욱 분명해 보였다. 에멀린은 키가 크고 우아한 체구였다. 그에 비해 라비니아는 키도 작고 몸매도 더 자그마했다. 그녀를 바닥에서 번쩍 들어올리기가 정말 식은 죽 먹기였다는 사실을 그는 떠올렸다.

"어디 가는 거요?"

토비어스가 물었다.

라비니아는 깜짝 놀라 작게 비명을 지르고는 그에게 고개를 휙 돌렸다. 그러자 들고 있던 미라처럼 생긴 꾸러미가 불안정하게 기우뚱했다. 그것이 바닥에 떨어져 박살나기 전에, 앤서니가 용감하게 돌진하여 조각의 끝부분을 붙들었다.

라비니아가 토비어스를 노려보았다.

"당신이 무슨 짓을 할 뻔했는지 좀 보세요! 만약 이 조각상을 떨어뜨렸다면, 완전히 당신 탓이라구요."

"항상 내 잘못 아니겠소."

그가 예의 바르게 말했다.

"마치 씨."

에멀린이 그에게 따스한 미소를 보냈다.

"오늘 이렇게 뵙게 되어 정말 기뻐요."

"나도 그렇소, 에멀린 양. 내 처남인 앤서니 싱클레어 군을 소개하겠소. 앤서니, 이쪽은 에멀린 양이고 저쪽은 그 이모인 레이크 부인이다."

"반갑습니다."

앤서니가 조각을 손에서 놓지 않은 채 가볍게 인사했다.

"제가 해드리죠, 에멀린 양."

그가 그녀의 손에서 조각을 낚아채 혼자 들었다.

"매우 동작이 빠르시네요."

에멀린이 그를 향해 환한 얼굴을 돌렸다.

"도와주시지 않았으면 아폴로는 완전히 깨져버릴 뻔했어요."

"숙녀분을 돕는 것은 언제나 즐거운 일이죠."

앤서니는 에멀린이 마치 날개를 달고 대좌 위에 서 있는 천사인 양 바라보았다.

라비니아가 토비어스에게 몸을 돌렸다.

"하마터면 큰 난리가 벌어질 뻔했잖아요."

그녀가 투덜댔다.

"어떻게 사람 뒤로 슬금슬금 다가올 수 있죠?"

"난 슬그머니 다가온 게 아니오. 오늘 아침 알려줬던 그 시각에 정확히 온 거요. 당신도 그 전갈을 받았다고 여겨지오만?"

"그래요, 당신의 명령은 받았어요, 마치 씨. 하지만 당신이 정한 시간이 나한테 괜찮은지를 묻지 않았기 때문에 안 된다고 답장할 필요도 느끼지 못했어요."

그는 일부러 그녀를 내려다보았다.

"내가 기억하기로는 더 많은 밀랍인형 전시관을 둘러봐야 한다고 주장한 사람은 당신이었소."

"그래요, 하지만 더 중요한 일이 생겼어요."

그가 가까이 다가섰다.

"이 일을 조사하는 것보다 더 중요한 일이 뭐요?"

그녀는 한치도 물러서지 않았다.

"내 조카의 인생이 걸린 이 상황보다 더 중요한 일은 없어요, 마치 씨."

에멀린이 얼굴을 찡그렸다.

"너무 과장이 심해요."

앤서니가 깊은 염려가 담긴 시선을 보냈다.

"무슨 일이죠, 에멀린 양? 제가 도울 수 있는 일은 없습니까?"

"글쎄요, 싱클레어 씨."

에멀린이 그에게 코를 찡긋해 보였다. 그녀의 눈동자가 명랑한 즐거움으로 빛났다.

"아폴로가 희생양이 될 것 같아요."

"왜죠?"

"물론 돈 때문이죠."

그녀가 깔깔거리며 웃었다.

"오늘밤 레이디 워스햄과 그분의 딸이 극장에 가는데 초청받았어요. 하지만 돈이 없어서 문제예요. 라비니아 이모는 오늘밤이 훌륭한 청년들 앞에 나를 선보일 기회라고 여기시죠. 그 불쌍한 바보들은 이모가 그런 생각을 하는 줄은 꿈에도 모를 거예요."

"알겠습니다."

앤서니의 표정이 어두워졌다.

"이모는 값비싼 최신 유행 드레스를 입으면 내 가치가 더욱 높아질 거라고 확신해요. 결국 필요한 돈을 얻기 위해 아폴로를 희생해야 한다고 결론내렸죠."

"실례일지도 모르지만, 에멀린 양."

앤서니가 엄숙한 어조로 말했다.

"최신 드레스가 없어도 당신의 독특한 매력은 돋보일 겁니다. 그걸 모르는 남자라면 덜된 바보일 거고요."

잠깐 침묵이 내려앉았다. 모두들 앤서니를 쳐다보았다. 순식간에 그의 얼굴이 시뻘겋게 붉어졌다.

"내 말은, 당신이 옷을 입었든 아니든, 어, 당신의 매력은, 아니, 매력적이라는 말씀입니다."

그가 더듬더듬 변명했다. 하지만 이번에도 아무도 말을 꺼내지 않았다.

앤서니는 이제 진짜로 당황한 것처럼 보였다.

"즉, 앞치마만 걸쳐도 매력이 넘칠 거라는 말씀이죠, 에멀린 양."

"고마워요."

그녀가 중얼댔다. 그녀의 눈이 춤추듯 일렁였다. 앤서니는 마치 땅 속으로 꺼져 버리고 싶은 것처럼 보였다.

토비어스가 그에게 연민의 시선을 보냈다.

"자, 에멀린 양의 매력에 관한 분석이 끝냈으면, 오늘 오후에 이 많은 일들을 어떻게 처리할지에 관한 이야기로 돌아갑시다. 에멀린 양과 라비니아 당신은 아폴로를 파는 계획을 진행하는 게 좋겠소. 앤서니, 너와 내가 밀랍인형 전시관 소유자를 만나야겠다."

"그러죠."

앤서니가 대답했다

"잠깐만요."

라비니아가 토비어스의 앞을 가로막았다. 그녀의 눈에는 깊은 의혹이 담겨 있었다.

"그 조사에 참여하고 싶지 않다고 말한 적은 없어요."

토비어스가 미소지었다.

"미안하오, 레이크 부인. 하지만 난 당신에게 더 중요한 일이 있다는 인상을 받았소."

"아폴로를 파는 것과 탐문 조사를 함께 처리하지 못할 이유가 없어요."

그녀가 재빠르게 말했다.

"에멀린은 오늘 오후 친구인 프리실라 워스햄 양과 같이 이집트 골동품에 관한 강의에 참석할 계획이에요. 난 에멀린을 강의장에 데려다 주고 아폴로를 팔기 위해 트레들로 씨의 가게로 갈 거예요. 그 일을 끝내면, 당신과 내가 조사를 진행할 수 있죠. 그러고 나서 에멀린을 데리러 강의장에 돌아가면 되고요."

앤서니의 눈에서 열렬한 빛이 불타올랐다.

"당신과 당신 친구를 에스코트할 수 있다면 대단한 영광이겠습니다, 에멀린 양. 저 역시 이집트 골동품에 지대한 관심이 있습니다."

"당신도요?"

에멀린이 계단을 내려와 마차 쪽으로 걸음을 옮겼다.

"메이휴 씨의 최근 기고문을 읽어보셨어요?"

"물론이죠."

앤서니가 그녀 옆으로 바짝 다가왔다.

"제 생각에 메이휴 씨의 의견은 몇 가지 점에서 훌륭하지만 그가 조사한 사원 벽에 새겨진 장면들의 의미를 옳게 해석했다고는 생각지 않습니다."

"저도 그렇게 생각해요."

에멀린은 앤서니가 마차에 아폴로 조각상을 싣도록 옆으로 비켜섰다.

"그 상형문자가 핵심이라는 것은 분명해요. 누군가 그것들을 제대로 해석할 때까지는 우린 그림의 의미를 절대 알지 못할 거예요."

앤서니는 바닥에 조각을 놓기 위해 마차 안으로 몸을 숙였다.

"로제타 석을 올바로 이해하는 게 유일한 희망이죠."

그의 목소리가 마차 내부에서 울렸다.

"영 씨가 약간의 성과를 거두었다는 소식을 들었습니다."

라비니아는 이집트 골동품에 관한 견해를 주고받는 그들을 한동안 지켜보았다. 생각에 잠겨 그녀의 눈썹이 날씬한 콧날 위로 모아졌다.

"흠."

그녀가 속삭였다.

"앤서니의 인품에 대해서는 내가 보증하겠소."

토비어스가 낮은 목소리로 말했다.

"당신 조카가 아주 안전하다는 건 확실하오."

그녀가 목청을 가다듬었다.

"집안에 물려받은 유산이라도 혹시 있나요?"

“도싯의 작은 집뿐이오.”
토비어스가 재미있다는 듯 말했다.
“앤서니의 재정상태는 나와 유사하지.”
“그게 어떤 상태인데요?”
그녀가 신중히 물었다.
“불안정하오. 당신처럼 나 역시 생계를 꾸려가기 위해 일을 해야
하오. 앤서니는 가끔 날 돕고 있소.”
“알았어요.”
“자, 그럼 이제 하려던 일을 계속해도 되겠소? 아니면 오후 내내
나의 재정상태에 대해 캐물으며 길거리 한복판에 서 있을 작정이
오?”
그녀는 에멀린에게서 눈을 떼지 않았다. 그 애는 여전히 앤서니
와 활기찬 대화를 나누는 중이었다. 잠시 동안, 토비어스는 라비니
아가 질문을 듣지 못했나 보다고 생각했다. 그녀는 자신의 주위를
산만하게 하는 어떤 생각을 떨쳐내려는 듯이 고개를 흔들었다. 다
시 그를 쳐다보았을 때, 강한 확신을 담은 익숙한 빛이 그녀의 눈동
자에 새로이 불타올랐다.
“당신 재산에 대한 애기로 시간을 낭비하지 않겠어요. 당신이나
앤서니의 재산은 내 알 바 아니니까. 내 코가 석 자예요.”

“정말 멋진 아폴로 상이에요, 레이크 부인.”
에드먼드 트레들로가 미끈하게 조각된 아폴로의 허벅지 근육을
톡톡 두드렸다.
“참으로 멋지군요. 지난달 당신이 가져왔던 비너스 상만큼 쳐드
리죠.”
“이 아폴로 상은 비너스보다 훨씬 가치가 있어요, 트레들로 씨.”
라비니아가 누드 조각을 빙 돌아가 반대편에 섰다.

"우리 둘 다 그 사실을 익히 알고 있어요. 이 작품은 진품인데다가 보존상태도 뛰어나죠."

트레들로가 몇 번 머리를 끄덕였다. 그의 유리 안경알 너머 눈동자에 교활한 빛이 번득였다. 라비니아는 이 사람이 흥정을 즐긴다는 것을 알고 있었지만, 자신도 그렇다고는 말할 수 없었다. 너무 많은 것들이 이 거래에 달려 있었던 것이다.

트레들로는 구식 바지에 허름한 목도리를 몇 년간이나 고수해온 남자로, 세월이 흐를수록 점점 몸이 구부정해지고 등이 휘어갔다. 마치 자기 가게의 조각상만큼이나 오래된 과거의 유물 같았다. 회색 머리칼 몇 가닥이 대머리가 되기 시작하는 정수리에 넓게 걸쳐 있었고 수염은 손질 안 된 목초지처럼 빽빽했다.

"내 말을 오해 말아요, 부인."

트레들로가 아폴로의 둔부를 쓰다듬었다.

"이 조각상의 상태는 아주 양호해요. 하지만 요즘은 아폴로 상을 구해 달라는 주문이 거의 없어요. 몇 달간 팔려나가지 않고 남아 있을지도 모르거든요."

라비니아는 예의 바른 미소를 지으며 속으로 이를 갈았다. 이런 말은 모두 트레들로가 협상에 사용하는 기술이었다. 협상은 그에게 사업이기도 하지만 일종의 게임이었다. 반면 그녀에게는 긴장이 가득한 승부였고, 항상 필사적이었다. 그녀는 무슨 일이 있어도 절박함을 드러내지 않아야 한다는 것을 알고 있었다.

토비어스가 먼지투성이 가게 한켠에서 지켜보고 있었다. 그는 지루하다는 양 대리석 받침대에 나른하게 기대 있었다. 하지만 라비니아는 그가 지대한 관심을 갖고 오고가는 모든 대화를 빠짐없이 듣고 있다는 것을 알았다. 아주 화나는 일이었다. 무엇보다도, 그녀가 여기서 트레들로와 시장통 여편네처럼 흥정해야만 하는 상황에 처한 것은 전적으로 그의 잘못이었다.

"전 당신의 친절과 관대함을 이용하고 싶지 않아요."

라비니아가 평온하게 말했다.

"만약 이 조각상의 우수함을 알아보는 고객을 구하실 수 없다면, 다른 곳에 가져가야 할 것 같군요."

"그걸 팔 수 없다고는 말하지 않았어요, 부인. 단지 시간이 꽤 걸릴 것 같다고만 했지."

트레들로가 잠깐 입을 다물었다.

"물론, 내가 위탁판매를 하게 해주면……."

"아뇨, 전 이걸 오늘 팔길 원해요."

그녀가 당장에라도 떠날 것처럼 장갑을 집어드는 시늉을 해보였다.

"여기서 더 시간을 낭비할 여유가 없어요. 프렌더개스트 씨 가게에 가봐야겠군요. 그분은 아마 보다 안목 있는 고객을 알고 계시겠죠."

트레들로가 손을 마주쳤다.

"그렇게 하실 필요 없어요, 부인. 말씀드렸듯이 당장은 아폴로를 팔만한 데가 없습죠만, 부인과의 오랜 친분을 생각해서 이 작품을 알아볼 만한 수집가를 찾아보지요."

"정말 더 이상 수고를 끼치고 싶지 않아요."

"수고라뇨, 천만의 말씀이죠."

그가 비굴한 웃음을 지었다.

"지난 석 달간 부인과 저는 많은 거래를 해왔잖습니까. 부인을 위해 아폴로에 대해서는 평소보다 이익을 적게 볼 준비가 되어 있습죠."

"정말 그런 희생을 요구하고 싶지 않아요."

그녀는 보닛끈을 다시 묶었다.

"게다가 당신의 친절한 성품을 이용하려고 우리의 오랜 사업관계

를 내세우겠다는 생각을 잠시나마 한다면 저 자신을 용서하지 못할
거예요, 트레들로 씨."

트레들로는 생각에 잠긴 표정으로 훌륭하게 조각된 아폴로 상을
쳐다보았다.

"지금 생각해 보니까, 이 조각상을 좋은 가격으로 사들일 만한 신
사 한 분이 떠올랐습니다. 그분은 가격에 관해서는 가타부타 말이
별로 없는 편이죠."

그녀는 안도의 한숨이 새어나오려는 걸 감추고는 빛나는 미소를
지었다.

"당신이 적합한 수집가를 찾아내시리라 믿었죠. 이 분야에서 당
신만한 전문가도 없잖아요."

"그저 경험이 좀 있을 뿐입죠."

그가 공손하게 말했다.

"자, 이제 가격에 대해서 말해 볼까요, 부인."

적절한 가격을 합의보는 데에는 오랜 시간이 걸리지 않았다.

잠시 후 그들이 가게를 나서자 토비어스가 그녀의 팔을 붙들었
다.

"잘했소."

"트레들로가 준 돈으로 마담 프란체스카한테 주문했던 새 드레스
값을 치를 수 있을 거예요."

"훌륭한 홍정이었소."

"이탈리아에 있는 동안, 협상하는 기술을 좀 배웠죠."

그녀가 차갑게 미소지었다.

"다행히도 에밀린과 나는 당신이 우릴 길거리로 내쫓은 그날 밤,
물건 몇 개를 챙길 수 있었어요. 하지만 그래도 그 멋진 항아리를
남겨 놓고 온 일이 못내 유감스럽군요."

"개인적으로는, 당신이 항아리 대신 아폴로를 들고 온 게 잘한 결정이었다고 생각하오."

한밤중이었다. 도굴꾼은 파헤쳐진 무덤 앞에서 열심히 일하고 있었다. 어슴푸레한 램프 불빛이 관을 끌어내는 밧줄과 삽 등을 비추면서 소름 끼치는 장면을 드러냈다. 손수레가 어둠 속에서 대기중이었다.

"스코틀랜드의 의과대학으로 실려갈 시체가 도굴중인 광경이군."

토비어스가 명랑하게 말했다.

"현대 의학의 발전이 위축되고 있지 않다는 걸 알게 되니 참으로 마음이 놓이는구려."

라비니아는 몸을 떨고는 단상에 나열된 인물들을 가까이에서 들여다보았다. 허기트 전시관의 밀랍 조각상은 그 수준이 그녀와 토비어스가 그날 오후 방문했던 다른 전시관의 작품들과 유사했다. 공예가는 조잡한 솜씨를 감추려고 스카프와 모자, 펄럭이는 망토들을 이용했다. 진짜처럼 보이는 관과 기괴한 불빛의 도움으로 그나마 으스스한 기운이 발산되고 있었다.

"여기 전시품들이 다른 곳 작품보다 훨씬 연극 같군요."

라비니아는 자신이 속삭이듯이 말했다는 걸 깨달았지만 왜 그랬는지는 자신조차 알 수 없었다. 자신과 토비어스 말고 전시관에는 아무도 없었다. 하지만 짙은 그림자와 소름 끼치는 묘사는 이전 작품들이 보여주지 못했던 두려움을 심어주었다.

"허기트는 분명히 연극무대적인 연출에 출중한 재주가 있소."

토비어스가 어두운 복도를 걸어내려가 다음 작품 앞에서 멈춰서며 말했다. 그것은 결투장면을 묘사한 전시물이었다.

"게다가 유혈을 즐기는 취향도 있는 듯하군."

"허기트 씨가 너무 늦지 않나요? 표 판매원이 그를 데리러 사무실로 간 게 벌써 몇 분 전인데.”

“좀더 기다려 봅시다.”

토비어스는 밀랍조각 전시물이 죽 늘어선 다른 줄로 걸어갔다.

혼자 떨어진 것을 깨달은 라비니아가 그를 서둘러 쫓아갔다. 모퉁이를 돌다가 토비어스의 단단한 몸에 거의 부딪힐 뻔하기 직전 교수형에 처해지는 살인자들의 모습이 얼핏 눈에 들어왔다.

그녀는 토비어스의 주의를 사로잡은 살인 장면에 눈길을 주었다. 그것은 카드 테이블 옆 의자에 죽어 있는 남자를 나타낸 것이었다. 그 인물의 머리가 숙여진 모습은 죽음을 놀랍도록 정확하게 묘사하고 있을 뿐 아니라 예술적 기교의 결핍을 그럴 듯하게 감추고 있었다. 조각상의 한 팔은 축 늘어져 있었다. 살인자는 밀랍으로 된 손에 권총을 움켜쥔 채 한끝에 서 있었다. 카펫 위로 몇 장의 카드가 흩어져 있었다.

라비니아는 깔끔하게 쓰여진 제목을 쳐다보았다. <도박 지옥에서의 하룻밤>이었다.

“우리가 먼저 들렀던 두 전시관에서 알아낸 것 외의 새로운 사실은 없을 듯해요.”

“당신 말이 맞을지도 모르오.”

토비어스가 살인자의 얼굴을 가까이에서 들여다보고는 가볍게 고개를 저었다.

“번 부인의 말이 옳았소. 밀랍인형 전시관의 대다수가, 예술 감상을 위해서라기보다는 소름 끼치는 전율을 맛보려는 대중들의 욕망에 부합한다는 것 말이오.”

라비니아는 어둠 속에서 음침하게 드러난 작품들을 둘러보았다. 시체 도굴꾼, 살인자들, 죽어가는 매춘부들, 폭력적인 범죄자들이 방 안을 가득 메우고 있었다. 작품의 질은 높지는 않지만 소유주는 분명 공포스런 분위기를 연출하는 데는 성공했다. 토비어스에게 인정할 수는 없었지만 이 장소는 그녀를 불안하게 만들고 있었다.

"시간을 낭비한 게 아닌가 싶네요."

"분명 그렇소."

토비어스는 스카프로 여자를 교살하는 남자의 형상 쪽으로 향했다.

"하지만 이미 와버린 데다 이곳이 마지막 전시관이잖소. 떠나기 전에 허기트를 만나 이야기를 나누는 게 좋겠소."

"그럴 필요가 있나요?"

라비니아가 그를 뒤쫓았다. 그녀는 작품 앞에서 얼굴을 찡그리고는 제목을 내려다보았다. <상속 재산>이었다.

"토비어스, 당장 떠나는 게 좋겠어요."

그가 기묘한 시선을 던져왔다. 처음으로 그의 이름을 부른 것이다. 그녀는 온몸이 불가사의하게 뜨거워지는 것을 느끼고는 어두운 조명에 감사했다.

어차피 우린 낯선 사이도 아니잖아라고 라비니아는 생각했다. 그들은 사업상의 동료였다. 그리고 어제 서재에서는 그가 키스까지 해왔다. 그녀는 그 정열적인 순간을 생각하지 않으려고 애썼지만 슬그머니 그 기억이 떠올랐다.

"도대체 왜 그러는 거요?"

토비어스의 눈동자에 재미있어하는 기색이 어렸다.

"이 전시물들이 당신을 불안하게 만든다고는 하지 마시오. 당신이 이런 어두운 밀랍인형 전시관에 겁먹는 사람이라고는 생각할 수 없소."

"칭찬해 줘서 고맙군요. 나란 사람은 분명 이런 종류의 전시품 따위에 영향받지 않을 만큼 무디죠."

"물론 그렇지."

"난 그저 손님들과 잠깐 얘기할 시간도 내주지 않는 무례한 주인

을 기다리느라 멀거니 서서 기다려야 할 이유를 납득할 수 없을 뿐
이에요. 그 손님들은 이 끔찍스런 구경거리를 위해 돈을 주고 표까
지 샀는데도 말예요.”

라비니아는 복도 끝에 있는 위층으로 올라가는 좁은 나선 계단을
바라보았다.

“허기트 씨가 저 위엔 뭘 뒀을지 궁금하군요.”

등뒤에서 무언가가 스르륵 다가오는 소리가 나자 그녀는 순간 얼
어붙었다. 낮고 쉭쉭거리는 목소리로 누군가가 말했다.

“위층의 갤러리는 신사분 전용이오.”

라비니아는 몸을 돌려 어둠 속을 응시했다.

살인 장면을 비추는 약하고 가녀린 빛 속에서, 그녀는 키가 크고
해골처럼 삐쩍 마른 남자를 보았다. 그의 얼굴 피부는 뼈에 찰싹 달
라붙어 있었고 눈동자는 퀭했다. 한때 그곳에서 타올랐을지도 모를
온기가 이제 조금도 남지 않고 다 꺼져 있었다.

“내가 허기트요. 당신들이 나와 말하고 싶어한다고 들었소만.”

“허기트 씨, 저는 토비어스 마치고 이쪽은 레이크 부인입니다. 이
야기할 시간을 내주시면 감사하겠습니다.”

“내게서 뭘 원하시오?”

허기트가 쉰 목소리로 말했다.

“우리는 어떤 밀랍 작품에 대한 당신의 고견을 듣고 싶습니다.”
토비어스가 말했다.

“이 작품을 제작한 예술가가 누군지 알고 싶어요.”

라비니아는 시체를 묘사한 밀랍 작품을 꺼내 천을 벗겼다.

“여기서 나타난 작품기법이나 스타일을 보고 만든 이가 누구인지
알 수 있나요?”

허기트가 작품을 응시했다. 라비니아는 그의 해골 같은 얼굴을
조심스럽게 살펴보았다. 알아본 듯한 희미한 기색이 보였다고 거의

확신했지만, 그 표정은 금방 사라졌다. 다시 고개를 든 허기트의 얼굴은 무표정했다.

"훌륭한 솜씨군. 하지만 누가 만들었는지는 모르겠소."

"주제가 당신의 전시관에 어울리는 것 같은데요."

토비어스의 말에 허기트가 앙상한 손가락으로 주위를 손짓해 보였다.

"보시다시피, 난 실물 크기의 조각상을 전시하오. 작은 것들이 아니라."

"우리가 나간 뒤라도 떠오르는 게 있으면 이 주소로 전갈을 보내 주시겠습니까?"

토비어스가 허기트에게 명함을 내밀었다.

"그에 대한 보상은 충분히 드리겠습니다."

허기트는 망설이다가 명함을 받아 넣었다.

"그 정도 정보에 어느 누가 돈을 주겠소?"

"어떤 분께서 그 예술가에 대해 매우 알고 싶어하십니다."

"알았소."

허기트가 어둠 속으로 물러나기 시작했다.

"좀 생각해 보도록 하지."

라비니아가 앞으로 나와 끼어들었다.

"허기트 씨, 괜찮으시면 한 가지만 더요. 위층의 갤러리에 대해서 설명을 다 해주지 않으셨지요. 그곳엔 어떤 종류의 전시물이 있죠?"

"이미 말했잖소, 신사분들만 볼 수 있다고."

허기트가 속삭였다.

"위층의 작품들은 숙녀들이 보기에 적절하지 않소."

그녀가 더 질문하기도 전에 그는 어둠 속으로 사라져버렸다.

라비니아는 다시 한 번 나선 계단을 쳐다보았다.

"당신 생각엔 저기에 뭐가 있을 것 같아요?"

토비어스가 그녀의 팔을 잡더니 말했다.

"저 계단을 올라가면 아마도 에로틱한 행위를 묘사한 나체상들이 전시되어 있을 거요."

그녀가 눈을 깜박였다.

"오."

나선 계단에서 뒤돌아서 라비니아는 토비어스를 따라 문으로 갔다.

"그는 뭔가를 알고 있어요."

그녀가 조용히 말했다.

"그의 반응을 보니까 뭔가 알고 있다는 느낌이 오더군요."

"당신 말이 옳을지도 모르지. 그의 반응은 기묘한 데가 있었소."

보슬비가 내리고 있었지만 라비니아는 밖으로 나오자 안도의 미소를 지었다. 그들이 타고 온 마차가 거리에 기다리고 서 있었다.

"오늘 오후는 아주 소득이 많지 않아요? 다양한 밀랍 작품의 스타일을 잘 알고 있는 사람들과 만나 보면 도움이 될 거라고 내가 그랬잖아요. 내 발상 덕분에 우린 마침내 냄새를 포착한 거예요. 이젠 사냥용 뿔피리를 불 때죠."

"부탁인데, 사냥 관련 단어는 좀 사용하지 말아 주면 좋겠소."

토비어스는 마차 문을 열었다.

"이젠 좀 지겹거든."

"투덜대지 말아요."

라비니아가 그의 도움을 받아 마차 안으로 훌쩍 뛰어 올라갔다.

"우리의 조사가 이 정도 결론을 얻게 된 것이 순전히 나의 빛나는 발상 때문이기에 당신은 심통이 난 거예요. 인정하시죠, 마치 씨. 당신이 내건 미끼에 한 번도 입질이 없었다는 사실 때문에 화가 났다는 걸 말예요."

"낚시 용어도 별로 내키지 않소."

그가 문의 모서리를 잡고는 마차 안으로 들어왔다.

"오늘 내가 기분이 안 좋아 보인다면, 대답 없는 질문이 너무나 많았기 때문이오."

"기운 내세요. 허기트 씨의 눈이 번쩍거리는 모양을 봐서, 곧 무슨 소식을 얻을 거라고 봐요."

토비어스는 움직이는 마차 안에서 허기트의 전시관 현관 위에 걸린 나무 팻말을 골똘히 쳐다보았다.

"당신이 그의 눈에서 본 광채는 돈에 대한 흥미가 아니오."

"그럼 뭐였죠?"

"공포였소."

10

가죽 표지는 귀퉁이가 떨어져 너덜거렸으며 안의 속지는 불에 타 퍼석퍼석했다. 하지만 잿속에 남아 있던 종이조각들로 미루어 보건대 이것이 바로 시종의 일기장이 확실했다.

"제기랄."

토비어스가 부지깽이로 재를 헤집었다. 재는 식어 있었다. 일기를 태운 자가 누구건 간에 불꽃이 사그러들 시간을 넉넉히 계산해 전갈을 보낸 듯했다.

그는 작은 방을 둘러보았다. 오랫동안 아무도 살지 않았음이 분명했지만 거리의 부랑자들이 자주 취사를 했던 흔적을 쉽게 발견할 수 있었다. 그는 책이 다른 곳에서 소각된 후 이곳으로 옮겨져 버려진 것은 아닌가 의심해 보았다.

토비어스는 누가 이곳으로 가보라는 전갈을 보냈는지 몰랐다. 평상시 정보원 중 한 명인 것 같지는 않았다. 아무도 돈을 요구하러 오지 않았기 때문이었다.

하지만 오늘밤 그가 여기서 일기를 발견하기를 간절히 원한 사람
이 있는 게 틀림없었다.

다행히도 그는 조금 전 쪽지가 전달되었을 때 클럽에 있었다. 즉
시 길을 나서면서 험한 날씨와 늦은 시간 덕분에 라비니아에게 소
식을 전하지 않을 핑계가 생긴 데 감사했다. 보나마나 나중에 이 사
실을 말하면 화를 낼 것임에 틀림없었다. 어쨌든 일분 일초가 아까
운 상황이었음을 그녀도 이해해야 할 것이다.

토비어스는 불타버린 일기를 모아 넣을 만할 물건을 찾다가 구석
에 놓인 낡고 빈 자루를 발견했다. 남은 일기 잔해들을 긁어모으는
데는 별로 오래 걸리지 않았다.

그 일이 다 끝나자, 연기가 많이 나는 초를 껐다. 그는 자루를 들
고는 창문으로 다가갔다. 문젯거리가 생길 이유는 없었다. 오늘밤
그가 일기를 찾아내도록 누군가 엄청난 노력을 기울이지 않았는가.
하지만 다른 사람들도 그것을 찾고 있다. 조심해서 나쁠 것은 없다.

온밤 내내 내린 비 때문에 좁은 골목길은 작은 시내로 변해 있었
다. 랜턴의 약한 불빛이 창문에서 새어나와 좁은 골목길로 흘러들
었지만 그 불은 캄캄한 어둠을 거의 밝혀주지 못했다.

그는 잠깐 동안 골목길 저편을 바라보며 누군가 움직이는지 살폈
다. 잠시 후 앞서 들어왔던 문을 누군가 지켜보고 있다면 여기서 보
이는 지점에 있지는 않을 거라는 결론을 내렸다.

겉외투를 벗어 어깨에 짊어진 자루가 젖지 않도록 그 위에 걸친
후 토비어스는 방을 나섰다. 계단에는 아무도 없었다. 그는 구불구
불한 복도를 지나 밖의 돌계단에 발을 디뎠다.

토비어스는 현관 지붕 아래에서 오랫동안 기다렸다. 아무도 없다.

이를 악물고 그는 웅덩이로 변한 얕고 더러운 개울을 건넜다. 길
에 깔린 포석은 아주 미끄러웠다. 이런 날씨에 길조차 좋지 않아 그
의 왼쪽 다리가 불안하게 흔들렸다. 그는 몸을 지탱하기 위해 장갑

을 낀 손으로 왼쪽의 축축한 돌벽을 짚었다.

집사가 그토록 애써서 광택을 낸 부츠 위에 기름기가 뜬 물이 온통 튀었다. 휘트비가 엉망이 된 신발을 관리해야 하는 상황에 처한 게 이번이 처음은 아니지, 토비어스는 속으로 생각하며 조심스럽게 골목길 끝으로 나아갔다.

중간쯤에서 그는 골목길에 다른 누군가가 나타난 것을 감지했다. 토비어스는 왼손으로 벽을 짚고는 급히 몸을 돌렸다.

두꺼운 외투와 모자를 쓴 남자의 형상이 창가를 비추는 랜턴 불빛 아래 드러났다. 그 남자는 어렴풋이나마 눈에 익었다. 토비어스는 저 외투와 모자를 클럽 밖 어디에서 저녁 나절에 본 적이 있다고 확신했다.

두꺼운 코트를 입은 남자는 토비어스가 멈춘 것을 보고는 순간 그 자리에 얼어붙었다. 그 형체는 곧 몸을 돌려 신발 뒤축에서 물보라를 일으키며 반대방향으로 달려나가더니 사라졌다. 발소리가 좁은 골목길 안에 메아리쳤다.

"빌어먹을."

토비어스는 벽에서 몸을 떼 추적에 나섰다. 왼쪽 다리에 통증이 내달렸지만 이를 악물고 아픔을 무시하려 애썼다.

괜한 시간 낭비야. 균형을 잡으려고 애쓰면서 토비어스는 생각했다. 그의 부실한 다리로는, 달아난 남자를 잡는 건 고사하고 넘어져서 시커먼 구정물에 얼굴을 처박지나 않으면 다행일 것이다.

순간 부츠가 젖은 보도 위에서 미끄러졌지만, 어떻게 간신히 넘어지지 않고 버틸 수 있었다.

하늘이 도우사 도망치던 남자에게도 무언가 문제가 생긴 듯했다. 갑작스럽게 비틀거리더니 자기 팔을 마구 때리기 시작했다. 외투가 펄럭이더니 어떤 물건이 떨어져 쨍그렁 소리와 함께 유리가 산산조각났다. 등불이군, 토비어스는 생각했다.

　　결국 도망치던 남자는 길바닥에 호되게 넘어졌다. 토비어스는 가까이 다가가 몸을 던져 간신히 남자의 다리 한쪽을 잡을 수 있었다. 그리고는 상체를 일으켜 단단한 몸에 주먹을 날렸다. 하지만 큰 아픔을 주지는 못한 듯 상대가 격렬하게 저항하기 시작했다.
　　"가만 있지 않으면 칼을 쓰겠다."
　　토비어스가 거칠게 말했다. 칼 따위는 갖고 있지 않았지만, 이 남자가 그걸 알 턱이 없었다.
　　신음소리가 들리더니, 남자는 차가운 빗물 속에 쿵 쓰러졌다.
　　"전 시키는 대로 했을 뿐입니다요. 어머니 이름을 걸고 맹세합죠. 그저 명령만 따랐어요."
　　"누구의 명령이었나?"
　　"제 주인이죠."
　　"누가 네 주인이지?"
　　"도브 부인입니다."

　　"전갈을 받았어요."
　　조앤 도브는 섬세한 도자기 주전자를 집어들었다.
　　"무슨 일인지 하인 허버트에게 보고 오라고 시켰죠. 아마 당신 다음에 바로 그가 도착했나 봐요, 마치 씨. 그는 당신이 건물에서 나오는 것을 봤어요. 하지만 어두워서 당신이 누군지 알아볼 수 없었대요. 쫓아가서 누군지 알아보려 했는데 당신이 알아채고는 그를 쓰러뜨린 거죠."
　　라비니아는 거의 말이 안 나올 정도로 화가 났다. 그녀는 조앤이 도자기 잔에 차 따르는 모습을 바라보았다. 오후의 티파티에서 손님들을 접대하는 부유한 귀부인의 고상한 취향을 느끼게 하기에 충분한 동작이었다. 하지만 오후 3시가 아닌 게 문제였다. 지금은 새벽 3시였다. 또한 그녀와 토비어스는 오늘밤 최신 사교계 스캔들에

관한 이야기를 나누려고 온 게 아니었다. 그들은 도브 부인과 맞대
면하려고 온 것이었다.

지금까지 거의 그녀 혼자서 말하고 있었다. 토비어스는 아무 말
없이 딱딱한 표정을 하고 의자에 기대앉아만 있었다. 라비니아는
그가 걱정되었다. 그는 집에 들러 젖은 옷을 갈아입고는 타다 남은
일기장을 갖고 그녀의 현관에 나타났다. 그녀는 그가 겉으로만 차
분한 척한다는 확신이 들었다. 오늘밤 이만저만한 고생을 한 게 아
닐 것이다. 다리 때문에 힘들어하고 있다는 것도 알 수 있었다.

"그 전갈에 뭐라고 쓰여 있었습니까?"

토비어스가 대화에 끼어들었다.

조앤은 찻주전자를 내려놓으면서 약간 주저하는 모습을 보였다.

"쪽지는 아니었어요. 거리를 돌아다니는 꼬마가 우리 집 문간에
와서는 내가 원하는 게 타틀 레인 18번지에 있을 거라고 했어요. 그
래서 허버트를 보냈죠."

"그만 설명하셔도 돼요, 도브 부인."

라비니아의 분노가 끓어올랐다.

"사실을 털어놓기 힘드시면, 그냥 그렇다고 하세요."

조앤의 입매가 굳어졌다.

"왜 내 말을 의심하죠, 레이크 부인?"

"전갈 같은 건 오지 않았어요. 마치 씨를 쫓으라고 허버트를 보낸
거죠. 아닌가요?"

조앤의 눈이 차가워졌다.

"내가 왜 그렇게 하겠어요?"

"마치 씨가 일기를 찾아내면 허버트를 시켜 그걸 훔쳐내려고 한
거죠. 그렇지 않은가요?"

"레이크 부인, 난 의심받는 일에 익숙지 않아요."

"그런가요?"

라비니아가 차갑게 미소지었다.

"정말 이상하네요. 마치 씨는 당신이 처음부터 우리에게 거짓말을 했다고 생각했으니까요. 그러나 난 당신의 말을 믿었죠. 적어도 당신의 말 대부분을요. 하지만 당신은 자기 목적을 위해서 우릴 이용하려고 했어요."

"당신이 왜 그렇게 화를 내는지 모르겠네요."

조앤의 어투에 비난이 묻어났다.

"오늘밤 일로 마치 씨가 상처를 입은 것도 아니잖아요."

"우린 당신 맘대로 움직일 수 있는 체스판의 말이 아니에요. 우린 프로라고요."

"그래요, 물론이죠."

"마치 씨는 목숨을 걸고 그 건물에 숨어들어 갔었어요. 당신을 위해서 한 일이죠. 하지만 당신은 그런 마치 씨에게서 우격다짐으로라도 일기를 훔쳐가려고 했던 거예요."

"분명히 말해 두지만, 마치 씨나 다른 누구도 다치기를 바란 적은 없어요."

조앤의 목소리엔 분명하게 날이 서 있었다.

"난 허버트에게 잘 감시하라고만 했을 뿐이에요. 그게 마땅할 듯했어요."

"그래요?"

라비니아가 어깨를 으쓱했다.

"마치 씨의 말이 옳았군요. 당신은 처음부터 우리에게 거짓말을 했고, 이제 나는 인내심이 다 바닥났어요. 우리가 맡은 일은 끝났어요, 부인. 일기도 찾았고요. 알아보기는 힘들지만, 최소한 더 문제를 일으키지는 않을 거예요."

조앤이 너덜너덜한 일기의 잔해를 보며 얼굴을 찡그렸다. 커다란 은쟁반에 한가득이었다.

“하지만 지금 조사를 중단해서는 안 돼요. 일기를 태운 사람이 누군진 모르지만 분명히 그 전에 다 읽었을 거예요.”

“그렇겠죠. 하지만 일기를 태운 행위는 이 일이 끝났음을 우리에게 알리려는 의도임이 분명해요. 그 사람은 홀튼 펠릭스의 협박 피해자 중 한 명일 거라는 게 우리 추측이에요. 십중팔구 펠릭스를 죽인 당사자겠죠.”

토비어스가 쟁반을 흘끗 바라보았다.

“내 생각으론, 더 이상 협박이 없음을 확인시키려는 것 이상의 의도가 있다고 여겨지오.”

“무슨 뜻이에요?”

조앤이 재빠르게 물었다.

토비어스는 헤진 일기장에서 생각에 잠긴 눈길을 떼지 않았다.

“우리더러 이 사건을 그만 조사하라는 의미가 아닌가 싶군요.”

“하지만 내가 받은 살해위협은 어떡하고요?”

조앤이 목소리를 높여 묻자 라비니아가 날카롭게 말했다.

“그건 당신 문제죠. 아마 당신을 위해 더 조사해 줄 만한 사람을 구할 수 있을 거예요.”

“제발, 라비니아.”

토비어스가 중얼댔다. 그녀는 그를 무시했다.

“이런 상황하에는, 마치 씨가 당신을 위해 위험을 무릅쓰도록 할 수 없어요, 도브 부인. 이해하시리라 믿어요.”

조앤이 경직됐다.

“당신이 신경 쓰는 것은 오직 일기뿐이군요. 거기에 당신 이야기도 적혀 있기 때문이겠죠. 이제 일기가 발견됐으니까, 내 돈을 가져가고 일을 그만두려는 거군요.”

라비니아는 화가 나서 벌떡 일어났다.

“당신의 그 잘난 돈일랑 그냥 두시죠!”

시야 한구석에서 토비어스가 움찔하는 모습이 보였다. 그녀는 소파 뒤로 가서는 우아한 곡선을 그리는 나무 테두리를 두 손으로 움켜쥐었다.

"마치 씨는 오늘밤 당신을 위해 큰 모험을 했어요. 함정일 수도 있다는 것을 알면서도 간 거예요. 살인자가 기다리고 있었을지도 모르는데요. 난 거짓말하는 의뢰인을 위해 내 동료가 위험한 일을 계속하도록 내버려둘 수 없어요."

"어떻게 그런 말을 할 수 있죠? 난 당신들한테 거짓말하지 않았어요."

"글쎄요, 전부 진실만 이야기한 건 분명 아니죠, 그렇지 않아요?"

분노가 조앤의 얼굴에 번득였지만 그녀는 곧 자제력을 되찾았다.

"당신이 알 필요가 있다고 생각되는 일은 전부 말했어요."

"그리고는 우리한테 감시인을 붙였죠. 당신은 마치 씨를 이용했어요. 난 그 사실을 그냥 넘기지 않을 거예요."

그녀는 토비어스를 돌아보았다.

"떠날 시간이에요."

토비어스는 기꺼이 의자에서 일어났다.

"시간이 늦었군, 안 그렇소?"

그가 부드럽게 말했다.

"그래요, 늦었어요."

라비니아는 응접실을 박차고 나와 현관까지 이어진 복도를 걸어갔다. 황소만한 덩치의 집사가 비에 젖은 밤거리로 그들을 안내했다.

현관에서 라비니아는 이곳에 올 때 타고 왔던 마차가 사라져버린 것을 알았다. 대신에 화려한 적갈색 사륜마차가 서 있었다.

"부인이 도착하셨을 때 도브 부인께서 임대마차는 보내버리라고 지시를 내리셨습니다. 전용마차로 댁까지 모셔다 드리기를 원하셨거든요.”

집사가 억양 없는 목소리로 말했다.

라비니아는 방금 거실에서 나눴던 불쾌한 대화를 떠올렸다. 조앤 도브가 여전히 호의를 베풀려들지는 않을 듯했다.

“오, 우린 받아들일 수가…….”

“물론, 타고 가겠소.”

토비어스의 손가락이 그녀의 팔을 꽉 쥐었다.

“이미 당신 할 말을 충분히 했다고 생각하오, 레이크 부인. 당신이야 빗속에 서서 다른 임대마차를 기다리는 일이 대수롭지 않을지 모르오만, 그래도 날 좀 생각해 주리라고 믿소. 당신만 괜찮다면, 도브 부인의 안락한 마차로 가고 싶은 마음을 금할 길 없군. 기나긴 밤이었소.”

라비니아는 오늘 그가 겪은 고생을 떠올리고는 죄책감을 느꼈다.

“물론, 그렇게 해야죠.”

그녀는 재빨리 계단을 내려갔다. 서두르면 도브 부인이 마차를 빌려주겠다는 마음을 바꾸기 전에 탈 수 있겠지.

건장한 하인이 호사스러운 마차에 그녀를 태우려고 손을 뻗었다. 실내의 불빛이 부드러운 적갈색 벨벳 쿠션과 냉기를 막기 위한 담요를 비추었다. 그녀는 자리를 잡자마자 담요로 손을 뻗었다. 다행히도 따스하게 데워져 있었다.

토비어스가 그녀의 옆자리에 앉았다. 그의 뻣뻣한 움직임에 걱정이 밀려들었다. 그녀는 토비어스의 다리에 담요를 덮어 주었다.

“고맙소.”

그가 퉁명스럽게 감사의 말을 던지자 라비니아는 얼굴을 찡그리며 물었다.

“도브 부인한테 하인이 아주 많다는 걸 알아챘나요?”

“눈치챘소. 작은 군대 같더군.”

"맞아요. 왜 그렇게 많은 사람을 부릴 필요가 있을까 궁금……."

그녀는 토비어스가 담요 아래로 손을 집어넣어 다리를 문지르기 시작하자 말을 멈추었다.

"허버트를 쓰러뜨렸을 때 다친 게 아니군요. 그렇죠?"

"신경 쓰지 마시오, 레이크 부인."

"이런 상황에서 어떻게 신경이 안 쓰이겠어요?"

"당신 자신에게나 신경 쓰시오, 마담."

그가 의미심장하게 말을 멈추었다.

"이런 상황에서 말이오."

그녀는 따뜻한 담요를 두르고 벨벳 쿠션 아래로 깊이 몸을 묻었다. 방금 일어났던 일의 의미가 분명히 이해되자 강한 충격이 지나갔다.

"무슨 말인지 알겠어요."

그녀가 시무룩하게 말했다.

"최초이자 하나뿐인 의뢰인을 방금 놓친 듯하군요."

"나도 그렇게 생각하오. 그뿐 아니라, 당신은 우리가 지금까지 한 많은 일들의 의뢰비를 치르겠다는 제의까지 거절한 거요."

침묵이 마차 속에 무겁게 깔렸다. 결국 라비니아가 입을 뗐다.

"하지만…… 우리한테 다른 선택의 여지는 없다구요. 진짜 정보는 꼭 숨기고는 우리를 감시하려 염탐꾼이나 붙이는 의뢰인을 위해 조사를 계속할 수는 없잖아요."

"왜 그럴 수 없다는지 모르겠군."

"뭐라구요?"

그녀는 좌석에서 벌떡 몸을 일으켰다.

"미쳤어요? 당신은 오늘밤 큰 부상을 입을 수도 있었다구요. 허버트가 우격다짐으로라도 당신에게서 일기를 뺏으려 들었으리라 난 확신해요."

"나도 그걸 의심하는 건 아니오. 결국 도브 부인의 궁극적인 목적
은 비밀을 감추는 것이니까."

라비니아는 곰곰이 생각해 봤다.

"우리를 포함해서 누구도 알아서는 안 되는 그녀의 비밀이 분명
그 일기에 있어요. 20년도 더 된 남자관계보다도 더욱 문제가 되는
부분인 거죠."

"내가 경고했잖소, 모든 의뢰인이 거짓말을 한다고."

라비니아는 다시 담요 속으로 파고들어 잠시 동안 생각했다.

"오늘밤에 기꺼이 속을 털어놓지 않은 사람이 도브 부인만은 아
니라는 생각이 떠오르는군요."

"무슨 소리요?"

그녀가 그를 노려보았다.

"왜 전갈을 받자마자 내게 알려주지 않았죠? 그건 당신 혼자서
할 일이 아니었다고요."

"시간이 촉박했소. 당신을 소홀히 취급했다고는 생각지 마시오,
라비니아. 너무 서두른 나머지 앤서니에게조차 알리지 못했소."

"앤서니요?"

"평상시대로면, 그가 날 도왔을 거요. 하지만 그는 극장에 가 있
었고, 제시간에 내 말을 전하기가 지극히 어려웠소."

"그래서 혼자 가기로 했군요."

"내 직업적인 육감으로는 즉각적인 행동이 필요한 상황이었소."

"말도 안 돼요."

"당신이 그렇게 말할 줄 알았소."

토비어스가 중얼댔다.

"당신은 파트너와 일하는 습관에 길이 들지 않아서 혼자 간 거예
요."

"제기랄, 라비니아. 시간이 없어서 혼자 간 거요. 난 최선이라고

생각한 행동을 했고, 그걸로 이 얘기는 끝이요.”

그녀는 대답하지 않았다. 침묵이 마차 안에 다시 무겁게 들어찼다.

그가 다시금 허벅다리를 문지르기 시작했다.

“도브 부인의 하인을 쫓다가 다친 거죠?”

“그런 것 같소.”

“내가 도울 일이 있나요?”

“당신이 최면 요법을 쓰도록 할 생각은 확실히 없소. 만약 당신이 말하는 게 그것이라면 말이오.”

“좋아요, 당신이 그렇게 정떨어지게 굴겠다면야.”

“그럴 거요.”

포기하고 라비니아는 다시금 침묵 속으로 기어들어 갔다. 집까지 가는 데 굉장히 오래 걸릴 듯했다. 비가 더 심하게 쏟아질 뿐만 아니라 휘황찬란한 무도회와 화려한 밤 공연들이 끝나가는 시각이었기에 거리가 인파로 붐볐기 때문이다. 취객들은 매춘굴과 클럽들 밖으로 흘러나와 자신들을 숙소로 실어갈 마차가 보이기만 하면 무조건 올라타고 있었다.

대다수 남자들이 코벤트 가든으로 가라고 외쳤다. 그곳에서 몇 푼의 돈에 남자들의 마차로 올라탈 매춘부를 찾을 것이고, 그 여자들은 짧은 시간 동안의 추잡한 쾌락을 제공할 것이다. 이런 승객을 실은 임대마차들은 아침 나절이면 시큼한 술내음을 피워올리기 마련이었다.

라비니아는 생각에 잠겨 콧등을 찡그렸다.

그녀 옆에서 토비어스가 몸을 약간 움직여, 쿠션 속으로 더 깊이 파고들었다. 그의 성한 다리가 그녀의 허벅지를 살짝 눌러왔다. 물론 이 사소한 접촉이 완전히 우연이라는 것을 의심하지 않았지만, 이미 예민해져 있던 그녀의 신경은 온통 불붙는 듯했다. 그녀의 서재에서 있었던 뜨거운 포옹의 기억이 감각을 떨리게 했다.

이건 미친 짓이야.

그녀는 토비어스도 늦은 밤 집으로 가는 도중 코벤트 가든에 들르는 버릇이 있을지 궁금했다. 그럴 것 같진 않았다. 그는 아마 좀 더 까다로운 취향일 것이다. 좀더 독특한 여자.

그 생각은 훨씬 신경 쓰이는 질문을 불러왔다. 토비어스는 어떤 여자를 좋아할까?

서재에서 키스를 나눴지만, 자신은 토비어스가 평소 매력을 느끼는 타입은 아니라는 확신이 들었다. 그들은 일 때문에 함께 있을 뿐 그녀의 황홀한 미모나 재치 있는 화술에 그가 매료된 것이 아니다. 붐비는 무도회장에서 그녀를 얼핏 쳐다본 그가 숨막힐 듯한 미모에 반한 경우도 아니다. 사실, 키가 작은 그녀를 사람들이 붐비는 방에서 과연 한눈에 알아보기나 할지도 의심스러웠다.

"당신은 나 때문에 의뢰인을 버렸군, 그렇지 않소?"

깊은 침묵을 뚫고 던져진 토비어스의 질문은, 생각에 잠겨 있던 라비니아를 소스라치게 했다. 정신을 차리고 대답하기까지는 좀 시간이 걸렸다.

"그건 원칙의 문제였어요."

그녀가 웅얼댔다.

"난 그렇게 생각지 않소. 당신은 나 때문에 의뢰인을 놓친 거요."

"제발 같은 말을 되풀이하지 말아줬으면 좋겠어요. 정말 거슬리는 버릇이군요."

"내게는 당신이 신경 거슬린다고 여길 버릇이 많을 거요. 하지만 지금 중요한 문제는 그게 아니오."

"그럼 뭐가 중요하죠?"

토비어스는 한 손을 그녀의 목덜미로 미끄러뜨리며 입술을 그녀에게로 가까이했다.

"난 궁금하오. 도브 부인의 돈을 나 때문에 거절한 일에 대해 아침이 되면 당신이 어떻게 생각할지 말이오. 상당한 액수인데……."

아침이 되면 보수가 날아갔다는 생각보다 일 때문에 성립됐던 토비어스와의 불편한 파트너 관계가 끝났다는 것에 더 가슴 아프리라. 그들은 일기 때문에 만났는데 이제 일기장은 더 이상 존재하지 않는다. 오늘밤 겪었던 모든 일에 대한 충격이 한꺼번에 그녀를 짓눌렀다. 끔찍하게 비참한 기분이 온통 그녀를 지배했다.

오늘밤 이후로 토비어스를 다시는 보지 못할지도 모른다.

급박한 상실감이 그녀를 휘감았다. 도대체 왜 이럴까? 이 남자가 곧 자신의 인생에서 사라지리란 사실에 안도감을 느껴야 했다. 오늘밤만 해도 그 때문에 의뢰비를 못 받지 않았는가.

하지만 어째서인지 그녀가 느낀 감정이라고는 후회뿐이었다.

나직한 신음소리를 내며 그녀는 팔을 담요에서 빼내 그의 목에 둘렀다.

"토비어스."

그의 입이 다급하게 그녀의 입술을 덮쳐왔다.

둘 사이의 마지막 키스는 불씨를 남겨 놓았다. 지금 그의 입술을 다시 느끼자, 꺼져가던 불꽃이 연기를 내며 활활 타오르는 불길이 되기 시작했다. 그녀를 이렇게 만든 남자는 아무도 없었다. 오래 전 존과의 사이에 있었던 섬세하고 달콤한 시와도 같은 감정은 현실적이지 않았다. 하지만 지금 토비어스의 품안에서 느끼는 감정은 믿을 수 없을 만큼 생생한 전율이었다.

토비어스가 이제 그녀의 목선을 따라 키스를 퍼부었다. 라비니아는 벨벳 쿠션 위로 밀려 넘어졌다. 그의 손이 다리에 와닿자 어떻게 그녀도 모르는 사이에 그가 스커트와 외투 아래로 손을 넣었는지 의아해했다.

"우린 서로를 거의 몰라요."

그녀가 속삭였다.

"정반대요."

그는 그녀의 허벅다리 안쪽으로 따뜻한 손가락을 미끄러뜨렸다.

"로마에 있는 동안, 많은 남자들이 자기 아내에 대해 아는 것보다 훨씬 더 당신에 대해 알게 되었소."

"믿기 어려운 말이군요."

"증명해 보이지."

그녀가 그에게 굶주린 듯한 키스를 했다.

"어떻게 증명하겠다는 거죠?"

"글쎄, 무슨 말부터 할까?"

그가 그녀의 등뒤로 손을 뻗어 보디스의 끈을 풀었다.

"당신은 오래 걷는 것을 아주 좋아하지. 로마에서 당신을 뒤쫓느라 몇 마일씩 걸어다녀야 했거든."

"건강에 좋았겠군요. 도보는 건강에 도움이 되죠."

그가 그녀의 보디스를 내렸다.

"당신이 시를 사랑한다는 것도 알지."

"그날 밤 로마에서 내 책꽂이의 책들을 봤으니까요."

토비어스는 그녀가 목에 걸고 있던 은제 펜던트를 만져보고는 그녀의 단단해진 유두에 키스했다.

"팜프리 경이 당신을 정부로 삼으려 했지만 거부한 것도 알고 있소."

라비니아는 순간 찬물 세례를 받은 기분이었다. 그의 어깨에 손을 얹은 채 몸을 굳히고 그를 쳐다보았다.

"팜프리 경을 알아요?"

"로마에 있는 사람 전부가 알지. 그는 시내의 모든 미망인들뿐 아니라 남편 있는 부인들까지 꼬드겼잖소."

토비어스가 그녀의 젖가슴 사이 골짜기에 키스했다.

“하지만 당신은 일언지하에 그 남자의 제의를 거절했지.”

“팜프리 경은 유부남이에요.”

맙소사, 말해 놓고 보니 그녀 자신의 귀에조차 점잔빼는 듯이 들렸다.

토비어스가 머리를 들었다. 그의 눈이 램프의 어두운 불빛 속에서 번쩍였다.

“게다가 그 작자는 엄청난 부자고 정부들에게 지극히 관대하다고들 하더군. 당신의 삶은 훨씬 더 즐거워질 수도 있었을 거요.”

그녀는 몸을 부르르 떨었다.

“난 죽어도 팜프리 경의 정부가 되기 싫었다구요. 그 남자는 술주정뱅이에다가 취했다 하면 성미를 주체 못하죠. 한번은 그의 술버릇에 대해 농담했을 뿐인 사람에게 주먹까지 휘두르는 걸 봤다구요.”

“시장에서 당신을 만나자 그 남자가 작은 아파트를 마련해 주겠다며 설득하는 것도 들었소.”

그녀는 굴욕감을 느꼈다.

“그 한심한 대화를 엿들었나요?”

“그의 제의에 대한 당신의 대답을 듣는 건 별로 어렵지 않았소.”

토비어스의 이가 희미하게 빛났다.

“내 기억에 의하면, 당신의 목소리는 좀 높았거든.”

“난 화가 났었죠. 당신은 어디에 있었어요?”

“작은 가게의 입구에 서 있었지.”

그가 그녀 다리 사이로 더 깊숙이 손을 미끄러뜨렸다.

“난 오렌지를 먹고 있었소.”

“그런 사소한 것까지 기억하고 있어요?”

“그 순간에 있었던 일은 전부 기억하오. 팜프리 경이 분통을 터뜨리며 사라졌을 때, 그 오렌지가 이제껏 내 인생에서 먹어본 중 최고의 오렌지라고 결론내렸지. 그렇게 달콤한 오렌지는 처음이었소."

토비어스가 그녀의 뜨겁고 촉촉한 여성 위로 자신의 손바닥을 덮었다. 그녀의 하반신으로 열기가 지나가며 온몸이 욱씬거렸으며 라비니아는 감각의 폭풍 속에서 몸을 부르르 떨었다. 토비어스의 눈에 짓궂은 만족감이 드러났다. 토비어스는 자기가 지금 그녀에게 어떤 영향을 미치고 있는지 아주 잘 알고 있는 게 분명했다. 이제는 형세를 역전시켜야 할 때였다.

"좋아요, 최소한 당신에 대해 알게 된 점이 있군요."

그녀는 그의 어깨를 꽉 쥐었다.

"당신이 오렌지를 무척이나 좋아한다는 거죠."

"난 오렌지를 꽤 좋아하오. 하지만 이탈리아에서는 잘 익은 무화과에 견줄 만한 과일이 없다고들 하더군."

그가 그녀를 어루만졌다.

"나도 동의하고 싶소."

라비니아는 분노와 웃음의 틈바구니에서 헐떡이느라 거의 숨이 막힐 지경이었다. 예전에 언더우드 부인과 살던 시절, 이탈리아에선 익은 무화과가 여성의 성기를 빗대는 저속한 상징이라는 것을 배웠었다.

그는 다시 한 번 그녀의 입을 자기 입으로 덮어 침묵시켰다. 그의 손길은 그녀가 이전엔 결코 알지 못했던 감각을 던져주었다. 그녀가 그의 품속에서 더 많은 것을 갈구하며 몸을 떨고 신음하자, 그는 자신의 바지 앞자락을 풀기 시작했다. 그리고는 그녀의 다리 사이로 느리게 미끄러져 들어와, 한 번의 격렬한 동작으로 그녀의 몸을 가득 채웠다. 그녀의 몸 속으로 엄청난 긴장이 예고도 없이 폭발해 빛나는 파편으로 흩어졌다. 어떤 시인의 언어도 그녀에게 이런 느낌을 가르쳐 주지 못했다.

"토비어스?"

그녀가 그의 등에 손톱을 박았다.

"맙소사, 토비어스, 토비어스!"

토비어스는 낮고 거친 신음과도 같은 웃음소리를 냈다. 그녀는 그의 몸에 팔을 두르고, 그의 이름을 반복해서 부르고 또 불렀다. 그가 그녀의 몸에 더욱 깊숙이 자신을 파묻어 왔다.

그녀의 손 아래 놓인 그의 등은 단단하게 긴장돼 있었다. 그의 절정이 임박했음을 알고 그녀는 본능적으로 그를 더 가까이 끌어들이려 애썼다.

"안 돼."

그는 입술을 떼어내고는 그녀에게서 황급히 물러났다. 그의 입에서 외마디 소리가 터져나오며 격렬하게 몸을 떨었다. 그가 자신의 욕망을 토해내는 동안 라비니아는 그를 껴안고 있었다.

11

토비어스는 천천히 정신을 차렸다. 마차가 여전히 움직이고 있기에 서두를 필요는 없었다. 조금 더 오래 그녀의 부드러운 품에 머무를 수 있다.

"토비어스?"

"음?"

라비니아가 그의 아래서 꼼지락댔다.

"집에 도착할 때가 다 된 것 같아요."

"당신이 그렇게 말할 줄 알았소."

그는 그녀의 한쪽 가슴에 손을 얹었다. 탄력이 넘치고 아름답게 균형 잡힌 모양, 완벽한 사과 형태였다.

오늘밤은 더 이상 과일에 대해 언급하지 않는 게 좋을 것 같았다. 라비니아의 말대로 그들은 클레어몬트 레인에 있는 그녀의 작은 집에 거의 도착한 상태였다.

"서둘러요, 토비어스."

그녀가 그의 몸 아래에서 성마르게 꼼지락댔다.

"어서 매무새를 고쳐야 해요. 도브 부인의 하인 중 한 명이라도 이런 우리를 발견하면 어떨지 생각 좀 해보세요."

그녀의 목소리에 담긴 조바심이 그를 즐겁게 했다.

"진정해요, 라비니아."

그는 마지못해 천천히 일어나 앉아, 라비니아의 벌거벗은 허벅지 안쪽에 키스를 남겼다.

"토비어스!"

"다 알아들었소, 레이크 부인. 목소리를 낮추지 않으면 마부와 하인에게도 들릴 거요."

"빨리요."

그녀는 보디스를 더듬어 입으면서 앉았다.

"당장이라도 집에 도착할지 몰라요. 맙소사, 우리가 도브 부인의 마차 좌석 쿠션을 망치지 않았어야 할 텐데. 그녀가 어떻게 생각하겠어요?"

"도브 부인이 어떻게 생각하는지에 대해서는 별 관심이 없소."

토비어스는 조금 전 그들 사이의 긴밀한 접촉이 밀폐된 마차 안에 남겨놓은 향기를 들이마셨다.

"그녀는 더 이상 당신의 의뢰인이 아니잖소, 기억하오?"

"맙소사, 그녀는 우아한 숙녀예요."

라비니아가 초조한 동작으로 은제 펜던트를 다시 목에 걸었다.

"자신의 근사한 전용 마차가 싸구려 임대마차 취급을 당하는 데 익숙지 않을 게 분명하다구요."

그녀를 바라보자 다시금 깊은 만족감이 급작스레 몰려들었다. 램프의 노란 불빛이 그녀의 헝클어진 머리칼 위에서 춤추듯이 일렁이자 빨강과 금색의 반짝임이 일었다. 그녀의 뺨은 붉어졌고 몸 주위에는 분명히 알아볼 수 있는 따스한 빛이 감돌았다.

그러다가 그녀의 눈 속에 드러난 충격을 감지했다.

"창피해하는군, 그렇지 않소? 만약 도브 부인이 여기서 무슨 일이 벌어졌는지 눈치챘다면 당신을 숙녀로 보지 않을까 봐 두려워하는 거요."

라비니아는 자신의 보디스와 본격적으로 씨름하느라 정신이 없었다.

"그녀는 내가 한밤중에 코벤트 가든에서 어슬렁대는 여자들보다 나을 것 없다고 생각할 거예요."

그는 그저 어깨를 으쓱했다.

"그녀가 당신을 어떻게 생각하는지에 대해 왜 그렇게 걱정하는 거요?"

"내가 아무 데서나 치맛자락을 올려주는 여자라는 인상을 의뢰인한테 주고 싶지는 않아요."

"이전 의뢰인이지."

그녀의 턱이 단단해졌다.

"어쨌든 이 직업에서 소문은 중요해요. 신문에 광고를 내기보다 서비스에 만족한 이전 의뢰인의 추천에 의존하는 업종이니까요."

"개인적으로 나는 완전히 만족하오. 이제 됐소?"

"아뇨, 당신은 파트너이지 의뢰인이 아니잖아요. 날 놀리지 말아요, 토비어스. 도브 부인이 자기 친구들에게 떠들도록 내버려둘 수는 없잖아요. 내가 저, 그런……."

"당신은 그런 여자가 아니오."

그가 잘라 말했다.

"그리고 우리 둘 다 익히 알고 있소. 왜 같은 얘기를 되풀이하는 거지?"

라비니아는 간단한 그 질문에 혼란을 느낀 듯이 눈을 깜박였다.

"원칙의 문제예요."

그가 끄덕였다.

"당신은 전에도 원칙을 언급했었지. 당신한테는 중요한 모양이라고 생각했었소. 하지만 이건 원칙의 문제가 아니오, 상식의 문제인 거지. 당신이 의뢰인의 돈을 면전에다 집어던지는 습관을 들이는 건 바라지 않소. 만약 도브 부인이 당신이 퍼부은 말을 듣고도 돈을 지불하겠다면, 냉큼 받아들이라고 권하겠소."

그녀는 보디스와의 씨름을 중단하고 사나운 표정을 지었다.

"당신은 이게 재미있는 일이라도 되는 것처럼 말하는군요. 어떻게 그럴 수가 있어요?"

"미안하오, 라비니아."

그는 그녀의 어깨 뒤로 손을 뻗어 드레스 매무새를 바로잡아 주었다.

"하지만 당신은 지금 히스테리를 일으키는 것처럼 보이는군."

"히스테리라뇨? 난 내 평판을 염려하는 거예요. 지극히 당연한 일이죠. 직업을 또 바꾸고 싶진 않다구요. 그건 너무 성가신 일이에요."

그는 미소지었다.

"레이크 부인, 누군가 당신을 모욕하면 결투를 해서라도 당신의 명예를 지킬 거요."

"당신은 이 일을 농담거리로 만들려고 하는군요, 그렇지 않아요?"

"당신 외투에는 좀 흔적이 남았을지도 모르지만 쿠션은 아주 멀쩡한 상태요. 어쨌든 아침에 얼룩이 있는지 마부가 확인할 테니 괜찮을 거요. 마차를 말끔하게 유지하는 게 그의 임무니까."

"내 외투."

새로운 경악스런 사실로 인해 라비니아의 얼굴에서 핏기가 사라졌다. 그녀는 허둥지둥 일어나 외투를 쿠션에서 걷어냈다.

"맙소사."

“라비니아……”

그녀는 맞은편 의자에 앉아 외투를 털며 눈앞에 바짝 들이대고 안감을 살폈다.

“오, 안 돼. 이건 정말 끔찍해. 너무해.”

“라비니아, 의뢰인을 잃은 일 때문에 너무 신경이 예민해진 거 아니오?”

그녀는 그의 말을 무시했다. 외투를 탁탁 두들기며, 검고 축축한 얼룩을 펼쳐 보였다.

“당신이 한 짓을 좀 봐요, 토비어스. 옷을 다 망쳤어요. 이 자국이 생긴 이유를 뭐라 설명하겠어요? 누가 보기 전에 이걸 지우는 수밖에 없다구요.”

토비어스는 쿠션과 외투에 대한 라비니아의 지나친 걱정에 기분이 영 찜찜해졌다. 그녀와 나눈 사랑의 행위는 오랫동안 경험하지 못했던, 최고로 짜릿한 순간이었다. 그녀 역시 만족했다는 데 돈을 걸 수도 있었다. 사실, 절정의 순간 그녀에게서 터져나온 외침으로 미루어 보아 오늘밤 이전까지 그녀가 그런 절정의 감각을 겪어본 적이 없었으리란 확신까지 들었다.

하지만 함께 나누었던 지극한 기쁨의 순간을 만끽하기는커녕 그녀는 저 빌어먹을 얼룩에 대해서만 투덜대고 있었다.

“축하하오, 라비니아. 당신은 매우 격정적인 맥베스 부인 역을 해내고 있군. 하지만 조금 더 깊이 생각해 보면, 우리가 나눈 사랑의 증거가 다른 곳이 아닌 당신 외투에 남게 된 것을 다행으로 여기게 될 거요.”

그녀는 그의 옆에 놓인 벨벳 쿠션을 불안한 듯 바라보았다.

“물론 그렇죠. 얼룩이 쿠션에 묻었으면 끔찍했을 거예요.”

마차가 느려지고 있었다. 커튼을 젖히자 클레어몬트 레인에 도착했음을 알 수 있었다.

"난 쿠션을 말한 게 아니오."

"도브 부인의 마차 쿠션에 얼룩이 생기는 일보다 심각한 문제가 달리 또 있어요?"

그는 아무 말 없이 그녀의 눈을 마주 보기만 했다.

라비니아가 이맛살을 찌푸렸다. 잠시 그녀의 얼굴에 어리둥절한 기색이 떠오르더니 곧 깨달음의 빛이 눈에 나타났다.

"그래요, 물론 그렇죠."

억양 없는 목소리로 말한 다음 라비니아는 눈길을 돌리고 외투를 둘둘 마는 일에 열중했다.

"아까의 일을 부끄러워할 필요는 없소, 라비니아. 우리는 둘 다 결혼한 경험이 있지 않소. 학교를 갓 졸업한 애송이가 아니란 말이오."

그녀가 창문 밖에 시선을 고정했다.

"그래요, 물론이죠."

"이 문제에 대해서 솔직하게 말해야 하오. 저 외투 위에 남은 빌어먹을 얼룩을 보면 알겠지만 난 그 상황에서 가능한 예방조치를 취했소."

토비어스는 목소리를 부드럽게 했다

"하지만 우리 둘 다, 의도하지 않았던 일이 일어날 가능성이 아예 없지는 않음을 알고 있지."

그녀의 손가락이 말아놓은 외투를 꽉 움켜쥐었다.

"그래요, 물론 그렇죠."

"만약 그런 일이 생긴다면, 주저하지 말고 내게 얘기해요. 알았소?"

"그래요, 물론이죠."

이번엔 평소보다 두 옥타브 정도 올라간 목소리로 중얼댔다.

"내가 순간적인 열정에 사로잡혔었다는 걸 인정하오. 다음에는 좀더 준비를 갖출 거요. 확실한 예방책을 마련하겠소.”

“아, 이제 도착했어요.”

라비니아가 지나치게 밝은 어조로 말했다.

“마침내 집이 보이네요.”

건장한 하인이 마차문을 열더니 라비니아를 내려주었다. 그녀는 마치 불타는 건물에서 탈출이라도 하는 것처럼 문을 향해 내달았다.

“잘 가요, 토비어스.”

그는 손을 뻗어 그녀의 손을 잡았다.

“라비니아, 당신 정말 괜찮소? 평소의 당신하고 달라 보이는데.”

“그래요?”

그녀는 어깨 너머로 광을 낸 강철처럼 빛나는 미소를 던졌다. 그야말로 라비니아다운 미소군, 토비어스는 결론을 지었다. 그게 좋은 징조인지 아닌지는 알 수 없었지만.

“요란한 밤이었소.”

그가 조심스럽게 운을 뗐다.

“분명히 당신 신경이 좀 예민해졌을 거요.”

“내 신경이 조금이라도 예민해질 이유는 없어요. 결국 하나뿐인 의뢰인을 잃었고, 완벽했던 외투를 망친 것뿐이잖아요. 게다가 다음 며칠간 ‘극도로 사적인’ 문제가 생기지는 않을지 고민해야 하죠.”

토비어스가 그녀와 눈길을 맞추었다.

“이 모든 일들에 대해 날 탓해도 좋소.”

“오, 물론이죠.”

라비니아는 덩치 큰 하인에게 손을 내밀었다.

“분명히 내가 겪고 있는 문제점들은 전부 당신 잘못으로 인한 거라구요.”

왜 라비니아와 관련된 일들마다 항상 어처구니없게도 복잡해지는 걸까? 토비어스는 서재로 걸어들어가서 브랜디를 들이켰다. 그리고 는 의자에 풀썩 주저앉았다. 그는 남아 있는 불씨를 침울하게 바라 보았다. 얼룩진 외투의 기억이 그의 눈앞에서 너울댔다.

그때 서재문이 그의 뒤에서 열렸다.

"마침내 집에 도착하셨군요."

크러뱃을 느슨하게 풀고 셔츠 자락을 풀어헤친 앤서니가 어슬렁 거리며 들어왔다.

"무슨 소식이 없나 싶어서 한 시간쯤 전 하숙으로 돌아가는 길에 들렀죠. 휘트비가 만든 연어 파이 남은 걸 좀 먹었구요. 전 그의 요 리 솜씨가 그리워 죽겠어요."

"그걸 그리워한다는 게 말이 되나? 끼니 때마다, 그리고 야식 때 도 대부분 여기 와서 먹으면서."

"매형이 혼자 외로워하실까 봐 그런 거죠."

앤서니가 키득거렸다.

"이렇게 늦게 들어오시다니, 드문 일이군요. 흥미로운 밤이었나 봐요?"

"일기를 찾았다."

앤서니가 휘파람을 불었다.

"축하합니다. 매형하고 레이크 부인, 그리고 그 의뢰인에게 특히 중요한 페이지를 찢어버리셨겠군요."

"그럴 필요조차 없었어. 내가 찾아내기 전에 누군가 그 빌어먹을 물건을 불에 던져넣은 상태였지. 일기장이라는 걸 알아볼 수는 있 었지만 내용을 판독할 정도는 아냐."

"알겠습니다."

앤서니가 곰곰이 생각하면서 머리칼을 손으로 헤집었다.

"펠릭스를 죽여서 일기를 가져간 작자가 누구든지 간에 매형의 수사를 멈추게 하려고 그런 거죠, 아닙니까?"

“나도 그렇게 생각한다.”

“이 일을 시작하실 때 많은 사람들이 그 일기에 언급되어 있다고 말씀하셨더랬죠. 그들 중 한 명이 펠릭스를 죽이고 일기를 태운 건지도 모르지요.”

“그래.”

“네빌은 그 소식을 듣고 뭐라던가요?”

“그에게는 이야기하지 않았다.”

앤서니는 호기심을 보였다.

“그 다음에는요?”

“그 다음? 난 자러 갈 거야. 그게 다음에 일어날 일이지.”

“하숙으로 돌아가려던 참에 마차 소리가 들려 밖을 내다보니 아주 근사한 마차 한 대가 집 앞에 서 있더군요.”

앤서니가 심술궂게 웃었다.

“처음엔 누가 주소를 잘못 찾은 줄 알았습니다. 그러고 나서 매형이 내리는 걸 봤죠.”

“그 마차는 라비니아의 의뢰인 거다.”

토비어스가 브랜디를 마셨다.

“정확히는 예전 의뢰인이지. 오늘밤 일 때문에 말야.”

“일기가 발견되었기 때문입니까?”

“아니, 라비니아가 계약을 파기했어. 이미 합의했던 의뢰비도 받지 않겠다고 도브 부인에게 말했지.”

“이해가 안 되는군요. 무슨 변덕으로 레이크 부인이 그 돈을 마다했단 말이죠?”

토비어스는 브랜디를 더 넘기고는 의자 팔걸이에 유리잔을 내려놓았다.

“나 때문에 그랬어.”

“매형요?”

"원칙의 문제였지. 너도 알 거다."

앤서니가 혼란스러워하는 표정을 지었다.

"아뇨, 모르겠는데요. 토비어스, 무슨 말인지 이해가 안 돼요. 오늘밤 얼마나 마신 겁니까?"

"별로 많이 마시지 않았다."

토비어스는 유리잔을 손끝으로 두드렸다.

"라비니아는 오늘밤 도브 부인이 날 위험에 빠뜨렸다고 자기 의뢰인과 손을 끊었어."

"좀더 설명해 보세요."

토비어스가 자초지종을 말했다. 그가 이야기를 끝내자 앤서니는 오랫동안 그를 골똘히 쳐다보았다.

"저런, 저런, 저런."

앤서니가 마침내 말했다.

토비어스는 재치 있는 응수가 떠오르지 않아서, 그냥 가만히 있었다.

"저런, 저런, 저런."

앤서니가 다시 말했다.

"라비니아에겐 성깔이 있지, 도브 부인이 기름을 부은 격이고."

"어련하려구요."

토비어스가 남은 브랜디를 잔에 따랐다.

"내 파트너가 벌써부터 자기 행동을 후회하고 있을 거라고 여겨지는구나."

앤서니가 눈썹을 치켜올렸다.

"왜 그렇게 말씀하시는 거죠?"

"마차에서 내리기 전에 그녀가 마지막으로 한 말은, 이번에도 자기가 당한 곤경이 전부 내 탓이라는 거야."

앤서니가 사려 깊게 고개를 끄덕였다.

"그녀 입장에서는 타당한 결론처럼 들리는군요."

"아까 집에 가려던 참이었다고 그러지 않았냐?"

"심기가 언짢으신 모양이군요, 그렇죠?"

"그런 것 같구나."

앤서니가 흥미로운 표정으로 토비어스를 머리끝에서 발끝까지 찬찬히 살폈다.

"골목길에서의 난투 후 옷을 갈아입으셨다고 하셨죠?"

"그래."

"그럼 매형의 옷매무새가 이렇게 흐트러진 원인은 그 격투가 아니라 다른 데 있다고 생각해도 됩니까?"

토비어스가 눈을 가늘게 떴다.

"어디 계속 물어보렴. 내 기분이 얼마나 최악인지 곧 알 테니까."

"아, 이제 알겠군요. 매형이 레이크 부인한테 키스했고, 그녀가 매형의 뺨을 때린 거죠?"

"레이크 부인은 말이다, 내 뺨을 때리지 않았다."

앤서니가 눈을 휘둥그렇게 뜨고는 토비어스를 응시했다.

"말도 안 돼요. 매형, 설마 정말로……. 저 레이크 부인과? 마차 안에서? 하지만 그녀는 숙녀예요. 어떻게 그럴 수가 있단 말입니까?"

토비어스는 그저 빤히 처다보기만 했다. 앤서니는 토비어스의 표정을 보고는 침을 꿀꺽 삼키고 급히 난로가에 남은 불씨로 시선을 돌렸다.

괘종시계가 새벽을 향해 똑딱똑딱 나아갔다.

토비어스는 의자에 더욱 깊이 몸을 묻었다. 인생에서 여자와 심각한 교제를 해본 경험도 없는 청년한테 설교를 듣자니 짜증이 났다.

잠시 후에, 앤서니가 목청을 가다듬었다.

"매형도 그녀가 내일 저녁 극장에 갈 계획이라는 걸 아시죠?"
그가 시계를 쳐다보았다.
"사실, 오늘 저녁이라고 해야 맞겠군요. 어쨌든 그곳에 가보지 그
러세요? 레이크 부인과 에멀린은 레이디 워스햄 모녀와 함께 올 거
예요. 그들의 관람석을 찾아가 보는 게 좋을 듯한데요."
"그렇구나."
"걱정 마세요."
앤서니가 재빠르게 말했다.
"매형 혼자서 그런 미지의 바다로 나가게 하지는 않겠습니다. 아
마 안내가 필요하시겠죠. 제가 기꺼이 같이 가드릴게요."
"알았다, 결국 목적은 그거냐?"
앤서니가 짐짓 영문을 모르겠다는 표정을 지었다.
"무슨 말씀이신지 모르겠습니다."
"에멀린 양도 참석한다는 걸 아니까 가길 원하는 거지. 그들에게
찾아갈 핑곗거리가 필요한 거야."
앤서니의 표정이 굳어졌다.
"에멀린은 내일 밤 결혼 시장에 선을 보이게 될 겁니다. 레이크
부인은 에멀린에게 딱 맞는 신사의 눈을 사로잡을 수 있기를 바라
고요. 기억하세요?"
"아폴로 상을 팔아서 말이지, 기억난다."
"맞습니다. 에멀린은 정말 매력적인데다 똑똑한 아가씨예요. 난
레이크 부인의 계획이 결실을 맺을까 봐 걱정입니다."
순간 토비어스가 움찔했다.
앤서니가 근심스레 물었다.
"오늘밤 다리는 어떠세요?"
"다리 때문이 아냐. 결실을 맺느니 뭐니 하는 네 말 때문이지."
자신의 다리가 이 순간에는 정말로 멀쩡하다고 토비어스는 생각

했다. 말할 나위 없이 브랜디 덕분이리라. 그러나 다시 생각해 보니,
오늘밤에는 익숙한 다리의 불편함을 의식조차 하지 못했다는 사실
을 깨달았다. 라비니아와 사랑을 나누기 시작했을 때부터. 통증이나
고통을 남자의 마음에서 없애는 데 그만한 방법이 없지, 그는 침울
하게 생각했다.

앤서니가 멍한 표정으로 물었다.

"이해가 안 됩니다. 결실이란 말이 어떻다는 겁니까?"

"신경 쓰지 마라. 내가 너라면 라비니아의 계획에 대해 걱정하지
않겠다. 에멀린은 매력적인 젊은 숙녀고 아마 몇몇 남자의 관심을
끌 거야. 하지만 일단 그녀에게 지참금이 없다는 말이 퍼지면, 약삭
빠른 어머니들이 자기 아들의 눈길을 돌리게 할 거다."

"그 말이 맞을지도 모르지만, 난봉꾼에다 호색한들은 다 어떻게
합니까? 그들은 순결한 여자들을 꼬드겨 타락시키지 않습니까."

"라비니아가 에멀린을 보호할 거다."

토비어스는 에멀린이 로마에서 보여준 냉철함을 떠올렸다.

"사실 에멀린도 스스로를 보호할 수 있으리란 생각이 들어."

"하지만 저로선 어떤 위험도 무릅쓰고 싶지 않습니다. 게다가 제
목표가 매형하고 비슷하다는 생각이 들거든요. 이 문제에 대해서는
행동을 함께 하는 게 낫겠군요."

토비어스가 깊은 한숨을 내쉬었다.

"우린 둘 다 바보다."

"그건 매형 얘기죠."

앤서니가 문을 향해 발걸음을 옮겼다.

"우선 내일 밤 극장표를 확보해야겠습니다."

"앤서니?"

"네?"

"라비니아와 그녀의 부모가 최면술사였다는 사실을 말했던가?"

“아뇨, 하지만 에멀린 양이 말한 적 있는 것 같군요. 왜 그러시죠?”

“언제던가 네가 잠깐 그 주제에 대해 관심을 가졌던 적이 있었지. 숙련된 최면술사라면 장본인이 눈치채지도 못하게 최면을 걸 수 있을까?”

앤서니가 느리게 미소지었다.

“심약한 남자라면 뛰어난 최면술사의 기술에 넘어갈 수 있겠죠. 하지만 강하고 단호한 의지와 날카로운 관찰력을 가진 남자라면 절대 최면술에 걸리지 않을 거라고 봅니다.”

“확실하냐?”

“그 남자가 스스로 최면술에 걸리기를 원하지 않는 한은요.”

앤서니는 서둘러 방을 나가 등뒤로 문을 닫았다.

토비어스는 앤서니가 현관으로 걸어내려가는 내내 웃어대는 소리를 들었다.

12

"도대체 오늘 아침엔 왜 그러세요?"

에멀린이 커피주전자를 향해 손을 뻗었다.

"제가 보기에는 이모가 아주 이상한 기분이신 것 같아요."

"난 이상한 기분에 잠길 권리가 있어."

라비니아는 접시에 계란을 얹었다. 그리고 몹시 배가 고프기도 하다는 걸 깨달았다. 그녀는 허기로 인해 잠에서 깨어났다. 분명히 도브 부인의 마차에서 겪었던 일 때문일 거야.

"말했잖니, 우린 현재 의뢰인이 한 명도 없어."

"도브 부인과 관계를 끊으신 건 정말 올바른 결정이었어요."

에멀린이 커피를 잔에 따랐다.

"그녀는 마치 씨를 감시할 권리가 없다구요. 무슨 속셈이었는지 누가 알겠어요?"

"그 여자는 하인더러 일기를 가져오든지 아니면 마치 씨에게서 뺏으라고 명령했을 거야. 그녀는 일기를 너무나 원했거든. 토비어스나 내가 자기 비밀이 숨겨진 부분을 읽지 않기를 바란 거야.”

“뭐가 적혀 있는지 이미 말해 줬잖아요?”

라비니아가 눈썹을 치켜올렸다.

“도브 부인의 비밀이 뭔지는 모르겠지만 오랜 옛날의 실수 이상일 거야.”

“어쨌든 이젠 사라졌잖아요? 일기가 훼손됐으니까.”

“그 여자의 돈을 거절한 건 좀 성급한 행동이었던 듯하구나.”

라비니아가 느리게 말했다.

“그건 원칙의 문제였어요.”

“그래, 원칙의 문제였지. 마치 씨는 엄청나게 까다로운 사람이지만 내 파트너였어. 나로선 의뢰인이 그를 체스판의 졸처럼 취급하거나 이용하도록 내버려둘 수 없었단다. 누구에게나 긍지라는 게 있어.”

“지난밤에 염두에 두신 건 이모의 자존심이었나요, 아니면 마치 씨의 자존심인가요?”

“지금 중요한 건 그게 아니다. 문제는 이제 의뢰인이 하나도 없다는 거야.”

“걱정 마세요, 금방 또 의뢰인이 나타날 거예요.”

에멀린의 낙천성에 가끔 너무나 짜증이 나기도 했다.

“마치 씨는 분명히 자신의 의뢰인에게서 돈을 받을 거야. 나와 그 돈을 나누어야 한다고 생각지 않니?”

“그럼요.”

“이 문제에 대해 그에게 말해야겠어.”

라비니아는 계란을 먹어치우고 나서 길거리에서 들려오는 희미한 말발굽소리와 마차의 덜컹거리는 소음에 멍하니 귀를 기울였다.

“때때로 사람을 골치 아프게 하지만, 마치 씨는 정말 유능해. 돌이켜 보면 시종의 일기를 발견한 사람은 결국 그였어.”

에멀린이 흥미롭다는 눈으로 그녀를 쳐다보았다.

그녀는 어깨를 으쓱했다.

"앞으로도 그와 함께 일하는 게 좋을지도 모른다는 생각이 드는구나."

"흐음."

에멀린의 눈 속에 알 수 없는 빛이 떠올랐다.

"그래요, 맞아요. 환상적인 생각이에요."

계속 토비어스와 파트너 관계를 유지하겠다는 생각을 하니 심란해지는군. 라비니아는 그렇게 생각하며 서둘러 화제를 바꿨다.

"급한 일부터 먼저 생각하자구나."

그녀가 단호하게 말했다.

"오늘밤 있을 너의 극장 관람에 정신을 집중해야 해."

"'우리의' 극장 관람이죠."

"그래, 레이디 워스햄이 나까지 초대하다니 정말 친절하구나."

에멀린의 눈썹이 치켜올라갔다.

"난 그녀가 이모에 대해 다소 호기심을 갖고 있다고 생각해요."

라비니아가 얼굴을 찌푸렸다.

"네가 나의 이전 경력에 대해 그녀한테 애기한 건 아닐 테지?"

"물론 말하지 않았어요."

"그리고 새 직업에 대해서도 아무 말 하지 않았고?"

"안 했어요."

"좋아."

라비니아가 안도의 한숨을 쉬었다.

"레이디 워스햄이 내 경력 중 하나라도 좋게 생각해 줄 것 같지 않거든."

"그녀의 관점에선 여성에게 걸맞는 직업이란 하나도 없어요."

에멀린이 지적했다.

"맞는 말이야. 오늘밤 난 너에 관한 정보를 좀 흘릴 작정이야. 많지는 않지만 꽤 지참금이 있다고 말이다."

"라비니아 이모, 그건 정보가 아니에요. 완전한 거짓말이라구요."

"정보라니까."

라비니아가 말을 돌렸다.

"자, 마담 프란체스카의 가게에서 오늘 아침 마지막 가봉을 하기로 되어 있는 걸 잊지 말아라."

"잊지 않을게요."

에멀린이 머뭇거렸다. 평상시에는 완만한 곡선을 이루고 있던 눈썹이 걱정으로 찌푸려졌다.

"라비니아 이모, 오늘 저녁에 대해 너무 기대를 많이 하지 않았으면 해요. 내가 사람들의 눈길을 끌 수 있을 거란 생각이 들지 않아요."

"말도 안 되는 소리, 새 드레스를 입은 넌 너무 아름다워."

에멀린이 키득거렸다.

"프리실라 워스햄만큼 예쁘지는 않아요. 솔직히, 나를 초대한 이유도 그래서라는 걸 이모도 알잖아요. 날 프리실라 근처에 두는 게 그녀에게도 득이 된다고 믿는 거예요."

"레이디 워스햄이 프리실라를 최고로 빛나게 하려는 계획을 꾸미고 있든 말든 아무 문제도 안 된다. 프리실라의 엄마로서 그게 그녀의 의무 아니겠니. 하지만 덕분에 우리는 황금 같은 기회를 얻은 거야. 난 그 기회를 십분 활용할 작정이란다."

식당 문이 기척도 없이 열리더니 칠튼 부인이 나타났다. 그녀의 눈에 대단한 흥미의 기색이 엿보였다.

"도브 부인이 오셨어요, 마담."

가정부가 큰 소리로 말했다.

"이렇게 일찍 온 방문객을 만나시겠어요?"

“도브 부인이라구요?”

라비니아는 충격에 휩싸였다. 그 마차의 좌석 쿠션에 얼룩 한 점 없었다던 토비어스의 말이 틀렸다는 뜻 아닌가. 어두웠기 때문에 얼룩을 발견하지 못했던 게 틀림없어. 조앤 도브가 자신의 값비싼 마차 좌석을 망쳤다고 손해 배상을 요구하지나 않을지 걱정되었다. 마차 안의 좌석 쿠션을 바꿔주는 데 얼마나 돈이 들어갈까?

“응접실에서 만나시겠어요, 아니면 서재로 모실까요?”

“그녀는 왜 온 거죠?”

라비니아가 근심스레 물었다.

“글쎄요, 뭐라 말씀드리기 곤란하네요. 그저 말씀을 나누겠다고만 하셨거든요. 그냥 가보시라고 할까요?”

“아니, 물론 아네요.”

라비니아는 깊은 한숨을 쉬고는 팔로 몸을 감쌌다. 이런 종류의 일쯤이야 처리할 수 있어.

“만나겠어요. 당장 내 서재로 모셔다 주겠어요?”

“그러죠, 부인.”

에멀린이 입을 열었다.

“도브 부인이 그 동안 일해 준 대가를 치르기 위해 왔다는 데 돈을 걸어도 좋아요.”

라비니아의 기분이 밝아졌다.

“정말 그렇게 생각하니?”

“다른 이유가 있을 수 있나요?”

“글쎄다.”

“아마, 자기 행동에 대해 사과하고 싶은가 보죠.”

“그건 아닐 것 같구나.”

에멀린이 이맛살을 찌푸렸다.

“왜 그러세요? 그녀가 의뢰비를 지불하려고 여기에 왔다는 소식을 들으면 대단히 기뻐하실 거라고 생각했는데요.”

“기쁘긴 해.”

라비니아가 문으로 천천히 걸어갔다.

“정말 기쁘지.”

그녀는 일부러 몇 분 동안 도브 부인을 기다리게 했다. 서재에 들어서며 라비니아는 느긋하게 보이려고 애썼다.

“안녕하세요, 도브 부인. 놀라운 일이네요. 당신이 절 찾아오실 줄은 몰랐는데요.”

조앤 도브는 책꽂이에 꽂힌 책들을 둘러보며 서 있었다. 마담 프란체스카의 디자인임이 분명한 진회색 드레스 차림이었다. 드레스는 그녀의 우아한 자태를 은근하게 드러내며 은색이 섞인 금발을 돋보이게 했다.

조앤은 여느 때처럼 무슨 생각을 하고 있는지 알기 어려운 표정이었다.

“시를 좋아하나 보군요.”

그 말에 긴장이 풀린 라비니아는 재빨리 책들을 휘둘러보았다.

“지금은 책이 많이 없어요. 최근에 이탈리아 여행에서 급하게 돌아오느라고 책을 많이 남겨 놓고 와야 했거든요. 내 서재를 다시 채우려면 시간이 좀 걸릴 거예요.”

“이렇게 이른 시간에 찾아와서 미안해요. 하지만 밤새 한잠도 못 잔데다 더 이상 기다릴 수가 없더군요.”

라비니아는 책상 쪽으로 걸음을 옮겼다.

“앉으세요.”

“고마워요.”

조앤이 책상 앞에 놓인 의자에 앉았다.

“본론부터 말해야겠어요. 지난밤 일을 사과하죠. 내 유일한 변명이라면, 마치 씨를 완전히 신뢰하지 못했다는 거예요. 그를 감시하는 게 최선의 방법으로 여겨지더군요.”

“알았어요.”

“의뢰비를 지불해야 한다고 생각돼서 왔어요. 당신하고 마치 씨
는 결국 일을 잘 해낸 거니까요. 일기가 파손된 건 당신들 잘못이
아니죠.”

“아마 파손된 게 잘된 건지도 몰라요.”

라비니아가 조심스럽게 말했다.

“당신 말이 맞을지도 모르죠. 하지만 여전히 문제가 남아 있어
요.”

“저 끔찍한 밀랍인형을 누가 보냈는지 알고 싶으신 거겠죠.”

“그 답을 알기 전까지는 난 발 뻗고 쉴 수 없어요. 당신이 이 문
제를 계속 조사해 줬으면 좋겠군요.”

조앤은 마차의 쿠션이 더럽혀졌다고 불평하려 온 것이 아니었다.
의뢰비를 지불하고 일을 계속해 달라고 요청하러 왔다.

비가 오는데도 라비니아에겐 갑자기 세상이 환해 보였다. 그녀는
안도의 한숨이 새어나오는 걸 숨기려고 애쓰며 책상 위에 손을 깍
지꼈다.

“일기장 사건에서 내 잘못 때문에 비용을 더 청구해야 한다고 여
겨지면 그렇게 하세요.”

라비니아가 목청을 가다듬었다.

“상황이 그렇게 되었군요.”

“좋아요, 당신이 생각하는 액수를 말해 봐요.”

만약 그녀에게 분별이 있다면, 이 두 번째 기회를 놓치지 않고 상
당한 액수를 부른 후에 지나간 일은 물에 흘려버릴 것이다. 하지만
지난밤 토비어스가 당할 뻔한 위험이 뇌리를 떠나지 않았다.

결국 마음을 정한 후 그녀는 조앤에게 차분한 시선을 던졌다.

“함께 사업을 계속해 나가려면 앞으로 당신 쪽에서 절대 우리를

감시하는 일이 없도록 분명히 해두고 싶어요. 마치 씨가 강도나 무뢰한들처럼 미행이나 당하도록 내버려두지 않겠어요. 그는 전문가라고요, 나처럼 말이죠."

조앤이 한쪽 눈썹을 치켜올렸다.

"마치 씨가 당신한테 큰 의미가 있군요, 그렇죠?"

라비니아는 미끼를 물지 않고, 조용히 단언했다.

"내가 마치 씨에게 강한 '책임감'을 느낀다는 점을 이해하시리라 믿어요. 왜냐하면 내 사업 동업자니까요."

"알겠어요, 책임감이군요."

"그래요. 자, 이제 마치 씨가 수사를 하는 사이 하인을 시켜 그를 염탐하지 않겠다고 약속해 주시겠죠?"

조앤은 약간 망설이다가 고개를 끄덕였다.

"다시는 간섭하지 않겠다고 약속하죠."

"좋아요, 당장 마치 씨에게 전갈을 보내도록 하겠어요. 그가 반대하지 않는다면, 당신의 새 의뢰를 받아들이도록 하죠."

"마치 씨는 주저하지 않고 이 일을 맡으리란 생각이 드네요. 어제 저녁 당신이 내 면전에 돈을 던져버렸을 때, 그가 좋아하지 않는다는 인상을 받았죠."

라비니아는 얼굴이 달아오르는 것을 느꼈다.

"난 당신 면전에 돈을 던져버리지 않았어요. 그 말 그대로는 아니라구요."

조앤은 아무 말 없이 미소만 지었다.

라비니아는 의자에 기대앉았다.

"좋아요, 마치 씨가 기꺼이 이 문제를 다시 맡을 거라는 당신 말이 옳다고 생각하죠. 그런 가정하에, 몇 가지 질문을 하는 게 좋겠어요. 그게 시간을 절약하는 방법일 것 같군요."

"그래요, 물론이죠."

"일기를 태우고 마치 씨가 발견하도록 남겨 놓은 사람이 누군지
는 몰라도, 협박이 끝났음을 알릴 작정이었던 듯해요. 당신한테 밀
랍인형을 보낸 사람은 더 이상 연락하지 않을 것 같아요."

"당신 말이 옳을지도 모르죠. 내가 문제를 조사하려고 전문가를
고용했다는 소식에 협박범이 겁먹었을지도 몰라요. 그래도 난 그
사람이 누군지 알아야겠어요."

"물론 그러시겠죠. 내가 당신이라도 같은 기분이었을 거예요. 지
난밤 침대에 누워 이 상황에 대해 생각해 봤어요. 단순한 협박 이상
일지도 모른다는 생각이 들더군요. 그래서 한 가지 묻고 싶어요."

"그게 뭐죠?"

"대답하기 전에 신중히 생각하고 정직하게 답해 주시기 바라요."
라비니아는 머뭇머뭇 물었다.

"누군가 당신을 해치고 싶어할 이유가 있나요?"

조앤의 눈에는 아무런 감정도 담겨 있지 않았다. 놀라움도 분노
도 공포도 없었다. 그녀는 그저 곰곰이 생각해 보는 듯했다.

"누군가 날 죽이고 싶어할 만한 일을 저지른 적은 없어요."

"당신은 부유한 여성이에요. 사업중에 누군가에게 재정적인 압박
을 주신 적 없나요?"

처음으로 어떤 감정이 조앤의 눈에 나타났다. 슬프고도 갈망하는
듯한 표정. 하지만 곧 사라졌다.

"나는 정말 현명하고 탁월한 남자와 결혼해 오랫동안 함께 생활
해 왔죠. 그에게서 투자와 재정에 대해 많은 것을 배웠지만, 평생
가도 난 그 비슷하게도 해내지 못할 거예요. 남편이 죽은 후로 최선
을 다해왔지만 모든 일이 너무 복잡해요."

"알겠어요."

"난 아직도 그가 남겨놓은 투자와 사업들을 처리하느라 씨름하고
있어요. 복잡하기 짝이 없는 일이죠. 어쨌든 그가 죽은 이후에 내가

한 일 때문에 누군가 재산을 잃었다고는 생각지 않아요.”

“이런 질문을 하는 걸 용서하세요, 사생활 쪽은 어떤가요?”

“난 남편을 깊이 사랑했어요, 레이크 부인. 결혼 생활 동안, 난 그에게 늘 충실했죠. 그가 죽은 이후에 어떤 로맨틱한 관계도 맺지 않았어요. 누가 날 협박할 만한 사적인 이유가 있을 법하지 않네요.”

라비니아는 그녀의 눈을 똑바로 마주보았다.

“하지만 살해 위협은 사적인 일이지요. 돈을 노린 협박은 사업적이지만 살해 위협은 다르죠.”

“그래요.”

조앤이 의자에서 일어났다. 아름답게 재단된 그녀의 드레스는 매무새를 고치지 않아도 우아하게 물결쳤다.

라비니아도 일어나 책상을 돌아갔다.

“당장 마치 씨에게 소식을 보내야겠어요.”

“당신하고 마치 씨는 상당히 가까운 사이인가 봐요.”

그 순간 어째서인지 라비니아의 발이 카펫에 걸렸다. 그녀는 넘어지지 않으려 책상 모서리를 꼭 붙들었다.

“우리는 단지 사업상의 관계일 뿐이에요.”

그녀의 목소리는 지나치게 컸다. 게다가 너무 힘이 들어가 있었다.

“놀랐어요. 지난밤에 당신이 하도 그의 안전을 염려하길래, 당신들 사이에 사적인 관계도 있으리라 여겼는데.”

라비니아는 문가로 다가가 확 문을 열었다.

“그에 대한 내 관심은 사업상의 동료로서 뿐이에요.”

“알았어요.”

조앤은 걸어나가다 문득 멈춰섰다.

“아, 하마터면 잊을 뻔했네요. 오늘 아침에 내 마부가 그러더군요. 마차 좌석에서 뭔가를 찾아냈다고요.”

라비니아의 입이 바짝 말라왔다. 자신의 얼굴이 끔찍스런 진홍색으로 변한 것을 알아차렸지만 어쩔 수 없었다.

"의자 위에서라고 했어요?"

간신히 가느다란 목소리를 냈다.

"그래요, 당신 물건일 거라고 생각했어요."

조앤은 손지갑을 열어 사각형으로 접힌 모슬린 천을 꺼내 건넸다.

"분명히 내 물건은 아니에요."

라비니아는 천을 바라보았다. 지난밤에 걸쳤던 작은 스카프였다. 그게 없어졌다는 사실조차 모르고 있었는데…… 반사적으로 손을 올려 목을 더듬었다.

"고마워요."

그녀는 조앤의 손에서 황급히 스카프를 낚아챘다.

"잃어버린 줄 몰랐어요."

"마차 안에서는 조심해야 해요. 특히 밤에는 더 그렇죠. 어두울 때는 귀중한 걸 잃어버리기 쉽거든요."

그녀는 조앤이 우아한 적갈색 마차를 타고 떠나자마자 곧바로 토비어스에게 전갈을 보냈다.

친애하는 마치 씨,
난 우리의 예전 의뢰인에게 새로운 의뢰를 받았어요. 그녀는 우리가 계속 조사하기를 바라고 있더군요. 우리의 조건을 꼭 지키겠다는 확고한 약속도 받았었어요. 내 파트너로 다시 일을 시작할 용의가 있나요?

당신의 레이크 부인.

한 시간도 채 안 돼서 그는 답을 보내왔다.

　친애하는 레이크 부인,
　우리의 관계를 계속하게 되어 기쁘기 한량없다는 것을 분명
히 말씀드리고 싶습니다.

M으로부터.

　라비니아는 오랫동안 그 짧은 메모를 들여다보았지만 결국 사업
상의 의미 이상은 없다고 결론내렸다. 그는 미묘한 표현을 할 사람
이 아니었다.
　그 남자는 시인이 아니니까.

　"일기가 파손됐다고 했나?"
　웨슬리 네빌은 그 소식에 굉장히 혼란스러워하는 듯했다.
　"젠장할, 완전히 타버렸나?"
　"제가 당신이라면 목소리를 낮추겠습니다."
　토비어스는 약간 붐비는 클럽을 둘러보았다.
　"누가 들을지도 모르지 않습니까."
　"물론 그렇지. 깜박 잊고 있었네. 사건이 엉뚱하게 전개돼서 정신
이 없었거든. 아무것도 안 남았나?"
　"몇 페이지는 남았습니다. 제가 찾던 일기장이라는 걸 확인할 수
있을 정도는요."
　"하지만 블루 챔버의 일원들에 대해 적힌 부분은…… 그 페이지
들은 모두 읽기가 힘든가?"
　"전 아주 조심스럽게 남은 재를 다 조사했습니다. 더 흥미를 끌
만한 것은 없더군요."
　"제기랄."

사랑이 머무는 자리　191

네빌은 주먹을 불끈 쥐었지만 다소 연극적인 제스처였다.

"그 말은 이 사건이 끝났다는 걸 의미하는 거지?"

"글쎄요……."

"그야말로 분통 터지는 상황이군. 난 블루 챔버의 마지막 생존자가 누군지 알고 싶네. 전쟁에서 배신행위를 했던 자이지."

"이해합니다."

"일기가 타버렸으니 그 자의 이름도, 아주르의 진짜 정체도 알아낼 수 없겠군."

"그 남자가 죽은 지 거의 일년이 지났으니 문제가 될 건 없다고 봅니다만."

네빌이 얼굴을 찡그리고는 포도주 병을 집어들었다.

"자네 말이 맞을지도 모르지."

토비어스는 의자에 기대앉아 깍지를 꼈다.

"사소한 문제가 남아 있습니다."

네빌이 포도주를 들이키던 것을 멈추고는 날카롭게 쳐다보았다.

"그게 뭔가?"

"누가 일기를 망쳤든지 간에 그전에 당연히 읽어봤겠죠."

"오, 그렇겠군. 미처 생각 못했어."

"누군가 아주르의 실제 정체를 알고 있는 겁니다. 그리고 그 누군가가 블루 챔버의 마지막 멤버의 정체 또한 아는 거죠."

적포도주 병이 네빌의 손아귀에서 흔들렸다.

"맙소사, 자네 말이 맞아."

"그 자가 누구든지, 아마도 일기장의 비밀을 폭로하려는 의도는 없을지도 모릅니다. 사실 그 불타버린 일기장을 보여준 게 그래서가 아닐까 싶군요. 어쨌든 그는 우리의 의문에 대한 답을 알고 있습니다. 그 때문에 위험한 존재가 될 수 있죠."

"그렇군."

네빌이 조심스레 술병을 내려놓았다.
“자, 이젠 어떻게 해야 할까?”
“저는 앞으로도 조사를 계속할 준비가 되어 있습니다.”
토비어스가 미소지었다.
“의뢰비를 지불하시겠다면 말입니다.”

13

프리실라 워스햄이 매우 매력적인 아가씨라는 것은 부인할
수 없었다. 그러나 오늘밤, 유행하는 핑크빛 모슬린 드레스를
입은 그녀의 모습은 라비니아에게 다소 우스꽝스러워 보였다.

지난 며칠 동안 마담 프란체스카의 양장점에서 그녀는 많은
것을 배웠다. 마담 프란체스카는 패션에 대해 명확한 식견을 갖
고 있을 뿐만 아니라 그러한 면모를 선보이는 데 주저함이 없었
다. 그녀와 에멀린을 위한 드레스를 주문하는 동안 배운 것 덕
분에 프리실라가 입은 드레스의 가장자리에 장식이 너무 많다
는 것을 한눈에 알 수 있었다.

거기에다 프리실라의 엷은 머리카락은 잔뜩 컬을 말아 드레
스와 어울리는 새틴 소재의 꽃들로 장식되어져 있었고, 장갑 또
한 핑크빛이었다.

영락없이 핑크빛 크림케이크 같다고 라비니아는 결론내렸다.

레이디 워스햄의 주장에 따라 프리실라의 옆자리에 앉은 에

멀린은 뚜렷이 달라 보였다. 라비니아는 폭군 같은 마담 프린체스카가 특이한 이집트 풍 녹색 천으로 된 심플한 드레스를 고집한 게 옳았다는 사실을 알았다.

에멀린의 짙은색 머리카락은 핀으로 우아하게 고정되어져 맑고 지적인 눈을 강조하고 있었다. 장갑은 드레스보다 다소 어두운 색이었다.

아폴로 상을 희생할 가치가 있었어, 막간에 불이 밝혀지자 라비니아는 자부심에 젖었다. 조금 전까지 라비니아는 레이디 워스햄이 에멀린을 프리실라의 경쟁자로 볼까 봐 우려했는데, 그러한 걱정들은 필요 없는 것이었다. 레이디 워스햄은 에멀린의 심플하고 우아하게 재단된 드레스를 쳐다보고는, 프리실라의 드레스가 볼품없어 보이지 않는다는 사실에 눈에 띄게 안도하는 눈치였다.

두 아가씨는 남자들의 눈길을 받았다. 레이디 워스햄은 확실히 만족해했다. 자신의 딸에게 눈길이 쏠려 있다고 분명히 믿는 눈치였다. 그러나 라비니아는 대다수가 에멀린을 주목한다고 확신했다.

"훌륭한 공연이에요. 그렇게 생각지 않으세요?"

라비니아가 레이디 워스햄에게 말했다.

"참아줄 만하군요."

레이디 워스햄은 에멀린과 프리실라가 듣지 못하도록 목소리를 낮추었다.

"헌데 당신 조카의 드레스는 젊은 아가씨에게 전혀 어울리지 않는군요. 색깔도 이상한 녹색이구요. 내 디자이너를 추천하고 싶어요."

"매우 친절하시군요. 하지만 저희는 지금 디자이너에 상당히 만족해하고 있답니다."

"참 유감이네요."

레이디 워스햄의 불만스러운 눈길이 라비니아의 새틴 드레스에 잠깐 머물렀다.

"좋은 디자이너는 여자에게 황금만큼이나 귀중하죠."

"옳은 말씀이세요."

라비니아는 부채를 펼쳤다.

"내 디자이너라면 당신한테 그렇게 튀는 자주색을 권하진 않았을 텐데. 당신의 빨강머리하곤 도무지 안 어울리잖아요."

라비니아는 이를 악물었다. 다행히도 마침 관람석 뒷부분의 무거운 벨벳 커튼이 열려 답변할 필요가 없어졌다.

근사하게 재단된 코트와 정교하게 매어진 크러뱃 차림의 앤서니가 나타났다.

"제가 방해가 되지 않았길 바랍니다."

그는 정중하게 인사를 했다.

"앤서니, 아참, 싱클레어 씨. 만나서 매우 기뻐요."

에멀린이 그에게 환한 미소를 보냈다.

민첩하게 그를 훑어보는 레이디 워스햄의 눈빛에 만족감이 반짝거렸다.

"앉으세요, 싱클레어 씨."

앤서니는 의자를 당겨 정확하게 에멀린과 프리실라의 가운데에 앉았다. 세 젊은이는 곧 연극에 대한 활기찬 대화를 시작했다. 주변의 관람석에 있는 사람들이 그들 쪽으로 시선을 돌렸다.

라비니아는 레이디 워스햄과 눈짓을 교환했다. 그들은 결코 절친한 사이가 아니었으나 이번만큼은 서로 동질감을 느꼈다. 즉, 결혼시장에서 잘생긴 젊은이가 젊은 아가씨에게 구애하는 것을 보는 것만큼 흥미를 자아내는 일은 없다. 둘은 그걸 잘 알고 있었다. 앤서니는 이 관람석의 보석이었다.

"마치 씨는 어디 있나요?"

에멀린이 물었다.

"곧 올 겁니다. 네빌 경과 먼저 이야기를 나누고 싶어하더군요."

라비니아는 토비어스의 의뢰인에게 호기심이 생겼다.

"네빌 경이 오늘밤 이곳에 왔나요?"

"저쪽 편의 관람석에요. 부인과 함께 앉아 있군요. 토비어스는 지금 그들과 같이 있어요. 얘기가 끝나면 이쪽으로 오겠죠."

라비니아는 오페라 글라스를 들어 바라보았다. 토비어스가 시야에 들어오자 그녀는 숨을 죽였다. 지난밤 도브 부인 마차에서의 사건 이후 처음 보는 것이었다. 그녀는 온몸을 휘감는 흥분의 전율에 경악했다.

그녀가 지켜보는 가운데 토비어스는 정중하게 허리를 굽히더니 목이 깊게 패인 푸른 드레스를 입은 여인의 손에 입을 맞췄다.

레이디 네빌은 40대 초반으로 보였다. 라비니아는 그녀가 '근사한 여자'라는 표현이 잘 어울리는 숙녀라고 결론내렸다. 키가 크고 위엄이 있었다. 어렸을 때는 분명 평범한 소녀였을 테지만 나이 들어가면서 귀족적인 용모가 돋보이는 부류였다. 그녀의 드레스는 그녀 또한 마담 프란체스카의 고객인가 하는 궁금증을 일으킬 만큼 우아한 스타일로 재단되어 있었다. 이렇게 멀리에서조차 그녀의 목과 귀에 걸려 있는 보석들이 극장의 불빛만큼이나 빛나는 게 보였다.

옆에 앉아 있는 육중한 체격의 남자는 어떤 의미에서 부인과 정반대였다. 라비니아는 네빌 경이 젊은 시절에는 멋지고 강건한 외모의 소유자였으리라는 데 이의가 없었다. 하지만 지금,

그의 조각 같던 모습은 방탕스런 생활로 망가져가고 있었다.

"네빌 경 부부와 안면이 있나요?"

레이디 워스햄이 흥미롭게 물었다.

"아니오, 그런 영광을 누리진 못했어요."

"그렇군요."

레이디 워스햄이 자신의 위치를 격하시키려 함을 느낀 라비니아는 이 상황을 타개하기 위해 애썼다.

"그러나 마치 씨와는 잘 아는 사이예요."

이런 맙소사. 정말로 절박한 상태임에 틀림이 없다. 사회적 지위를 높여 보이려고 토비어스 마치의 이름을 꺼내게 될 줄은 꿈에도 몰랐었다.

레이디 워스햄은 생각에 잠긴 표정으로 반대편 관람석 쪽을 쳐다보았다.

"마치 씨는 지금 네빌 경과 이야기하는 신사죠?"

"네."

"그를 만나본 적은 없어요. 그러나 네빌 경과 친분이 있다면 나 역시 그가 마음에 들 거라고 생각해요."

라비니아는 지난밤 마차에서의 일을 레이디 워스햄이 알게 된다면 토비어스에 대해 어떻게 생각할지 궁금해졌다.

"나는 네빌 경 부부와 같은 무도회나 파티에 몇 번 초대를 받았어요. 우린 같은 부류에 속한다고 볼 수 있죠."

웃기는군, 라비니아는 생각했다. 같은 사교 행사에 초청을 받는다고 해서 아는 사이라고 할 수는 없다는 사실을 둘 다 익히 알고 있었다.

"그렇다면 네빌 경이나 그 부인을 잘 아는 건 아니시네요?"

레이디 워스햄이 성을 냈다.

"콘스탄스 네빌은 나와 같은 시즌에 사교계 데뷔를 했어요.

좋게 말해도 지극히 평범한 용모였죠. 만약 거액의 지참금이 없었다면 결혼도 하지 못했을 거예요.”

“네빌 경이 돈 때문에 그녀와 결혼했나요?”

라비니아가 호기심에 차 물었다.

레이디 워스햄이 고상하게 코웃음쳤다.

“물론이죠. 모두 아는 일이었어요. 콘스탄스에겐 봐줄 만한 구석이 없었으니까. 외모도 떨어지고 유행감각도 형편없었다구요.”

“지금은 상당한 감각을 갖추게 된 것 같군요.”

레이디 워스햄은 건너편을 응시했다.

“다이아몬드로 치장했으니 당연하죠. 지금 마치 씨가 저쪽 관람석을 떠나는군요. 그가 도착하면 화기애애한 모임이 되겠어요, 안 그래요?”

레이디 워스햄은 프리실라의 주변에 두 번째 신사를 내세울 전망에 한껏 들떠 있었다. 뒤쪽의 벨벳 커튼이 다시 갈라졌다. 그러나 들어온 이는 토비어스가 아니었다.

“여, 레이크 부인.”

리처드 팜프리 경은 취한 게 분명한 모습으로 그녀에게 눈길을 던졌다.

“저편에서 보고 당신이 아닌가 생각했지. 이렇게 다시 만나다니 참으로 운이 좋군, 이탈리아에서부터 당신은 내 마음에서 떠나지 않았소.”

그의 말은 불분명했고 서 있는 자세도 불안정했다.

몇 달만에 그를 다시 본 충격으로 라비니아는 잠시 동안 얼어붙었다. 그녀뿐만 아니라 옆에 있는 레이디 워스햄도 경악으로 굳어진 모양이었다.

여자를 망친다는 팜프리 경의 평판을 잘 아는 모양이군, 라비니아는 생각했다. 순진한 딸 옆에 그런 남자가 얼씬대는 걸 바라지 않겠지. 라비니아 역시 팜프리 경이 에멀린의 근처에만 가도 기겁할 것이다.

이때 앤서니가 용감하게 일어섰다. 그는 라비니아와 눈길을 마주치고는 팜프리 경의 앞을 가로막았다.

"전에 뵌 적이 없는 듯하군요."

앤서니의 예의를 갖춘 인사말을 듣고 팜프리 경은 그를 위아래로 훑어보았다. 그리고는 무시해도 좋다는 결론을 내린 게 분명했다.

"난 레이크 부인의 친구인 팜프리일세."

그는 라비니아에게 고개를 돌려 넌더리나도록 끈적한 미소를 지었다.

"아주 잘 아는 사이라고 할 수 있지. 이탈리아에서 몹시 가까운 관계였으니까. 그렇지 않소, 라비니아?"

레이디 워스햄이 헉 소리를 냈다. 라비니아는 자신이 나서야 할 때라는 생각이 들었다.

"우리는 잘 모르는 사이예요. 당신은 언더우드 부인의 친구였잖아요."

그녀가 퉁명스럽게 말했다.

"맞아, 그녀가 우리 둘을 소개시켜 주었지."

팜프리 경이 관능적인 암시가 가득한 목소리로 동의했다.

"그녀가 백작과 사랑의 도피행을 벌이고 난 후로 무슨 소식이라도 들었소?"

"아뇨."

라비니아 차갑게 미소지었다.

"요즘 부인은 어떠신가요?"

팜프리 경은 오랫동안 마음 고생을 한 배우자의 안부를 묻는 말에도 까딱하지 않았다.

"아마 누군가의 별장 파티에 참석하고 있을 테지."

그는 에멀린과 눈이 휘둥그레진 프리실라를 쳐다보았다.

"당신의 사랑스러운 일행들을 소개해 주지 않겠소?"

"안 돼요."

라비니아가 말했다.

"안 됩니다."

앤서니가 말했다.

레이디 워스햄의 눈이 가늘어졌다.

"그것은 안 될 말씀입니다."

앤서니가 한 걸음 나섰다.

"보다시피 이 관람석은 만원이군요. 당장 나가주시길."

팜프리 경은 화가 난 듯했다.

"자네가 누군지 모르지만, 내 앞길을 가로막고 있네."

"네, 그게 바로 저의 의도입니다."

더 많은 이목이 집중되었다. 라비니아는 극장 구석구석 여러 곳에서 빛이 번쩍대는 것을 알아챘다. 사람들이 긴 손잡이가 달린 오페라 글라스를 그들에게로 돌리고 있었다. 오가는 얘기까지야 들리지 않겠지만 레이디 워스햄의 좌석에 긴장감이 퍼져 있음은 느낄 것이다.

레이디 워스햄의 두려움이 점점 높아진다는 사실 또한 의심의 여지가 없었다. 곧 벌어질 소란의 한복판에 사랑스런 딸 프리실라가 놓이게 되리란 전망에 부인은 경악하고 있었다.

"물러서게."

팜프리 경이 앤서니에게 말했다.

"싫습니다."

앤서니의 목소리는 토비어스를 떠올리게 할 만큼 낮고 침착했다.

"즉시 나가주십시오."

팜프리 경의 눈이 분노로 가늘어졌다.

라비니아는 위가 뒤틀렸다. 앤서니는 결투라도 할 태세였다. 말려야 했다.

"나가줘요, 팜프리 경. 당장요."

"내게 당신을 방문하는 영광을 주지 않는 한 나가지 않겠소. 내일 오후가 좋을 것 같은데. 주소를 좀 알려주지 않겠소?"

"내일은 시간이 안 돼요."

라비니아가 황급히 말했다.

"우리의 친밀한 교제를 모레부터 시작해도 좋소. 벌써 몇 달을 기다려 왔는데 하루 정도야 뭐."

레이디 워스햄이 용감히 나섰다.

"우리는 다른 손님을 기다리는 중이랍니다, 팜프리 경. 이곳에는 경이 있을 자리가 없어요. 이해해 주시겠죠?"

팜프리는 에멀린과 프리실라를 기분 나쁜 표정으로 관찰했다. 그러고 나서 레이디 워스햄에게 고개를 돌려 비틀비틀 인사를 했다.

"이곳의 아리따운 아가씨들에게 존경을 표하지 않고는 떠날 수가 없군요. 좀 소개해 주십시오, 부인. 어쩜 무도회장이나 야유회에서 다시 만나게 될지 누가 알겠습니까? 그럼 난 춤을 한 곡 신청할 테고 말입니다."

소문이 파다한 난봉꾼을 딸에게 소개한다는 생각만으로도 레이디 워스햄의 얼굴은 완전히 어두워졌다.

"그건 불가능해요."

그녀가 입장을 분명히 했다.

앤서니는 주먹을 불끈 움켜쥐었다.

“당장 나가주시오.”

팜프리의 눈에 분노가 들끓었다. 그는 귀찮은 하룻강아지를 상대하는 잔혹한 사냥개처럼 앤서니를 돌아보았다.

“정말 사람을 짜증나게 하는군. 내 앞에서 비키지 않으면, 예절이 뭔지 가르쳐 주겠네.”

라비니아는 오싹해졌다. 사태가 걷잡을 수 없게 된 것이다.

“팜프리 경, 당신이야말로 정말 사람을 피곤하게 하고 있어요. 왜 남들에게 폐를 끼치는지 모르겠군요.”

라비니아는 곧 자신이 지나쳤다는 것을 알았다. 팜프리 경은 온건한 남자가 아닌데다 화나거나 취했을 때면 폭력까지 휘두른다.

팜프리 경의 눈에 분노가 타올랐지만, 라비니아의 모욕에 반응하기도 전에 커튼이 갈라지며 토비어스가 관람석으로 들어섰다.

“레이크 부인이 전적으로 옳지는 않군요, 팜프리 경. 당신은 사람을 피곤하게 하는 정도를 훨씬 지나쳐 지긋지긋하게 하지요.”

팜프리 경은 예상치 못한 토비어스의 공격에 놀랐다. 찌푸린 얼굴엔 분노와 함께 놀라움이 드러났다.

“마치, 대체 여기서 뭘 하고 있는 건가? 자네 일이나 신경쓰게.”

“이 일이 바로 내 일이죠.”

토비어스는 그를 정면으로 응시했다.

“뭐라고? 자네와 레이크 부인이? 난 둘에 대해 한 마디도 들어보지 못했는데.”

토비어스가 지어 보인 미소는 너무나 차가워서 라비니아는 팜프리 경이 그 자리에서 얼어붙지 않은 게 신기할 지경이었다.

“그렇다면 당신은 지금 우리의 교제에 대해 들은 거요.”

“이것 보게, 난 레이크 부인을 이탈리아에서부터 알았어.”

“하지만 아주 잘 아는 사이는 아닌 게 분명하군요. 그녀가 당신을 지긋지긋해 한다는 걸 모르니 말이오. 당신 발로 이 자리를 뜨지 않겠다면, 내가 기꺼이 도와주겠소.”

“빌어먹을, 위협하는 건가?”

토비어스는 잠시 생각한 뒤 고개를 끄덕였다.

“그렇소.”

팜프리 경의 얼굴이 일그러졌다.

“어떻게 감히? 조만간 이 일에 대한 대가를 치를걸, 마치.”

토비어스가 미소를 지었다.

“난 준비가 되어 있소.”

팜프리 경의 얼굴이 시뻘개지더니 주먹을 움켜쥐었다. 라비니아는 그가 결투를 요청할 거라는 생각이 들자 공포에 질렸다.

“기다려요, 팜프리 경. 그래서는 안 돼요.”

그러나 팜프리 경은 그녀에게 신경 쓰지 않았다. 그는 오직 토비어스에게만 정신을 집중하고 있었다. 갑자기 그녀가 무엇보다 두려워한 결투 요청 대신, 그는 토비어스에게 주먹을 휘둘렀다. 모든 이들이 화들짝 놀랐다.

토비어스는 이미 예상했던 듯, 뒤로 물러나 아슬아슬하게 팜프리의 주먹을 피했다. 그러나 갑작스레 움직이는 바람에 균형을 잃었다. 왼쪽 다리가 비틀거려 그는 균형을 잡기 위해 벨벳으로 된 커튼의 가장자리를 잡았다. 하지만 커튼은 그의 몸무게를 지탱 못하고 고리가 몇 개 빠지고 말았다. 토비어스는 비틀거리다 벽에 부딪쳤다.

프리실라가 비명을 질렀고 에멀린은 벌떡 일어섰다. 앤서니는 나직하게 욕설을 내뱉고 젊은 두 아가씨의 앞을 가로막아 폭력적인 광경이 보이지 않게 하려 애썼다.

팜프리 경이 붕 소리를 내며 다시 주먹을 날렸지만 바로 그 순간 토비어스는 바닥으로 미끄러졌다. 주먹이 벽을 강타하자 팜프리 경은 신음을 지르며 다친 손을 감싸 쥐었다.

라비니아는 시끄럽게 웅성대는 소리를 들었다. 이 광경을 본 관중들이 환호와 갈채를 보내고 있었다. 그들이 지르는 외침을 듣자니 오늘밤 공연보다 이 관람석 안에서 벌어지는 사태를 훨씬 재미있어하는 모양이라고 그녀는 멍하니 생각했다.

숨이 막힌 듯한 신음소리에 이어 다시금 쿵 소리가 들렸다. 레이디 워스햄이 의자에서 떨어져 바닥에 누워 있었다.

"어머니."

프리실라가 황급히 그녀에게 다가갔다.

"세상에, 어머니가 정신 드는 약병을 가져오셨어야 할 텐데."

"내 손가방, 빨리 다오."

레이디 워스햄이 헐떡거렸다.

토비어스는 난간을 붙잡고 일어났다.

"아마도 우리는 좀더 적당한 장소에서 싸움을 계속해야 할 것 같소, 팜프리 경. 밖의 뒷골목이 좋겠어."

팜프리 경은 일어서서 토비어스를 향해 눈을 깜박였다. 그제서야 거칠게 소리지르는 관중을 의식한 것 같았다. 아래쪽의 몇몇 이들은 위를 올려다보며 한 대 더 치라고 소리치는 중이었다.

공공장소에서 구경거리가 됐다는 모욕감이 모든 감정을 이기고 우위를 차지했다.

"다음 번에 마무리짓자구, 마치."

팜프리 경은 휘청휘청 관람석 밖으로 나갔다.

관중의 야유와 실망으로 인한 비난이 이어졌다.

프리실라가 어머니의 코에 약병을 대고 흔들자 레이디 워스햄은 다시 신음소리를 냈다.

"괜찮으세요, 어머니?"

"내 인생에 이토록 비참한 적은 없었어. 우리는 남은 사교 시즌 동안 사람들 앞에 나설 수 없을 거야. 레이크 부인이 우릴 완전히 망신시켰어."

"맙소사."

라비니아는 신음했다.

이번에도 전적으로 내 잘못이군, 토비어스는 생각했다.

마차 안에는 온통 적막만이 가득했다. 앤서니와 에멀린은 토비어스와 라비니아의 반대쪽에 앉아 있었다. 극장을 나선 이래 아무도 입을 열지 않았다. 때때로 세 사람은 라비니아를 쳐다보다가 뭐라 위로할 말을 찾지 못하고 다시 고개를 돌리곤 했다.

그녀는 의자에 뻣뻣하게 앉아 고개를 돌려 창밖의 밤풍경만을 응시했다.

"당신의 저녁을 망쳐 놓은 걸 사과하오, 라비니아."

그녀는 작고 불분명한 소리를 내더니 손가방에서 손수건을 꺼내들었다. 그녀가 그 레이스 손수건으로 눈을 누르자 토비어스는 깜짝 놀랐다.

"제기랄, 라비니아. 당신 우는 거요?"

그녀는 한 번 더 이상한 꾹꾹 소리를 내더니 손수건에 아예 얼굴을 묻었다.

"매형이 무슨 일을 저질렀는지 좀 보세요. 레이크 부인, 오늘밤 일어난 일에 대해 얼마나 죄송스럽게 여기는지 뭐라 말할 수가 없군요. 맹세하지만, 결코 당신에게 괴로움을 안겨줄 의도가 아니었습니다."

라비니아는 어깨를 웅크리고 손수건에서 얼굴을 들지 않았다.

"팜프리 경은 진짜 끔찍한 남자예요, 이모."

에멀린도 우는 이모를 위로하기 위해 상냥하게 말했다.

"그 남자가 오늘밤 극장에 나타난 것 자체가 불행한 일이었어요. 정말 기생충 같은 인간이죠. 전 마치 씨와 앤서니가 달리 더 어떻게 할 수 있는 일은 없었다고 생각해요."

말없이 라비니아는 손수건에 얼굴을 파묻은 채 고개만 저었다.

"오늘밤 내가 주목받기를 원했다는 것 알아요, 이모."

에멀린이 덧붙였다.

"적어도 그 점에 있어서는 성공적이었군."

토비어스가 건조하게 말하자 그 즉시 앤서니가 그를 노려보았다.

"매형의 이상한 유머감각을 발휘할 때가 아닌 것 같군요. 레이크 부인은 끔찍한 재앙에 직면해 있다구요. 오늘밤 레이디 워스햄의 관람석에서 벌어진 일로 내일 모든 사람들의 입에 오르내리겠죠. 클럽에서의 소문은 말할 것도 없고 말이에요."

"미안하군."

토비어스가 중얼거렸다. 달리 할말이 없었다. 라비니아가 울다니, 남들에게 망신스러운 꼴을 보인 것은 사실이지만 그렇다고 울 줄은 상상조차 하지 못했다.

"내게 있어선 재앙이 아니랍니다. 레이디 워스햄이 오늘밤 날 초대하게 하려고 이모가 얼마나 애썼는지 알아요. 그리고 이 사랑스러운 드레스를 위해 아폴로 상까지 희생시켰구요. 이모 기대대로 일이 되지 않은 건 유감이에요. 하지만 난 남들 앞에 나서고 싶지 않았어요."

에멀린이 분위기를 바꾸려는 듯 밝게 말했다.

"음."

라비니아는 여전히 손수건을 얼굴에 대고 말했다.

"팜프리 경이 행패를 부린 건 마치 씨의 잘못이 아니에요. 사실, 오늘밤 일에 대해 마치 씨나 앤서니를 비난하는 것은 공정치 못해요."

"제발 울지 마십시오, 레이크 부인. 소문은 곧 누그러들고 사건도 곧 잊혀질 겁니다."

"레이디 워스햄의 말대로 우리는 완전히 평판을 망쳤어요."

라비니아는 손수건에 대고 중얼거렸다.

"전도유망한 청년이 한 명이라도 에멀린에게 관심을 갖고 찾아올지 의심스러워요. 이젠 어쩔 수 없지만."

"눈물은 전혀 도움이 안 돼요. 이런 일에 울어대다니 이모답지 않아요."

에멀린이 걱정스럽게 말했다.

"울지 마시오, 라비니아. 당신 때문에 모두 안절부절못하고 있잖소."

토비어스도 중얼거렸다.

"나도 어쩔 수 없어요."

라비니아는 천천히 고개를 들어 젖은 눈을 드러냈다.

"레이디 워스햄의 얼굴에 떠오른 그 표정이라니. 그렇게 웃긴 장면은 평생 못 본 것 같아요."

그녀는 자리에 쓰러져 웃음보를 터뜨리며 몸을 떨었다.

모두들 멍하니 그녀를 응시했다.

에멀린의 입이 실룩거렸다. 앤서니는 씩 웃기 시작했다.

다음 순간 그들 모두 커다랗게 웃음을 터뜨리기 시작했다.

토비어스의 깊은 내면에서 안도감이 퍼져갔다. 그는 더 이상

장례식장으로 향하는 듯한 기분을 느끼지 않았다.

"자네군, 마치."

크랙번 백작은 신문을 내려놓으며 안경 너머로 토비어스를 쳐다보았다.

"자네가 지난밤 극장에서 굉장한 구경거리를 제공한 장본인이라 들었네."

토비어스는 근처에 있는 의자에 앉았다.

"조잡하고 실체 없는 소문입니다."

백작은 코방귀를 뀌었다.

"계속 그렇게 주장할 수는 없을걸. 극장 안에는 많은 목격자들이 있었어. 그들 중 몇몇은 팜프리가 자네에게 결투를 신청하리라 생각할 걸세."

"무엇 때문에 그러겠습니까? 그가 분명히 승자였는데요."

"나도 그렇게 들었네. 어떻게 일이 그렇게 됐지?"

"그 자는 유명한 권투 선수에게서 권투를 배웠거든요. 저는 상대도 안 되더군요."

"음."

백작의 무성한 눈썹이 콧날 위로 모였다.

"이 일을 가볍게 여기고 싶다면 그건 자네 맘이지만 팜프리가 근처에 있을 때는 조심하게. 그는 취하면 폭력을 휘두른다는 소문이 자자해."

"걱정해 주셔서 감사합니다. 하지만 팜프리 경의 결투 신청을 받으리라 생각되지 않는군요."

"동감일세. 팜프리는 취해 있을 때만 결투를 청할 용기를 내지. 결투를 신청하더라도 취기에서 깨어나자마자 취소할 거야. 그는 바보일 뿐만 아니라 겁쟁이거든."

토비어스는 어깨를 으쓱하고 커피잔에 손을 뻗었다.
"그렇다면 왜 걱정하시죠?"
"자네한테 복수하려고 비겁한 수단을 동원할지도 모르니까."
백작은 신문을 다시 들어올렸다.
"자네에게 얼마간 밤에 혼자 걷지 말도록 충고하고 싶네. 외진 골목길 같은 곳도 피하고."

14

라비니아는 얼굴을 가리려 커다란 모자를 눈가까지 눌러쓰고 울 소재의 스카프를 둘렀다. 군데군데 기운 치마 위에 두른 앞치마는 가정부 칠튼 부인이 바닥을 닦을 때 항상 사용하던 것이었다. 두꺼운 스타킹과 낡은 신발로 변장을 마무리했다. 그녀는 화덕 근처의 의자에 앉아 있는 여자를 쳐다보았다. 페그라는 이름의 청소부였다.

"허기트 씨가 오늘 오후에 안 들어오는 게 틀림없나요?" 라비니아가 물었다.

"예."

페그는 고기 파이를 우물거렸다.

"허기트 씨는 매주 목요일마다 치료를 받으러 간다우. 고디라는 젊은이가 지키고 있지만 그는 여자와 뒷방에서 즐기던가 표 판매대에 있을 테니 걱정할 필요 없수."

"허기트 씨는 무슨 치료를 받죠?"

페그는 눈을 굴려 보였다.

"사람을 홀려서 통증을 덜어준다는 돌팔이한테 다니죠."

"최면요법이군요."

"그래요, 그는 류머티즘으로 고생하고 있다우."

"알겠어요."

라비니아는 구정물이 든 양동이를 들어올렸다.

"이제 들어가봐야겠어요."

그녀는 잠시 멈추어 천천히 돌아섰다.

"나 어때 보여요, 페그?"

"그럴 듯해유."

페그는 고기파이를 하나 더 집어들었다.

"아가씨가 훌륭한 숙녀라는 것을 몰랐다면, 아가씨가 내 자리를 노릴까 봐 걱정했겠수."

"걱정 말아요, 당신 일자리는 원하지 않으니까."

라비니아는 대걸레를 꽉 잡았다.

"이미 말했지만, 단지 친구와의 내기에서 이기려는 거예요."

페그는 알았다는 눈짓을 했다.

"큰 돈이 걸린 거구만요?"

"이런 변장을 하려고 당신한테 돈을 주고도 남을 정도로 큰 액수가 걸렸죠."

그녀는 페그의 작은 방에서 거리로 통하는 계단을 올라갔다.

"한 시간 내에 당신 옷을 돌려줄게요."

"천천히 해요. 내 양동이와 대걸레를 한두 시간 빌리고 싶어 한 사람이 아가씨가 처음은 아니니까. 하기야 내기에서 이기려고 그러는 사람은 처음이지만서두."

라비니아는 계단 꼭대기에 멈추어 서서 재빨리 돌아보았다.

"당신 자리를 원한 사람이 또 있었어요?"

“그렇다우.”

페그는 가래 섞인 소리로 낄낄거렸다.

“몇 명 약삭빠른 아가씨들한테서 규칙적으로 예약을 받지유. 인색한 허기트 씨에게서 받는 급료보다 양동이와 대걸레, 열쇠를 빌려주고 받는 돈이 더 많다우. 아니었으면 어떻게 이 작은 방을 가질 수 있었겠수?”

“이해할 수가 없군요. 왜 여자들이 돈을 주고 당신 대신 바닥 청소를 하려는 거죠?”

페그는 눈을 찡긋했다.

“몇몇 신사분들은 위층의 특별한 화랑을 둘러보는 동안 자극을 받아유. 만약 그 자리에 반반한 여자애라도 있으면 몇 푼에 그 애를 집적대고 희롱하며 즐기지 않겠수?”

“알겠어요.”

라비니아는 몸이 떨려오는 것을 억눌렀다.

“더 자세하게 말할 필요 없어요. 난 당신 물건들을 그런 종류의 사업에 쓸려고 빌린 게 아니니까요. 나한테는 맞지 않는 일이에요.”

“물론이지요.”

페그는 파이를 삼키고 더러운 손으로 입가를 훔쳤다.

“댁은 숙녀잖수? 끼니가 궁해서가 아니라 내기 때문에 빌린 거지.”

라비니아는 뭐라 할말이 생각나지 않아 한마디도 없이 층계를 올라가 지저분한 골목길로 나섰다.

코벤트 가든에 있는 허기트 씨의 전시관까지 가는 데는 오래 걸리지 않았다. 곧 건물 뒤편의 좁은 길을 찾아냈다. 페그가 말했던 대로 뒷문은 열려 있었다.

대걸레와 더러운 물이 담긴 양동이를 들고 라비니아는 깊이 숨을 들이쉰 뒤 안으로 들어갔다. 페그가 말했던 허기트 씨가 사무실로 사용하는 왼쪽 문은 닫혀 있었다.

라비니아는 안도의 한숨을 내쉬었다. 전시관 주인은 정말 외출한 것 같았다.

그녀와 토비어스가 전시물을 관람했던 때와 마찬가지로 불빛이 희미한 1층의 전시실에는 사람이 거의 없었다. 그나마 있는 두어 명의 관객들은 그녀에게 전혀 관심을 보이지 않았다.

그녀는 무덤 도굴 장면과 밀랍인형으로 된 죄인이 매달린 교수대를 지나쳤다. 전시실의 끝부분에서 어둠 속에 가려진 나선 계단이 드러났다.

오늘 아침 허기트 씨의 신비스러운 위층 전시실을 조사하기로 결심한 이래, 라비니아는 처음으로 주저했다. 그녀가 서 있는 곳에서는 페그가 설명해 준 계단 위쪽의 문이 짙은 어둠에 가리워 보이지 않았다. 불안감이 그녀를 엄습했다.

지체할 시간이 없어, 그녀는 생각했다. 위험이 도사리고 있는 것도 아니야. 그저 전시실 안쪽을 살펴보는 건데 잘못될 일이 뭐가 있겠어?

자신에게 짜증이 난 라비니아는 불안을 애써 떨치면서 양동이와 대걸레를 움켜쥐고 계단을 올라갔다.

꼭대기에 다다르자 견고한 나무문이 있었다. 페그의 예상대로 잠겨 있었다. 추가요금을 내야만 2층에 들어갈 수 있는데 오늘 오후에는 아무도 그러지 않은 게 분명했다.

덕분에 일이 수월해졌다고 라비니아는 안도했다.

앞치마 주머니에서 열쇠를 꺼내어 잠긴 문에 꽂자 문이 열리면서 삐걱거리는 소리가 요란하게 났다.

주저하면서 방 안으로 들어서자 그녀의 등뒤로 문이 닫혔다.

전시물에는 불이 밝혀져 있지 않았으나 창에서 들어오는 빛으로 표지판을 읽을 수 있었다.

매춘굴의 광경들

다섯 쌍의 실물 크기 밀랍인형이 주위의 어둠 속에서 어렴풋이 보였다.

그녀는 양동이와 대걸레를 내려놓고 첫번째 전시물로 다가갔다. 어둠 속에서 벌거벗은 남자 조각상의 뒷모습을 알아볼 수 있었다. 그는 또 다른 조각과 난폭하게 몸부림치고 있는 것처럼 보였다.

더 가까이에서 살펴본 그녀는 두 번째 조각이 옷을 반쯤 벗은 여자의 형상임을 깨닫고 충격을 받았다. 마침내 그 인물조각들이 성행위를 하고 있다는 사실을 깨닫고 당황했다.

두 형상 다 즐거워하는 모습은 아니었다. 사실 그 폭력적인 장면의 분위기는 라비니아의 피부에 소름이 돋게 했다. 그것은 강간과 색욕의 형상이었다. 남자는 야만인처럼 보였고 여자는 고통스러워하는 것 같았다. 공포가 그녀의 얼굴을 일그러뜨렸다.

그러나 그녀의 시선을 잡아끈 것은 밀랍인형들의 행태가 아니라 뛰어난 기교였다. 누구의 작품인지는 몰라도 이 밀랍인형들이 아래층의 음침한 전시물보다 훨씬 잘 만들어져 있었다.

이 예술가는 번 부인과 막상막하의 재능을 지니고 있다. 라비니아는 흥분이 끓어오르는 것을 느꼈다. 이 사람이 바로 살해협박 작품을 만든 장본인일지도 모른다. 그녀와 토비어스가 그것을 보여주었을 때 허기트 씨가 놀란 것도 당연했다.

라비니아는 속단하면 안 된다고 되뇌었다. 살해협박과 이 작품들 간에 연관이 있다는 분명한 증거가 필요했다.

그녀는 다음 전시물로 다가가 자세히 살펴보았다. 벌거벗은 남성의 앞에 반쯤 벌거벗은 여인이 무릎을 바닥에 대고 엎드려 있는 형태였다. 남자는 짐승처럼 뒤쪽에서 여인을 범하려는 참이었다.

라비니아는 정교하게 표현된 커다란 남성 성기에서 눈을 돌려 점점 자라나는 의혹을 해결해 줄 단서를 찾았다. 크기가 달라 어려웠다. 협박 작품은 눈앞의 실물 크기보다 훨씬 작았다. 그럼에도 불구하고, 관능적으로 만들어진 여성상은 무도회장에 죽은 듯 누워 있는 초록색 드레스 차림의 조앤 도브를 떠올리게 했다.

번 부인과 함께 왔어야 했다. 그녀 정도로 훈련된 감식안을 갖춘 예술가라면 여기 있는 협박 작품이 같은 이에 의해 만들어졌는지 쉽게 알아볼 수 있으리라.

라비니아는 또 다른 전시물로 가까이 갔다. 토비어스 앞에 자신의 이론을 펼쳐보이려면 좀더 확신이 필요했다.

순간 구둣발 소리가 전시실 문 밖에서 울려 퍼졌다. 깜짝 놀란 라비니아는 문을 쳐다보았다. 문 저편에서 남자들의 목소리가 들려왔다.

"문이 열렸나 한 번 살펴봐도 나쁘지 않겠지. 열려 있다면 돈 버는 거라구. 입구에 있는 녀석은 눈치채지도 못할 거야."

라비니아는 서둘러 양동이와 대걸레를 놓아둔 곳으로 발길을 옮겼다. 손잡이가 돌아가면서 나는 삐걱거림과 쇳소리가 불길하게 들려왔다.

"이야, 이게 웬 행운이지! 누가 깜박 잊고 문을 잠그지 않았군."

라비니아가 미처 양동이에 이르기 전, 문이 열리고 두 남자가 기대감으로 낄낄거리며 방 안으로 어슬렁어슬렁 걸어들어왔다.

그녀는 전시물 근처의 어둠 속에서 얼어붙은 채 서 있었다. 두 사람 중 작은 남자가 전시물 근처로 천천히 걸어왔다.

"램프가 꺼졌군."

키가 큰 남자가 문을 닫고 어둠으로 가득 찬 방 안을 응시했다.

"내가 기억하기론, 각각의 전시물마다 램프가 달려 있었어."

"여기 있군."

키 작은 남자가 몸을 굽혀 불을 켰다.

타오르는 램프는 양동이를 비추고 라비니아의 앞치마와 스커트의 끝자락을 드러냈다. 그녀는 더 깊은 어둠 속으로 슬그머니 숨어들려 했지만 이미 들키고 말았다.

"아니, 이게 뭘까, 대녀?"

타오르는 불빛 아래서 키 큰 남자의 능글맞은 눈초리가 뚜렷이 보였다.

"아마도 밀랍인형이 생명을 얻어 살아났나 보지."

"나한테는 그 이상으로 보이는데. 이 특별한 갤러리에서 일하는 충실한 가정부라…… 저 칙칙한 옷 아래에 어떤 몸매를 숨기고 있을까?"

작은 남자가 호기심에 가득 차서 라비니아를 보았다.

"고민할 것 뭐 있나, 옷을 벗어보라고 하면 되지. 어떻게 생각하나, 아가씨? 당신과 즐기는 데 얼마면 되겠어?"

키 큰 남자가 동전을 짤랑거렸다.

"미안하지만 나가봐야겠어요. 보시다시피 청소가 다 끝났어요."

라비니아는 얼른 문가로 다가갔다.

"달아나지 말라구, 예쁜이. 나와 내 친구가 재미도 주고 섭섭치 않게 돈도 집어주지."

키 큰 남자가 더욱더 크게 동전을 딸랑거렸다.

"고맙지만 사양하겠어요."

라비니아는 대걸레의 손잡이를 꽉 쥐고 검처럼 세워 들었다.

"전 그런 여자가 아니에요. 두 분이 전시물을 감상할 수 있도록 자리를 비켜드릴게요."

"우린 아가씨가 그렇게 빨리 도망가게 놔둘 생각이 없는데."

대너의 목소리는 위협적으로 들렸다.

"여기 내 친구가 그러더군. 이런 조각은 어여쁜 아가씨와 함께 있을 때 더욱 잘 감상할 수 있다고 말야."

"아가씨 얼굴을 보여줘. 모자와 스카프를 벗으라구."

"얼굴 예쁜 게 무슨 상관이야? 스커트를 올려봐, 아가씨. 그래야 착하지."

라비니아는 문 손잡이를 더듬었다.

"가까이 오지 말아요!"

도망치는 모습에 더욱 욕정이 불타오르는 듯, 대너라는 키 작은 사내가 다가섰다.

"넌 우리가 감상할 때까지 나갈 수 없어."

"무서워 말라구. 우린 기꺼이 값을 치를 생각이니까."

키 큰 남자가 라비니아 쪽으로 동전 하나를 던졌다.

그녀의 손가락이 문 손잡이를 움켜쥐었다.

"나가고 싶어하는 것 같은데. 그녀의 섬세한 감수성을 해친 것 같네, 대너."

키 큰 남자가 말했다.

"저런 값싼 매춘부에게 섬세함 따윈 없어."

대너가 라비니아에게 더욱더 다가갔다. 그녀는 더럽고 축축한 대걸레를 휘둘러댔다.

"어리석은 창녀 같으니."

대녀는 황급히 뒤로 물러섰다.

"도대체 왜 이래? 기꺼이 값을 치르겠다는데."

키 큰 남자가 인내를 잃고 버럭 소리쳤다.

라비니아는 입을 꼭 다물고 아무 말도 하지 않은 채 대걸레를 그에게 겨눈 채 문을 열었다.

"이리 돌아와."

대녀가 그녀의 무기를 경계하며 나가지 못하게 막으려 했다.

라비니아는 재빨리 그에게 대걸레를 휘둘렀다. 남자는 욕설을 내뱉으며 뒤로 물러섰다.

"빌어먹을, 무슨 짓을 하는 거야?"

키 큰 남자가 투덜거렸다.

기회를 놓치지 않고 라비니아는 대걸레를 내던지며 문을 나가 나선계단을 향해 돌진했다.

그녀 뒤의 계단 꼭대기에서 대녀가 성난 목소리로 고함쳤다.

"고약한 년, 뭐가 잘났다고 비싸게 굴어!"

"가게 놔둬."

그의 일행이 충고했다.

"근처에 다른 매춘부들이 많아. 전시물들을 보고 나서 더 나긋나긋한 계집을 찾자구."

라비니아는 전시실의 1층에 도달할 때까지 잠시도 멈추지 않았다. 홀의 뒤편에 있는 문을 열어제치고 골목길로 뛰어나갔다.

라비니아가 집 앞에 도착해 계단을 오르려 할 때, 비가 오기 시작했다. 정말 기막히군. 온통 난장판이었던 오후에 지극히 잘 어울리는 결말이야. 그녀는 혼잣말로 중얼거렸다.

열쇠로 문을 열고 안으로 들어서는데 코를 찌르는 듯한 장미꽃 향내에 온통 질식할 듯했다.

"도대체 이게 무슨 일이지?"

그녀는 울 스카프를 풀며 주위를 둘러보았다. 싱싱한 꽃이 꽂힌 바구니와 꽃병들이 식탁 위에 장식되어 있었고 그 옆의 조그만 쟁반에는 하얀 명함들이 가득했다.

가정부 칠튼 부인이 손을 앞치마에 문지르며 나타났다.

"부인이 나간 후 배달되기 시작했어요. 에멀린 양이 사람들의 주목을 끈 모양이네요."

라비니아는 그 황홀한 소식에 멍해졌다.

"이 꽃들이 신사들한테서 온 거예요?"

"예."

"이렇게 기쁜 일이."

"에멀린 양은 별로 감동하지 않던데요. 입에 올린 신사분은 싱클레어 씨뿐이랍니다."

칠튼 부인이 건조하게 말했다.

"어쨌든 잘됐어."

라비니아는 스카프를 한쪽으로 치웠다.

"요점은 극장에서의 그 끔찍스러운 사건도 내 계획을 망치진 못했다는 거예요."

"그런 것 같네요."

가정부가 라비니아의 옷을 살피며 불만스럽게 얼굴을 찌푸렸다.

"부인이 이런 모습을 하고 현관으로 들어오는 것을 누가 보지는 않았길 바랄 뿐이에요."

라비니아는 움찔했다.

"주방문으로 들어왔어야 했는데. 하지만 불쾌한 오후를 보내고 집으로 돌아오는 길에 비까지 내리기 시작하니까 얼른 아늑한 서재에서 포도주를 한 잔 마시고 싶다는 생각밖에 안 나더라구요.”

“어서 옷을 갈아입으세요, 부인.”

“아니에요, 당장은 괜찮아요. 외투와 스카프만 젖었을 뿐이니까. 이 순간은 포도주 한 잔이 절실할 뿐이에요.”

“하지만…….”

머리 위에서 발소리가 났다.

“이모.”

에멀린이 이층의 확 트인 복도 난간에 기대어 서서 아래를 내려다보았다.

“드디어 돌아오셨군요, 하나님 감사합니다. 걱정하는 중이었어요. 계획은 성공인가요?”

“그렇기도 하고 아니기도 하고.”

라비니아는 외투를 옷걸이에 걸었다.

“이 꽃들은 다 뭐니?”

에멀린이 인상을 썼다.

“분명 프리실라와 난 꽤 인기가 있나 봐요. 레이디 워스햄이 한 시간 전에 소식을 전해 왔어요. 우리를 용서하겠다는 뜻이라고 생각해요. 오늘밤 뮤지컬에 함께 동행하자고 나를 초대했어요.”

“좋은 소식이구나. 이제 네가 어떤 드레스를 입어야 할지 생각해야 해.”

“별로 선택의 여지가 없어요. 입고 갈 만한 드레스는 한 벌뿐이잖아요.”

에멀린은 치맛자락을 들어올리고 빠르게 계단을 내려왔다.

“내 드레스는 걱정 마시고 전시관에서 무슨 일이 있었는지나 말해 주세요.”

라비니아가 가볍게 코방귀를 뀌었다.

“네게 전부 말해 줄 테니 절대로, 어떤 일이 있어도 마치 씨에게 말하지 않겠다고 맹세해 줘.”

에멀린이 발걸음을 멈추었다.

“저런, 뭔가 나쁜 일이 있었군요, 그렇죠?”

라비니아는 서재로 걸어갔다.

“일이 계획한 대로 진행되지 않았어.”

가정부가 다시 한 번 강력하게 라비니아를 제지했다.

“부인, 제발요, 서재에 들어가기 전에 옷을 갈아입으시는 게 좋겠어요.”

“난 옷 갈아입는 것보다 포도주 한 잔이 더 급해요, 칠튼 부인.”

“그러나…….”

“부인 말이 옳아요, 이모.”

에멀린이 급히 따라오며 말했다.

“이모는 우선 위층으로 올라가 갈아입으셔야 해요.”

“내 차림새가 두 사람 눈에 거슬리나 보군요. 그러나 여긴 내 집이니 내 맘대로 입을 거예요. 에멀린, 얘기를 듣고 싶은 거니, 아닌 거니?”

“물론 듣고 싶어요. 다 잘 풀렸나요?”

“위기일발이었어. 그러나 무사히 빠져나와서 다행이야.”

에멀린의 라비니아의 대답에 놀라 목소리를 높여 물었다.

“세상에나. 이모, 대체 무슨 일이 있었죠?”

“예상치 못한 문제가 생겼더랬어.”

라비니아는 서재로 들어서자마자 곧바로 포도주가 놓여 있는 찬장으로 향했다.

“아까도 말했지만 마치 씨에게는 한 마디도 해선 안 된다.”

창가에서 책을 읽고 있던 토비어스가 머리를 들었다.

“정말 흥미진진한 이야기겠군.”

라비니아는 포도주 찬장 앞에 우뚝 멈춰섰다.

“당신, 도대체 여기서 뭐 하는 거예요?”

“당신을 기다리고 있었지.”

그는 책을 덮고 시계를 쳐다보았다.

“20분 전에 도착했는데 당신이 외출했다길래.”

그녀는 찬장 문을 홱 열어 술병을 꺼내서는 포도주를 잔에 따랐다.

그는 그녀의 복장을 느긋하게 감상했다.

“가장 무도회에 참석했었던 모양이군?”

라비니아는 포도주를 한 모금 마셨다.

“아니에요.”

“청소부 일을 해서 수입을 늘려보려고 했소?”

“충분한 돈이 되지는 않지요.”

다시 포도주를 한 모금 삼키자 열기가 느껴졌다. 에멀린이 걱정스러운 표정을 지었다.

“사람 애태우지 말아요, 이모. 허기트 씨의 전시관에서 무슨 일이 있었나요?”

토비어스는 팔짱을 끼고 책장에 기대어 섰다.

“허기트의 전시관에 갔었소? 그런 이상한 복장을 하고 말이오?”

“그래요.”

라비니아는 잔을 들고 방을 가로질러 의자에 주저앉았다. 그리고는 다리를 쭉 뻗어 두꺼운 스타킹을 살폈다.

“위층 전시실에 있는 밀랍인형들이 뭔가 도움이 될 것 같았어요. 허기트 씨는 그것들을 은밀하게 감추려 했잖아요.”

“전시물들의 주제 때문에 비밀스럽게 군 거요.”

토비어스의 목소리에는 초조함이 깃들어 있었다.

"관능적인 밀랍인형들로 가득 찬 전시실이 위층에 있다는 걸 숙녀에게 말하고 싶을 리 없잖소."

"관능적인 밀랍인형이요?"

에멀린은 호기심 어린 표정을 지으며 묻자 토비어스는 인상을 쓰며 그녀에게 사과했다.

"용서해 주시오, 에멀린 양. 숙녀 앞에서 하지 말아야 할 말이었는데."

"괘념치 마세요. 로마를 여행하는 동안 그런 문제에 대해 많은 것을 배웠답니다. 아시겠지만, 언더우드 부인은 매우 자유분방한 분이었으니까요."

에멀린이 유쾌하게 말했다.

"물론 알고 있소. 모든 로마 시민들이 그녀의 요란한 성향을 알지."

토비어스가 부자연스러울 만큼 조용히 말했다.

"우린 주제에서 벗어나고 있어요."

라비니아가 또렷한 목소리로 끼어들었다.

"허기트 씨는 위층 전시실에 대해서만 이상하게 군 게 아니었다구요. 그 살해협박에 관해 분명히 뭔가 아는 눈치였어요. 혹 그 위에 똑같은 예술가의 작품이 있는 게 아닐까 하는 생각이 오늘 아침 떠오르더군요."

토비어스의 몸이 굳어졌다.

"그 조각품을 확인하러 허기트의 전시관에 갔었소?"

"그래요."

"왜?"

"말했잖아요, 똑같은 예술가의 작품인지 살펴보려고 했다구요. 거기 청소부에게 돈을 주고 열쇠를 빌려서 변장한 차림으로

2층 전시실에 들어갔죠.”

“그러고 나선? 분명 전시물을 봤겠군. 당신은 그게 동일한 인물의 작품이라고 생각하오?”

“솔직히, 확신할 수 없어요.”

“결론적으로 변장까지 한 오늘 계획은 완전히 시간낭비였단 뜻이군. 그렇지 않소?”

토비어스가 고개를 설레설레 저었다.

“계획을 실행하기 전에 내 의견을 묻지 그랬소.”

“완전히 시간낭비였다고는 하지 않았어요.”

그녀는 술잔 가장자리 너머로 그와 눈을 마주쳤다.

“허기트 씨의 조각상은 실물 크기예요. 크기가 차이나서 결론을 내리는 데 힘들었죠. 하지만 유사점이 많더군요.”

토비어스의 얼굴에 흥미롭다는 기색이 떠올랐다.

“정말이오?”

“번 부인에게 그것들을 보고 의견을 들려달라고 할 만한 가치가 있다는 건 분명해요.”

“알겠소.”

토비어스가 책상에 기대서서 무심결에 왼쪽 허벅지를 주물렀다.

“좀 어렵겠군. 허기트는 숨길 것이 없다 하더라도 협조하지 않을 거요. 결국 숙녀를 그의 위층 전시실로 안내해야 한다는 뜻이니 말이오. 그 숙녀가 예술가라 해도, 계면쩍은 일일 거요.”

라비니아는 페그와 그녀의 부업을 생각하면서, 의자에 머리를 기댔다.

“허기트 씨의 청소부는 그가 류머티즘 치료를 받는 날이면 기꺼이 전시실 열쇠를 빌려줄 거예요.”

“이해할 수가 없어요.”

에멀린이 말했다.

"그냥 표를 사면 될 텐데 왜 돈을 주고 그녀의 열쇠를 빌려 전시실에 숨어들어가는 건가요?"

라비니아는 사실 그대로 솔직히 대답했다.

"조각을 구경하는 신사들에게 호의를 베풀고 받은 돈으로 생계를 꾸려나가는 여자들에게 열쇠를 빌려주는 거야."

에멀린의 눈썹이 한껏 치켜올라갔다.

"매춘부를 말씀하시는 거군요?"

라비니아는 헛기침을 하고 조심스럽게 토비어스의 눈길을 피했다.

"페그의 말에 따르면, 위층 전시실을 구경하는 신사들은 가끔 그러한 장소에서 일하는 화류계 여자들에게 흥분을 느낀다더구나. 그 전시물들 때문이지."

토비어스가 책상의 끝부분을 잡고 한탄하듯 천장을 올려다보았지만 말은 하지 않았다.

"알겠어요."

에멀린이 입술을 오므리고 잠시 생각에 잠겼다가 말했다.

"이모가 변장을 하고 전시실에 있었을 때 남자들이 없어서 천만다행이에요. 이모를 매춘부로 오해했을지도 모르잖아요."

"음."

라비니아가 애매하게 말했다.

"얼마나 곤란하겠어요."

에멀린이 또다시 말했다.

"음."

라비니아는 포도주를 한 모금 마셨다.

토비어스가 그녀를 자세히 쳐다보았다.

"라비니아?"

“네?”

“당신이 들어갔을 때 위층의 전시실에는 손님이 없었겠지?”

“그래요, 내가 들어갔을 때 거기엔 아무도 없었어요.”

그녀는 기꺼이 대답했다.

“당신이 안에 있는 동안에도 허기트의 손님 중 누구도 들어오지 않았을 거라는 가정을 하는 중이오만…….”

라비니아가 한숨을 내쉬었다.

“자리를 피해 주는 게 좋겠구나, 에멀린.”

“왜요?”

에멀린이 물었다.

“왜냐하면 나머지 이야기는 네 순결한 귀에는 맞지 않는 것들이거든.”

“말도 안 돼요, 관능적인 밀랍인형 이야기보다 더 부적절할 수가 있나요?”

“마치 씨가 성을 낼 때 쓰는 말투 때문이야.”

에멀린이 눈을 깜박거렸다.

“그러나 마치 씨는 성나지 않으셨는데요.”

라비니아는 나머지 포도주를 마시고 잔을 내려놓았다.

“곧 성을 낼 거다.”

15

토비어스는 한 시간 후, 그의 서재로 들어갔을 때도 여전히
부아가 치민 상태였다. 책상 앞에 앉아 있던 앤서니가 흥미롭게
올려다보았다. 그는 펜을 한쪽으로 치우고 의자에 기대어 앉아
팔짱을 끼었다.

"매형, 레이크 부인과 또 한바탕하셨군요. 아닌가요?"

그가 다짜고짜 물었다.

"무엇 때문에?"

토비어스가 얼굴을 찌푸렸다.

"그건 그렇다 치고, 그건 내 책상이다. 괜찮다면 오늘 오후에
는 내가 썼으면 하는데."

"이번에는 특히 격렬한 논쟁이었나 보군요."

앤서니는 느긋하게 일어나 책상에서 물러났다.

"그러다 언젠가 매형이 도를 지나치면 레이크 부인은 파트너
관계를 끝내려 할 거예요."

“그녀가 왜 그러겠니?”

토비어스가 책상에 앉았다.

“내 도움이 필요하다는 것을 너무도 잘 알고 있는 여자인걸.”

“매형이 그녀를 필요로 하는 만큼이지요.”

앤서니는 벽난로 근처에 위치한 큰 지구본에 다가섰다.

“그러나 매형이 계속 이러면 결국 그녀는 혼자 해나가는 게 더 낫다고 생각할 걸요.”

순간 불안감이 토비어스의 몸을 훑고 지나갔다.

“그녀는 무모하고 즉흥적이지만 아주 분별이 없지는 않아.”

앤서니는 손가락을 세워 보였다.

“명심하세요. 만약 숙녀에게 맞는 정중한 존경심을 보이지 않는다면, 그녀는 매형을 참고 봐주지 않을 거라구요.”

“넌 그녀가 숙녀이기 때문에 정중한 존경을 받아야 한다고 생각하는 거냐?”

“물론이지요.”

“숙녀는 청소부의 복장을 하고 관능적인 밀랍인형들로 가득 찬 전시관에 몰래 들어가지 않는다구. 숙녀는 거리의 값싼 매춘부로 오해받을지도 모를 상황에 자신을 내던지지도 않아! 또한 대걸레로 자신의 정절을 지켜야만 하는 위험을 무릅쓰지 않고 말야.”

앤서니는 눈을 가늘게 뜨고 열변을 토하는 토비어스를 바라보았다.

“매형은 레이크 부인이 오늘 오후 그런 위험에 처했었다고 말하는 겁니까? 그게 매형이 화를 내는 이유인가요?”

“그래.”

“빌어먹을, 정말 위험했군요. 그녀는 괜찮은가요?”

“괜찮아.”

토비어스가 이를 갈았다.

"대걸레와 단호한 의지 덕분에 간신히 그녀를 매춘부로 오해한 두 남자를 피했다고 하더군."

"그런 위기의 순간에 졸도하지 않았다니 다행이군요. 대걸레라? 정말 기지가 넘치는데요."

앤서니가 감탄 어린 어조로 말했다.

"지금 중요한 건 그녀에게 넘치는 기지가 있다는 사실이 아냐. 내가 말하고자 하는 바는, 애시당초 그런 상황에 말려들지 말았어야 한다는 거지."

"그 말이 맞아요. 레이크 부인에게 독립적인 성향이 있다는 말씀을 자주 하셨죠."

"좋게 말해서 독립심이지 레이크 부인은 제어할 수 없고 예측불허에다 황소 고집이라구. 내키지 않으면 절대 남의 지도나 충고를 받아들이지 않고. 다음에 무엇을 할지 결코 알 수 없는데다 그녀를 막기엔 너무 늦은 상황이 될 때까지 내게 자기 계획을 알리지 않는 것까지……."

"그녀의 입장에서 보면, 매형도 똑같은 단점을 갖고 있어요. 제어할 수 없고, 예측불허니까요. 상대한테 자신의 계획을 알릴 필요가 없다고 여기고요."

앤서니가 건조하게 말했다.

토비어스의 턱이 굳어졌다.

"대체 무슨 말을 하는 거냐? 내 모든 행동을 그녀에게 미리 알리는 건 쓸데없는 짓이야. 그녀가 알면, 내가 정보제공자와 이야기하려 할 때마다 나와 동행하려고 들 거다. 하지만 그럴 수 없는 경우가 대부분일 테지. 그리폰 같은 술집에 그녀를 데리고 갈 수는 없어. 내 클럽에 동행할 수도 없는 일이고."

"바꿔 말하면, 매형은 레이크 부인과 언쟁을 할 것 같아 매형의 예정을 알려주지 않는다는 말이군요.”

“그래, 라비니아와의 언쟁은 때때로 헛수고한 셈이 되거든.”

“가끔 매형이 지게 된다는 뜻이죠.”

“숙녀는 지독히도 골치 아플 때가 있어.”

앤서니는 아무 말도 하지 않고 다만 눈썹만 치켜올렸을 뿐이었다.

토비어스는 펜을 들어 잉크를 톡톡 털었다. 어째서인지 변명을 해야 할 것처럼 느껴졌다.

“레이크 부인은 오늘 오후 거의 강간당할 뻔했어. 내겐 성낼 권리가 있다.”

그가 재빨리 말했다.

앤서니는 잠시 동안 심사숙고한 후, 이해한다는 태도로 고개를 끄덕였다.

“공포는 때때로 사람의 감정에 영향을 끼치죠. 그 문제에 관해선 매형을 비난하지 않아요. 매형은 오늘밤 틀림없이 악몽에 시달릴 거예요.”

토비어스는 아무 말도 하지 않았다. 앤서니의 말이 옳은 것 같은 기분이 들어 두려웠다.

라비니아는 가정부가 앤서니를 그녀의 서재로 안내하자 노트에서 눈을 떼고 올려다보았다.

“안녕하세요, 싱클레어 씨.”

그는 정중하게 고개를 숙였다.

“만나주셔서 고맙습니다, 레이크 부인.”

라비니아는 환영의 미소를 지으며 자신이 숨을 죽이고 있었다는 사실을 그가 알아차리지 못하게 하려 애썼다.

“당신은 대환영이에요. 앉으세요, 싱클레어 씨.”

"괜찮으시다면, 전 서 있고 싶습니다."

앤서니의 얼굴에는 굳은 결심이 서려 있었다.

"드리기 어려운 말을 해야 하거든요. 사실 전에는 한 번도 해본 적이 없는 말이죠."

그녀가 제일 두려워하던 일이 닥친 것이다.

라비니아는 한숨이 나오려는 것을 억누르며 노트를 한쪽으로 치웠다. 그리고 에멀린에 대한 공식적인 청혼을 들을 마음의 준비를 단단히 했다.

"싱클레어 씨, 우선 당신은 정말 존경할 만한 신사라는 것을 말씀드리고 싶군요."

그는 그 말에 깜짝 놀란 듯했다.

"고맙습니다."

"이제 막 스물한 살이 되었지요?"

그가 이마를 찌푸렸다.

"내 나이가 이 일과 무슨 관련이 있나요?"

그녀는 헛기침을 했다.

"몇몇 사람들은 나이보다 성숙한 것이 사실이에요. 에멀린도 분명히 그렇구요."

앤서니의 눈빛이 애정으로 따뜻하게 빛났다.

"에멀린 양은 사실 나이에 비해 놀랄 정도로 영리하지요."

"어쨌든 열여덟 살밖에 안 됐어요."

"그렇습니다."

잘 풀리지 않겠어, 라비니아는 생각했다.

"문제는 말이죠, 난 에멀린이 결혼을 서두르지 않았으면 해요."

앤서니의 얼굴이 밝아졌다.

"저도 동의하지 않을 수 없습니다, 레이크 부인. 에멀린에겐 시간이 필요합니다. 약혼을 서두르는 것은 중대한 실수가 될 것입니다. 그녀같이 재기발랄한 숙녀가 결혼이라는 구속에 의해 너무 빨리 시들어서는 안 됩니다.”

“우린 그 점에서 의견이 일치하는군요.”

“에멀린 양은 스스로 선택할 여유가 있어야 합니다.”

“그래요.”

앤서니는 어깨를 으쓱했다.

“에멀린 양을 존경하고 그녀의 행복을 위해 제 자신을 기꺼이 바칠 생각이 있지만······.”

“당신이 그런 생각을 할 줄은 몰랐어요.”

“기꺼이 하겠습니다.”

앤서니가 그녀를 안심시켰다.

“하지만 오늘은 그녀의 미래에 대해 이야기하려고 방문한 게 아닙니다.”

안도감으로 라비니아는 현기증이 났다. 젊은이의 사랑을 방해할 방법을 찾으려 애쓸 필요는 없을 것 같았다. 그녀는 긴장을 풀고 앤서니에게 미소지었다.

“싱클레어 씨, 그렇다면 무슨 말을 하고 싶은가요?”

“토비어스에 관한 이야기입니다.”

라비니아는 방금 느꼈던 안도감이 순식간에 사라짐을 느꼈다.

“그에 관한 무엇이요?”

“오늘 오후 그와 당신이 다툰 것으로 압니다.”

그녀는 별일 아니라는 식으로 손을 흔들었다.

“그는 화를 냈어요. 그게 뭐가요? 이번이 처음도 아니에요.”

앤서니는 불행한 표정을 짓고 고개를 끄덕였다.

“토비어스는 다소 퉁명스런 경향이 있지요, 그리고 확실히 어리석은 행동에 대해서는 참을성이 없고요."

"난 내 자신이 어리석다고 생각하지 않아요, 싱클레어 씨."

앤서니의 눈에 당황스런 기색이 서렸다.

"전 결코 그런 의미로 말한 것이 아닙니다, 레이크 부인."

"고맙군요."

"제가 말씀드리려 하는 것은 토비어스와 당신 사이의 뭔가가 그의 성질을 자극한다는 겁니다."

"만약 앞으로 그를 짜증나게 하지 말아 달라고 부탁하러 온 거라면 시간낭비하신 것 같군요. 고의적으로 그를 자극하지는 않으리라고 분명히 말씀드리죠. 그러나 당신 말처럼 우리 관계에는 그의 성질에 안 좋은 영향을 미치는 뭔가가 있는 것 같아요."

"그렇습니다."

앤서니가 이리저리 발길을 움직였다.

"요점은 당신이 그를 너무 나쁘게 보지 않았으면 하는 것입니다, 레이크 부인."

그 말에 순간 그녀는 주춤했다.

"다시 한 번 말해 주겠어요?"

"토비어스의 거친 외향 밑에는 따뜻한 마음이 있어요. 저보다 그걸 더 잘 아는 사람은 없죠."

"당신이 그를 좋아한다는 건 알아요."

앤서니의 입술이 비틀렸다.

"저도 늘 그를 좋아했던 것은 아닙니다. 사실 누나가 그와 결혼했을 때로 거슬러 올라가 보면, 한동안은 토비어스를 미워했었죠."

라비니아는 숨을 죽였다.

"왜 그랬나요?"

“왜냐하면 난 앤 누나가 어쩔 수 없이 그와 결혼한 것으로 알았거든요.”

“그렇군요.”

그녀는 토비어스가 그의 아내를 임신시켰기 때문에 결혼했다는 소리를 듣고 싶지 않았다.

“누나는 나와 그녀 자신을 위해 그와 결혼했습니다. 난 누나가 희생했다고 느꼈죠. 그래서 한동안 토비어스가 나쁜 거라고 믿었습니다.”

“무슨 말인지 이해할 수가 없군요.”

“우리 부모님이 돌아가신 후, 앤 누나와 나는 숙부님 내외와 살게 되었습니다. 엘리자베스 숙모님은 우리를 달가워하지 않으셨죠. 돌턴 숙부에 대해 말하자면, 가정부와 가정교사 그리고 불행하게도 우연히 그와 마주친 무력한 여성들에게 손을 대는 비열한 사람이었습니다.”

“알겠어요.”

“그 짐승 같은 작자가 앤을 유혹하려 들었죠. 누나는 그의 유혹을 거절했으나 그는 집요하게 굴었습니다. 누나는 밤이면 그를 피해서 내 방 침실에 숨기도 했습니다. 우리는 넉 달 이상 매일밤 문에 빗장을 질러 잠갔어요. 엘리자베스 숙모님은 무슨 일이 벌어지는지 알고 있었을 겁니다. 앤을 시집보내려고 몹시도 애썼으니까요. 어느 날 토비어스가 사업 문제로 숙부님을 방문했습니다.”

“마치 씨가 숙부님과 안면이 있었나요?”

“당시 토비어스는 숙부님의 의뢰를 받아 일하고 있었지요. 엘리자베스 숙모님은 토비어스의 방문을 구실 삼아 저녁식사와 카드놀이에 이웃사람들을 초대했습니다. 숙모님은 그들더러 밤거리에 나서느니 묵고 가라고 권했지요. 앤 누나는 그렇게 많은 사람들이 집에 있으니 안전할 거라 생각했습니다. 그래서 그날 밤, 내 방이 아니라 자기 방에서 잤지요."

"무슨 일이 일어났나요?"

"간략하게 말하자면 엘리자베스 숙모님은 앤 누나가 토비어스와 함께 수상쩍은 상황에서 발견되도록 계획했습니다."

"세상에나, 어떻게 그런 짓을?"

앤서니가 정원을 내다보았다.

"엘리자베스 숙모님은 토비어스에게 앤 누나의 옆방을 주었습니다. 거기에는 연결문이 있었지요. 물론 잠겨 있었습니다. 그러나 다음날 아침 일찍 숙모님은 누나의 방에 들어가서 문을 열어 놓았습니다. 그러고 나서 토비어스가 한밤중에 앤의 침실에 들어가서 그녀와 관계를 가졌다고 온 가족과 손님들에게 공표했습니다."

라비니아는 분개했다.

"말도 안 돼요."

앤서니도 씁쓸하게 웃었다.

"예, 물론 그랬지요. 하지만 이웃들의 눈에는 앤이 처녀성을 잃은 거예요. 엘리자베스 숙모님은 결혼해야 한다고 주장했습니다. 난 토비어스가 그런 강요를 거절하리라 예상했지요. 어린 제 눈에도 토비어스는 자기가 원치 않는 일은 거절할 수 있는 강한 사람으로 보였거든요. 그러나 놀랍게도, 그는 앤에게 짐을 꾸리라고 말했습니다."

"당신 말이 옳아요, 싱클레어 씨. 토비어스는 그가 원하지 않았다면 당신 숙모님의 요구를 받아들이지 않았을 거예요."

라비니아가 상냥하게 말했다.

"진짜 놀라운 것은 토비어스가 제게도 짐을 싸라고 말했다는 것입니다. 그가 그날 우리 남매를 구했죠. 전 한참 후에나 그 사실을 깨달았지만."

"그랬군요."

그녀는 졸지에 낯선 사람과 살게 된 어린 소년의 기분이 어땠을까 생각했다.

"굉장히 겁이 났었겠군요."

앤서니가 얼굴을 찡그렸다.

"저 자신 때문이 아닙니다. 저로서야 어쨌든 친척과 사는 것보다는 나았으니까요. 그러나 제가 진심으로 걱정한 것은 토비어스가 앤에게 어떻게 할 것인가였죠."

"앤이 토비어스를 두려워했나요?"

"아니오, 전혀요."

앤서니가 무언가 옛 생각이 떠오른 듯 미소를 지었다.

"그는 누나에게 백마 탄 기사였습니다. 내 생각에 누나는 런던까지 반도 채 가기 전에 그와 사랑에 빠진 것 같았어요."

라비니아는 손에 턱을 괴었다.

"그게 당신이 토비어스를 즉시 따르지 않았던 이유일지도 모르겠군요. 그때까지는 당신이야말로 누이의 첫번째 관심 대상이었을 테니까요."

앤서니는 잠시 동안 생각에 잠겼다가 얼굴을 찌푸렸다.

"아마 그 말씀이 옳을지도 모르지요. 그런 식으로는 생각 못했습니다."

"마치 씨는 곧장 당신의 누님과 결혼했나요?"

"그로부터 한달 안에요. 틀림없이 첫눈에 누나와 사랑에 빠졌던 거예요. 그러지 않을 수 있었겠어요? 누나는 내면적으로나 외면적으로나 아름다웠습니다. 친절하고, 우아하고, 사랑스럽고, 온화했어요. 인간이라기보다는 천사에 가까웠습니다. 확실히 이 세상에 존재하기엔 너무 선한 사람이었죠."

간단히 말해 나완 정반대의 여자이군, 라비니아가 생각했다.

"그러나 토비어스는 그녀의 감정이 단지 감사하는 마음에서 비롯되었기 때문에 곧 사라질까 걱정했죠."

"그렇군요."

"그는 앤에게 아내로서의 의무감을 느낄 필요는 없으며 애인 노릇을 기대하지도 않는다고 말했습니다. 그녀의 결심과는 상관없이, 우리를 훌륭하게 보살피겠다고 했죠."

"하지만 그녀도 그를 사랑했군요."

"예."

앤서니는 잠시 카펫을 쳐다보다 쓸쓸하고 슬픈 미소로 올려다보았다.

"누나가 아이를 낳다 죽기 전까지 그들은 5년 정도를 함께 했습니다. 토비어스에겐 열세 살 된 처남인 저만 남았지요."

"누이를 잃은 것이 당신에게는 틀림없이 힘든 일이었겠군요."

"토비어스는 인내심을 가지고 절 대해 주었지요. 결혼한 지 일년이 지나자 그는 제 영웅이 되었습니다."

앤서니가 의자 등받이를 잡았다.

"앤이 죽자 전 격분했더랬습니다. 그녀의 죽음을 그의 탓으로 돌렸죠."

"이해해요."

"지금까지도 왜 장례식 후 절 숙모님과 숙부님에게 돌려보내거나 기숙학교에 보내지 않았는지 궁금합니다. 그러나 토비어스는 그런 생각은 전혀 뇌리에 떠오르지 않았었다더군요. 내가 주변에 있는 게 익숙해졌다면서요."

앤서니는 조용히 창문 쪽으로 돌아섰다. 분명 그는 회상에 빠진 것 같았다.

라비니아는 눈물로 흐려진 시야를 맑게 하려 눈을 깜빡였다.

마침내 그런 노력을 포기하고 책상 서랍에서 손수건을 꺼내어 재빨리 눈을 훔치고 한두 번 코를 풀었다.
"한 가지 물어봐도 될까요?"
그녀가 잠시 후 물었다.
"뭐죠?"
"마치 씨가 다리를 저는 이유가 뭔지 궁금해요. 내가 그를 로마에서 보았을 때는 확실히 건강했었거든요."
앤서니가 놀라서 그녀를 응시했다.
"토비어스가 무슨 일이 있었는지 말하지 않던가요?"
그의 입이 가볍게 씰룩거렸다.
"그래요. 토비어스의 성격상 말 안 했겠군요. 그날 밤 칼라일이 그의 다리를 쐈어요. 거의 죽을 뻔했지요. 상처에서 회복하는 데 몇 주가 걸렸어요. 당분간 절룩거릴 겁니다. 어쩜 남은 평생 동안 그럴지도 모르고요."
라비니아는 정말 깜짝 놀랐다.
"그랬군요. 난 알지 못했어요, 세상에나."
다시 긴 침묵이 흘렀다.
"왜 나에게 이런 얘길 하는 거죠?"
그녀가 마침내 물었다.
"당신이 이해하기를 바라니까요."
"이해하다니요, 무엇을요?"
"토비어스를요. 그는 다른 남자들과 달라요."
"걱정 말아요. 그 점은 잘 알고 있어요."
"그는 자기 방식대로 살아왔습니다."
앤서니가 진심 어린 말을 계속했다.
"그는 세련된 행동을 잘 못하지요"
라비니아가 미소지었다.

“세련미를 더한다고 마치 씨의 성격이 바뀌지는 않을 걸요.”
“제가 말씀드리고 싶은 건, 숙녀와 동석한 자리에서 품위 있
게 굴지 못하더라도 그에겐 여러 좋은 점이 많다는 겁니다.”
“마치 씨의 뛰어난 점을 일일이 설명하려고 노력하지 마세요.
우리 둘 다 지루해질 거예요.”
“부인이 그의 성미나 때때로 예의 바르지 못하게 행동하는
것을 참지 못하실까 봐 걱정일 뿐입니다.”
라비니아는 책상을 짚고 일어섰다.
“싱클레어 씨, 난 마치 씨의 성미와 예의 부족에 익숙해져 있
답니다.”
“그렇습니까?”
“사실이에요.”
그녀는 책상에서 나와 그를 문으로 안내했다.
“어떻게 그렇지 않을 수 있겠어요? 나도 똑같은 결점을 사방
에 과시하거든요. 내 주변 사람들 모두 잘 알고 있는 사실이죠.”

16

그녀는 그의 마음이 바뀌기를 바랐지만 그렇게 낙관적인 기대를 하기에는 이 직업에 너무 오랫동안 종사해 왔다. 그녀의 경험에 의하면, 남자들은 정부와의 밀회를 끝냈을 때 거의 미련을 갖지 않는다. 부유한 난봉꾼들은 쉽게 싫증을 냈다. 그들은 끊임없이 좀더 인기있는 여자를 쫓아다닌다.

하지만 현명한 남자는 너무 서둘러 관계를 끝내려 들었다는 사실을 깨닫는 경우도 종종 있다.

샐리는 만족스럽게 미소를 짓고, 자신의 외투 안쪽에 꿰매 단 주머니에 표를 집어넣었다. 이 근사한 외투는 네빌 경의 선물이었다. 그는 그녀에게 꽤 너그러웠다. 작고 아담한 집을 구해 주었고, 아름다운 보석들도 사주었다. 사창가로 돌아가야만 할 때를 대비하여 그녀는 그 팔찌와 귀걸이를 침실의 안전한 장소에 보관해 두었다.

집세를 내기 위해 보석을 팔지는 않을 것이다. 좋은 시절이 오래 가지는 않으리라. 그 보석들은 유용하게 쓸 계획이었다. 그녀의 목표는 많은 남자들에게서 값비싼 선물들을 긁어모으는 것이었다. 미모와 젊음이 사라지고 나면 그 장신구들이 그녀의 안락한 노후를 보장해 줄 것이다.

그녀는 자신의 사업적인 재능을 자랑스러워했다. 마차 안이나 문 앞에서 손님에게 봉사해야만 했던 코벤트 가든을 벗어나기 위해 힘겨운 싸움을 했다. 인생은 매우 위험스러웠고 다른 창녀들의 삶은 잔혹하게 짧았다. 그녀는 상대적으로 안전한 사창가에서 일했고 이제 사교계 고급창녀의 밑바닥에 합류했다. 미래는 밝아 보였다. 아마도 언젠가는 오페라에서 자신만의 관람석을 차지하게 될 것이다.

샐리는 집세를 내야 하는 월말이 되기 전에 새로운 후원자를 잡을 수 있기를 바라며 지난 며칠간 여기저기 알아보았다. 그러나 비록 집세를 못 내 쫓겨날지언정 성급하게 새 남자를 잡지는 않겠다고 결심했다. 그녀는 다른 창녀가 경제적으로 불안정한 상태에서 처음 제의를 받자마자 무턱대고 뛰어드는 실수를 많이 보았다. 거의 자포자기한 채, 그들은 때때로 폭력적이거나 변태적인 사내까지 허락하기도 했다. 그녀는 친구들에게 닥쳤던 불행을 떠올리고는 부르르 몸을 떨었다.

샐리는 양쪽에 희미하게 불 밝혀진 작품에는 거의 눈길을 주지 않은 채 그늘진 통로를 서둘러 걸어갔다. 여기 온 이유는 사업 때문이었다. 교수대를 보자 인상이 찌푸려졌다. 설령 밀랍인형 전시관을 관람하고픈 기분이 든다고 해도 그녀라면 이런 곳을 고르진 않으리라. 이 전시물들은 영 찜찜했다.

음침한 방 끝에서 나선형으로 된 계단을 발견하자 그녀는 치맛자락을 모아쥐고 급히 위층으로 올라갔다. 그녀가 받은 지시는 매우 정확했다.

꼭대기층의 무거운 문은 잠겨 있지 않았다. 문을 밀어 열자 철로 된 경첩이 삐그덕 소리를 냈다. 그녀는 희미한 방 안으로 들어가 주위를 둘러보았다. 아래층의 전시물들은 그녀의 취향이 아니었지만 이 방엔 호기심이 생겼다. 허기트 씨의 기괴한 전시실은 단지 남자들에게만 개방된다는 소문을 들은 적이 있었다.

입구 근처의 안내판은 우아한 청색과 금색으로 칠해져 있었다. 그녀는 가까이 다가가 희미한 불빛에 의지해 글씨를 읽었다.

매춘굴의 광경들

"그렇게 지루한 소재는 아니군."

샐리는 가장 가까이에 있는 전시물로 걸어가 침대에서 몸부림치고 있는 남녀의 조각을 눈여겨보았다. 남자의 얼굴은 사납고 정열적이었고, 절정에 이른 것 같았다. 그의 엉덩이 근육과 등은 매우 사실적으로 표현되어 있었다.

여자의 몸은 육감적으로 만들어져 있어 보통의 남성 관람객을 흥분시키기에 충분했다. 큰 가슴과 아름다운 고대 그리스상과 같은 둥근 곡선의 엉덩이는 조그마하고 우아한 발과 짝을 이뤄 완벽했다. 그러나 샐리의 관심을 끈 것은 여자의 얼굴이었다. 생김새가 어딘가 낯익었다.

좀더 자세히 보기 위해 가까이 다가가려는 찰나 그녀 뒤의 어둠 속에서 희미한 비명소리가 들려왔다. 그녀는 밀랍인형으로부터 눈을 떼었다.

"거기 누구예요?"

칠흑 같은 어둠의 공간에는 아무 소리도, 어떤 움직임도 없었다. 갑자기 그녀의 심장이 뛰기 시작했다. 손바닥은 차갑고 축축해졌다. 샐리는 미묘한 경고 신호를 알아챘다. 과거 사창가에서 때때로 이것을 경험했었다. 그녀에게 접근하는 남자들 중 몇몇이 이런 이상한 반응을 불러일으키곤 했다. 그녀는 항상 자신의 직관에 주의를 기울였고 심지어 하루이틀 동안 굶을지언정 그런 반응을 일으키는 남자에게 봉사하는 것은 사절했다.

그러나 여기 있는 사람은 그녀를 어둠침침한 임대마차로 끌어들이려는 낯선 남자가 아니었다. 네빌 경은 몇 달 동안 집세를 내준 후원자였다. 그런 그가 여기서 만나자고 한 것이니 걱정할 필요는 없지 않은가.

으스스한 냉기가 엄습해들었다. 어째서인지 갑자기 사창가에서 떠돌던, 그의 이전 정부들이 자살했다는 오래된 소문이 떠올랐다. 그녀의 동료들 사이에 좀더 낭만적인 쪽들은 여자들이 실연의 상처를 이기지 못해 벌어진 비극으로 여겼다. 하지만 대부분은 그 죽은 여자들의 어리석음에 고개를 설레설레 저었다.

그녀는 항상 그 소문들에 대해 궁금해했다. 그의 예전 정부들 중 몇몇과는 안면이 있었다. 앨리스는 후원자와 사랑에 빠지는 실수를 저지를 여자 같지 않았는데.

그녀는 가엾고 어리석은 앨리스 생각을 지웠다. 하지만 다른 공포의 속삭임이 그녀를 떨게 했다. 이게 다 여기 있는 전시물 때문이라고 그녀는 생각했다.

괜히 겁먹을 필요는 없었다. 그는 장난을 치고 있을 뿐이다.

"당신이 여기 있다는 것을 알아요, 내 사랑."

그녀는 억지로 수줍어하는 미소를 지었다.

"당신의 메모를 받았답니다. 보고 싶었어요."

아무도 어둠 밖으로 나오지 않았다.

"이런 장면을 해보려고 내게 여기서 만나자는 메모를 보냈나요?”

그녀는 낄낄거렸다. 그러고 나서 뒷짐을 지고 밀랍인형 전시물 사이의 복도를 따라갔다.

“당신 정말 음탕해요, 내 사랑. 하지만 당신도 알다시피 난 항상 기꺼이 받아들이죠.”

아무런 응답이 없었다.

샐리는 과장스레 묘사된 성기를 드러낸 남자 앞에 무릎을 굽히고 있는 여자 전시물 앞에서 멈춰서서 단단한 남성을 살피는 척했다.

“내 생각에는, 당신 물건이 이 남자 것보다 더 커요.”

물론 그것은 거짓이었다. 그러나 손님에게 하는 거짓말은 그녀 직업에 있어 필수적인 기술이었다.

“물론, 정확한 크기를 까먹었는지도 모르겠어요. 하지만 당신을 위해 기꺼이 다시 알아봐 주죠. 이보다 더 환상적으로 밤을 보낼 방법은 없을 거예요. 어떻게 생각해요, 내 사랑?”

아무도 대답하지 않았다.

그녀의 맥박은 점점 더 빨라졌다. 손은 끈적끈적했고 폐에 신선한 공기가 제대로 와닿지 않았다.

이걸로 충분했다. 그녀는 더 이상 오래된 공포와 싸울 수 없었다. 뭔가가 잘못되었다.

본능이 이겨 도망치려는 충동이 온통 점령했다. 그녀는 더 이상 이전 후원자가 관계를 계속하고 싶어하든 말든 신경 쓰지 않았다. 다만 이곳에서 도망치고 싶었다.

샐리는 통로로 도망쳤다. 칠흑 같은 어둠으로 인해 전시실의 끝부분에 있는 문이 보이질 않았지만, 어디에 있는지는 알고 있었다.

그녀 오른쪽의 어둠 속에서 느닷없이 뭔가 움직였다. 처음에는 밀랍인형이 살아서 움직인다는 말도 안 되는 생각을 했다. 갑자기 무거운 철봉이 희미한 빛을 내는 것이 보였다.

그녀의 목구멍에서 비명소리가 터져나왔다. 이제 결코 문까지 도망치지 못하리란 것을 알았다. 샐리는 돌아서서 몽둥이를 막으려고 손을 들어올렸지만 소용없는 일이었다.

뒤로 물러나던 중 그녀의 발이 바닥에 놓인 목재 양동이를 찼다. 그녀는 균형을 잃고 쓰러졌다. 옆에 놓인 양동이가 뒤집어지며, 바닥에 더러운 물이 쏟아졌다.

살인자는 다시 움직이며 잔혹한 일격을 내려치기 위해 부지깽이를 높이 쳐들었다.

그 순간, 샐리는 전시되어진 밀랍인형 매춘부가 왜 그렇게 낯익어 보였는지 알았다. 그 형상은 바로 죽은 앨리스의 얼굴이었다.

17

연기 가득한 선술집 그리폰의 실내는 따뜻하고 건조했지만 좋게 말해 줄 것은 그뿐이었다. 하지만 술꾼들 사이를 헤집고 나가면서, 토비어스는 이 안이 뿌연 것은 축축한 밤안개 탓이 아닐까 생각했다. 큰 벽난로의 불꽃이 재앙을 예고라도 하듯, 보기 흉한 그림자를 던지면서 타올랐다. 이곳에서 술을 나르는 여자들은 다 몸집이 크고 포동포동했다. 그들이 비슷하게 생긴 것은 우연이 아니라 주인 잭이 그런 여자들을 좋아하기 때문이었다.

토비어스는 오늘밤의 모험을 위해 옷을 갈아입었다. 아주 낡은 부두 하역꾼의 바지, 잘 맞지 않는 외투, 엉성한 모자 그리고 무거운 부츠 차림으로 그는 그리폰의 거친 술꾼들 사이를 경계하며 지나갔다. 짜증나는 다리의 절룩임이 변장을 더욱 그럴 듯하게 마무리지었다.

이곳에 있는 사람들 중 대다수가 위법적인 방법으로 생계를 유지하는 자들이었다. 다리를 저는 것쯤이야 대단한 일도 아니었다. 흉터와 잘린 손가락 또한 그랬다. 안대를 한 것이나 나무다리는 차라리 애교였다.

풍만한 가슴의 창녀가 토비어스의 앞을 막고 자극적인 눈짓을 보냈다.

"잘생긴 아저씨, 오늘밤 어때요?"

"스마일링 잭과 용무가 있어."

토비어스가 중얼거렸다.

그리폰에서 그는 되도록 말을 많이 하지 않았다. 짧은 대화 때에는 이곳을 드나들며 익힌 거친 항구 말씨가 그럭저럭 통했지만 이야기가 길어지면 탄로날 가능성이 높았다.

"잭은 뒷방에 있어요."

여자가 선술집의 뒤쪽으로 통하는 통로를 가리키고 나서 눈을 찡긋했다.

"문을 열기 전에 노크하는 게 좋을 걸요."

토비어스는 선술집 맨 안쪽의 음침한 복도를 지나 문 앞에서 멈추어 섰다.

방 안쪽에서 여인의 찢어지는 웃음소리가 울려 퍼졌다.

토비어스는 문을 두드렸다.

"꺼져, 난 지금 바쁘단 말야!"

잭의 목소리가 울렸다. 토비어스는 손잡이를 잡고 문을 열었다.

그리폰의 주인은 낡은 책상 앞에 앉아 있었다. 그의 얼굴은 자기 허벅다리 위에 두 다리를 벌린 채 앉아 있는 여인의 커다란 젖가슴에 파묻힌 상태였다. 여자의 치맛자락은 가슴까지 걷어올려져 풍만한 엉덩이를 내보였다.

"급히 만나자는 자네의 연락을 받았는데."

잭은 머리를 들고 곁눈질을 했다.

"토비어스, 좀 일찍 왔군."

"아닌데."

잭은 신음소리를 내며 여자의 드러난 엉덩이를 장난스레 철썩 때렸다.

"저리 가 있어, 내 친구가 급한 일로 왔다구."

여인이 낄낄거렸다.

"난 신경 쓰지 말아요, 잭."

그리고는 엉덩이를 흔들었다.

"당신 두 사람이 말을 나누는 동안, 난 우리가 하던 걸 마저 하겠어요."

"미안하지만 안 되겠어, 예쁜이."

잭은 한숨을 쉬고 그녀를 무릎에서 가볍게 내려놓았다.

"네가 있으면 사업에 집중이 안 된다구."

여인이 다시 웃고는 일어서서 옷매무새를 정돈했다. 그녀는 토비어스에게 찡긋 윙크하고는 방을 나갔다. 그 동안 두 남자의 시선은 내내 여자의 풍만한 엉덩이의 움직임에 박혀 있었다. 그녀의 웃음소리가 복도에 울렸다.

"새로 고용한 아이지. 솜씨가 꽤 좋아."

잭이 바지를 잠갔다.

"활달한 성격을 가진 것 같구만."

토비어스는 부두 노동자 투의 말씨를 벗어던졌다. 그와 잭은 서로를 너무나 잘 알고 있었으니까. 일례로 토비어스는 그리폰 의 주인에게 스마일링 잭이란 별명이 붙게 된 원인인 입가의 끔 찍한 흉터가 어떻게 생겼는지 알고 있었다. 칼에 맞은 상처를 서투른 침모가 꿰매어 입가에서 한쪽 귀까지 이르는 섬칫한 미 소가 영원히 남은 것이다.

“그렇지.”

잭은 일어나서 불가의 의자를 가리켰다.

“앉으라구, 정말 지독한 밤이야. 추위를 쫓아줄 브랜디 한 잔 마시자구.”

토비어스는 벽난로 앞의 의자에 앉아 팔짱을 끼고 다리의 통증을 무시하려 애썼다.

“브랜디 좋지. 무슨 새로운 소식이 있나?”

“흥미를 끌 만한 소식이 두어 가지 있지. 첫째, 나한테 조사를 부탁한 네빌 경의 정부들 말인데…….”

잭이 두 개의 잔에 브랜디를 부었다.

“그 문제에 대해 흥미 있는 점을 한두 개 알아냈지.”

“말해 보게.”

잭은 토비어스에게 잔을 건네고 책상 뒤의 의자에 가서 앉았다.

“나에게 네빌 경이 사교계의 고급 매춘부보다는 사창가 여자를 더 좋아한다고 그랬었지. 당신 말이 맞더군.”

“그게 어쨌단 말이지?”

“그가 왜 싸구려 여자들을 선호하는지는 확실히 모르겠지만, 한 가지는 확실하네. 그런 여자들이 강에 몸을 던진다 해도 당국은 신경 쓰지 않지.”

잭이 얼굴을 찡그렸다. 그러자 흉터로 인해 끔찍스런 미소로 보였다.

“심지어는 귀찮은 존재가 사라져서 시원하다고 말하는 관리도 있지. 몸 파는 창녀가 하나 더 죽은 셈이니.”

토비어스가 잔을 꽉 움켜쥐었다.

“네빌 경의 정부들 중 강에 빠져죽은 여자가 한 명 이상이라는 건가?”

"몇 명인지 정확히 확인할 순 없지만 적어도 두 명은 그랬지. 리지 프래더라는 여자는 1년 6개월 전에, 앨리스라는 매춘부는 몇 달 전 익사했네. 세 명 이상이 더 자살을 했다는 소문도 있지."

토비어스가 브랜디를 한 모금 마셨다.

"그렇게 많은 여인들이 네빌 경과 헤어진 후 심한 우울증에 걸렸다는 사실은 믿기가 어렵군."

"그렇지. 물론 진실한 사랑에 빠졌다고 믿는 어리석은 여자들은 항상 있기 마련이네. 하지만 대다수 매춘부들은 네빌과 같은 지위에 있는 남성들과 관계를 갖는다는 게 어떤 의미인지 알고 있지. 그들은 얻을 수 있는 건 전부 울궈내고 다시 다른 남자한테로 옮겨가는 존재라구."

"양자간의 사업적 협상이군."

"그렇지."

잭은 브랜디를 벌컥 들이켜더니 잔을 내려놓고 입술을 닦았다.

"지금부터 잘 들으라구. 이 특별한 사건에서 제일 흥미진진한 소식이 있으니까."

"뭔가?"

"네빌 경의 최근 정부였던 샐리가 사라졌네. 어제 오후 이래 그녀를 본 사람이 아무도 없어."

토비어스는 움직이지 않았다.

"강인가?"

"그렇게 말하기엔 너무 이르지. 그녀의 시체가 강에 떠올랐다는 소식은 아직 없으니까. 중요한 점은 그녀가 사라졌다는 걸세. 만약 내 끄나풀도 그 여자를 찾지 못하면, 아무도 그녀를 발견할 수 없는 거지."

“제기랄.”

토비어스가 다리를 문질렀다.

“당신이 알고 싶어할 만한 것이 한 가지 더 있네.”

“샐리에 관해서?”

“아니.”

방에 다른 사람이 없는데도 불구하고 잭은 목소리를 낮췄다.

“블루 쳄버에 관련된 것. 몇 가지 소문이 돌고 있네.”

토비어스가 눈을 가늘게 떴다.

“이미 말했듯이, 블루 쳄버는 끝장났네. 아주르와 칼라일 둘 다 죽었고. 다른 부두목은 사라졌지만 곧 잡을 걸세.”

“당신의 말과는 달리 내가 거리에서 들은 소문으로는 작은 분쟁이 있다더군.”

“누가 개입되어 있는 거지?”

잭이 어깨를 으쓱했다.

“그건 아직 몰라. 그러나 승리자가 블루 쳄버를 장악하고 싶어한다더군. 말인즉, 그는 아주르가 죽은 후 뿔뿔이 흩어져 있던 제국을 재건할 계획을 세웠다는 거지.”

토비어스는 그 일에 관해 생각하면서 오랫동안 벽난로를 바라보았다.

“자네에게 이 정보 일로 빚을 졌군.”

마침내 그가 말했다.

“그런 셈이지.”

잭은 탐욕스러운 미소를 지었다.

“하지만 난 걱정 안 해. 당신이야 항상 돈을 잘 지불하는 편이니까.”

그가 그리폰에 머무르는 동안 거리의 안개는 더욱 자욱해져 있었다. 토비어스는 계단에서 걸음을 멈췄다. 선술집의 불빛이 거리의 소용돌이치며 떠다니는 안개 속에서 흐릿하게 빛났다. 그러나 기괴한 주황색 빛은 아무것도 보여주지 않았다.

잠시 후, 그는 거리를 가로지르면서 오래된 코트의 깃을 귓가까지 끌어올리고 싶은 마음을 억눌렀다. 두꺼운 모 소재가 추위를 막아주겠지만 시야를 가리고 조그만 소리를 못 듣게 할 것이다. 이 근처에서는 모든 감각을 동원하는 것이 안전했다.

토비어스는 안개 속의 희미한 불빛을 재빠르게 헤치고 나가 칠흑 같은 어둠 속으로 미끄러져 들어갔다. 근처에는 아무도 없는 듯했다. 이런 밤에는 놀랄 일도 아니지, 그는 생각했다.

일단 그리폰 선술집의 요상하게 붉은 빛에서 벗어나자 가로등의 조그맣고 어둠침침한 불빛이 보였다.

경계를 늦추지 않고 서둘러 골목길을 빠져나가려는 그의 귀에 빠르게 다가서는 조용한 발소리가 들려왔다. 노상강도였다.

토비어스는 돌아서서 맞서고 싶은 욕망을 억눌렀다. 이런 놈은 십중팔구 바람잡이임을 익히 알고 있기 때문이었다. 런던의 노상강도들은 주로 무리를 지어 습격에 나섰다.

그는 옆으로 돌아서서 벽 쪽에 붙어섰다. 왼쪽 다리에 고통이 몰려왔지만 재빨리 방향을 바꾼 것이 주효했다. 그의 뒤에 있던 남자를 놀라게 한 것이다.

"제기랄, 놓쳤어."

"호롱불을 밝혀. 어서 켜지 않으면 이런 지독한 안개 속에서는 아무것도 찾을 수가 없다구."

이제 분명해졌군. 토비어스는 생각했다. 노상강도는 둘이었고 그들의 화난 목소리로 정확한 위치를 알 수 있었다.

그는 주머니에서 권총을 꺼내 손에 들고 기다렸다.

첫번째 남자가 호롱불과 씨름하며 욕설을 내뱉었다. 호롱불이 불꽃을 튀기며 타오르자 토비어스는 그것을 목표로 삼아 방아쇠를 당겼다.

총소리가 거리에 크게 울렸고 노상강도는 소리를 지르며 등불을 떨어뜨렸다. 기름이 도로에 쏟아져 높게 타올랐다.

"저놈이 총을 갖고 있어."

두 번째 남자가 성난 듯 소리쳤다.

"이제 쏴버렸으니 소용없을 거야."

"어떤 놈은 총을 두 자루씩 갖고 다니잖아."

"아예 싸움을 하러 나서기 전엔 그런 경우가 없지."

남자는 바닥에서 타오르는 불빛 쪽으로 다가와 흉악한 미소를 지으며 목소리를 높였다.

"우리는 당신에게 전갈을 전달하려 할 뿐이라구."

"오래 걸리진 않을 거야. 정말 중요한 전갈이라구."

다른 남자가 크게 말했다.

"어디에 있는 거지? 난 아무것도 안 보여."

"시끄러워. 조용히 좀 들어보라구."

그때 거리 끝에서 마차 바퀴의 덜컥거리는 소리와 말발굽의 시끄러운 소리가 밤거리를 울리며 다가왔다. 토비어스는 이 기회를 이용하려 했다. 그는 너덜너덜해진 방한외투를 벗어 근처의 난간에 걸었다.

"빌어먹을, 저 재수없는 시궁창 청소부가 이쪽으로 오잖아."

강도 중 한 명이 고함쳤다.

토비어스는 어둠을 이용해 마차로 달려가 손잡이를 잡았다. 마차에서 나는 퀴퀴한 냄새에 어찔할 지경이었다. 청소부는 시궁창과 가정의 쓰레기통을 열심히 치운 것 같았다.

마차에 오른 토비어스는 숨을 쉬지 않으려 애썼다.

"다른 마차를 찾을 수는 없었나?"

그는 자리에 앉으면서 물었다.

"미안해요."

앤서니가 말에 채찍질을 하며 대꾸했다.

"매형의 전갈을 받았을 때는 시간이 거의 없었죠. 좋은 마차를 고를 틈이 없었어요. 오늘밤 같은 날엔 모두 예약되어 있거든요."

"저기에 있다!"

토비어스는 강도 중 한 명이 소리치는 것을 들었다.

"저기 난간 근처에 있다구. 놈의 외투가 보였어."

"그래서 걸어와야만 했죠."

앤서니가 목소리를 높였다.

"도중에 청소부와 마주쳐서 마차를 쓰는 대가로 돈을 지불했죠. 한 시간 안에 돌려주기로 약속했어요."

"네놈은 이제 잡힌 몸이야."

또 다른 강도의 목소리가 들렸다. 포장도로에 발소리가 울려퍼졌다.

"뭐야? 놈이 도망쳤잖아. 빌어먹을 청소부 놈의 마차에 타고 간 게 틀림없어."

"놈을 잡지 못한다면 오늘밤 일에 대한 사례를 받을 수가 없다구."

강도의 고함소리는 점점 더 멀어졌다. 토비어스는 이제 어느 정도 안심이 되었다.

"내가 부탁한 것은 마차를 하나 구해 내가 급하게 떠나야 할 필요가 있을 경우를 대비해서 그리폰 밖에서 기다리라는 것뿐이었는데."

앤서니가 열성적으로 대꾸했다.

"정말 훌륭한 예방책이었어요, 만약 나에게 여기서 만나자는 전갈을 보내지 않았다면 무슨 일이 있었을지 생각해 봐요.”

“네가 청소부의 마차를 선택하리라 생각하지 못했지.”

“사람은 그 상황에서 이용할 수 있는 것을 갖고 해내야 한다. 매형이 가르쳐 준 거예요.”

앤서니가 씩 웃었다.

“임대마차가 없자 그럴 수밖에 없더라구요. 창의성이 돋보였죠?”

“창의성?”

“그래요. 이제 어디로 갈까요?”

“우선 이 화려한 마차를 임자에게 돌려주고 사용료를 줘야겠지. 그러곤 집으로 곧장 가자.”

“아직 많이 늦진 않았습니다. 클럽으로 가고 싶지 않으세요?”

“수위가 날 안으로 들여보내지 않을 거야. 넌 모르는가 보다만, 우리 둘 다 몸을 씻을 필요가 있어.”

“정곡을 찌르시는군요.”

한 시간 후, 토비어스는 욕조에서 나와 타월로 몸을 닦고 가운을 걸쳤다. 그리고는 아래층으로 내려가 깨끗이 씻은 후 옛날 자기가 쓰던 방에 있던 셔츠와 바지를 입은 앤서니를 찾았다.

“어떻게 생각하세요?”

앤서니는 의자에 앉아 난로 쪽으로 다리를 쭉 뻗고 있었다. 토비어스가 방에 들어와도 고개를 돌리지 않았다.

“정말 노상강도였다고 생각하나요?”

“아니, 그들은 나에게 전할 전갈이 있다고 말했어.”

토비어스는 손을 가운 주머니에 찔러넣었다.

“경고 말인가요?”

“그렇겠지.”

앤서니가 고개를 갸우뚱했다.

"매형이 더 이상 캐고 다니기를 원하지 않는 사람으로부터 요?"

"달리 의심이 가는 구석도 있지만……."

앤서니가 알겠다는 표정을 지었다.

"팜프리 경 말인가요?"

"난 크랙번 백작이 그를 두고 한 경고를 그다지 마음에 두지 않았어. 그러나 그가 보복하려고 벼르고 있다는 게 맞을 수도 있다는 생각이 드는구나."

"맞아요, 팜프리 경은 명예로운 방법을 쓸 사람이 아니지요."

그가 멈칫거리며 물었다.

"오늘밤 일어난 일을 레이크 부인에게 알릴 건가요?"

"제길, 내가 미친 것처럼 보이냐? 물론 알리지 않을 작정이야."

앤서니가 고개를 끄덕였다.

"매형이 그렇게 말할 것 같았어요. 그녀가 매형의 안전에 대해 지나치게 걱정하길 원하지 않으니까 당연히 비밀로 하고 싶겠죠."

"그것과는 상관없어. 그녀가 설교를 늘어놓을 게 분명하니까 말하지 않으려는 거야."

앤서니는 재미있어하는 기색을 감추려 들지 않았다.

"그녀가 매형 몰래 허기트 씨의 전시관에 갔을 때, 매형이 그랬던 것처럼 난리칠까 봐서 그런 겁니까?"

"맞다, 그런 잔소리를 듣는 건 정말 성가신 일 아니냐."

토비어스가 홀로 들어섰을 때 라비니아는 아침식사중이었다.

"수고할 필요 없소, 칠튼 부인. 내가 직접 들어가서 왔다고 알리지."

에멀린이 웃으면서 버터 나이프를 집었다.

"일찍부터 손님이 온 모양이에요."

라비니아는 포크로 계란을 찍었다.

"대체 이 시간에 왜 온 거지? 자기한테 알리지 않고 행동을 하지 말라는 설교를 또 하러 왔나?"

"진정하세요."

"마치 씨가 관련되면 진정할 수 없어. 그는 분위기를 휘젓는 데 소질이 있거든."

라비니아는 갑자기 음식을 씹다 말고 멈췄다.

"저런, 뭔가 끔찍한 일이라도 발생한 것 아닐까?"

"아닐 걸요. 그분 목소리는 굉장히 건강하고 힘차게 들리는데요."

"내 말은 우리의 조사와 관련해 뭔가 안 좋은 일이 일어났나 하는 거야."

"그랬다면 마치 씨가 알려줬겠죠."

"기대하지 말아야 할걸, 마치 씨는 은밀하게 행동하는 사람이 니까."

문이 열리고 토비어스가 식당으로 들어왔다. 라비니아는 계 란을 재빠르게 삼키며 신경을 자극하는 미지의 전율을 무시하 려고 애썼다.

도대체 그의 어떤 면이 그녀에게 이런 흥분을 일으키는 걸까? 그는 멋있지도 않고 미남도 아니다. 거기다 세련된 매너가 있는 것도 아니었으며 옷은 깔끔하고 튼튼해 보였지만 유행에 뒤져 있었다.

무엇보다도, 그들의 관계에는 형이상학적인 유대감, 한마디로 시적인 것이 없었다. 오히려 사업적인 관계와 다소 극단적인 욕망이라고 할 수 있었다.

이게 다 신경이 예민해져서 그러는 거야. 최근에 겪은 일들을 고려하면 놀랄 일도 아니지.

화가 난 라비니아는 냅킨을 신경질적으로 구겨서 무릎에 올려놓고 토비어스를 응시했다.

"이렇게 일찍 뭐하러 온 건가요, 마치 씨?"

그의 눈썹이 치켜올라갔다.

"상쾌한 아침이오, 라비니아."

에멀린이 인상을 썼다.

"신경 쓰지 마세요, 마치 씨. 이모가 지난밤에 제대로 주무시질 못해서 그래요. 앉으세요. 커피 한 잔 드릴까요?"

"고맙소, 에멀린 양. 기꺼이 마시겠소."

라비니아는 의자에 앉는 그를 주의 깊게 바라보다가 얼굴을 찌푸렸다.

"다리가 또 아픈가요?"

"어젯밤에 너무 운동을 많이 했소."

그는 에멀린에게 미소를 지으며 그녀가 따라준 커피를 마셨다.

"걱정할 것 없소."

"걱정하지 않아요."

라비니아가 도도하게 말했다.

"그저 호기심일 뿐이랍니다. 당신이 뭘 하든지 간에 당신 다리는 전적으로 당신 소관이에요."

그는 재미있어하는 표정을 지었다.

"그 말에 전적으로 동의하오, 부인."

갑자기 마차에서 그의 다리가 자신의 다리 사이로 미끄러져 들어왔던 기억이 섬광처럼 뇌리에 스쳤다. 식탁 너머로 그와 눈이 마주치자 그 역시 그 열정적인 한때를 생각하고 있었다는 것을 알 수 있었다. 그녀는 서둘러 고개를 숙이며 포크로 계란을 떠올렸다. 에멀린이 토비어스에게 우아한 미소를 지었다.

"지난밤에 춤을 추셨나요, 마치 씨?"

"아니, 다리 때문에 춤은 잘 추지 못하오. 다른 종류의 운동을 좀 했소."

토비어스가 말했다.

라비니아는 손가락 관절이 저릴 때까지 포크를 꽉 움켜쥐며 토비어스가 지난밤 다른 여인과 있었는지 궁금해했다.

"오늘 난 바빠요."

그녀가 퉁명스럽게 말했다.

"그러니 이렇게 일찍 방문한 이유를 어서 설명해 주지 않겠어요?"

"사실, 나 또한 오늘 계획이 있소. 우리 서로의 일정을 비교해봐도 좋겠군."

"난 번 부인을 찾아가 허기트 씨의 이층 전시실에 있는 밀랍 인형에 대한 그녀의 의견을 구하려고 해요."

"번 부인이 조사에 동의한다 쳐도 어떻게 그녀를 전시실로 들여보낼 작정이오? 하녀로 분장시킬 거요?"

그의 짐짓 놀리는 듯한 태도에 라비니아는 화가 났다.

"아뇨, 난 다른 방법을 생각해냈어요. 표를 파는 젊은이를 매수할 수 있을 거예요."

"정말로 할 참이군?"

"물론이죠."

토비어스는 커피잔을 거칠게 내려놓았다.

"제길, 라비니아. 내가 당신 혼자 그 전시실에 가는 건 내가 결사 반대할 줄 잘 알고 있을 텐데."

"혼자 가지 않아요. 번 부인과 동행할 거예요. 정 그러면 당신
도 와도 좋고요."

"고맙소, 그러기로 하지."

그가 건조한 어투로 말했다.

짧은 침묵이 흘렀다. 토비어스는 식탁으로 손을 뻗어 토스트
한 조각을 집었다.

"오늘 아침에 여기 온 이유를 아직 말하지 않았어요."

"샐리 존슨이라는 여자에 대해 탐문하려는데 당신이 동행할
건지 물어보려 들렀소."

"샐리 존슨이 누구죠?"

"네빌 경의 가장 최근 정부요. 그저께 사라졌소."

"우리의 조사와 관계가 있다고 생각하나요?"

"아직 확신할 수는 없소."

토비어스의 얼굴에 그늘이 졌다.

"하지만 뭔가 연관이 있을 듯한 기분이 드는군."

"알겠어요."

라비니아가 다소 누그러져 말했다.

"오늘 아침 이곳에 들러 당신 계획을 알려주고 동행하겠는지
물어줘서 고마워요."

토비어스가 고개를 끄덕였다.

"당신이 어제 허기트 전시관을 조사했을 때의 비밀스런 태도
와 대조되지 않소? 아마도 당신보다는 내가 우리의 파트너 관
계를 더 염두에 두고 있는 것 같군."

그녀가 접시 가장자리를 포크로 톡톡 쳤다.

"그건 절대 아니죠. 무슨 일이에요, 토비어스? 왜 오늘 같이
가자고 하는 건가요?"

그는 토스트를 한 입 삼키고 그녀에게 눈길을 고정시켰다.

"운 좋게 샐리 존슨을 찾게 된다면, 이야기를 나누고 싶기 때문이오. 아무래도 남자보다는 여자와 함께 있어야 마음을 열겠지."

"그럴 줄 알았어요. 나와 파트너로서 일하고 싶어서가 아니라 당신 조사에 내 도움이 필요했기 때문에 왔군요. 내가 뭘 하길 원하죠? 샐리를 최면상태로 몰아 자유롭게 얘기하라고 설득할까요?"

"늘 내 의도를 의심하는 거요?"

"당신에 대해서라면 항상 최대한 조심하는 게 낫죠."

그는 눈을 빛내며 희미하게 웃었다.

"항상은 아니오, 라비니아. 안 그런 적도 있었는걸."

18

샐리 존슨이 집에 없다는 결론을 내리는 데는 그리 오랜 시간이 걸리지 않았다. 토비어스가 이미 짐작하던 바였다.

라비니아는 토비어스 옆에 서서 주방문과 기둥 사이에 쇠막대기를 쑤셔박는 광경을 지켜보았다.

"네빌 경은 샐리에게 별로 관대하지 않았던 것 같아요. 이 집은 그리 호화롭지가 않네요."

"네빌이 그녀를 사창가에서 데리고 나왔다는 점을 고려하면, 그녀 눈엔 대저택같이 보였을 거요."

토비어스가 막대에 힘을 주자, 목재가 삐걱거리는 소리를 냈다.

"아마 그랬겠죠."

드디어 문이 열렸다.

라비니아는 외투자락을 더 바싹 여미고 어두운 홀을 응시했다.

"또 다른 시체에 걸려 넘어지는 일은 없었으면 좋겠어요. 난 이미 시체라면 충분히 보았어요."

토비어스가 그녀를 데리고 집 안으로 들어갔다.

"만약 샐리가 그녀의 전임자와 같은 운명을 당한 거라면, 그녀의 시체는 여기가 아니라 강변에서 발견될 거요."

라비니아는 오한을 느끼며 그를 따라갔다.

"말이 안 돼요. 왜 당신 의뢰인이 자기 정부들을 죽이겠어요?"

"그 질문에 대한 합리적인 답변은 없소."

"혹 그가 여자들을 죽였다고 해도, 도브 부인에게 온 살해협박이나 블루 챔버 사건과 무슨 관련이 있어요?"

"아직은 모르오. 전혀 관계가 없을 수도 있고 반대일 수도 있겠지."

라비니아는 주방 한가운데 멈춰서서 고기 썩는 냄새에 코를 찡그렸다.

"그게 무슨 뜻인지 아나요? 그건 당신의 의뢰인이 거짓말쟁이거나 살인자라는 의미예요."

"모든 의뢰인들이 거짓말을 한다고 그랬잖소."

토비어스는 야채 바구니를 열고 안을 들여다보았다.

"그래서 의뢰비는 선불로 받는 게 좋지."

"앞으로 명심하도록 하죠."

그녀는 찬장을 열고 안을 훑어보았다.

"네빌 경이 왜 정부를 습관적으로 죽이는지 그 이유를 나름대로 추측해 보긴 했겠죠."

"한 가지 가능성은 그가 완전히 제정신이 아니라는 거요."

라비니아는 몸을 부르르 떨었다.

"그래요."

"그러나 또 다른 동기도 있을 수 있소."

토비어스가 바구니 뚜껑을 내려놓고 그녀를 보았다.

"이렇게 여자를 작은 집에 숨겨놓는 남자는 그녀의 집에서 은밀한 시간을 보내지."

라비니아가 인상을 찌푸렸다.

"아마도 아내와 집에서 보내는 시간 이상이겠지요."

"바로 그렇소."

토비어스는 그녀에게 수수께끼 같은 눈길을 보냈다.

"사교계의 대다수 결혼은 돈과 작위를 얻기 위해 이루어진다오. 아내보다 정부와 더 친밀하다 해도 놀랍지 않지."

마침내 그의 말이 이해되었다. 라비니아는 주위를 둘러보고 인상을 찌푸렸다.

"네빌 경의 정부들이 그에 관해 너무 많은 것을 알고 있었기 때문에 살해당했다는 건가요? 입을 막기 위해 세 명씩이나 살해할 만한 비밀이 뭘까요?"

토비어스는 서랍을 닫고 위로 연결되는 계단을 올라갔다.

"솔직히 지금으로서는 딱히 떠오르는 게 없소. 지난 2년간 네빌 경과 친밀했던 여성들이 적어도 두 명, 어쩌면 세 명이 죽었다는 것밖에 모르지. 자살로 추정되고 있지만 말이오."

"자살이라구요."

라비니아가 불안하게 주방을 둘러보고 급히 그의 뒤를 따랐다.

"샐리 존슨이 다른 두 명의 여자처럼 강에 빠졌는지 정확히 모르잖아요."

토비어스는 홀에 이르러 거실로 사라졌다.

"이런 상황 아래서라면, 우린 최악의 가정까지 해봐야 하오."

라비니아는 그를 일층에 남겨두고 계속해서 좁은 계단을 올라졌다.

샐리의 침실에서 토비어스의 추론 중 하나가 틀렸다는 결론에 이르는 데는 2분도 걸리지 않았다. 그녀는 황급히 계단으로 달려갔다.

"토비어스."

그가 아래층에서 그녀를 올려다보았다.

"무슨 일이오?"

"샐리에게 무슨 일이 일어났는지는 모르지만, 한 가지는 확실해요. 그녀는 사라지기 전에 짐을 꾸렸어요. 옷장이 비어 있고 침대 밑에 트렁크가 하나도 없어요."

토비어스는 말없이 계단을 올라왔다. 그녀는 그가 지나갈 수 있도록 옆으로 비켜섰다. 그를 따라 방에 들어가자 그는 옷장 안을 들여다보고 있었다.

"샐리의 실종을 아는 누군가가 여기에 와서 그녀의 물건들을 훔쳐갔을 가능성도 있소."

라비니아가 고개를 저었다.

"만약 도둑이 여기 왔었다면 침실을 어지럽혀 놓았을 거예요. 모든 것이 너무 깨끗하잖아요. 이 방을 잘 아는 누군가가 샐리의 짐을 싼 거예요."

토비어스가 주의 깊게 가구들을 조사했다.

"네빌은 이 침실을 상세하게 알고 있었을 거요. 아마도 살인의 증거를 감추고자 했겠지."

라비니아는 세면대로 다가가 살폈다.

"하지만 그가 그랬다면 분명히 이 핏자국이 묻은 옷가지와 세면대의 물을 없애버렸을 거예요."

"뭐라고?"

토비어스는 세 걸음만에 방을 가로질러서 옷가지의 핏자국과

검붉은 물을 쳐다보았다.

"그가 여기서 그녀를 죽이고 나서 손에 묻은 핏자국을 씻으려 한 건지 궁금하군."

"이 방엔 아무 데에도 핏자국이 없어요. 모든 것이 깨끗하고 말끔히 정돈되어 있다구요."

라비니아가 망설이다 다시 입을 열었다.

"또 다른 가능성이 있어요, 토비어스."

"뭐요?"

"아마도 샐리를 죽이려는 시도가 있었을 거예요. 그러나 그녀가 살았다면요? 그렇다면 집으로 돌아와서 상처를 닦고 짐을 꾸려 사라졌을 거예요."

"숨어버렸다, 당신 생각은 그거요?"

"예."

그는 방을 조사했다.

"한 가지는 맞은 것 같구려. 이 침실에는 싸운 흔적이 없소."

"결국 그녀는 어디 다른 곳에서 공격받았다고 해야 말이 되죠."

추리에 열중하면서, 라비니아는 재빨리 문으로 향했다.

"이웃들과 이야기해 봐야겠어요. 아마도 누군가 샐리가 집으로 돌아왔다가 다시 나가는 것을 보았을지도 몰라요."

토비어스가 고개를 저었다.

"시간 낭비요. 내 정보원은 그녀가 사라진 후, 아무도 샐리를 보지 못했다고 확신했소."

"아마도 당신의 정보원은 이웃의 모든 사람들과 이야기해 보지는 않았을 거예요. 등잔 밑이 어두운 법이에요."

"잭은 철저한 사람이오."

라비니아는 계단으로 다가갔다.

"당신이 최선을 다한다는 건 알아요, 토비어스. 하지만 남자
들이 항상 모든 걸 고려하는 건 아니죠."

놀랍게도 그는 반박하지 않았다. 그저 그녀의 뒤를 따라 그
집을 나왔다.

라비니아는 거리에 멈추어 서서 주위의 두 줄로 늘어선 조그
만 집들을 관찰했다. 근방은 조용했다. 보이는 것은 외투를 입
은 노파뿐이었다. 팔에 꽃으로 가득 찬 바구니를 들고 있었다.
그녀는 토비어스와 라비니아를 쳐다보지도 않고 터벅터벅 걸어
갔다.

"장미가 너무 붉어."

노파가 중얼거렸다.

"장미가 너무 피처럼 붉어. 피처럼 붉어, 피처럼 붉어. 그렇게
붉은 장미는 팔 수가 없어. 사람들을 불안하게 하니까, 내가 말
했듯……."

이 불쌍한 여인은 완전히 미친 거라고 라비니아는 생각했다.
런던 거리에는 그녀 같은 사람들이 많았다.

"곧 정신병원에 가야겠군."

꽃 파는 노파가 멀어지자 토비어스가 조용히 말했다.

"아마도요. 그래도 그녀는 당신 의뢰인처럼 사람을 죽이고 돌
아다닐 정도로 미치지는 않은 것 같군요."

"훌륭한 지적이오. 하지만 네빌 경은 늘 제정신으로 보였지."

"그래서 더 무섭지 않나요?"

"그럴지도. 이제 그가 여인들을 살해한 게 확실하다는 식으로
얘기하고 있군. 사실 우린 아직 알 수 없소."

"당신 말이 맞아요. 우린 너무 성급하게 굴고 있어요."

라비니아는 이웃집의 현관들을 응시했다.

"가정부나 하인이 우리에게 필요한 정보를 갖고 있을지도 몰

라요. 당신이 꽤 많은 동전을 갖고 왔으리라 믿어요.”

“조사에 필요한 돈을 지불하는 사람이 왜 항상 나요?”

라비니아는 첫번째 집의 주방문 앞으로 경쾌하게 걸어갔다.

“당신은 의뢰인에게 조사비용을 청구할 수 있으니까요.”

“내 의뢰인이 이 사건의 범인 중 한 명일 가능성이 높아지고 있소. 진짜 그렇다면, 비용을 그에게 청구하기는 어렵다오. 우린 당신 의뢰인에게 비용을 청구해야 할 거요.”

“불평 그만해요, 토비어스. 정신이 산란해진다구요.”

그는 길가에서 그녀를 쳐다보았다.

“노크하기 전에 한 가지 명심하시오. 유용한 정보라고 확신하지 않는 한 대가를 지불하지 마시오. 그렇지 않으면 우리는 마지막 집에 이르기도 전에 돈을 다 써버리고 아무것도 얻지 못할 거요.”

“난 흥정 경험이 있어요, 당신도 기억하겠지만요.”

그녀는 현관 고리를 들어 부드럽게 두드렸다.

하녀는 밤에 사내들과 즐기는 습관이 있었던 길 건너 여인의 소문에 관해 기꺼이 말해 주었다. 하지만 그녀를 이틀 동안 보지 못했다고 했다.

다음 집과 그 다음 집에서도 라비니아는 똑같은 이야기만 들었다.

“가망이 없군요.”

40분 후 거리의 맨끝에 위치한 집의 하녀와 이야기를 나눈 후 그녀가 선언했다.

“아무도 샐리를 보지 못했어요. 그럼에도 불구하고 난 그녀가 돌아와서 상처를 치료하고 짐을 꾸렸다고 확신해요.”

토비어스는 라비니아의 팔을 잡고 샐리의 집 쪽으로 발길을 옮겼다.

"샐리가 돌아온 게 아니라, 네빌 경이 그녀의 소지품을 챙겨 그녀가 여행을 떠난 것처럼 보이게 했을지도 모르오."

"믿기 어렵군요. 만약 그녀가 여행을 떠난 것처럼 보이길 원했다면, 주방의 음식도 치웠을 거예요. 고기와 야채가 썩도록 아무도 집에 오지 않았다구요."

"네빌 경은 재력가요. 항상 집을 관리할 하인과 가정부를 부리는 사람이라구. 아마도 지난 20년간 주방 근처에는 얼씬도 하지 않았을 거요."

그녀는 그 말을 곰곰이 생각했다.

"당신이 옳을지도 몰라요. 하지만 난 여전히 그날 밤 집에 온 건 샐리였다고 생각해요."

그는 그녀의 팔을 꽉 잡았다.

"샐리가 죽었다는 생각을 하기 싫어서 사건을 멋대로 추리하는 거 아니오? 그녀와 아는 사이도 아니잖소. 그녀는 네빌 경의 정부가 되기 전까지만 해도 사창가에서 생활하던 매춘부였소."

"그게 무슨 상관이지요?"

그의 입가가 살짝 올라갔다.

"상관이 없소, 라비니아."

그가 다시 부드럽게 말했다.

"전혀 상관없지."

멍하니 그녀는 꽃 파는 노파를 지켜보았다. 이제 그 미친 여자는 샐리의 집 앞에 멈춰서서 존재하지 않는 옆사람과 더욱 열성적으로 대화를 나눴다.

"그렇게 빨간 장미는 팔 수가 없다고 그랬잖아. 아무도 피 묻은 장미를 사지 않아. 아무도 원하지 않아……."

라비니아는 갑자기 멈춰서서 토비어스를 잡아끌었다.

"꽃 파는 노파요."

그녀가 속삭였다.

그가 늙은 여자를 보았다.

"저 여자가 뭐?"

"그녀의 외투를 봐요. 매우 좋지요, 그렇죠? 가난한 사람에게 저런 좋은 외투가 있다니……"

그는 어깨를 으쓱했다.

"틀림없이 누군가가 불쌍히 여겨 외투를 주었겠지."

"여기서 기다려요. 그녀와 얘기해 보겠어요."

"무슨 소용이 있겠소? 완전히 미친 여자요."

라비니아는 그의 말을 무시했다. 노파가 놀라지 않길 바라며 천천히 다가가 상냥하게 말을 걸었다.

"좋은 날이에요."

노파는 깜짝 놀라며 라비니아를 응시했다. 마치 라비니아가 대화를 방해라도 한 것처럼.

"오늘은 핏빛 장미를 팔 거라우. 아무도 피처럼 붉은 장미를 원하지 않아."

"이 집에 사는 여인에게 장미를 팔았나요?"

"아무도 핏빛 장미를 원하지 않아."

어떻게 이 미친 꽃장수와 대화를 나눌 수 있을까? 라비니아는 궁리했다.

미쳤다 하더라도, 이 늙은 여인은 꽃을 팔아 스스로 생계를 해결해 온 것이 틀림없다. 즉, 근본적으로 그녀에게 흥정할 능력이 있음을 의미했다.

라비니아는 토비어스가 준 동전을 딸랑거렸다.

"난 당신의 붉은 장미를 사고 싶어요."

"안 돼, 아무도 원하지 않아."

노파는 꽃바구니를 꽉 잡았다.

“난 원해요.”

라비니아가 동전을 내놓았다.

“아무도 붉은 장미를 사길 원하지 않아.”

노파의 눈에 교활한 빛이 스쳤다.

“난 아가씨가 뭘 원하는지 알아.”

“그래요?”

“내 새 외투를 노리고 있어, 그렇지? 붉은 장미는 아니야. 아무도 피 묻은 장미를 원하지 않아. 당신은 내 외투를 원해.”

“그 새 외투는 참 멋져요.”

“여기에는 핏자국이 거의 없어.”

꽃장수는 빠진 이를 내보이며 자랑스럽게 미소지었다.

“후드에 약간 있을 뿐이지.”

세상에나, 침착하자. 너무 많은 질문으로 그녀를 혼란스럽게 하면 안 돼. 외투만 얻으면 돼.

“내 외투에는 핏자국이 없어요.”

그녀가 조심스럽게 말했다.

“우리 교환하면 어떨까요?”

“오호, 거래를 원하신다, 어? 거참 재미있군. 그 여자는 피 때문에 이것을 원하지 않았는데. 아무도 핏빛 장미를 원하지 않아.”

“난 원하는데요.”

“그녀는 내 장미를 사곤 했어.”

꽃장수는 자신의 바구니를 내려다보았다.

“그러나 그날 밤엔 사지 않았지. 온통 피투성이였어. 죽을 뻔했지만 피했다고 그랬어.”

라비니아의 맥박이 빨라졌다.

“피해 도망쳤다고요?”

“그래.”

꽃장수가 씩 웃었다.

“그러나 걱정이야. 도망가 숨었어. 낡은 외투를 원했지, 핏자국 없는.”

라비니아는 자신의 외투를 벗어서 동전과 함께 여인에게 내놓았다.

“당신의 외투 값으로 제 외투와 함께 동전을 드릴게요.”

꽃장수는 라비니아가 쥐고 있는 외투를 주의 깊게 곁눈질로 보았다.

“오래되어 보이는군.”

“아직 꽤 쓸만해요.”

미친 여자가 고개를 갸웃거렸다. 그러고 나서 라비니아의 손에 있는 외투를 와락 채갔다.

“어디 한 번 살펴볼까, 아가씨.”

“핏자국은 없어요, 한 방울도.”

라비니아가 부드럽게 말했다.

“그건 봐야 알지.”

여인이 외투의 먼지를 털고 안감을 살펴볼 수 있도록 뒤집었다.

“아하, 여기에 자국 비슷한 것이 있어.”

꽃장수는 좀더 가까이 눈을 가져가 자세히 보았다.

“누군가가 문질러 지우려 했던 것 같아.”

토비어스 쪽에서 숨죽인 웃음소리가 들려왔다.

라비니아는 그를 쳐다보지 않으려 애썼다.

“거의 눈에 띄지도 않아요.”

그녀가 단호하게 말했다.

“내 눈엔 띄었는걸.”

"내 외투에 있는 작은 얼룩은 당신의 외투에 있는 핏자국보다 훨씬 덜 보기 흉해요. 교환할 건가요, 말 건가요?"

꽃장수의 쭈글쭈글한 얼굴이 찌푸려졌다.

"아가씨는 내가 완전히 미친 줄 알아? 내가 입고 있는 외투는 아가씨 것보다 훨씬 가치가 있다구."

라비니아는 한숨을 내쉬고 실망감을 내비치지 않으려고 애썼다.

"그럼 무엇을 더 원하나요?"

꽃장수가 낄낄거렸다.

"아가씨의 외투, 동전, 그리고 예쁜 신발이면 되겠지."

"내 신발이요?"

라비니아는 자동적으로 신발을 내려다보았다.

"하지만 집에 가려면 이게 필요해요."

"걱정 마, 내 낡은 신발을 주지. 핏자국은 전혀 없어. 장미와는 달리 말이야."

미친 여자의 눈에서 교활한 경계의 눈빛이 사라지고 다시 몽롱한 빛이 자욱하게 깔렸다.

"아무도 피 묻은 장미를 원하지 않아."

"내가 내린 판단을 재고해야 할 것 같소."

토비어스는 라비니아가 마차에 오르도록 도왔다.

"난 더 이상 그 꽃장수가 완전히 미쳤다고 확신하지 않소. 오히려 흥정에서 당신의 상대가 될 정도로 노련하다고 생각하오만."

"당신이 재미있어한다니 기쁘군요."

라비니아는 의자에 앉아 신고 있는 낡은 신발을 침울하게 살폈다. 바닥에는 구멍이 뚫려 있었고 여러 군데 기워져 있었다.

“내 신발은 거의 새것이었어요.”
“이 거래로 손해를 본 건 당신만이 아니오.”
토비어스가 마차에 올라타 문을 닫았다.
“동전을 그렇게 많이 줘야만 했소?”
“나는 외투와 신발을 잃었으니 당신도 뭔가를 내야 한다고
결정했어요.”
“당신이 거래에 만족하기를 바라오.”
토비어스는 반대편 좌석에 앉아 그녀가 들고 있는 외투를 바
라보았다.
“그 옷에서 뭘 알아낼 수 있다고 생각하오?”
“모르겠어요.”
라비니아가 옷자락을 찬찬히 살폈다.
“어쨌든 핏자국이 있다는 꽃장수의 말은 맞았군요.”
그녀는 머리 후드를 뒤집다 숨을 죽였다.
“보세요, 머리에 상처를 입었던 거예요.”
마른 핏자국을 보자 그의 눈이 가늘어졌다.
“그래 보이는군. 머리 상처는 과다하게 출혈되는 경향이 있
소, 상처가 가볍다 하더라도 말이오.”
“샐리가 공격을 받았고 자기 물건을 챙기기 위해 집으로 돌
아왔다는 내 추론은 맞는 것 같아요.”
“그리고 꽃장수와 외투를 교환했고.”
토비어스가 곰곰이 생각하며 말했다.
“샐리는 자기가 원래 있던 매춘굴로 돌아가 숨은 거요. 그런
동네에서 값비싼 옷은 불필요한 주의를 끌 뿐이겠지.”
“그래요, 토비어스. 드디어 뭔가를 알아낸 것 같군요.”
외투 안쪽 주머니에 손을 넣자 라비니아의 손가락에 종이조
각이 스쳤다.

“우리가 알아낸 건, 네빌 경의 마지막 정부가 다른 사람 같은 운명을 피했다는 사실뿐이오.”

토비어스가 말했다.

“그 외투는 그녀의 침실에서 당신이 내린 결론을 입증하는 덴 도움이 될지 몰라도, 우리에게 새로운 정보나 방향을 제시해 주진 못할 거요.”

라비니아는 주머니에게 꺼낸 표를 내려다보았다.

“아뇨, 보세요.”

그녀가 속삭였다.

“우리를 허기트 씨의 전시관으로 안내하고 있어요.”

19

"분노와 고통."

번 부인이 조용히 말했다.

"고통과 분노. 놀라워요."

번 부인의 목소리가 너무나 작아 라비니아는 거의 들을 수가 없었다. 그녀는 불빛 희미한 전시실 한구석에 서 있는 토비어스를 응시했다. 그는 아무 말도 하지 않고 번 부인에게 주의를 온통 집중하고 있었다.

허기트는 걱정스럽다는 표정으로 문 근처를 배회하고 있었다.

"정녕 적합치 못한 일이오."

허기트가 중얼거렸다.

"여기 조각들은 숙녀들이 봐서는 안 됩니다. 이 전시실은 단지 신사들을 위한 공간인데……."

그들은 모두 그를 무시했다. 번 부인은 밀랍인형 곁으로 천천히 다가가 자세히 살폈다.

"이 여자들의 얼굴을 알아볼 수는 없지만 살아 있는 사람의 얼굴을 본뜬 것 같군요."

번 부인이 주저하며 말했다.

"아니면, 죽은 사람이나."

"데드 마스크를 말씀하시는 겁니까?"

토비어스가 물었다.

"그건 알 수 없어요. 밀랍으로 묘사하는 데에는 세 가지 방법이 있는데 첫째는 내가 쓰는 방법으로, 돌이나 점토 조각하듯이 하는 거예요. 두 번째는 살아 있는 사람의 얼굴을 밀랍으로 뜨는 거예요. 세 번째는 물론 데드 마스크죠."

라비니아는 고통, 혹은 황홀경에 몸부림치는 여자를 묘사한 전시물을 살펴보았다.

"데드 마스크는 저, 뭐랄까, 생생하지는 않죠? 시체는 그렇게 생생하게 보이지 않잖아요."

"숙련된 전문가라면 데드 마스크의 얼어붙은 표정에 생기를 되살릴 수 있겠지요."

"적절치 못한 일이오."

허기트가 또다시 여윈 손을 비틀어대며 끼어들었다.

"숙녀분들은 이곳에 있으면 안 됩니다."

아무도 그에게 눈길조차 주지 않았다.

토비어스는 밀랍인형 중 하나에 가까이 다가가 남성의 얼굴을 살폈다.

"여기 전시된 남성은 어떤가요? 죽은 사람이나 산 사람을 모델로 한 겁니까?"

번 부인이 눈썹을 올리고 그를 응시했다.

"남성상은 다 똑같은 모델을 썼어요, 눈치채지 못했나요?"

“아뇨, 지금까지 알아채지 못했습니다.”

토비어스는 남성상 중 하나를 더욱 세밀히 관찰했다.

라비니아는 놀라서 폭력적으로 묘사된 남성상을 올려다보았다.

“당신 말이 맞는 것 같아요, 번 부인. 하지만 여성의 얼굴은 달라요. 다섯 명 다 서로 달라요.”

“그래요.”

번 부인이 말했다.

토비어스는 갑자기 허기트 쪽으로 돌아섰다.

“누가 당신에게 이것들을 팔았소?”

허기트는 움찔했다. 그의 눈이 튀어나올 듯 커다래졌다.

“누가 판 게 아니오.”

겁에 질렸지만 한편으로는 기분이 상한 듯한 말투였다.

“맹세할 수 있소.”

“누군가가 당신한테 조각들을 줬잖소. 그렇지 않다면, 당신이 조각가요?”

“아니오. 난 아니오, 내가 조각한 게 아니라구.”

허기트는 침을 삼키고 평정을 되찾으려 했다.

“그럼 이 조각들을 만든 사람이 누구요?”

“모르오, 정말 모르오.”

허기트가 더듬거리기 시작했다.

“그쪽에서 작품을 끝내면 어디에 있으니 가져가라는 전갈이 왔소.”

“그게 어디였소?”

“일정치 않았소. 대개는 강변의 창고였으나 똑같은 창고는 아니었지.”

“지불 방법은?”

"그게, 난 돈을 내지 않았소. 그저 작품들을 공개적으로 전시한다는 조건이었지."

허기트가 몸을 움츠렸다.

"어느 게 제일 마지막으로 배달되었소?"

"저거요."

허기트가 손을 떨며 가까이에 있는 전시물을 가리켰다.

"넉 달 전에 받았소."

"그 예술가로부터 새로운 전갈은 없었소?"

"없었소. 전혀."

토비어스는 냉랭한 표정으로 그를 꼼짝 못하게 했다.

"만약 그 예술가로에게서 어떠한 연락이라도 받게 된다면, 나에게 바로 알려주시오. 아시겠소?"

"물론이오."

허기트가 새된 목소리로 말했다.

"이 문제에는 살인사건이 관련되어 있다는 걸 명심하시오."

"살인사건에 관련되고 싶지 않소. 난 단지 생계를 꾸려나가고자 하는 결백한 사업가에 불과하오."

라비니아는 번 부인과 눈짓을 교환했다.

"이 정도로 훌륭한 예술가라면, 대중에게 전시되기를 원할 거라고 하셨더랬죠."

번 부인이 고개를 끄덕였다.

"당연한 일이죠. 그러나 이 예술가는 자기 창작물로 돈을 벌 의도는 없었던 것 같군요."

"그렇다면 어느 정도 재산이 있는 인물을 찾아야겠군요."

토비어스가 말했다.

"바로 그래요. 다른 수입원이 있는 사람이라야 이렇게 크고 훌륭한 조각을 공짜로 넘길 수 있을 테니까요."

"괜찮으시다면 마지막으로 하나만 더 물을게요."

라비니아가 말했다.

"물론이지요, 아가씨. 난 전혀 개의치 않아요. 사실, 이건 몹시
도 흥미로운 경험이랍니다."

번 부인이 밝게 미소지었다.

"이 밀랍인형의 제작자가 내가 당신에게 보여 주었던 살인협
박을 보낸 자와 동일인이라고 생각하나요?"

번 부인은 가까이에 있는 고통스러운 표정의 조각을 보았다.
그녀의 얼굴에 어두운 기색이 스쳤다.

"그래요."

그녀가 속삭였다.

"난 두 조각가가 같은 인물일 거라 생각해요."

토비어스는 고딕풍 폐허의 지붕을 받치고 있는 돌기둥에 기
대어 서서 풀이 무성한 정원을 바라보았다.

이 건축물은 몇 년 전에 축조되었다. 틀림없이 이 넓은 공원
의 외진 곳을 아름답게 꾸미려는 의도였던 것 같았다. 마음을
달래주는 자연의 부드러움을 음미하기 위한 장소였다.

그러나 이곳은 대중에게 인기가 없었다. 그 결과, 주변은 돌
보지 않은 푸른 나무가 제멋대로 자라나 천연의 장막을 형성하
여 사람들의 시야를 가리게 되었다.

토비어스는 오래 전에 이 폐허를 우연히 발견했다. 그 후 가
끔 정신을 집중하고자 할 때마다 이곳에 왔었다. 그가 자신의
은신처로 생각하는 이곳에 다른 사람을 데려온 것은 이번이 처
음이었다.

비는 얼마전 그쳤으나, 나무에서는 여전히 물방울이 떨어지
고 있었다. 허기트의 전시관에서부터 타고 온 마차는 공원 오솔

길 어딘가에서 기다리고 있었다.

적어도 그는 마차가 기다리고 있기를 바랐다. 라비니아의 집까지 걸어가고 싶은 생각은 없었으니까. 오늘은 다리가 유난히 더 쑤셨다.

"겉보기엔 이 모든 것들이 관계가 없는 듯하오. 하지만 네빌 경의 정부들이 죽거나 실종된 일, 밀랍인형들, 그리고 블루 챔버의 통제권을 두고 벌어진 분쟁이 모두 연관되어 있소."

"동감이에요."

라비니아는 팔짱을 끼고 다른 기둥 근처에 서 있었다.

"그 둘 사이에 관련이 있는 게 분명해요."

"우리의 의뢰인들 말이군."

"그들 둘 다 이 사건에 대해 처음부터 거짓말을 했어요."

토비어스가 고개를 끄덕였다.

"그렇소."

"둘 다 비밀스런 목적을 위해 우리를 이용했고요."

"분명한 사실이지."

그녀가 그를 응시했다.

"그들에게 따져야 할 때가 됐군요."

"당신 의뢰인부터 시작하자고 제안하는 바요."

"당신이 그런 말을 할까 두려웠어요."

그녀가 한숨을 쉬었다.

"도브 부인이 달가워하지 않을 거예요. 나를 해고하려 할 걸요."

토비어스가 그녀의 팔을 잡았다.

"이 말이 위안이 될지는 모르겠지만, 나도 네빌 경에게 의뢰비를 받지 못할 것 같소."

"집세와 칠튼 부인의 급료를 지불하기 위해 다른 조각을 팔 수도 있어요."

라비니아가 말했다.

"내가 당신을 존경하는 이유 중의 하나는 늘 대비책을 마련
해 둔다는 점이라오."

조앤 도브는 번 부인의 밀랍인형으로 오해할 만큼 꼼짝 않고
소파에 앉아 있었다.

"방금 뭐라고 했죠?"

조앤이 차가운 어조로 되물었다.

"무슨 뜻인가요, 그게?"

토비어스는 아무 말도 없었다. 그는 라비니아가 이 불쾌한 상
황을 충분히 다룰 수 있으리라고 믿고 있다는 것을 알려주기 위
해 그녀를 쳐다보았다. 조앤은 그녀의 의뢰인이었다.

라비니아는 그와 눈길을 마주치고 의자에서 일어나 응접실
창가에 가서 섰다. 빨간 머리가 어두운 녹색 벨벳 커튼과 선명
한 대조를 이루었다.

"내 생각에 상당히 직접적으로 물은 듯한데요."

그녀가 조용히 말했다.

"당신이 네빌 경과 정사를 가진 적이 있는지 물었어요. 이십
년 전에 당신을 유혹하고 차버린 남자가 그인가요?"

조앤은 대답이 없었다. 냉랭한 침묵이 응접실 전체를 감쌌다.

"제기랄, 조앤."

돌아선 라비니아의 눈에는 분노가 이글거리고 있었다.

"상황이 어떤지 모르겠어요? 우리는 네빌 경이 적어도 두 명
의 정부를 살해했다는 증거를 가지고 있어요. 아마도 그 이상일
지도 모르고요. 마지막 여인은 살아 있을지도 모르지만 그렇다
면 운이 좋아서일 뿐이에요."

조앤은 아무 말도 없었다.

라비니아가 방 안을 이리저리 걷기 시작했다.

"우리는 샐리 존슨이 실종되기 직전 허기트 씨의 전시관을 방문했다는 것을 알고 있어요. 그곳에는 놀라운 솜씨의 밀랍인형 전시실이 있지요. 당신이 받은 협박은 그곳 전시실 작품과 같은 예술가에 의해 만들어졌다고 여겨져요. 자, 도대체 어떻게 된 건가요?"

"그만하면 충분해요, 내게 화를 낼 필요는 없어요, 라비니아. 난 당신의 의뢰인이에요."

조앤의 입술이 얇아졌다.

"내 질문에 대답하세요."

라비니아가 카펫의 한가운데에 멈추어 섰다.

"당신은 네빌과 관계를 가졌었나요?"

조앤이 망설였다.

"예, 맞아요. 그는 오래전 나를 유혹하고 차버렸어요."

잠시 동안 방 안에 있는 누구도 움직이거나 말하지 않았다. 그러고 나서 라비니아가 깊은 숨을 내쉬었다.

"그럴 줄 알았어요."

그녀는 가장 가까운 의자에 주저앉았다.

"무슨 관련이 있을 줄 알았어요."

"오래전 저지른 그 경솔한 일이 살인 사건과 무슨 관계가 있는지 모르겠군요."

토비어스가 그녀를 쳐다보았다.

"네빌 경은 그의 정부들을 제거하는 중인 것 같습니다. 그가 지난 2년 동안 관계했던 여인들 중 적어도 두 명이 죽었어요. 세 명 이상이라는 소문도 있고, 한 명은 실종되었어요."

조앤이 얼굴을 찌푸렸다.

"도대체 그가 왜 그들을 죽이겠어요?"

"확신할 수는 없지만, 그 여자들이 그에 대해 너무 많은 것을 알고 있기 때문이 아닌가 싶습니다."

토비어스가 말했다.

"그들이 알고 있는 게 뭐길래 죽이기까지 했을 거라 추측하나요?"

"터놓고 말씀드리죠, 도브 부인. 난 네빌 경이 블루 챔버라고 알려진 범죄 단체의 일원이었다고 확신합니다. 그 조직은 수년 동안 매우 비밀스럽고 강력하게 일을 해나갔습니다. 아주르라 불리는 두목과 두 명의 부두목이 조직을 이끌어나갔지요."

조앤이 무표정하게 그를 지켜보았다.

"괴상하기도 하군요."

"블루 챔버는 몇 달 전 아주르의 죽음 이후 해체되기 시작했습니다. 두 명의 부두목 중 칼라일이라는 자가 한달 전 이탈리아에서 죽었고요."

조앤이 이맛살을 찌푸렸다.

"사실인가요?"

토비어스가 차갑게 미소지었다. 그는 그녀에게서 눈을 떼지 않았다.

"그래요. 난 그의 죽음을 확신합니다."

조앤은 재빨리 라비니아에게로 고개를 돌렸다.

"그렇다면 블루 챔버의 수뇌부 중 한 사람만이 남았군요. 그리고 당신들은 네빌 경이 그 사람이라고 생각하구요."

"그래요."

라비니아가 조용히 말했다.

"토비어스는 시종의 일기장에서 단서를 얻을 수 있기를 희망했어요."

“그러나 일기장은 누가 읽기도 전에 불살라졌습니다.”

“네빌 경이 홀튼 펠릭스를 살해하고, 일기장을 불태운 다음 토비어스가 그 일기장을 찾아내도록 만들었을 가능성이 있어요. 하지만 다른 누군가가 저질렀을 수도 있죠.”

“다른 누가요?”

조앤이 물었다. 라비니아가 그녀와 눈을 마주쳤다.

“당신요.”

“이해할 수 없군요.”

조앤이 충격에 잠긴 목소리로 속삭였다.

“내가 왜 그런 짓을 하겠어요?”

“왜냐하면 당신은 일기장에 적힌 특별한 비밀을 감추려고 필사적이었기 때문이지요.”

“내가 네빌 경과 관계했다는 사실 말인가요?”

조앤의 눈이 비웃는 듯 빛났다.

“그 관계를 비밀로 해두고 싶었다는 건 인정해요. 하지만 그렇다고 살인을 저지르진 않았어요.”

“당신이 걱정하는 건 네빌 경과의 관계가 소문나는 것만이 아니에요. 더 숨기고 싶었던 비밀은 당신 남편이 아주르였다는 사실이지요.”

조앤은 그녀를 응시했다.

“미쳤군요.”

“당신은 그를 무척 사랑했어요, 그렇지 않나요?”

라비니아가 거의 상냥하다 싶을 정도의 어조로 말을 이었다.

“당신은 남편이 비밀스런 범죄조직의 우두머리였다는 홀튼 펠릭스의 협박편지를 받고 무척이나 놀랐겠지요. 그 정보를 숨기기 위해서라면 무엇이라도 하려 했겠지요? 당신 남편의 명예와 명성이 위태로웠으니까요.”

　순식간에 조앤의 얼굴에서 핏기가 사라졌다. 그러고 나서 분노로 시뻘개졌다.
　"어떻게 감히 내 남편이 이…… 이 블루 챔버라는 범죄조직과 연관되어 있다고 말할 수 있죠? 당신이 도대체 뭔데!"
　"남편이 죽었을 때 당신은 몹시 복잡한 사업문제를 처리해야 했다고 그랬지요. 또한 여전히 해결중이라고도 했어요."
　"그가 뛰어난 투자자였다고 설명했잖아요."
　"복잡한 사업의 투자자라면 범죄 활동을 은폐하기에 편하겠지요."
　토비어스가 조용히 말했다.
　조앤은 눈을 감았다.
　"당신이 옳아요. 홀튼 펠릭스는 남편의 정체를 폭로하겠다는 협박 편지를 나에게 보냈어요."
　그녀는 눈을 떠 확신이 가득한 눈빛을 드러냈다.
　"그러나 그 협박은 거짓말이에요."
　"확신하나요?"
　라비니아가 부드럽게 물었다.
　"그게 사실일 리가 없어요."
　조앤의 눈에 눈물이 맺혔다.
　"필딩과 나는 이십 년 이상을 함께 했어요. 그가 범죄자였다면 진작에 눈치챘을 거예요. 그렇게 오랫동안 내게 그런 사실을 숨길 수는 없다구요."
　"많은 아내들이 남편의 사업에 대해 까맣게 모른 채 살아가지요. 남편의 죽음 후 당황스러워하는 미망인들이 많아요."
　라비니아가 위로했다.
　"난 남편이 아주르인가 뭔가 하는 사람이란 말을 믿을 수가 없어요. 증거가 있나요?"

조앤이 냉정을 되찾고 말했다.

"전혀요."

토비어스가 쉽게 동의했다.

"어쨌든 당신의 남편과 아주르는 둘 다 죽었으니 내 관심 밖입니다. 나로선 네빌 경의 혐의를 증명하는 쪽이 더 급하지요."

"그렇군요."

조앤이 속삭였다.

"되도록이면 그가 당신마저 죽이기 전에요."

라비니아가 말했다. 조앤의 눈이 동그래졌다.

"정말로 그가 협박 작품을 보냈다고 생각하나요?"

"가능성이 있지요. 그 자신은 예술가가 아니지만, 밀랍 예술가에게 당신이 받은 그 조그만 작품을 만들라고 시켰을 수도 있습니다."

"하지만 왜 나한테 자기 의도를 경고한 거죠?"

"그 남자는 살인자예요. 어느 누가 그의 속마음을 알 수 있겠어요? 아마 당신을 괴롭히거나 벌주려는 건지도 모르죠. 아니면 당신의 정신을 흐트러뜨리기 위해 살해 협박을 보냈을지도 몰라요. 당신이 걱정으로 인해 뭔가 어리석은 일을 저질러 그의 손아귀에 들어오기를 바라는 것일 수도 있죠."

라비니아가 설명했다.

"그러나 그가 나를 살해할 만한 이유가 없어요. 설령 그가 범죄자라 하더라도, 난 이십 년 전 그의 활동에 대해 전혀 아는 바가 없어요. 분명 그도 그런 사실을 알고 있을 텐데요."

토비어스가 그녀를 바라보았다.

"당신 남편이 아주르였다는 우리 추측이 맞다면, 네빌 경은 당신이 너무 많은 비밀을 알고 있지 않을까 두려워할 겁니다."

조앤의 양손이 무릎 위에서 꽉 움켜쥐어졌다.

“내 남편은 아주르가 아니었어요.”

이번에는 조금 망설이면서 부인했다는 것을 라비니아는 눈치 챘다.

“우리는 그렇게 생각하고 있어요. 만약 우리가 옳다면 당신은 매우 위험한 상황에 처한 거예요.”

“당신들은 정말로 네빌 경이 그 여인들을 살해했다고 믿나요?”

“그렇게 생각합니다. 난 그가 섬뜩한 살인의 기념품으로 삼기 위해 허기트 씨의 전시관에 있는 밀랍인형들을 만들게 했다고 믿고 있습니다.”

토비어스의 말에 조앤은 몸을 떨었다.

“어떤 예술가가 그런 걸 만들까요?”

“돈을 충분히 받았다면 쓸데없는 질문을 하지 않겠죠, 아니면 생명의 위협을 받았거나. 마담 투소만 해도 프랑스에서 강요에 못 이겨 데드 마스크를 만들었잖아요.”

라비니아의 대답에 또다시 짧은 침묵이 감돌았다.

“오늘밤 네빌 경의 집을 조사할 예정입니다.”

토비어스가 잠시 후 말했다.

“이 사건을 빨리 해결해야만 합니다. 그러려면 증거가 필요한데 달리 구할 방법이 없어요. 부인은 이 문제가 해결될 때까지 외출을 삼가고 집에 머물러 있도록 하십시오.”

조앤은 주저하더니 머리를 저었다.

“콜체스터 가의 무도회가 오늘밤에 있어요. 내가 빠질 수 없는 행사죠.”

“죄송하지만 불참하겠다고 연락하면 되잖아요?”

“불가능해요. 레이디 콜체스터는 내가 나타나지 않으면 매우 마음 상해할 거랍니다. 그녀는 내 딸 약혼자의 할머니이고 그

가족의 독재자지요. 나한테 화가 치밀면 내 딸에게 분풀이할 거예요.”

토비어스는 라비니아의 눈에 동정의 빛이 떠오르는 걸 보고 신음소리를 냈다. 그녀 역시 사교계에서 좋은 결혼을 성사시키기가 얼마나 힘든지 몸소 겪고 있는 중이라는 생각이 그의 뇌리에 떠올랐다.

“세상에. 당신은 레이디 콜체스터가 따님의 약혼을 파기할지도 모른다고 생각하나요?”

조앤의 표정이 굳어졌다.

“난 뭐라 말을 할 수가 없군요. 하지만 내가 오늘밤 무도회에 참석하는 게 두렵다고 해서 딸의 미래를 위험에 빠뜨릴 수는 없어요.”

라비니아가 재빨리 토비어스에게로 돌아섰다.

“가는 길에는 하인들이 도브 부인을 지킬 거예요. 일단 콜체스터 저택에 들어서면 사람들이 그녀를 둘러쌀 테니 안전하고요.”

“난 내키지 않소.”

그는 말해 봤자 소용없다는 것을 알면서도 말했다.

라비니아의 얼굴이 밝아졌다.

“내게 좋은 생각이 있어요.”

토비어스는 움찔하며 무의식중에 그의 다리를 문질렀다.

“물론 그렇겠지.”

그가 말했다.

“제기랄.”

20

잠시 후, 토비어스는 라비니아를 따라 그녀의 집 현관으로 들어섰다. 집은 비어 있었고 조용했다. 마음먹은 준엄한 설교를 하기에 딱 좋았다.

"칠튼 부인은 오늘 오후에 딸의 집을 방문하러 간댔어요." 라비니아가 보닛을 벽에 걸며 설명했다.

"에멀린은 프리실라, 앤서니와 함께 골동품 강의에 참석했고요."

"알고 있소, 앤서니가 그 아가씨들을 에스코트할 거라 말했소."

그는 모자와 장갑을 탁자 위에 놓고 그녀를 쳐다보았다.

"라비니아, 이야기 좀 하고 싶소."

"서재로 들어갈까요? 불을 지펴야겠네요. 언쟁을 벌이려면 좀 안락해야 하지 않겠어요?"

"빌어먹을."

어쩔 수 없이 그는 서재로 따라들어갔다. 그녀가 옳았다. 조그만 방은 거실보다 논쟁하기에 더 좋은 장소였다. 그는 책으로 둘러싸인 이 아늑한 방에서 편안함을 느꼈다.

"자신이 짜놓은 속임수가 잘 먹혀 기뻐하고 있군?"

"토비어스, 에멀린과 내가 도브 부인과 동행하는 게 가장 좋은 방법이라고 생각해요. 그녀는 무슨 일이 있어도 무도회에 참석해야 한다고 결심했으니 이 상황에서 최선책을 찾아야지요."

그가 가소롭다는 듯이 미소지었다.

"도브 부인이 '바스에서 온 두 명의 손님'을 위한 추가 초청장을 얻어내서 다행이오."

"당신도 그녀가 한 말을 들었잖아요. 초청장을 더 받아내지 못해도 에멀린과 날 데려가는 게 문제시되지 않는다구요. 콜체스터 가의 무도회는 정말로 성대하니 손님이 몇 명 늘어난다 한들 아무도 눈치채지 못할 걸요."

"그 흡족해하는 기색을 더 잘 숨길 수는 없소? 매우 짜증이 나는군."

그녀는 그에게 순진한 표정을 지었다.

"나는 내 의뢰인을 보호하기 위해 이런 수고를 하는 거예요."

"순수하게 조앤 도브를 지켜보려고 그런 제안을 했다는 척 마시오."

몸을 펴고 일어서자 다리가 다시 아파왔다.

"난 당신을 잘 알지, 이 기회를 이용해서 에멀린을 그 무도회에 참석시키려는 거요."

그녀가 미소지었다.

"정말 멋진 일석이조예요. 상상해 보세요, 오늘밤 에멀린이 이번 시즌의 가장 중요한 사교계 행사 중 하나에 참석하는 거예요. 레이디 워스햄이 이 소식을 들으면 어떤 표정을 지을까요?

자기가 에멀린에게 큰 호의를 베푸는 거라고 생색내곤 했었죠.”

토비어스는 짜증스런 기분에도 불구하고, 거의 미소지을 뻔했다.

“앞으로는 절대 중매쟁이와 사교계 중요 행사에 끼어들지 않을 참이오.”

“토비어스, 적어도 오늘밤 도브 부인은 안전할 거예요. 네빌 경이 시즌의 가장 큰 무도회장 한가운데서 그녀를 살해하려 들지는 않을 테죠.”

토비어스는 그 문제를 곰곰이 생각했다.

“확실히 살인 시도를 하기엔 어려운 자리지. 그러나 도브 부인이 거의 은둔자적인 생활을 하는 데다가 집을 나설 때면 늘 덩치 큰 하인을 대동한다는 점을 고려하면, 필사적인 살인자는 이때밖에 기회가 없다고 생각할지도 모르오.”

“걱정 말아요, 내가 잘 지켜볼게요.”

라비니아는 의자에 좀더 당겨 앉아서 손으로 턱을 괴었다. 그녀의 눈에 착잡한 표정이 어렸다.

“오늘밤 네빌 경의 집을 조사할 예정이라고 그녀에게 한 말은 진심인가요?”

“그렇소, 우리는 한시바삐 실마리를 발견해야 하는데 달리 찾을 만한 곳이 없소.”

“그가 집에 있으면 어쩌죠?”

“시즌의 절정이오. 그들의 사회적 지위를 고려해 보건대, 네빌 경과 그의 아내는 오늘밤에 외출할 거요. 네빌 경은 시즌이 아니어도 동트기 전에는 집에 오지 않는다더군.”

라비니아가 코에 주름을 잡았다.

“네빌 경과 그의 아내는 서로 같이 있는 게 즐겁지 않은 모양이군요.”

"그런 점에서, 사교계의 다른 부부들과 비슷하지. 내 경험에 의하면, 그런 대저택의 하인들은 주인이 저녁에 외출한다는 것을 알고는 그들 또한 몇 시간 동안 나갔다 온다오. 들키지 않고 안으로 들어가는 것은 식은 죽 먹기요."

그녀는 아무 말도 하지 않았다. 그가 그녀를 쳐다보았다.

"자, 어떻소?"

라비니아는 펜을 들어 손바닥에 톡톡 쳤다.

"난 당신의 계획이 마음에 들지 않아요, 토비어스."

"왜?"

그녀는 주저하더니 펜을 내려놓고 일어나서 그를 바라보았다. 불안해하는 기색이 눈에 떠올라 있었다.

"이것은 샐리 존슨의 집을 조사하는 것과는 다르니까요."

그녀가 조용히 말했다.

"우리는 네빌 경이 살인자라는 걸 거의 확신하고 있잖아요. 당신이 혼자 그의 저택에서 몰래 조사를 한다는 게 걱정스러워 요."

"당신이 내 염려를 하다니 감동받았소, 라비니아. 그럴 줄은 꿈에도 몰랐거든. 날 그저 귀찮은 존재로 여기는 줄만 알았는 데."

그녀가 느닷없이 화를 냈다.

"이 사건을 재밋거리로 여기지 마세요. 우리는 몇 명의 여인을 살해한 사람을 상대하고 있다구요."

"그리고 베넷 러클랜드의 살인을 의뢰한 자일 가능성도 있소."

그가 부드럽게 말했다.

"러클랜드? 이탈리아에서 죽은 사람이요?"

"그렇소."

“하지만 당신은 칼라일이 살인을 지시했다고 그랬잖아요.”

“네빌 경과 칼라일은 서로를 잘 알고 있었소. 난 네빌 경이 러클랜드가 다시는 영국에 돌아오지 못하도록 많은 돈을 칼라일에게 주고 사건을 사주한 것은 아닌가 의심하고 있소.”

“당신이 정보를 찾는 데 너무 골몰한 나머지 어리석게도 위험을 무릅쓰지 않을까 걱정이에요. 앤서니를 데리고 가겠지요? 그가 도움이 될 거예요.”

“아니오, 난 앤서니가 콜체스터 가의 무도회에 참석하길 바라오. 당신의 일을 도울 수 있을 거요.”

“난 완벽하게 조앤을 지켜볼 수 있어요. 내 생각에 앤서니는 당신과 함께 가야만 할 것 같아요.”

그가 희미하게 미소지었다.

“나를 걱정해 주다니 참 친절하오, 라비니아. 그러나 일이 잘못되었을 경우, 전적으로 내 잘못이라고 생각하며 위안 삼도록 해요. 당신이 항상 말했듯이 말이요.”

“제길, 당신은 이야기를 돌리려 하는군요.”

“음, 그렇소. 쓸모 있는 대화가 오갈 것이라 여겨지지 않거든.”

“토비어스, 성질 돋우지 말아요.”

꽉 움켜진 주먹과 그녀의 눈에 휘몰아치는 폭풍우로 보건대, 분위기를 밝게 하려는 그의 시도는 그 반대의 결과를 낳은 듯했다.

“라비니아…….”

“누가 책임지는가 하는 문제가 아니에요. 우린 상식을 이야기하고 있어요.”

그는 두 손으로 그녀의 얼굴을 감쌌다.

“우리 둘 사이에서는 상식적인 행동이 더 어렵다는 걸 아직 알아채지 못했소?”

그녀가 그의 손목을 잡았다.

“오늘밤 특히 조심하겠다고 약속해 주세요, 토비어스.”

“약속하오.”

“네빌 경이 외출하지 않은 조짐이 있으면 집 안으로 들어가지 않겠다고 약속해 주세요.”

“오늘밤 네빌 경은 없을 거라고 확신하오. 사실 그들 부부가 콜체스터 가의 무도회에 나타날 가능성이 농후하오. 아마도 나보다는 당신이 그를 만나게 될 거요.”

“그것으로 충분하지 않아요. 집에 누군가가 있으면 안으로 들어가지 않겠다고 약속해 주세요.”

“라비니아, 난 그럴 수 없소.”

그녀가 신음했다.

“당신이 그런 말을 할 거라고 생각했어요. 하지만 약속해 주세요…….”

“난 충분한 약속을 했소. 차라리 당신에게 키스하는 게 나을 것 같군.”

분노인지 열정인지 알 수 없는 빛이 라비니아의 눈에 반짝거렸다. 그는 열정이기를 바랐다.

“난 심각한 대화를 하려는 중이에요.”

그녀가 말했다.

“나에게 키스하고 싶소?”

“그건 이 대화의 주제가 아니에요. 우리는 당신이 위험에 빠지는 문제에 대해 말하는 중이잖아요.”

그는 엄지손가락을 그녀의 턱선을 따라 움직였다. 부드러운 살결이 그의 손을 간지럽혔다.

“키스해 주오, 라비니아.”

그녀는 양손으로 그의 어깨를 잡았다. 손가락이 그의 외투를 파고들었다. 그를 밀어내려는 건지 끌어당기려는 건지 알 수 없었다.

"이성적으로 행동하겠다고 약속해요."

"싫소, 라비니아."

그가 가볍게 그녀의 이마와 코에 키스했다.

"나에게 그런 요구를 하지 마시오. 약속을 지킬 수 있는지 나 자신도 모르오."

"바보 같은 소리 말아요."

그가 가볍게 고개를 저었다.

"당신을 로마 거리에서 처음 본 이후로, 당신에 대해서라면 난 이성적으로 행동할 수 없어."

"토비어스."

그녀는 숨을 죽였다.

"이건 미친 짓이에요. 우리는 서로를 좋아하지도 않잖아요."

"자신에게 솔직해지시오, 라비니아. 너무 쉽게 울화를 치밀게 하는데도 당신이 점점 좋아지오."

"좋아한다구요?"

그녀의 눈이 커졌다.

"당신 나를 좋아하나요?"

토비어스는 움찔했다. 앤서니의 훈계가 귓가에 들려오는 듯했다.

"아마도 '좋아한다'라는 말은 이런 상황에서 적절한 단어가 아니겠지."

그가 말했다.

"'좋아한다'라는 단어는 가까운 친구나 상냥한 숙모 또는…… 또는 애완견에 대한 감정을 표현하는 데 사용하는 것이지요."

“그렇다면 확실히 잘못된 단어로군. 왜냐하면 당신에 대한 나의 감정은 친구나 숙모, 애완견에 대한 감정과는 전혀 다르니까.”

“토비어스…….”

그는 핀에서 빠져나온 머리카락이 몇 가닥 덮고 있는 그녀의 목덜미를 만졌다.

“당신을 원하오, 라비니아. 한 여자를 이렇게 원했던 적은 없어. 절대 사라지지 않는 뱃속의 아픔과도 같소.”

“그거 멋지군요. 내가 당신에게 위통을 준다니.”

그녀는 눈을 감았다. 전율이 온몸을 스치고 지나갔다.

“난 항상 남자한테 그토록 강한 영향을 줄 수 있기를 바라왔죠.”

“앤서니는 내가 여성을 다루는 법이 서투르다고 했소. 아마 당신이 그만 입을 다물고 나에게 키스하면 모든 것이 간단해질 거요.”

“당신은 정말 어쩔 수 없는 남자군요, 토비어스 마치.”

“그렇다면 우리는 정말 잘 어울리는 한 쌍이겠군. 당신이야말로 내가 평생 만나본 중에 제일 못 말릴 여자거든. 키스해 주겠소?”

라비니아의 눈 속에 어떤 감정이 스쳐 지났다. 분노나 좌절 또는 열정일 수도 있다. 그녀의 손이 그의 어깨를 지나서 목을 감쌌다. 그리고는 발끝으로 서서 그에게 키스했다.

토비어스는 입을 열어 그녀를 맛보며 며칠전 밤 마차에서 발견했던 격렬함을 되살렸다. 라비니아가 전율하며 팔을 더욱 조였다. 그녀의 욕망이 그의 피를 더욱 뜨겁게 자극했다.

“토비어스.”

그녀가 손가락을 그의 머리카락 사이에 밀어넣고 조급한 듯 키스했다.

"당신에게는 나를 강력한 최면에 들게 하는 그 무엇인가가 있소."

그가 속삭였다.

"중독될까 두려울 지경이라오."

"오, 토비어스."

이번에 그의 이름을 부르는 소리는 숨막힌 듯한 외침이었다.

그는 그녀의 가슴 바로 아랫부분의 갈비뼈를 감싼 손에 힘을 주어 자기 가슴까지 들어올렸다. 그녀가 낸 부드럽고 관능적인 목소리에 한층 자극되었다.

그가 그녀를 안고 걸음을 옮겼다. 라비니아는 다시금 그의 어깨에 손을 올리고 계속해서 촉촉하고도 뜨거운 키스를 퍼부었다.

토비어스는 그녀를 책상 가장자리에 내려놓고는 한 손으로 그녀를 지탱한 채 다른 한 손으로는 바지 앞자락을 풀었다. 그의 남성이 드러나자, 그녀는 부드러운 손가락으로 감쌌다.

그는 눈을 감고 자신을 갉아먹는 열기에 이를 악물었다. 다시 자제력을 되찾자 눈을 뜨고 흥분과 기대감으로 달아올라 있는 라비니아를 보았다. 그녀의 다리를 벌리고 손으로 스타킹 바로 위의 부드러운 맨살에 손을 갖다대었다. 그리고는 그녀 앞에 한 쪽 무릎을 꿇고 앉아 오른쪽 허벅지 안쪽에 키스했다. 다음 순간 가차없이 목적지를 향해 위로 올라갔다.

"토비어스."

그녀는 그의 머리카락을 꽉 움켜쥐었다.

"당신 뭐……? 안 돼요, 안 돼, 거기에 키스하면 안 돼요. 세상에나, 토비어스, 당신 그러면 안…….."

그는 그녀의 저항을 무시했다. 혀끝으로 부드럽고 민감한 부분을 핥자, 라비니아가 마침내 말을 멈추었다. 그녀의 마지막 저항은 헐떡거리는 신음소리로 변해 사그라들었다.

그는 손가락을 그녀 안에 밀어넣고 깊이 키스했다. 이제 폐 속에 남은 공기가 없는 것처럼 그녀는 아무 소리도 내지 못했다. 그의 손가락에 조임이 느껴지더니 자그마한 떨림이 계속됐다.

절정의 순간이 지나가자 그는 일어서서 그녀를 강하게 포옹했다. 그녀는 그의 몸에 축 늘어졌다.

"이탈리아에서 배웠나요? 유럽 여행이야말로 신사의 교육을 마무리짓는다던데."

그녀가 그의 목에 대고 웅얼거렸다.

그는 적절한 대답을 떠올릴 수가 없었다. 제대로 된 대화를 진행할 수 있을지조차 확신하지 못했다.

그는 라비니아의 다리 사이에 서서 관능적인 곡선을 한 그녀의 엉덩이를 감쌌다. 그녀는 토비어스의 어깨에서 머리를 들어 올리며 천천히 미소지었다. 그녀의 눈은 수천 마일의 깊은 바다와 같았고 따스함과 매혹적인 파도로 가득 차 있었다. 시선을 뗄 수가 없었다.

"최면술사의 눈. 당신은 나를 황홀경에 빠지게 하는 눈을 가졌소."

그가 속삭였다.

그녀는 한 손가락으로 그의 귓불을, 입술을 만졌다. 그녀가 미소짓자 그는 마법에 깊이 빠져들었다.

토비어스가 라비니아의 아늑한 온기에 자신을 묻으려는 찰나, 현관문이 열리는 소리가 났다.

그의 품안에서 그녀가 얼어붙었다.

"오, 맙소사."

그녀가 숨가쁜 목소리로 말했다.

"토비어스……."

"제기랄."

그가 이마를 그녀에게 갖다대었다.

"에멀린이 생각보다 일찍 집으로 돌아왔나 봐요."

경악이 깃든 목소리였다.

"당장 일어나야 해요. 에멀린이 곧 들어올 거예요."

황홀감이 깨졌다. 그는 한 걸음 물러나 바지를 더듬어 입었다.

"침착해요, 라비니아. 눈치채지 못할 거요."

"공기를 바꿔야 해요."

라비니아는 책상에서 벌떡 일어나 치맛자락을 털고는 창문 쪽으로 다가가 활짝 열었다. 차갑고 습한 공기가 서재 안으로 밀려들어왔다. 벽난로 불꽃이 요란하게 깜박였다.

토비어스는 그녀의 요란스러움을 재미있어했다.

"당신은 눈치채지 못했나 본데 밖엔 비가 오고 있소."

그녀가 몸을 돌려 그에게 책망하는 눈초리를 던졌다.

"나도 알고 있어요."

그가 미소지었다. 곧 현관에서 귀에 익은 목소리가 들려왔다.

"핼캄 씨의 강의중 폼페이의 폐허에 관한 부분은 다소 설득력이 없다고 생각합니다."

앤서니의 목소리였다.

"동감이에요. 그가 자신의 연구를 위해 대영박물관보다 더 먼 곳에 가보기나 했는지 의심이 가요."

라비니아의 몸이 굳어졌다.

"저 애들이 뭘 하는 거죠? 하나님 맙소사, 이웃 중 누구라도 아무도 없는 집에 둘이서 함께 들어오는 걸 봤다면 에멀린은 파멸이에요. 완전한 파멸이요."
"저기, 라비니아……."
"내가 나서야겠어요."
그녀는 서재 문으로 나아가 휙 열었다.
"여기서 뭐 하는 거지?"
복도를 걸어오던 앤서니와 에멀린이 우뚝 멈춰섰다.
"안녕하세요, 마치 씨."
에멀린이 인사했다.
"안녕하시오, 에멀린 양."
앤서니가 걱정스러워하는 표정을 지었다.
"뭔가 잘못되었나요, 레이크 부인?"
"도대체 상식도 없나요?"
그녀가 사납게 다그쳤다.
"에멀린, 싱클레어 씨가 현관 앞까지 에스코트하게 한 것은
괜찮아. 하지만 어떻게 아무도 없는 집에 그를 초대할 수 있니?
도대체 무슨 생각을 하고 있는 거지?"
에멀린이 당황했다.
"저, 이모……."
"만약 이웃사람이 너를 봤다면 어떻게 할래?"
앤서니와 에멀린은 서로를 쳐다보았다. 그의 눈에 알겠다는
표정이 나타났다.
"제가 에멀린 양을 보호할 사람이 아무도 없는 빈 집의 안까
지 에스코트한 걸 누가 봤을까 봐 걱정하시는군요? 맞지요?"
"정확하네요."
라비니아는 주먹 쥔 손을 엉덩이에 갔다댔다.
"두 명의 미혼 남녀가 빈 집에 함께 들어간다? 이웃사람들이
뭐라고 생각하겠어요?"

"이모의 논리에는 헛점이 하나 있어요."

에멀린이 중얼거렸다.

라비니아가 그녀를 노려보았다.

"그게 도대체 뭔지 어디 말해 보렴."

"집은 비어 있지 않았어요. 이모와 마치 씨가 계셨잖아요. 이 이상의 적절한 보호자가 어디 있겠어요?"

짧고 긴장된 정적이 맴돌았다.

토비어스는 간신히 웃음을 참았다. 그는 앤서니와 에멀린의 순수한 행동에 신경질적으로 과민반응하는 라비니아를 응시했다.

아슬아슬한 위기는 신경을 날카롭게 한다는 것을 토비어스는 떠올렸다.

얼굴이 핑크빛으로 물든 라비니아는 최후의 보루에 매달렸다.

"좋아, 하지만 너는 우리가 여기에 있는 것을 몰랐잖니, 에멀린."

앤서니가 머뭇거리며 입을 열었다.

"사실을 말씀드리자면, 우리는 두 분이 계신 걸 알고 있었습니다. 레이디 워스햄의 하인이 에멀린 양을 현관문 앞까지 에스코트했죠. 에멀린 양이 열쇠로 문을 열었을 때, 토비어스의 모자와 장갑, 그리고 레이크 부인의 외투가 걸려 있는 게 보이더군요. 그녀는 두 분이 집에 있다고 레이디 워스햄을 안심시켰지요. 그리고 레이디 워스햄께서는 제가 에멀린 양과 집에 들어가도 된다고 허락하셨습니다."

"그랬군요."

라비니아가 가냘프게 말했다.

"분명히 우리가 레이디 워스햄의 마차로 도착한 소리를 듣지

못하신 모양이네요, 이모. 내가 두 분이 집에 있다고 말하는 것
도요.”
　에멀린의 말에 라비니아는 헛기침을 했다.
　“그래, 우리는 아무것도 듣질 못했어. 서재에 있었거든.”
　“매우 중요한 일에 열중해 계셨던 듯하군요.”
　앤서니가 짐짓 순진한 미소를 지으며 말했다.
　“우린 기척을 냈습니다. 그렇지 않나요, 에멀린 양?”
　“분명히 그랬어요. 사실 어떻게 그 소리를 못 들었는지 모르
겠어요.”
　라비니아는 입을 열었지만 아무 말도 나오지 않았다. 그녀는
재빨리 벌린 입을 닫았다. 핑크색 볼이 이제 빨간색으로 변했
다.
　에멀린의 눈은 이제 장난기로 가득 찼다.
　“이모와 마치 씨가 어떤 대화를 나누셨는지 모르겠지만, 매우
멋진 이야기였나 보군요. 우리가 도착하는 소리를 듣지 못할 정
도였어요?”
　라비니아는 숨을 깊이 들이쉬었다.
　“시에 관한 얘기였다.”

21

라비니아는 조앤과 함께 비교적 조용한 창가의 후미진 곳에 서서 무도장의 군중들을 바라보았다. 토비어스가 걱정되기는 했지만, 그녀가 할 수 있는 일은 아무것도 없었으므로 이 파티에 열중하기로 했다.

콜체스터 가의 파티는 에멀린을 내보이기에 더할 나위 없는 기회였다. 무도회장은 에트루리아와 인도의 특색을 가미한 중국풍으로 꾸며져 있었다. 거울과 금박이 화려함을 더했다. 마담 프란체스카가 디자인한 짙은 청록색 드레스를 입고, 조그마한 장신구들로 짙은색 머리를 치장한 에멀린은 우아하고 이국적으로 보였다.

"축하해요, 라비니아. 에멀린에게 방금 댄스를 청한 저 젊은이는 작위를 받게 되어 있답니다."

조앤이 중얼거렸다.

"영지는요?"

"상당하다고 알고 있어요."

라비니아가 미소지었다.

"매우 매력적으로 보이는 청년이군요."

"그래요."

조앤은 춤추는 사람들을 지켜보았다.

"다행히도, 젊은 레지널드 볼링은 부친을 닮지 않았어요. 그러나 그리 놀라운 일도 아니지요."

"무슨 뜻이죠?"

조앤의 미소는 차가웠다.

"레지널드는 셋째아들이지요. 첫째아들은 사창가 골목에서 죽은 채 발견되었어요. 노상강도의 소행이라고 추정되었죠."

"당신은 그렇게 믿지 않나 보죠?"

조앤은 우아하게 어깨를 으쓱했다.

"그가 어린 아가씨들을 선호했던 것은 비밀이 아니랍니다. 그가 유혹했던 순진한 아가씨 중 누군가의 가족에게 당했다고 믿는 사람들도 있지요."

"만약 그런 경우라면, 난 볼링의 첫째아들에게 어떠한 동정심도 느낄 수가 없군요. 둘째아들에겐 무슨 일이 생겼죠?"

"그는 만취한 상태로 매춘굴에 가는 습관이 있었지요. 어느 날 밤 악명 높은 지역의 도랑에 얼굴을 박은 채 빠져 있는 모습으로 발견되었어요. 단지 몇 인치 깊이의 물에서 익사했다고들 하더군요."

라비니아는 몸서리를 쳤다.

"행복한 가족은 아니군요."

"레이디 볼링을 비롯하여 아무도 젊은 레지널드가 작위를 상속할 거라고는 생각지 못했답니다. 사실 남편에게 상속자와 만약을 위한 둘째아들을 낳아주는 것으로 의무를 다하자, 레이디 볼링은 스스로의 즐거움을 추구하기 시작했지요.”

라비니아는 그녀를 응시했다.

“그녀에게 애인이 있었나요?”

“네.”

“당신은 레지널드의 아버지가 그 애인일 거라고 추측하는 건가요?”

“그럴 가능성이 높지요. 레지널드는 모친의 갈색 머리와 검은 눈을 물려받았죠. 외모만 보고는 확신하기가 불가능해요. 그러나 볼링의 다른 두 아들들은 모두 금발과 밝은 눈이었던 것으로 기억해요.”

“그렇다면 작위는 볼링의 핏줄이 아닌 다른 남자의 후손에게 주어지게 되는 거겠군요.”

이러한 일은 생각보다 자주 일어난다. 사교계에서 행해지는 결혼의 이유에는 여러 가지가 있었지만 그 중 진실한 애정은 거의 없었다.

“솔직히, 내 생각에는 그쪽이 훨씬 나은 것 같군요. 볼링의 가계에는 유전적으로 문제가 있어요. 그들은 대대로 좋지 않은 종말을 맞이한 역사가 있지요. 볼링 경만 해도 아편에 푹 절은 중독자랍니다. 과다복용으로 진작에 죽지 않은 게 신기할 지경이에요.”

라비니아는 조앤에게 탐색하는 시선을 던졌다. 아마도 지루함이 조앤을 자극하여 소문과 남들의 비밀을 털어놓게 한 것 같았다. 덕분에 한 시간만에 지난 석 달 동안보다 더 많은 소문을 알게 되었다.

“사교계에 많이 나서지 않는 숙녀치고는 상류사회 사람들에 관한 정보를 굉장히 잘 알고 계시는군요.”

라비니아가 조심스레 말했다.

부채를 쥔 조앤의 손에 힘이 들어갔다. 그녀는 조금 주저하더니 고개를 숙였다.

"남편은 사업과 재정에 영향을 줄 만하다고 생각하는 정보와 소문을 자세히 알아보곤 했지요. 예를 들어 메리앤에게 들어온 청혼을 받아들이기 전에 콜체스터 가에 대해 매우 철저히 조사를 했었죠."

"당연하지요. 나라도 젊은 남자가 내 조카에게 강한 관심을 표명하면 똑같이 행동했을 거예요."

"라비니아?"

"예?"

"당신은 정말로 내 남편이 수년 동안 나에게 범죄활동을 숨겨 왔다고 생각하나요?"

그 질문에 담긴 가슴아픔으로 인해 라비니아의 눈에 물기가 고이기 시작했다. 그녀는 재빨리 눈을 깜박였다.

"그는 당신은 무척 사랑했기 때문에 비밀을 지키려 했을 거예요, 조앤. 당신이 모르는 것이 당신에게 더 안전할 거라 생각했을 테죠."

"바꿔 말하면, 날 보호하기 위해서요?"

"그래요."

조앤이 슬프게 미소지었다.

"그건 정말 필딩다운 생각이네요. 그의 첫번째 관심사는 항상 아내와 딸의 안전이었어요."

앤서니가 사람들 사이에서 모습을 드러냈다. 그는 양손에 샴페인 잔을 들고 있었다.

"대체 에멀린은 지금 누구와 춤을 추고 있는 겁니까?"

"볼링 가의 후계자지요."

라비니아가 그에게서 잔 하나를 건네받았다.

"그를 알고 있나요?"

"아니요."

앤서니는 어깨 너머로 무도회장을 쳐다보았다.

"제대로 된 소개 절차는 거치셨겠지요?"

"물론이지요. 너무 걱정하지 말아요. 에멀린은 다음 춤을 누구와도 약속하지 않았으니까. 당신과 춤추게 되면 기뻐할 거예요."

앤서니의 표정이 금방 밝아졌다.

"그렇게 생각하세요?"

"그렇고 말고요."

"고맙습니다, 레이크 부인. 매우 감사해요."

앤서니는 무도회장을 보기 위해 돌아섰다.

조앤은 목소리를 낮추어 속삭였다.

"에멀린이 프라우드풋 씨와 다음 춤을 추기로 약속하는 것을 들은 듯한데요."

"내가 전적으로 책임을 지지요. 에멀린에게 신사들의 이름을 적어줄 때 실수를 했다고 말하겠어요."

조앤은 춤추는 사람들을 뚫어져라 쳐다보고 있는 앤서니를 살폈다.

"라비니아, 당신에게 한 가지 충고를 하고 싶어요. 장래의 조카사위로 싱클레어 씨를 탐탁지 않게 생각한다면, 그에게 에멀린과 춤을 추도록 권하는 건 친절한 행위가 아니에요."

"알아요. 그는 작위도 재산도 없어요. 하지만 난 그가 좋아요. 게다가 저 둘은 함께 있을 때면 몹시 행복해하죠. 난 에멀린에게 다방면의 유능한 젊은이들을 만날 수 있는 기회를 주고 싶었답니다. 그러나 결국 결정하는 건 그 애 자신이 될 거예요."

"만약 그녀가 싱클레어 씨를 선택한다면요?"

“당신도 알다시피, 그들은 둘 다 꽤 영리하답니다.”

그 커다란 저택은 주방에서 희미하게 타오르는 불꽃을 제외하고는 어둠에 싸여 있었다. 토비어스는 어두운 홀의 뒤편에 서서 잠시 동안 가만히 주위의 소리에 귀기울였다. 멀리서 술 취한 사람의 웃음소리가 희미하게 들려왔다. 하인 중 두 명이 밤 외출을 나가지 않고 남아 있었다.

아래층에 있는 그들의 존재는 문제가 되지 않는다. 아래층은 조사할 이유가 없었다. 네빌 경과 같은 지위에 있는 남자들은 하인들이 지내는 장소에 관심을 두지 않는다. 귀중한 비밀을 자신이 전혀 들어가지도 않는 방에 숨길 리가 없었다.

사실 네빌 경은 이 집에 무언가를 숨기기 위해 많이 움직일 필요가 없다. 뭐하러 그런 수고를 하겠는가? 결국 그가 이 집의 주인인데.

“세상에나.”
라비니아가 조앤에게 말했다.
“방금 군중 속에서 네빌 경과 그의 부인을 보았어요.”
“놀랄 일도 아니죠.”
조앤은 라비니아의 찌푸린 얼굴을 재미있다는 듯 바라보았다.
“아까 말했듯이, 여기 나오지 않으면 레이디 콜체스터를 모욕하는 꼴이 되거든요.”
“난 아직도 문 앞에서 우리를 맞았던 그 사랑스런 늙은 부인이 사교계의 모든 이들을 겁에 질리게 할 힘을 가졌다는 것이 믿어지지 않아요.”
조앤이 미소지었다.

"그분은 엄격하지만 내 딸을 매우 좋아하는 것 같아요. 난 계속 그랬으면 좋겠어요."

메리앤이 콜체스터 가의 금고에 가져올 막대한 유산을 레이디 콜체스터도 잃기를 원하지 않을 것이라고 라비니아는 생각했다. 그러나 그냥 입을 다물고 있기로 했다. 사교계에서 높은 위치에 있을수록 결혼은 단순한 두 남녀 사이의 일만은 아니기 때문이다.

그녀는 군중 속에서 또다시 네빌 경의 모습을 포착하고 그가 여기에 있어서 다행이라고 생각했다. 즉, 그의 집을 수색중인 토비어스와 마주칠 일이 없다는 의미였다.

한때 네빌 경의 어떤 면이 조앤의 관심을 끌었는지 궁금해졌다.

마치 그녀의 마음을 읽은 듯이 조앤이 대답했다.

"나도 그가 많은 세월 동안 쾌락만을 추구하며 보낸 난봉꾼이라는 건 알아요. 그러나 처음 만났을 때 그는 매우 대담하고 잘생겼으며 굉장히 매력적인 사람이었어요."

"알았어요."

"돌이켜 보면 그의 내면에 숨어 있는 탐욕과 이기심을 알아챘어야 했어요. 난 내 자신이 똑똑하다고 자만했었지요. 그러나 그의 진정한 성격을 깨닫는 데 너무 오랜 시간이 걸렸어요. 심지어 지금도 그가 여자들을 죽였다고는 상상하기 어려워요."

"왜지요?"

생각에 잠겨 조앤의 눈썹이 찌푸려졌다.

"그는 자신의 손을 더럽힐 사람이 아니에요."

라비니아가 주저했다.

"개인적인 질문 하나 해도 될까요?"

"뭐지요?"

라비니아는 목청을 가다듬었다.

"당신은 사교계에 많이 나가지 않는다지만, 분명 네빌 경을 공식적인 자리에서 만난 적이 있었겠지요. 그런 경우에 어떻게 대처했나요?"

조앤이 흥미롭다는 듯한 미소를 지었다.

"곧 그 질문에 대한 답을 알게 되겠군요. 네빌 경과 부인이 이쪽으로 오고 있어요. 그들을 소개해 줄까요?"

아무것도 없었다.

실망한 토비어스는 가계부를 덮어 책상 서랍 속에 넣었다. 그리고는 한 걸음 물러서서, 서재의 어두운 곳까지 비추도록 촛불을 높이 들어올렸다. 방 안 구석구석을 조사했으나 살인이나 음모에 대한 어떠한 단서도 발견할 수가 없었다.

네빌 경은 비밀을 가지고 있었다. 이 집의 어딘가에 그 단서가 있을 것이 틀림없었다.

살인자를 소개받는다는 것은 정말 이상한 기분이었다. 라비니아는 조앤을 본보기 삼아 예의 바른 미소와 조금은 지루한 인사말을 나누었다. 그러나 네빌이 결코 조앤과 눈을 마주치지 않는 것을 눈치챘다.

다행스럽게도 남편과 조앤의 옛날 관계를 모르고 있는 레이디 콘스탄스 네빌은 즉시 명랑하게 대화를 나누기 시작했다.

"따님의 약혼을 축하드립니다. 정말 어울리는 한 쌍이에요."

"남편과 나도 매우 기뻤답니다. 필딩이 결혼축하연에서 춤을 출 수 없다는 것이 안타까울 뿐이죠."

"이해할 수 있어요."

콘스탄스의 눈이 동정심으로 빛났다.

"허나 적어도 따님의 미래가 확실하다는 것을 알고 돌아가셨
잖아요."

라비니아는 조앤과 레이디 네빌의 대화를 들으면서 네빌 경
의 돌린 얼굴을 살폈다. 그는 고개를 돌려 누군가를 찾고 있었
다. 그의 눈에서 뭔가 불쾌한 빛이 빛났다. 매우 신중하게 그녀
는 그의 시선을 따라갔다. 그가 앤서니와 젊은 사람들의 무리에
서 있는 에멀린을 보고 있는 것을 깨닫는 순간 충격으로 위가
뒤틀렸다. 위험을 감지한 듯 앤서니가 그녀 쪽을 돌아보았다.
네빌 경을 보고 그의 눈이 가늘어졌다.

"정말 아름다운 드레스예요, 레이크 부인."

콘스탄스가 미소지었다.

"마담 프란체스카의 작품인 것 같군요. 그녀의 작품은 매우
독창적이에요, 그렇지 않나요?"

라비니아는 간신히 마주 미소지었다.

"그래요, 당신도 그녀의 고객이신가 보죠?"

"난 수년 동안 그녀를 후원해 왔답니다."

콘스탄스가 궁금해하는 표정을 지었다.

"바스에 들렀다 오시는 길이라고 들었는데요?"

"예."

"나도 휴양차 그곳에 자주 갔었답니다. 아름다운 도시예요,
그렇지 않나요?"

이러한 무의미한 대화가 계속된다면 그녀는 미쳐버리고 말
것이다. 토비어스는 어디에 있지? 지금쯤 왔어야 하는데.

토비어스는 테이블에 촛불을 놓은 다음 신속하고 질서정연하
게 서랍과 벽장을 열고 닫았다.

십 분 후 그는 옷장 안의 조그만 서랍에서 편지를 발견했다.

그는 그것을 꺼내 촛불이 놓인 테이블로 가져갔다.

그 편지에는 칼라일의 서명이 있었다. 안에는 로마에서 의뢰받은 일에 대한 비용들이 항목별로 적혀 있었다.

토비어스는 그 편지가 베넷 러클랜드의 살인 청부 계약서라는 것을 깨달았다.

네빌 경은 자기 아내의 팔을 잡았다.

"실례합니다만, 저 건너편 계단 근처의 베닝턴과 인사를 해야겠군요."

"네, 그러세요."

조앤이 중얼거렸다.

네빌 경은 아내를 끌고 군중 사이로 나아갔다.

라비니아는 그들을 계속 지켜보았다. 네빌 경은 계단 쪽으로 가는 대신 아내를 식당 입구 근처에서 대화하고 있는 여자들 사이에 떨구고 방의 건너편으로 갔다.

라비니아가 중얼거렸다.

"난 당신이 네빌 경과 그의 부인을 딸의 약혼 무도회에 초대했었는지 궁금하네요?"

놀랍게도, 조앤은 낄낄거리며 웃었다.

"필딩은 네빌 경 부부는 초대할 필요 없다고 말했어요. 난 네빌을 손님 명단에서 누락시켜서 기뻤답니다."

"이해가 가는군요."

"그건 그렇고,"

조앤이 말했다.

"이제 아마도 살인자일지도 모를 이전 애인을 사교적으로 어떻게 다루는지 알겠지요?"

"마치 아무 일도 없었다는 듯이 행동하시더군요."

"바로 그거예요."

토비어스는 편지를 안주머니에 챙겨넣고 촛불을 껐다. 그리고 문으로 다가가 한동안 귀를 기울이다가 밖에서 아무 소리도 들리지 않자 침실에서 나왔다.

하인들을 위한 좁은 계단은 복도 끝에 있었다. 그는 짙은 어둠 속으로 내려가기 시작했다.

일층에 도달했을 때, 그는 다시 멈추었다. 아래쪽은 조용했다. 아까 웃어대던 두 명의 남자는 잠자리에 들었거나 웃음이 나오지 않는 다른 일에 매달려 있는 모양이었다. 그는 후자 쪽이라 생각했다.

그가 온실 문을 여는 순간 홀의 벽에 드리워진 어둠 속에서 그림자 하나가 떨어져나왔다. 남자 손에 들린 권총이 달빛에 희미하게 빛났다.

"꼼짝 마라, 이 도둑놈!"

토비어스는 순식간에 몸을 바닥으로 굴렸다.

"뒷계단에서 무슨 소리가 들리는 것 같았지."

권총이 발사되어 근처의 토기 화분을 산산조각냈다. 토비어스는 팔을 들어 눈을 가렸다.

남자는 빈 권총을 떨어뜨리고 안으로 뛰어들어왔다. 토비어스는 비실비실 일어나 겨우 공격을 피했다. 옛 상처로 인한 고통 때문에 바닥으로 쓰러졌다. 그는 무기 삼을 만한 것을 더듬어 찾았다.

남자는 이미 그의 뒤에 와 있었다. 이쪽으로 뻗은 팔의 커다란 손은 마치 짐승의 앞발 같았다.

"더 이상 피할 순 없어."

토비어스는 간신히 작업대의 가장자리를 잡았다. 손가락이 양치류 화분에 닿았다. 그는 양쪽 팔로 무거운 화분을 들어올렸다.

토비어스가 남자의 머리 위로 그 화분을 내리치자 상대방은 황소처럼 육중한 소리를 내며 쓰러졌다.

섬뜩한 침묵이 온실 안에 감돌았다. 토비어스는 작업대에 몸을 기대고 귀를 기울였다. 발자국 소리는 없었다. 놀란 외침소리도 없었다.

잠시 후 그는 일어나 정원을 향해 열려 있는 문까지 절뚝거리며 걸어갔다. 곧 거리에 도착했지만 마차가 눈에 띄지 않았다.

빌어먹을. 콜체스터 저택까지는 먼 거리였다. 다행스런 점은, 이번엔 비가 오지 않는다는 것이었다.

22

맙소사, 그는 어디에 있지? 라비니아는 발끝으로 서서, 군중들의 머리 위를 보려 애썼다.

"네빌 경을 찾을 수가 없어. 에멀린, 네 눈엔 보이니?"

에멀린은 발끝으로 설 필요가 없었다.

"아뇨, 아마 식당으로 갔나 봐요."

"방금 전 내가 얼핏 보았을 때, 그는 하인과 이야기를 나누고 있었어."

라비니아의 손바닥에 진땀이 고였다.

"지금은 보이지 않아. 여길 떠났을지도 모른다구."

"그게 뭐 그리 놀라운 일인가요?"

조앤이 물었다.

"네빌 경은 틀림없이 여기 무도회에 잠시 얼굴만 내밀 의도였을 거예요. 이런 행사는 대부분의 신사들에게 지극히 지루한 일이지요. 지금쯤 그는 게임룸에 있거나 새로운 정부를 찾아 사창가로 갔을 거예요.”

샐리의 외투 후드에 묻은 선명한 핏자국이 라비니아의 뇌리를 스쳤다.

“그런 끔찍한 일이.”

“진정해요.”

조앤이 걱정스러운 표정으로 그녀를 쳐다보았다.

“당신은 지난 반 시간 동안 극도로 걱정스러워하는 것 같았어요.”

왜냐하면 토비어스에 대한 걱정을 그칠 수가 없기 때문이지요, 라비니아가 생각했다. 그러나 그녀의 개인적인 두려움을 크게 말해 봐야 아무 소용 없었다. 또한 무도회장에서 네빌 경이 갑작스레 사라졌다고 해서 지나치게 걱정할 필요도 없었다. 틀림없이 조앤의 짐작이 맞으리라.

그럼에도 불구하고 감시 대상을 놓친 것은 그녀를 불안하게 했다.

레모네이드 한 잔을 손에 든 앤서니가 그녀 앞에 나타났다. 그는 그것을 에멀린에게 건넸다.

라비니아는 그를 보고 얼굴을 찌푸렸다.

“식당에서 네빌 경을 보았나요?”

앤서니는 군중을 살피기 위해 약간 돌아섰다.

“아뇨, 오는 길에 레이디 네빌은 봤지만 그 남편은 못 보았습니다. 부인께서 제가 레모네이드를 가지러 간 사이 그를 감시하고 있으리라 생각했는데요.”

“그가 사라졌어요.”

앤서니의 얼굴이 굳어졌다. 그 역시 그 소식을 반겨하지 않음을 알 수 있었다.

“확실합니까?”

그가 물었다.

"그래요. 난 기분이 영 찜찜해요. 거의 새벽 한 시 반이에요. 지금쯤이면 토비어스가 임무를 마치고 우리와 합류했어야 하는데."

라비니아가 조용히 말했다.

"동감입니다."

앤서니가 진지하게 말했다.

"그러게 당신을 데리고 가야 한다고 말했는데."

그가 고개를 끄덕였다.

"오늘밤 한두 번 그 얘기를 하셨지요."

"그는 결코 내 말을 듣지 않아요."

앤서니가 움찔했다.

"토비어스는 본인 뜻대로 하는 경향이 있지요."

"변명의 여지가 없어요. 우리는 파트너예요. 그는 내가 조언을 할 때에는 주의를 기울여야 해요. 그가 나타나면 몇 마디 말 좀 해야겠군요."

앤서니가 주저했다.

"아마 여기 오는 도중에 친구와 의논하기 위해 클럽에 잠시 들렀을지도 모르지요."

"만약 그가 거기에 없으면요?"

"이성적으로 생각해야죠. 토비어스가 예상했던 것보다 수색이 길어지고 있는지도 모르지요."

앤서니는 얼굴을 찌푸렸다.

"임대마차를 타고 네빌 경의 저택에 가서 토비어스가 아직도 안에 있는지 알아보겠습니다. 거기 없다면 그의 클럽을 확인해 보도록 하죠."

자기 혼자만 걱정하는 게 아니라고 라비니아는 생각했다. 앤서니는 냉철해 보이려고 노력했으나 그 또한 불안해하고 있었다.

"훌륭한 생각이에요. 오늘밤 여기 모인 군중들을 고려해 보면 밖에 임대마차들이 많이 대기하고 있을 거예요."

앤서니는 그녀의 결단에 안심하는 것처럼 보였다.

"그럼 전 가보겠습니다."

그가 돌아섰다.

에멀린이 그의 소매를 잡았다. 그녀의 눈은 걱정으로 어두웠다.

"조심할 거지요?"

"물론이오."

그는 고개를 숙여 그녀의 손에 입맞추었다.

"내 걱정하지 말아요, 에멀린. 난 매우 조심할 거요."

그는 라비니아에게 돌아섰다.

"별일 없을 겁니다, 레이크 부인."

"마치 씨가 이곳에 먼저 오는 대신 클럽에 들렀다면 가만 두지 않겠어요."

앤서니는 웃고 군중 사이로 서둘러 사라졌다.

조앤이 얼굴을 찌푸렸다.

"마치 씨에게 무슨 일이 생겼다고 생각하나요?"

"잘 모르겠어요. 하지만 그가 약속한 시간에 오지 않은데다 네빌 경이 갑작스레 사라진 일로 난 극도로 불안해요."

"그 두 가지가 무슨 상관이 있는지 이해할 수 없군요. 네빌 경은 자기 집을 마치 씨가 수색하고 있으리라곤 상상조차 못할 거예요."

"하인이 네빌 경에게 다가가 이야기한 후 그가 사라졌다는 점이 마음에 걸려요. 무슨 전갈을 받은 것 같잖아요."

라비니아가 천천히 말했다.

"그냥 기다리고만 있을 수 없어요. 우리가 할 수 있는 무엇인가가 있을 거예요."

"물론이지요."

조앤이 권위가 담긴 목소리로 말했다.

"우린 별일 없는 것처럼 행동해야 해요. 에멀린 양, 다음 춤을 게디스 씨와 추기로 약속하지 않았나요? 그가 이쪽으로 오고 있군요."

에멀린이 신음소리를 냈다.

"어떻게 지금 춤을 출 수가 있겠어요? 앤서니 걱정을 하느라 게디스 씨와 정중한 대화를 나눌 수가 없을 것 같아요."

"소문을 듣자하니 게디스 씨에겐 거의 매년 만오천 파운드의 수입이 있다더군요."

조앤이 건조하게 말했다.

라비니아는 샴페인에 사레가 들렸다. 마침내 호흡을 되찾자 그녀는 에멀린에게 미소를 지었다.

"게디스 씨와 춤을 춘다고 해서 해가 되지는 않을 거다. 사실, 꼭 그래야만 한단다."

"왜요?"

"도브 부인의 말처럼 아무 문제 없는 듯이 행동해야지. 어서 가서 그와 춤을 추거라."

"정 그러시다면."

에멀린은 막 자기 앞에 다가선 잘생긴 젊은 신사에게 미소를 보냈다. 그는 정중하게 말을 건네며 그녀를 무도회장으로 인도했다.

라비니아는 조앤에게 바짝 다가섰다.

"연간 만오천 파운드라고 했던가요?"

“그랬지요.”

라비니아는 게디스와 에멀린이 춤추는 것을 쳐다보았다.

“매우 훌륭한 청년인 것 같군요. 집안에 나쁜 내력이라도 있나요?”

“내가 아는 한은 없어요.”

“훌륭해요.”

조금 후 왈츠가 끝나고 에멀린과 그녀의 파트너는 한쪽으로 물러섰다. 라비니아는 에멀린과 게디스가 있는 곳으로 걸어가는 사람이 눈에 들어오자 경악했다.

“이런 맙소사.”

“뭐지요? 뭔가 잘못됐나요?”

“팜프리 경이에요. 보세요. 에멀린에게 춤을 청하는 것 같아요.”

조앤은 라비니아의 시선을 따라 에멀린과 게디스가 팜프리 경과 맞닥뜨린 장면을 바라보았다.

“그렇군요. 그가 취해 있지 않기만을 바랄 뿐이에요. 팜프리 경은 취해 있으면 상당히 골치 아픈 존재가 되니까요.”

라비니아는 부채를 접고 발걸음을 뗐다.

“내가 나서야겠어요. 곧 돌아오죠.”

“진정해요, 라비니아. 레이디 콜체스터는 자기 무도회장에서 불미스러운 일이 일어나지 않도록 할 거예요.”

라비니아는 대답하지 않고 사람들 속으로 걸어갔다. 그러나 몸집이 큰 사람이 앞을 가로막는 바람에 목표를 시야에서 놓쳤다.

그녀가 헐떡이며 에멀린에게 다가갔을 때 팜프리 경은 이미 물러난 뒤였다.

에멀린의 눈이 즐거움으로 빛났다.

"괜찮아요, 이모. 팜프리 경은 단지 지난밤 극장에서의 일을
사과하려 했을 뿐이에요."
"그렇다면 다행이야."
에멀린은 어리둥절해하는 게디스에게 미소를 지었다.
"고마워요."
"천만에요."
게디스는 그녀의 손에 키스하고 재빨리 군중 속으로 사라졌
다.
라비니아는 그가 떠나는 모습을 지켜보았다.
"매우 훌륭한 청년 같아."
"그렇게 아쉽다는 표정 짓지 마세요. 당황스럽잖아요."
에멀린이 말했다.
"어서 오렴, 도브 부인이 기다리고 있는 곳으로 돌아가야 해."
그녀는 군중 속을 헤치고 나아갔다. 에멀린이 그녀 뒤를 바짝
따랐다.
그들이 사람들의 숲을 헤치고 나왔을 때 도브 부인이 있던 자
리에는 접시와 잔을 치우고 있는 하인 외에 아무도 없었다.
라비니아는 공포가 엄습하는 것을 느꼈다.
"그녀가 없어졌어."
"근처 어디에 있겠지요. 갈 곳을 말하지 않고 자리를 비울 분
이 아니에요."
"없어졌다니까."
라비니아는 근처의 의자를 끌어당겨 그 위에 올라섰다.
"어디에도 안 보이는구나."
하인이 놀란 눈으로 그녀를 응시했다.
에멀린은 발끝으로 서서 군중을 살폈다.
"저도 그래요, 아마 카드를 하러 가셨을 거예요."

라비니아는 치맛자락을 들고 의자에서 내려와 하인에게 물어보았다.

"은회색의 드레스를 입은 숙녀를 보지 못했나요? 몇 분 전까지도 바로 이곳에 서 있었는데."

"보았습니다, 부인. 제가 그분께 메모를 전하자 떠나셨습니다."

라비니아와 에멀린은 서로를 쳐다보았다. 그러고 나서 둘은 동시에 하인을 다그쳤다.

"무슨 메모지요?"

당황한 하인은 식은땀까지 흘렸다.

"저도 모르겠습니다, 부인. 전 읽지 않았습니다. 그분에게 전달하라는 지시를 받아서 그렇게 했을 뿐입니다. 그분은 그것을 보더니 즉시 떠나셨습니다."

라비니아는 그에게 좀더 다가섰다.

"누가 그녀에게 갖다주라고 하던가요?"

하인은 침을 삼키며 한 걸음 물러섰다. 그의 겁에 질린 시선이 라비니아에게서 에멀린에게로 옮겨졌고 다시 라비니아에게 돌아왔다.

"오늘밤 파티를 위해 임시로 고용된 하인 중의 한 명인데 전 모르는 사람입니다. 그는 누가 메모를 주었는지 말하지 않았습니다."

라비니아는 에멀린에게 고개를 돌렸다.

"나는 이쪽을 살펴볼게. 너는 다른 쪽을 살펴보렴. 끝쪽에서 만나자."

"예."

에멀린이 돌아서기 시작했다.

"에멀린."

라비니아는 그녀의 팔을 잡았다.

"무슨 일이 있어도 무도회장을 떠나지 말아라, 알았지?"

에멀린은 고개를 끄덕인 후 곧바로 군중 사이로 사라졌다.

라비니아는 몸을 돌려 무도회장을 둘러싸고 있는 발코니로 향했다. 거기라면 무도회장이 한눈에 보일 것이다.

그녀는 방향을 바꿔 계단으로 향했다. 사람들 사이를 결연하게 헤치고 나아가자 눈썹을 치켜올리는 이들이 있었다. 무례한 말이 들려오기도 했으나, 대부분의 사람들은 그녀를 무시했다.

계단에 도달하자 뛰어오르려는 마음을 억눌렀다. 발코니에 도착해서, 그녀는 난간을 잡고 아래를 내려다보았다.

빛나는 새틴과 실크 드레스 사이에서 조앤의 은회색 드레스는 흔적조차 찾을 수 없었다. 그녀는 이성적으로 생각하려 노력했다. 조앤이 안전한 무도회장을 떠나도록 한 메모에는 무엇이 적혀 있었을까?

그녀는 돌아서서 정원으로 향해 있는 창문으로 다가갔다. 집 근처의 울타리와 관목들은 무도장 가장자리의 테라스에서 새어 나온 불빛을 받아 어느 정도 환했지만 불빛이 비치지 않는 곳은 칠흑처럼 어두웠다.

그때 울타리 부근에서 순간적인 움직임이 그녀의 눈에 포착되었다. 재빨리 고개를 돌리자 희미한 새틴 드레스가 얼핏 보였다. 어둠 속이라 드레스 색깔을 구분하기는 불가능했지만 커다란 걸음폭이나 행동거지가 조앤이란 확신이 들었다.

그녀는 소리쳐 부르고자 했으나, 웃음소리나 음악소리에 묻혀 조앤이 듣지 못할 것 같았다. 몸을 돌려 발코니 끝에 있는 조그만 계단을 향해 내달렸다.

그녀는 조그만 계단의 끝부분에 있는 문을 열고 서늘한 어둠 속으로 나아갔다.

라비니아는 치맛자락을 들어올리고 아까 본 여자가 향하던 방향으로 서둘러 움직였다. 화려하게 장식된 울타리와 관목들 사이로 좀더 깊숙이 들어서자 웃음소리와 음악소리가 점점 희미해져 갔다.

그녀의 키보다 높은 울타리를 돌아서자 정자 같은 건축물의 기둥이 보였다. 그 건물의 공허한 내부는 새까만 어둠 속에 완전히 묻혀 있었다. 입구 안쪽의 깊은 어둠 속에서 무언가가 움직였다. 커다란 박쥐 날개 같은 그것은 곧 사라졌다.

그녀는 입을 열어 조앤을 부르려 했으나 멈칫했다.

얼핏 본 박쥐 날개 모양은 사람의 외투 같았다. 안쪽에 숨어 있는 사람이 누구이든지 간에 조앤은 아니었다. 심지어 여자인지도 확신할 수가 없었다.

울타리의 짙은 그림자 속을 배회하던 라비니아의 눈에 희미한 달빛을 받아 반짝이고 있는 새틴 드레스 자락이 들어왔다.

조앤이 근처의 무성한 잎사귀 사이에서 나와 그 건축물의 어두운 입구로 다가가기 시작했다.

"조앤, 안 돼요!"

라비니아가 서둘러 그녀에게 다가갔다.

"안으로 들어가지 말아요."

놀란 조앤이 재빨리 돌아섰다.

"라비니아? 뭐 하고……."

정자의 입구에서 갑작스럽게 무언가가 움직였다.

"조심해요!"

라비니아가 조앤의 팔을 잡아끌었다.

방한외투와 모자 차림의 형체가 건물에서 튀어나와 광대한 정원의 어둠 속으로 사라졌다. 순간 달빛에 긴 쇠막대기가 빛났다.

“내가 당신이라면 추적할 생각조차 않겠어요. 마치 씨가 좋아
하지 않을 거예요.”
　조앤이 침착하게 말했다.

23

"물론 당신에게 말할 새도 없이 내가 정원으로 달려나갈 이유는 딱 하나뿐이죠. 라비니아, 내 딸의 생명이 위험에 처해 있으며 좀더 자세한 사항을 알고 싶다면 정원으로 나오라는 쪽지를 받았어요. 난 공포에 제정신이 아니었죠."

"당신을 유인하기 위한 미끼일 거란 생각은 들지 않았습니까?"

토비어스가 물었다.

반대편의 벨벳 쿠션에 앉아 있던 라비니아가 눈짓했으나 그는 무시했다. 그는 자신의 말투가 거칠다는 것을 알고 있었으나, 조앤의 기분이 상하든 말든 신경 쓰지 않았다.

토비어스는 좋은 기분이 아니었다. 앤서니와 함께 조금 전에 콜체스터 가의 무도회장에 들어왔을 때 조앤과 라비니아 모두가 사라진 것을 발견하자 그는 집을 샅샅이 수색할 태세였다. 진짜 기억에 남을 만한 사건을 막은 것은 에멀린이었다. 그녀는 라비니아와 조앤이 발코니에서 정원 쪽으로 가는 걸 보았다고 했다.

토비어스는 그들 모두를 휙 낚아채어 조앤의 우아한 마차에 허락을 받지도 않고 올라탔다. 조앤은 아무 항의도 하지 않았다.

그들이 안전한 마차에 올라타고 나서야 라비니아는 무도회장과 정원에서 무슨 일이 있었는지 설명했다. 네빌 경의 집에서 발견한 편지로 인해 생긴 만족감은 즉시 사라졌다.

이 순간 그가 생각할 수 있는 것은 조앤이 밤의 적막한 정원에서 그녀 자신만이 아니라 라비니아까지 심각한 위험으로 몰아넣었다는 사실뿐이었다.

토비어스는 지끈지끈 쑤셔대는 허벅지를 무심결에 문질렀다. 조앤의 우아하고 스프링이 좋은 마차는 앤서니가 길가에서 그를 태웠던 임대마차보다 훨씬 안락했으나, 부드러운 쿠션이 그의 성질까지 누그러뜨리지는 못했다.

"난 멍청한 여자가 아니랍니다, 마치 씨."

조앤이 마차 창 너머를 내다보았다.

"나도 그 메모가 미끼일지도 모른다고 생각했어요. 그러나 내 딸의 생명이 걸려 있다고 하니 시키는 대로 따를 수밖에 없었어요. 난 정말 필사적이었답니다."

"완벽하게 이해가 가는 대답이군요."

라비니아가 말했다.

"어떤 부모라도 똑같은 일을 했을 거예요. 그리고 부모는 아니지만, 나도 그렇게 했을 거고요."

그녀는 토비어스에게 의미심장한 표정을 지었다.

"만약 앤서니가 중대한 위험에 빠져 있다는 메모를 받는다면 당신은 어떻게 하겠어요?"

앤서니는 가당치도 않다는 코웃음 같은 이상한 소리를 냈고 토비어스는 욕설을 삼켰다. 그녀의 질문에 대한 대답은 분명했다. 라비니아가 위험에 빠져 있다는 메모를 받았다면 어떻게 했을까? 그는 그 질문에 대한 대답 역시 알았다.

라비니아가 화제를 바꾸려 입을 열었다.

"네빌 경이 오늘밤 있었던 일들을 다 계획한 게 분명해요. 우리 정신을 산란하게 하려고 팜프리 경으로 하여금 에멀린에게 사과하게 했을지도 모르죠."

"하지만 네빌 경은 정문을 통해 나갔습니다."

앤서니가 말했다.

"일단 자신의 마차로 가서 부지깽이나 무기가 될 만한 무엇인가를 가지고 들키지 않게 정원으로 들어왔겠죠. 정원이 이렇게 넓으니 눈에 띄지 않고 벽을 넘을 수 있는 곳이 많이 있을 거예요."

에멀린이 고개를 끄덕였다.

"내 시체가 마침내 발견될 무렵이면 네빌 경을 살인과 연관 지어 생각할 단서는 전혀 없을 테고요."

조앤이 나직히 말했다.

토비어스는 라비니아가 몸을 부르르 떠는 것을 보았다.

"오늘밤 네빌 경은 당신을 죽이려 했어요, 다른 여자들을 죽인 것과 마찬가지로요."

조앤의 입술이 냉소적으로 뒤틀렸다.

"그가 나의 밀랍인형도 제작하도록 했을지 궁금해하지 않을 수 없군요. 내 모습이 허기트 씨의 전시관에 관능적인 전시물로 놓여 있는 장면을 상상해 보세요."

잠시 동안 아무도 말하지 않았다.

조앤이 음울한 눈으로 토비어스를 쳐다보았다.

"이 사건에 대한 당신과 라비니아의 추론이 맞을지도 모르겠
군요. 네빌 경이 살인자이고 당신이 설명한 블루 쳄버의 멤버였
을 가능성이 상당히 크다는 것을 인정할 수밖에 없네요. 내 남
편이 범죄조직의 두목이었다는 것은 믿을 수 없지만, 달리 생각
할 여지가 없어요. 분명 네빌 경은 내가 너무 많은 것을 알고
있다고 생각해서 날 죽여 입을 막으려는 것 같군요."

잠시 후 라비니아는 책상 앞에 앉았다. 앤서니는 벽난로 앞에
서 불을 붙이려 했고 토비어스는 포도주장을 열었다. 에멀린도
자리를 잡고 앉았다.
라비니아는 토비어스가 포도주를 두 개의 잔에 따르는 것을
바라보았다. 그의 움직임은 다리가 몹시 아프다는 것을 명백히
드러내 주었다. 이상할 것도 없었다. 그는 오늘밤 엄청난 양의
운동을 했으니.
"남편이 아주르였다는 것을 몰랐다는 도브 부인의 말은 정말
일까요?"
앤서니가 누구에게랄 것도 없이 물었다.
토비어스는 라비니아 앞의 책상에 잔 하나를 놓고 자신의 잔
을 들어 포도주를 한 모금 들이켰다.
"사교계 신사들은 사업, 재정 등등에 관해 아내와 의논하는
법이 거의 없지. 라비니아가 말한 대로 미망인들은 때때로 가족
의 재정 상황을 제일 나중에야 알게 돼. 도브가 아내에게 범죄
조직에 관한 이야기를 하지 않았을 가능성은 있어."
"그녀는 알고 있었어요."
라비니아가 부드럽게 말했다. 모두가 놀라 그녀를 쳐다보았
다.
그녀는 어깨를 으쓱했다.

"조앤 도브는 매우 영리한 여성이에요. 그녀는 남편을 매우 사랑했고 그들 사이엔 밀접한 유대감이 있었을 거예요. 그녀는 필딩 도브가 아주르였다는 것을 알았든가 아니면 적어도 의심하긴 했을 거예요."

에멀린이 고개를 끄덕였다.

"동감이에요."

"어떤 경우든 간에, 그녀는 분명히 인정하려 하지 않을 거요."

토비어스의 말에 라비니아도 수긍했다.

"아무도 그녀를 비난할 수 없지요. 그녀의 입장이라면 나라도 진실을 감추기 위해 무엇이든 했을 거예요."

"소문이 두려워서?"

"아니요. 도브 부인은 소문의 풍랑을 헤쳐나갈 수 있는 능력을 가지고 있어요. 남편의 명성을 지키기 위해 아내들이 무엇이든 하려 드는 다른 이유가 있지요."

토비어스가 한쪽 눈썹을 치켜올렸다.

"예를 들면?"

"사랑, 헌신, 그런 것들이죠."

토비어스는 불꽃을 쳐다보았다.

"그래, 물론이오."

또다시 긴 침묵이 흘렀다. 이번에는 에멀린이 그 침묵을 깼다.

"오늘밤 네빌 경의 저택에서 뭘 찾아내셨는지 우리에게 얘기해 주지 않으셨어요, 마치 씨."

그는 벽난로 선반으로 어슬렁어슬렁 걸어갔다.

"네빌 경이 베넷 러클랜드의 죽음과 관련 있음을 증명하는 편지를 발견했지. 그가 칼라일에게 상당한 액수를 치르고 로마에서 러클랜드를 살해하도록 시킨 것 같소."

앤서니가 낮게 휘파람 소리를 냈다.

"그렇다면 마침내 다 끝났군요."

"거의."

토비어스는 포도주를 더 따랐다.

라비니아가 얼굴을 찌푸렸다.

"무슨 뜻이죠? 무슨 일이 있나요?"

토비어스가 그녀를 보았다.

"이 사건에 대해 당신에게 좀더 자세하게 말해야 할 시기가 된 것 같소."

그녀가 눈을 가늘게 떴다.

"계속하세요."

"베넷 러클랜드는 탐험가이자 고대 유물을 연구하는 사람이었소. 전쟁 동안, 그는 스페인과 이탈리아에서 많은 시간을 보냈고 직업상 때때로 우리나라에 유용한 정보를 입수할 수 있었소."

"어떤 종류의 정보지요?"

토비어스가 잔을 굴렸다.

"탐사중에 그는 때때로 프랑스 선적의 항로를 자세히 알게 되었고, 군수 물품과 군대의 움직임에 대한 소식을 듣게 되었소."

에멀린이 호기심에 차 바라보았다.

"다른 말로 하면 스파이였군요?"

"그렇소. 영국에서 그의 연락책은 네빌 경이었지."

라비니아의 몸이 굳어졌다.

"맙소사."

"러클랜드가 네빌 경에게 보낸 정보는 관계당국에 넘겨졌다고 여겨지오. 사실, 상당수가 그랬지."

"하지만 전부는 아니라는 건가요?"

"그렇소, 그러나 러클랜드는 전쟁이 끝날 때까지 사실을 알지 못했소. 약 일년 전에 그는 연구를 계속하기 위해서 이탈리아로 돌아갔소. 그곳에 있는 동안, 그의 오래된 정보 제공자가 전쟁 말기에 프랑스군에 의해 스페인에서 선적된 특별한 물품들에 대해 알려주었소. 목적지는 프랑스였지. 러클랜드는 그 비밀경로에 대한 정보를 입수해서 네빌 경에게 알려주었소."

"군수 물품이었나요?"

에멀린이 물었다. 토비어스가 고개를 저었다.

"골동품들이지. 나폴레옹은 고대 유물에 매우 심취해 있었소. 예를 들어, 이집트에 쳐들어갔을 때 그는 그곳의 유물과 사원들을 조사하기 위해 많은 학자들을 데려갔지."

"모두가 알고 있는 일이에요. 로제타석 또한 그런 유물 중 하나잖아요."

앤서니가 말했다.

"계속하세요. 어떤 종류의 유물들이 있었나요?"

라비니아가 재촉했다

"값진 것들이 많았소. 그 중에는 나폴레옹의 부하들이 스페인 사원에서 찾아낸 고대의 보석 장신구들도 있었지."

"무슨 일이 생겼죠?"

"보석류와 고대 유물들이 든 그 화물이 파리로 가는 도중에 사라졌소. 러클랜드는 네빌 경이 중간에 가로채서 영국으로 가져갔다고 추측했지. 어떤 면에서는 바로 그랬소."

라비니아가 얼굴을 찌푸렸다.

"무슨 뜻이죠?"

"유물들은 분명히 계획대로 사라졌소. 허나, 지난해 이탈리아 정보제공자와 얘기를 나눈 후 러클랜드는 네빌 경이 화물을 훔쳐서 자기 것으로 한 게 아닐까 의심하기 시작했소. 그는 질문을 하기 시작했지. 하나의 질문은 또 다른 질문을 낳았소.”

라비니아가 천천히 말했다.

“러클랜드는 블루 쳄버에 관한 정보를 알아냈군요, 그렇죠?”

“그렇소. 그가 오랫동안 스파이 활동을 했음을 잊지 말아요. 그는 조사하는 방법을 알았을 뿐만 아니라 전쟁 동안 구축한 정보 조직망이 있었소. 조사 끝에 범인들을 발견했지.”

그녀는 재빨리 포도주 한 모금을 들이켰다.

“그 중 하나가 네빌 경이군요?”

“러클랜드는 네빌 경이 전쟁 동안에 가치 있는 수하물들을 훔쳤을 뿐만 아니라, 군사 정보를 프랑스에 팔아서 그의 조국 영국을 배반했다는 것을 알게 되었소.”

“네빌 경은 반역자였나요?”

“그렇소. 그리고 블루 쳄버에 가담하고 있었기 때문에 범죄조직과도 연결되어 있었지. 그 또한 정보 제공자를 가지고 있었소. 몇 달 전 그는 러클랜드가 자신의 활동을 조사하고 있으며 진실에 근접했다는 것을 알게 되었다오. 그래서 블루 쳄버의 일원인 칼라일에게 러클랜드를 제거하라고 시켰소.”

토비어스의 턱이 굳어졌다.

“거래의 대가는 만 파운드였지.”

라비니아의 입이 크게 벌어졌다.

“만 파운드요? 그건 그야말로 한재산이잖아요. 로마를 비롯하여 유럽의 어느 도시에서건 동전 몇 개만 집어주면 살인을 저지를 노상강도가 널렸는데.”

“만 파운드는 살인을 위한 비용만이 아니었소. 네빌 경의 미묘한 위치 때문에 지불된 특별 보너스였지. 칼라일은 네빌 경이 비밀 유지를 위해서라면 더 지불할 수도 있다는 것을 알고 있었소.”

“한 범죄자가 또 다른 범죄자를 협박하다니, 뭔가 아이러니하
군요.”

라비니아가 중얼거렸다.

“그럴지도. 어쨌든 간에, 네빌 경은 문제가 해결되어 몹시도
마음이 놓였을 거요. 러클랜드가 죽음으로써, 그는 이곳 영국에
서 블루 챔버 조직의 남은 부분을 손에 넣으려는 계획을 추진할
수 있게 되었지.”

앤서니가 라비니아를 바라보았다.

“그러나 네빌 경은 러클랜드가 그의 의심을 상부에 보고한
것까지는 몰랐지요. 러클랜드가 로마에서 살해되자 그들은 즉
각 그 사건이 우발적인 사고가 아님을 알았어요.”

라비니아는 양 손바닥으로 책상을 쾅 치면서 토비어스를 노
려보았다.

“그럴 줄 알았어요. 당신이 내게 말한 것이 전부가 아닐 줄
알고 있었죠. 네빌 경은 당신의 진짜 의뢰인이 아니지요, 그렇
죠?”

토비어스가 나직이 한숨을 내쉬었다.

“글쎄, 그건 당신이 이 상황을 어떻게 바라보느냐에 달려 있
소.”

“어물쩍 진실을 숨기려 하지 말아요. 러클랜드의 죽음을 조사
하도록 당신을 고용한 사람은 누구죠?”

“크랙번 백작이오.”

라비니아가 에멀린에게 돌아섰다.

“봐라, 에멀린. 마치 씨에게 무슨 속셈이 있다고 내가 진작부
터 말하지 않았니?”

에멀린이 미소지었다.

"그래요, 라비니아 이모. 그런 말을 한 적이 있어요."

라비니아는 토비어스에게 고개를 돌렸다.

"어떻게 당신과 네빌 경이 관련되었나요?"

"칼라일이 죽은 뒤 시종의 일기장에 대한 소문이 돌기 시작했을 때, 난 그에게 접근해서 소문을 이야기해 주고 내가 찾아주겠다고 제안했지."

"네빌 경은 일기장을 찾는 데 혈안이 되어 있었어요."

앤서니가 설명했다.

"그는 그 안에 무슨 내용이 있는지 정확히 알지 못했지만 그로 인해 자기 정체가 드러날까 두려워했지요."

"일기장을 찾도록 날 고용한 후 얼마 안 되어 네빌 경 자신이 홀튼 펠릭스의 협박 편지를 받지 않았나 싶소. 그는 당신과 내가 그러했듯 펠릭스를 그의 집까지 추적해 살해한 후 일기장을 가져갔소."

"하지만 그 사실을 당신에게 말할 수야 없었을 테니 당신이 조사를 계속하게 내버려두었겠죠. 그리고는 적당한 때가 되었다고 생각했을 때, 당신이 불에 탄 일기장을 발견하도록 한 거군요."

라비니아가 결론지었다.

"그렇소."

그녀가 그와 눈을 마주쳤다.

"토비어스, 오늘밤 네빌 경이 집에 돌아가면 자기 집에 누군가가 침입했었다는 사실을 알게 될 거예요. 당신과 싸운 하인이 보고할 테니까요."

"틀림없이."

"그는 당신을 의심할 거예요. 당신이 너무 많은 것을 알고 있다고 여기겠죠. 빨리 이 일을 끝내야 해요. 지금 당장. 오늘밤에요.”
“당신이 그 이야기를 꺼내다니, 참 이상하군.”
그는 포도주를 마저 비우고 잔을 내려놓았다.
“바로 내가 하려던 말이었거든.”

24

사창가를 비추고 있는 가스등의 약한 불빛은 안개 자욱한 밤
의 어둠에 맥을 추지 못했다. 토비어스는 어둠 속에 서서 문이
열리는지 지켜보았다.

네빌 경이 나타났다. 그는 귀밑까지 외투깃을 추켜세운 후 좌
우를 살피지도 않고 아래쪽으로 내려왔다. 거리에서 기다리고
서 있는 마차로 재빠르게 걸어갔다. 두꺼운 코트를 입은 마부는
미동조차 없이 조용히 서 있었다.

토비어스는 그늘진 곳에서 나와 네빌 경에게서 몇 걸음 떨어
져 섰다.

"내 메모를 받은 모양이군요."

그가 말했다.

"도대체 누구야?"

네빌 경이 급히 돌아다보았다. 그의 손이 외투 주머니 속으로
들어갔다. 토비어스임을 알아보자, 그의 자세에서 긴장감이 조

금 풀렸다.

"제기랄, 마치, 놀랐잖나. 이런 지역에서는 사람들 뒤로 살금 살금 다가서지 않는 게 좋아. 잘못하다 총에 맞아도 남을 원망 할 수가 없다네."

"여긴 불빛이 굉장히 희미하니 권총이 목표물을 맞출 것 같지 않군요. 특히나 코트 속에서 쏘거나 하면 말입니다."

네빌 경은 얼굴을 찌푸렸으나 주머니에서 손을 빼려 하지 않았다.

"자네 메모는 받았네만 클럽에서 만날 줄 알았는데. 이게 다 무슨 일인가? 새로운 소식이 있나? 펠릭스를 살해하고 일기장을 가져간 자를 찾아내기라도 한 건가?"

"점점 게임에 싫증이 나기 시작하는군요. 여하튼 간에, 당신에게 더 이상 게임을 할 여유 따윈 없습니다."

네빌 경이 얼굴을 찌푸렸다.

"대체 무슨 말을 하고 있는 건가, 자네?"

"여기서 끝냅시다. 오늘밤까지요. 더 이상의 살인은 없어야 합니다."

"뭐라고? 나를 살인자로 몰고 있는 건가?"

"몇 번의 살인사건이죠. 베넷 러클랜드를 포함해서."

"러클랜드?"

네빌 경이 한 걸음 물러섰다.

주머니에서 손을 빼자 쥐고 있던 권총이 드러났다.

"미쳤군. 난 그의 죽음과 아무런 연관이 없어. 그가 죽었을 때 난 런던에 있었네. 증명할 수 있다구."

"당신이 살인을 사주했다는 것을 알고 있습니다."

토비어스는 자신을 겨냥하고 있는 네빌 경의 권총에 잠시 눈길을 줬다가 그의 얼굴을 쳐다보았다.

"오늘밤 당신의 집으로 돌아가 보면, 당신이 없는 틈에 누가 집에 왔다갔음을 알게 될 겁니다."

네빌 경이 이맛살을 찌푸렸다. 곧 눈이 분노로 휘둥그레졌다.

"자네가?"

"당신에게 불리한 증거가 될 만한 편지를 찾아냈습니다."

네빌 경은 깜짝 놀란 표정이었다.

"편지라니?"

"칼라일의 서명이 있고 당신의 주소가 적혀 있는 것입니다. 바로 러클랜드의 살인을 명령했다는 걸 확실하게 입증하죠."

"아냐, 그럴 리가 없어. 말도 안 돼."

네빌 경은 목소리를 높여 마부를 불렀다.

"이봐, 총을 가져와. 이 남자를 감시해. 날 협박하고 있다구."

"예, 주인님."

마부가 외투자락을 젖히자 불빛을 받은 권총의 형태가 번쩍 빛났다.

네빌 경의 손에 들린 권총은 더 이상 떨리지 않았다. 마부의 도움으로 그의 행동에 자신감이 붙었다.

"자네가 발견했다고 주장하는 편지를 한 번 보고 싶네."

네빌 경이 고함쳤다.

"호기심에서 묻습니다만,"

토비어스가 그의 요구를 무시하며 말했다.

"전쟁중에 프랑스인과의 거래에서 얼마나 가로챘습니까? 나폴레옹에게 판 정보 때문에 얼마나 많은 사람이 죽었죠? 스페인 사원에서 훔친 보석들은 어떻게 했구요?"

"자넨 아무것도 증명할 수 없어. 아무것도! 날 겁주려 그러는 거야. 내가 프랑스와 거래했다는 기록 따윈 없어. 자네가 찾았다는 편지와 함께 소각되었지. 단언하지만, 그 증거들은 더 이상 존재하지 않는다구.”

토비어스가 가볍게 미소지었다.

“난 그 물건에 상당한 관심을 보이는 고위층 신사분께 넘겨 드렸습니다.”

“그럴 리가 없어.”

“말해 보시오, 네빌 경. 아주르가 맡았던 블루 챔버의 두목 자리를 당신이 차지할 수 있으리라 정말로 믿었습니까?”

네빌 경의 얼굴에 분노가 떠올랐다.

“제기랄, 마치. 내가 블루 챔버의 새 두목이야.”

“당신이 필딩 도브를 죽였군요. 그렇지 않습니까? 갑작스런 병이 아니라 독약이었던 거죠.”

“난 그를 제거해야만 했어. 전쟁이 끝난 후 도브는 조사를 하기 시작했지. 어쩌다가 내가 프랑스군과 거래한 걸 알게 되었는지 모르겠지만, 사실을 알고 화를 내더군.”

“도브는 거대한 범죄조직을 다스렸지만 내심은 진정한 영국인이었습니다. 그러니 반역은 용납하지 못했겠죠.”

네빌 경이 어깨를 으쓱했다.

“전쟁기간 동안 그는 수중에 떨어진 확실한 투자의 기회를 이용한 칼라일과 내게 뭐라 반대한 적 없었어. 군대에 무기, 장비, 여자들을 공급하는 것은 돈이 됐지. 그리고 때때로 훔친 금과 보석들을 실은 배의 항로를 알아낼 수도 있었거든.”

“사업은 사업이었겠죠. 허나 아주르는 영국의 기밀을 파는 것은 참을 수 없어했죠. 그런 그가 당신이 무슨 짓을 했는지 알아낸 거요.”

“그래.”

네빌 경은 권총을 쥔 손에 힘을 주었다.

“다행히도, 그가 날 죽이려는 걸 알아채고 내가 먼저 행동을 취했어. 죽일 수밖에 없었어. 생존의 문제였으니까.”

“과연.”

“먼저 손을 쓴 덕분이지. 십년이나 십오 년 전이었다면 그를 그렇게 쉽게 처리할 수 없었을 거야. 그러나 아주르는 점점 나이를 먹어가고 있었어.”

“정말로 블루 첼버 같은 조직을 자신이 운영할 수 있다고 생각했습니까?”

네빌 경은 자세를 꼿꼿이 했다.

“지금은 내가 아주르야. 나의 지도 아래 블루 첼버는 도브 때보다 더욱 강해질 걸세. 일이 년 안에 난 유럽에서 가장 힘있는 자가 될 거야.”

“나폴레옹도 같은 야망을 가졌었소. 당신도 그의 종말을 보았을 텐데.”

“난 정치에 관여하는 실수는 하지 않을 거야. 사업만을 고수할 계획이네.”

“얼마나 많은 여자들을 살해했죠?”

네빌 경은 긴장했다.

“그 매춘부들에 대해 알고 있나?”

“당신은 입을 막으려 결백한 여자들을 죽였습니다.”

“흥, 그 여자들은 매춘부였어. 가족이 없으니 그들이 죽어도 아무도 알아채지 못하지.”

“하지만 그들이 완전히 사라지기를 원하지는 않았죠. 당신은 업적의 전리품들을 원했던 겁니다. 당신의 의뢰를 받아 허기트의 위층 전시실에 있는 밀랍인형을 제작한 예술가의 이름이 뭡니까?”

네빌 경이 웃음을 터뜨렸다.

“밀랍인형에 대해서까지 알고 있나? 재미있지, 안 그래? 자네

의 완벽함에 감동했어, 마치. 자네가 이렇게 뛰어날 줄은 몰랐
는데.”

“그 여자들을 죽일 필요는 없었습니다, 네빌 경. 당신과 같은
지위에 있는 남자에게는 위협적이지 않잖습니까. 아무도 그들
의 말을 귀담아들으려 하지 않았을 텐데.”

“난 위험을 무릅쓸 수 없었어. 창녀들 중 몇 명은 너무 영리
하지. 나에 대해 너무 많은 것을 알게 됐을지도 몰라.”

네빌 경의 입술이 뒤틀렸다.

“남자들은 술 몇 병과 자신을 만족시켜 줄 관능적인 젊은 여
자와 함께 있으면 말이 많아지기 쉽지.”

“그들 모두의 입을 막을 수는 없습니다. 최근 샐리를 보거나
소식을 들은 적이 있나요?”

“그년은 도망쳤지만 곧 발견될 거야. 영원히 숨어 있을 수는
없어.”

네빌 경이 단언했다.

“그녀가 당신에게서 도망친 유일한 사람은 아닙니다. 조앤 도
브 또한 당신의 시도에도 불구하고 생존해 있죠.”

그 말에 네빌 경은 심각한 표정을 지었다. 그는 권총을 꼭 쥐
었다.

“그녀에 대해서도 알고 있나? 깊이도 파들어갔군, 너무 깊숙
이. 사실 자네는 자신의 무덤을 판 거야.”

“당신이 그녀를 두려워하는 것은 당연합니다, 네빌 경. 다른
여자들과 다르게 그녀는 총명하고 재력도 있으며 경호를 받고
있죠. 그녀는 오늘밤 부주의했고 당신의 살해 시도는 성공할 뻔
했습니다. 그러나 두 번 다시 같은 실수를 하지 않을 겁니다.”

네빌 경은 정떨어진다는 듯이 푸념했다.

“조앤도 다른 년들보다 나을 것이 없어. 난 한달도 안 되어서

그녀에게 싫증이 났지. 도브가 그녀와 결혼했을 때 난 거의 믿을 수가 없었어. 그의 부와 권력이라면 상당한 상속녀를 선택할 수도 있었는데.”

“그는 그녀를 사랑했소.”

“그의 유일한 약점이었어. 그게 바로 그녀를 제거해야만 했던 이유지. 이십 년간의 결혼 생활 동안 그녀는 블루 챔버에 대해 많은 것을 알게 되었을 가능성이 있거든.”

“당신은 조앤 도브가 뭘 알까 걱정할 필요가 없습니다. 이 사건은 끝났어요. 당신만 괜찮다면, 내 동료와 나는 이만 떠나려 하는데…….”

“동료라니?”

“이쪽입니다.”

앤서니가 조용히 말했다.

“마부석에.”

네빌 경이 비명을 질렀다. 그는 재빠르게 몸을 돌리다 거의 균형을 잃을 뻔했다. 그는 새로운 목표를 향해 방아쇠를 당기려 했으나 앤서니의 손에 권총이 있는 것을 보고 그 자리에 얼어붙었다.

토비어스는 외투 주머니에서 권총을 꺼냈다.

“당신에게는 두 가지 선택권이 있습니다, 네빌 경.”

그가 조용히 말했다.

“집으로 가서 내일 누군가 찾아오기를 기다리거나, 오늘밤 도망가서 다시는 돌아오지 않는 겁니다.”

앤서니는 권총을 단단히 쥐었다.

“흥미 있는 선택이지 않나요?”

네빌 경은 아무것도 할 수 없음에 분노했다. 그의 시선은 자신을 조준하고 있는 두 개의 권총 사이에서 왔다갔다했다.

“개자식.”

그는 거의 자제력을 잃었다.

“네놈은 처음부터 나를 속였어. 날 파멸시킬 궁리만 했다고.”

“내가 좀 협력한 것은 사실이죠.”

“네놈은 무사할 줄 알아?”

네빌 경의 목소리가 떨려 나왔다.

“난 블루 챔버의 수장이다. 네가 상상하는 것보다 많은 권력을 가지고 있어. 네놈을 죽이고 말 테다.”

“내 생각엔 당신은 곧 잡히거나 내일 아침쯤이면 프랑스 여행길에 나섰을 듯한데.”

네빌 경은 주체할 수 없는 분노로 고함쳤다. 그리고는 돌아서서 밤의 어둠 속으로 뛰어갔다. 그의 구두 소리가 거리에 공허하게 울려 퍼졌다.

앤서니가 토비어스를 바라보았다.

“쫓아갈까요?”

“아니.”

토비어스는 권총을 주머니 속에 넣었다.

“이제부터는 크랙번 백작이 처리할 문제지.”

앤서니는 네빌 경이 사라진 안개를 바라보았다.

“그에게 선택권을 알려줄 때, 한 가지를 빠뜨리셨어요. 그와 같은 위치에 있는 신사들은 대부분 체포나 재판 같은 스캔들로부터 가족들을 보호하기 위해 자기 머리에 방아쇠를 당기기 마련이죠.”

“만약 내일 크랙번 백작의 동료들이 집에 있는 네빌 경을 발견한다면, 그들은 확실하게 설명을 해줄 거야.”

크랙번 백작은 토비어스가 맞은편 의자에 앉자 신문을 내려놓았다.

"오늘 아침 베인즈와 에반스톤이 네빌 경을 방문했을 때 그는 집에 없었네. 시골에 있는 별장으로 떠난다고 그랬다는군."

토비어스는 백작의 목소리가 분노로 떨리는 것을 느끼고 눈썹을 치켜올렸다.

토비어스는 다리를 벽난로 쪽으로 쭉 뻗었다.

"진정하십시오. 그는 곧 나타날 겁니다."

"제기랄, 지난밤 그와 맞부딪치기로 한 자네의 계획이 탐탁지 않다고 말했잖나. 왜 배신자에게 경고를 할 필요가 있었는가?"

"제가 말씀드렸듯이, 그에게 불리한 증거가 매우 약했습니다. 편지 한 통이야 그가 위조라고 우기면 끝이죠. 전 그의 입으로 직접 확인하고 싶었습니다."

"자네는 자백을 받았지만 이제 그는 사라졌네. 곧 그 자가 파리나 로마 또는 보스톤에서 잘 지내고 있다는 소식이 들려오겠지. 그가 저지른 살인과 반역에 대해 추방은 충분한 형벌이 아냐."

"어쨌든 이제 끝났죠."

토비어스가 말했다.

"중요한 건 그 점입니다."

25

오래된 창고 뒤에 있는 조그마한 오두막은 오랫동안 사용하지 않은 것 같았다. 페인트칠은 벗겨져 있었고 창문에는 먼지가 자욱한 것이 당장이라도 무너질 것 같았다. 누군가가 정기적으로 출입한다는 유일한 증거는 문의 자물쇠였다. 거기에는 녹이 없었다.

라비니아는 코를 찡그렸다. 부두 근처라 강의 냄새가 지독하게 났다. 안개가 오래된 창고를 감싸고 있었다. 그녀는 무너져가는 구조물을 살폈다.

"정말 여기가 맞아요?"

토비어스는 허기트가 그려준 조그만 약도를 들여다보았다.

"이곳이 길 끝이오. 강물을 제외하곤 더 이상 갈 곳이 없군. 여기가 맞을 거요."

"알았어요."

토비어스는 허기트로부터 연락을 받았다면서 조금 전 그녀

집 문 앞에 나타나 그녀를 이곳으로 데려왔다.

　마치 씨에게
　그 밀랍인형 제작자와 관련된 정보를 사겠다고 했더랬
죠. 되도록 빨리 이 주소로 가보시오. 거기 있는 사람이 해
답을 줄 거요. 약속한 사례비는 내 사무실로 보내주시오.
P. 허기트

토비어스는 편지를 다시 접고 문으로 다가갔다.
"열려 있군."
그는 외투 주머니에서 권총을 꺼냈다.
"비켜서요, 라비니아."
"허기트 씨가 우리를 함정에 빠뜨리려고 하지는 않았을 거예
요."
그러면서도 라비니아는 그가 말한 대로 왼편으로 비켜섰다.
"당신이 약속한 사례비를 간절히 원하는 것 같던데요."
"나도 그렇게 생각하지만 더 이상의 위험을 무릅쓰고 싶진
않소. 이 사건에서 겉보기와 똑같은 건 하나도 없더군."
　당신을 포함해서요, 라비니아는 생각했다. 토비어스 마치, 당
신만큼 놀라운 건 없었어요.
토비어스는 벽에 바짝 붙어선 후 손을 뻗어 문을 열었다. 침
묵과 역겨운 죽음의 냄새가 오두막에 맴돌았다.
라비니아는 에멀린에게서 빌려온 외투자락을 더 꼭 여몄다.
"오, 맙소사. 이 사건에서 더 이상의 시체가 발견되지 않기를
얼마나 바랐는데."
그는 안쪽을 흘끗 쳐다보고 권총을 내린 후 주머니에 넣었다.
"안으로 들어올 필요 없소."

토비어스는 뒤돌아보지도 않고 말했다.

역겨운 냄새에도 불구하고 그녀는 침을 삼켰다.

"네빌 경인가요?"

"그렇소."

그녀는 오두막 안 어둠 속으로 점점 깊이 들어가는 그를 보았다.

입구에 서서 라비니아는 안을 쳐다보았다. 토비어스는 바닥에 쓰러진 시꺼먼 형체 옆에 웅크리고 앉았다. 그 시체의 머리 아래 고인 피는 말라 있었고 그 주위에서 파리가 윙윙거렸다. 오른손 근처 바닥에는 권총이 놓여 있었다.

그녀는 재빨리 고개를 돌렸다. 그녀의 눈길이 천으로 덮인 구석의 커다란 물건에 닿았다.

"토비어스."

"뭐요?"

그가 이맛살을 찌푸리며 올려다보았다.

"이곳에 들어올 필요는 없다고 말하지 않았소."

"구석에 무엇인가가 있어요. 난 그게 뭔지 알 것 같아요."

그녀는 오두막으로 들어가 천에 덮여 있는 물건을 향해 걸어갔다. 토비어스는 아무 말 없이 그녀가 천 벗기는 것을 지켜봤다.

반쯤 만들어진 밀랍인형. 남녀가 추잡한 성교를 하고 있는 모습으로, 허기트의 전시실에 있는 조각들과 비슷했다. 여성의 얼굴은 완성되지 않았다.

도구들은 작업대 근처에 가지런히 정돈되어 있었다. 화덕의 다 탄 석탄들이 최근에 밀랍을 녹인 적이 있음을 증명했다.

"매우 단정하고 깔끔하지 않소?"

토비어스가 뻣뻣하게 일어섰다.

"살인자이자 반역자는 자신의 손으로 죽었소."

"그런 것 같군요. 비밀스러운 예술가는 어떤가요?"

토비어스는 미완성의 밀랍인형을 조사했다.

"허기트 씨의 특별한 전시실은 더 이상 전시품을 늘릴 수 있을 것 같지 않구려."

라비니아는 몸을 부르르 떨었다.

"네빌과 그 예술가는 어떤 관계였을까요? 그의 정부 중 하나였다고 생각하나요?"

"글쎄, 그 질문에 대한 해답을 영영 얻지 못할 수도 있지. 하지만 상관없소. 이 사건을 빨리 마무리짓고픈 마음뿐이오."

"마침내 끝났다 이거죠."

조앤 도브가 고급스런 카펫 건너에 있는 라비니아를 바라보았다.

"그 소식을 들으니 매우 안심이 되는군요."

"마치 씨가 그의 의뢰인과 이야기를 나누었는데, 소문이 크게 나지 않도록 애쓰시겠다고 했어요. 최근 네빌 경은 경제적으로 어려운 상황에 처해 절망감에서 자살을 했다고 알려질 거예요. 그의 부인이나 가족에게는 견디기 어렵겠지만 분명히 반역과 살인보다는 낫지요."

"네빌 경의 경제적인 곤궁이 머리에 방아쇠를 당길 정도로 심하지 않았었는데 그가 착각했다는 것이 알려지면 더욱 그렇겠지요."

조앤이 건조하게 말했다.

"레이디 네빌은 결국 경제적 어려움에 직면하지 않았다는 것을 알게 되면 굉장히 안심하겠군요."

"물론이죠. 네빌 경의 부인과 가족을 보호한다는 명분 외에도 그 소문을 잠재우려는 또 다른 이유가 있어요. 전쟁 기간 동안 우리가 반역자에게 놀아났다는 사실이 널리 알려지는 걸 꺼리는 고위층 신사분들이 계시다는군요. 이런 일이 있지도 않았다는 듯 행동하길 바란대요."

"고위층 사람들은 다 그래요, 안 그런가요?"

라비니아가 자신도 모르게 웃었다.

"그래요."

조앤이 조심스레 헛기침을 했다.

"내 남편이 범죄조직의 우두머리였다는 소문은요?"

라비니아는 흔들림 없는 눈으로 그녀를 바라보았다.

"마치 씨 말에 따르면, 그 소문은 네빌 경과 함께 사라졌답니다."

조앤의 표정이 밝아졌다.

"고마워요, 라비니아."

"별거 아니에요. 저희 일의 일부죠."

조앤이 찻주전자로 손을 뻗었다.

"난 네빌 경이 스스로의 머리에 총을 쏘리라고는 생각지도 못했어요, 가족의 명예를 위해서라고 해도요."

"극도의 압력을 받는 상태에서라면 사람들이 무슨 짓을 할지는 아무도 모르는 법이지요."

"맞아요."

조앤이 우아한 동작으로 차를 따랐다.

라비니아가 일어섰다.

"그건 그렇고, 괜찮으시다면 전 이만 가볼까 해요."

"라비니아."

"예?"

조앤이 그녀를 바라보았다.

"당신이 나에게 해준 일에 대해 무척 감사하게 생각해요."

"넉넉한 사례를 해주신 데다가 당신의 디자이너까지 제게 소개시켜 주었어요. 충분한 보상이라고 생각해요."

"그럼에도 불구하고, 난 당신에게 빚을 지고 있는 것 같아요. 내가 당신에게 해줄 수 있는 것이 있다면, 주저하지 말고 언제든지 찾아와요."

"안녕히 계세요, 조앤."

그날 오후 토비어스가 방문했을 때 라비니아는 바이런을 읽고 있었다.

그가 산책하자고 제안하자 그녀는 시집을 덮어 한쪽에 놓고는 보닛과 외투를 입은 후 그와 함께 집을 나섰다.

그들은 인적 드문 고딕풍 폐허에 도착할 때까지 아무 말도 하지 않았다. 그는 돌벤치에 그녀와 나란히 앉아서 무성한 정원을 바라보았다. 안개가 걷히고 해가 드러나 기온이 점차 따뜻해져 갔다.

그는 무엇부터 말해야 할지 몰랐다.

결국 먼저 입을 연 쪽은 라비니아였다.

"오늘 아침 그녀를 만나러 갔었어요. 모든 일을 몹시 차분하게 받아들이더군요. 자기 생명을 구해 준 것에 대해 정중하게 감사를 표하고 또한 사례를 했어요."

토비어스는 팔을 허벅지에 올려놓고 손을 느슨하게 깍지끼었다.

"크랙번 백작도 내 계좌로 사례비를 송금해 주었소."

"제때에 사례를 받는다는 것은 항상 기분 좋은 일이에요."

토비어스는 정원의 무성한 꽃들과 밝은 푸른색의 잎사귀들을 바라보았다.

"그렇지."

"이제 정말 모두 끝났어요."

토비어스는 아무런 말도 없었다. 그녀는 재빨리 곁눈질했다.

"뭐가 잘못됐나요?"

"당신의 말대로, 네빌 경과의 일은 끝났소."

그가 그녀를 쳐다보았다.

"하지만 우리 사이에 아직 해결되지 않은 일이 있다는 생각이 떠오르더군."

"무슨 뜻이죠?"

그녀의 눈초리가 약간 가늘어졌다.

"이봐요, 만약 당신 의뢰인과의 사례비 문제가 해결되지 않았다면 그건 당신 일이에요. 크랙번 백작과 계약한 사람은 당신이었으니까요. 도브 부인에게 받은 사례비를 당신과 나눌 수는 없어요."

도가 지나쳤다. 토비어스가 몸을 돌려 그녀의 어깨를 움켜쥐었다.

"제기랄, 라비니아, 돈 얘기가 아니오."

그녀는 두어 번 눈을 깜박였으나 몸을 빼내려 하진 않았다.

"정말로요?"

"확실히."

"그렇다면 우리 사이에 해결되지 않은 일이 뭔가요?"

그는 그녀의 어깨를 어루만지며 적절한 단어를 찾으려 애썼다.

"우리는 파트너로서 꽤 괜찮았던 것 같소."

"그랬죠. 우리가 당면했던 까다로운 문제들을 생각하면 더더욱요. 시작은 정말 불쾌했죠."

"홀튼 펠릭스의 시체를 발견했을 때?"

"난 당신이 로마에서의 내 작은 사업을 망쳤던 그날 밤을 생각하고 있었어요."

"내 생각에 로마에서의 일은 약간의 오해가 있었던 것 같소."

라비니아의 눈이 빛났다.

"난 그 약간의 오해 덕분에 새 일을 시작해야만 했었죠. 과거의 것보다 훨씬 흥미로운 일을요."

"오늘 내가 말하려는 것이 바로 당신의 새로운 직업에 대해서요."

토비어스가 부드럽게 말했다.

"내 충고에도 불구하고 계속할 작정이오?"

"물론이죠. 이 일은 매우 자극적이고 흥미로워요, 때로는 상당한 이익이 남기도 하고요."

"그렇다면 우리의 동업 관계를 계속 유지하는 게 매우 유익할 거라는 생각이 드는군."

"그렇게 생각하나요?"

"우린 서로를 도울 수 있을 거요."

"동료로서?"

"그렇소, 파트너로서 함께 일하는 걸 심각하게 고려해 보자고 제안하는 바요."

긍정적인 대답을 얻어내기로 결심을 굳힌 그가 말했다.

"파트너라."

그녀가 아무 감정도 드러나지 않은 어투로 말했다.

이 여자는 남자를 미치게 할 수도 있을 거라고 토비어스는 생각했다.

"내 제안을 생각해 보겠소?"

"신중하게 고려해 보지요."

그는 그녀를 가까이 끌어당겼다.

"지금으로선 그 정도로 만족하도록 하지."

토비어스가 그녀의 입술에 대고 속삭였다.

라비니아는 장갑 낀 손으로 그의 얼굴을 감쌌다.

"그래요?"

"그렇소, 하지만 긍정적인 대답을 얻어내기 위해 최선을 다할 참이라는 것을 경고해야겠군."

그는 라비니아의 보닛끈을 풀어 옆에 내려놓고는 그녀의 손에서 장갑을 벗겼다. 그리고는 오른손을 그의 입술로 가져와 손목 안쪽에 부드럽게 키스했다.

그녀가 너무 부드럽게 그의 이름을 속삭였기 때문에 토비어스는 거의 듣지 못했다. 그녀는 그의 머리카락에 손가락을 박아 넣고 키스에 열정적으로 응답했다.

그는 더욱 세게 끌어안아 타오르는 욕망을 전했고 그녀는 좀더 격렬히 파고들어 더 큰 열정을 불러일으켰다.

그는 라비니아를 자신의 위로 끌어당겼다. 그녀의 치맛자락을 들어올리고 스타킹에 감싸인 다리를 어루만졌다. 그녀는 그의 크러뱃을 풀고 셔츠 단추를 열었다. 그녀의 따뜻한 손바닥이 그의 맨가슴에 놓여지자 토비어스는 숨을 깊이 들이쉬었다.

"당신의 감촉이 좋아요."

그녀는 머리를 숙여 그의 어깨에 키스했다.

"당신을 만지면 기운이 나요, 토비어스 마치."

"라비니아."

그가 그녀의 머리핀을 잡아당겨 아무렇게나 팽개치자 돌바닥에 핀들이 흩어지는 소리가 경쾌하게 울려 퍼졌다.

토비어스는 라비니아가 계속해서 자신을 자근자근 깨물어대자, 벅찬 감정이 끓어올라 정말 자신에게 펜과 잉크만 주어진다면 멋들어진 시를 쓸 수 있겠다는 생각까지 들었다.

　그의 바지 앞자락이 열려질 때쯤, 그녀는 그의 품안에서 떨고 있었다. 그녀를 부드럽게 벤치에서 바닥으로 끌어내리자 그녀는 아름다운 다리로 그를 감쌌다. 더 이상 시를 쓰려는 충동조차 느껴지지 않았다. 이처럼 영혼을 뒤흔들어놓는 경험을 표현할 단어는 없을 거라고 토비어스는 결론내렸다.

　라비니아는 그의 몸에 기대 나른하게 움직이며 머리를 들었다.
　"이게 앞으로 파트너로 일하자는 제안을 받아들이게 하려는 노력인가요?"
　"음, 그렇소."
　그는 그녀의 흐트러진 머리카락 사이로 부드럽게 손을 밀어넣었다.
　"굉장히 유혹적인 설득이라고 생각하지 않소?"
　그녀가 미소짓자 그는 깊고 매혹적인 바다와도 같은 그녀의 눈에 푹 빠져들었다.
　"확실히 설득력이 있군요. 아까 말했듯이 신중히 고려해 보지요."

26

라비니아는 비판적인 눈으로 탈의실 거울에 비친 자신의 모습을 점검했다.

"목선이 너무 파였다고 생각하지 않아요?"

마담 프란체스카가 고개를 저었다.

"그 목선은 완벽해요. 부인의 가슴에 딱 맞게 재단되었죠."

"좀 넓은 듯 싶어요."

"그렇지 않아요, 딱 적당한 크기예요."

마담 프란체스카는 보디스를 장식하는 리본을 잡아당겼다.

"부인 가슴은 풍만한 편이 아니에요. 그래서 다 보여주기보다는 호기심을 불러일으키는 쪽으로 디자인했죠."

라비니아는 은제 목걸이를 불안하게 만지작거렸다.

"그렇게 생각하신다면 따르겠어요."

"전 자신 있어요, 부인. 이 점에 대해서는 절 믿으셔도 됩니다."

마담 프란체스카는 라비니아 옆에 쭈그리고 앉은 젊은 재봉
사를 보고 얼굴을 찌푸렸다.

"아냐, 아냐, 몰리. 내가 그린 드로잉을 주의 깊게 보지 않았
구나. 치맛단에는 꽃 리본을 두 줄이 아니라 한 줄만 달아야 해.
두 줄짜리는 레이크 부인한테는 너무 과해 보여. 부인은 키가
아담하시니까 말이다."

"예, 마담."

몰리가 한 움큼의 핀을 입에 문 채 웅얼댔다.

"가서 내 스케치북을 갖고 오렴."

마담 프란체스카가 지시했다.

"내 디자인을 한 번 더 보여주마."

몰리가 종종거리며 사라졌다.

라비니아는 거울에 비친 자기 모습을 바라보았다.

"난 키도 작고 가슴도 풍만하지 않아요. 정말이지, 프란체스
카 부인, 당신이 날 위해 시간을 내주셔서 몹시 놀랐어요."

"도브 부인을 위해서 하는 거예요."

마담 프란체스카가 풍만한 자신의 가슴 위에 연극적으로 손
을 갖다댔다.

"도브 부인은 가장 중요한 후원자 중 한 분이시죠. 그분을 만
족시킬 일이라면 무엇이라도 할 거구요."

그녀가 윙크했다.

"게다가 당신한테 내 기술을 발휘해 보고 싶었죠, 레이크 부
인."

몰리가 손에 두꺼운 책을 든 채 탈의실로 들어왔다. 마담 프
란체스카가 책을 받아 팔락대며 넘기기 시작했다.

라비니아의 눈에 어디서 본 듯한 초록색 드레스가 얼핏 들어
왔다.

“잠깐만, 저건 도브 부인이 따님의 약혼식 무도회에 입고 간 드레스의 디자인이잖아요. 그렇죠?”

“이것 말인가요?”

마담 프란체스카가 스케치를 기분 좋게 바라보았다.

“그래요, 정말 사랑스러운 옷이죠.”

라비니아는 그 그림을 집중하여 들여다보았다.

“장미 리본이 석 줄 있군요, 두 줄이 아니라.”

마담 프란체스카가 한숨을 내쉬었다.

“도브 부인은 키가 늘씬하시니 석 줄의 장미 리본을 모두 다 는 게 나을 거예요. 하지만 한 줄은 없애겠다면서 끄덕도 않더 군요. 중요한 고객분이 그렇게 주장하는데 어쩌겠어요? 그저 받아들여야죠.”

오싹하면서도 끔찍스런 공포의 전율이 라비니아를 관통했다. 그녀는 급히 주위를 둘러보았다.

“이 드레스를 벗게 좀 도와줘요, 마담 프란체스카. 당장 가봐야겠어요. 급히 누구와 얘기할 일이 생겼어요.”

“하지만 레이크 부인, 가봉이 아직 끝나지 않았는데요.”

“이 옷을 벗겨줘요.”

라비니아는 보디스를 풀기 위해 씨름했다.

“가봉은 다른 날 하러 오죠. 종이와 펜 좀 빌려도 될까요? 나의…… 아니, 저…… 동업자에게 전갈을 보내야겠어요.”

다시 비가 내리고 있었다. 길에는 타고 갈 만한 마차가 없었다. 하프 크레센트 레인까지 도착하는 데는 거의 45분이 걸렸다.

라비니아는 번 부인 집의 현관 손잡이를 들어올렸다. 더 이상의 실수는 없어야만 했다. 그녀와 토비어스가 이 사건에서 다른 조사를 하기 전에, 언제나 옳은 판단을 내렸던 사람과 이야기를 해야만 했다.

영원 같은 시간이 흐르고서야 귀가 어두운 가정부는 문을 열고 라비니아 쪽을 흘낏거렸다.

"뭐죠?"

"번 부인 집에 있나요? 당장 말씀드릴 일이 있어요. 아주 중요한 일이에요."

가정부는 손을 내저었다.

"표를 사셔야 해유."

라비니아는 신음을 내뱉고는 손지갑을 뒤졌다. 몇 푼의 동전을 집어 굳은살이 박힌 가정부의 손바닥에 쥐어 주었다.

"자요, 이제 번 부인한테 라비니아 레이크가 왔다고 전해 줘요."

"화랑으로 모셔다 드리겠슈."

가정부가 기분 좋게 키득거리며 어두운 홀을 따라 그녀를 인도했다.

"번 부인은 곧 오실 거유."

가정부는 화랑 문 앞에 서서는 좀 과장되게 문을 열어젖혔다. 라비니아는 재빨리 어둑어둑한 방으로 들어갔다. 문이 그녀의 등뒤로 닫혔다.

라비니아는 잠시 어두운 실내에 눈이 익숙해지기를 기다렸다. 불길한 기운이 그녀의 몸을 지나갔다. 그녀는 맥박이 좀 진정되기를 바라면서 주변을 둘러보았다.

이 방은 그녀가 토비어스와 함께 왔던 때와 거의 같아 보였다. 기분 나쁠 만큼 진짜 사람처럼 보이는 밀랍인형들이 다양한 자세로 얼어붙은 채 그녀를 에워싸고 있었다. 라비니아는 의자에 앉아 독서하는 안경 낀 남자를 지나서 피아노 쪽을 바라보았다.

피아노 의자 위에는 한 사람이 손을 건반 위에 둔 채 악보를 뚫어져라 들여다보고 있었다. 하지만 그 인물은 구식 바지를 입고 있었다. 밀랍인형이야, 라비니아는 생각했다.

"번 부인?"

그녀는 자기 주변의 인형들 얼굴을 들여다보며 걸음을 옮겼다.

"여기 계세요? 또 숨바꼭질하고 있다는 것 알아요, 게다가 상당히 잘 하고 계시다는 것도요. 미안하지만, 오늘은 장난에 응해드릴 시간이 없어요. 일 관계로 의논드릴 문제가 있어요."

밀랍인형들은 그 어떤 것도 움직이거나 입을 열지 않았다.

"이건 너무나 긴급한 일이에요."

라비니아가 계속했다.

"생사가 걸린 문제라고요."

그녀는 벽난로를 마주하고 서 있는 조각상을 응시했다. 이전에 왔을 때 본 기억이 없는 걸로 미루어보아 새 작품이었다. 그 인형은 가정부용 앞치마와 큼직한 모자를 쓴 여자로, 모자 주름이 옆얼굴을 가리고 있었다. 손에는 부지깽이를 든 채 약간 허리를 구부리고 있는 모양이, 마치 타다 남은 불가에서 식은 재를 헤집으려는 듯이 보였다.

번 부인이 아니야. 너무 키가 큰데다가 엉덩이에 살이 없었다.

"부탁이에요, 번 부인. 여기 계시면 나와줘요. 꾸물거릴 시간이 없다구요."

라비니아는 소파 주변을 돌다가 깔개에 얼굴을 묻고 쓰러져 있는 사람을 보았다.

"오, 맙소사."

사지가 축 늘어져 있는 걸로 보아, 세워놓았다가 쓰러진 밀랍 인형은 아니라는 것을 알 수 있었다. 끔찍한 예감에 라비니아의 숨이 멈췄다.

"번 부인."

그녀는 무릎을 꿇고 장갑을 벗은 후 번 부인의 목에 손을 갖다댔다. 맥박이 약하게 뛰는 것을 감지하자 안도감이 밀려들었다.

번 부인은 살아 있었지만 의식이 없었다. 라비니아는 밖으로 나가 도움을 요청하려고 얼른 일어났다. 그녀의 시선이 벽난로 쪽으로 몸을 구부린 밀랍인형 가정부에 닿는 순간 입술이 바싹 말랐다.

그 인물의 신발에 진흙이 묻어 있었다!

잠시 동안 라비니아는 숨을 쉴 수가 없었다. 길고 폭이 좁은 이 방에서 나가려면 부지깽이의 사정거리 안을 통과할 수밖에 없었다. 이 집의 가정부는 거의 귀가 먹다시피 했으니 소리쳐 봐야 소용없는 일이었다. 유일한 희망은 토비어스가 그녀의 전 갈을 받고 빨리 와주는 것밖에 없었다. 그때까지 살인자의 주의 를 흩트려 놓아야 하는데……

"당신이 나보다 먼저 여기에 왔군요."

라비니아가 조용히 말했다.

"어떻게 그런 재주를 부리신 거죠, 레이디 네빌?"

벽난로가에 있던 인물이 벌떡 허리를 펴더니 쏜살같이 곧장 달려왔다. 레이디 콘스탄스 네빌은 얼굴을 그녀 쪽으로 돌리더 니 무거운 강철 부지깽이를 높이 쳐들고는 씨익 미소지었다.

"난 바보가 아냐. 당신이 심각한 골칫거리라는 걸 알고 감시 할 사람을 붙여 두었거든."

콘스탄스는 걸음을 옮겨 문으로 향한 통로를 막았다.

"당신이 마치 씨에게 보낸 꼬맹이를 내 부하가 중간에서 잡았지. 당신이 보낸 전갈을 손에 넣고는 내게로 곧장 왔어. 헛된 기대는 품지 마시지, 도와줄 사람이라곤 없어."

라비니아는 뒤로 물러나 자신과 콘스탄스 사이를 소파가 가로막도록 했다. 그리고는 목에 걸고 있던 로켓(초상화나 머리칼 등을 넣어 목걸이에 다는 물건)을 집었다.

"모두 당신 짓이군요, 그렇죠? 당신이 그 밀랍인형들을 만든 예술가예요. 허기트 씨의 이층 전시실에서 당신 작품을 봤어요, 정말 괴상하더군요."

"괴상하다구?"

콘스탄스는 자존심이 상한 것처럼 보였다.

"당신은 예술에 대해 아무것도 몰라. 내 작품은 빛나는 예술이라구."

라비니아는 로켓을 세게 잡아당겨 줄을 끊고는 손에 쥐었다. 그리고는 손을 내뻗어 어둑어둑한 방의 희미한 불빛이 로켓 위에서 은빛으로 반짝이게 했다.

"내 로켓처럼 빛난다는 말인가요?"

그녀가 부드럽고 달래는 듯한 목소리로 말했다.

"예쁘죠? 이게 얼마나 반짝거리는지 좀 보세요. 아주 반짝여요, 아주 반짝여요."

콘스탄스가 웃었다.

"그 시시한 장신구로 목숨을 구걸할 수 있다고 생각해? 난 돈이 아주 많은 여자야, 값나가는 보석으로 가득 찬 보석상자도 있다고. 당신 로켓 따위는 필요 없어."

"이건 아주 밝게 빛난다고요, 안 그래요?"

라비니아는 은제 로켓을 돌려 보였다. 로켓이 호를 그리며 앞뒤로 움직이자, 반짝반짝 빛을 냈다.

“엄마가 내게 주셨죠. 아주 반짝여요.”

콘스탄스가 눈을 깜박였다.

“말했잖아, 그 싸구려 물건에는 관심 없다구.”

“당신 작품은 독특하지만, 번 부인의 작품처럼 생명감 있는 수준은 아니라고 봐요.”

“당신은 바보군. 뭘 안다고 그래?”

콘스탄스의 선이 뚜렷한 얼굴에 분노가 스쳐갔다. 그녀는 눈 앞에서 빙빙 도는 로켓을 쳐다보고 번쩍이는 빛이 자신을 성가시게 한다는 양 얼굴을 찡그렸다.

“내 밀랍인형들은 이 세속적인 조각상들 따위보다 훨씬 뛰어나다구. 번 부인하고 달리, 난 가장 어둡고도 특이한 열정을 작품 속에 표현하는 걸 두려워하지 않아.”

“당신이 도브 부인에게 살해 협박을 보냈죠? 오늘 오후에 디자이너가 최초에 그렸던 초록색 드레스 그림을 보고 마침내 깨달았죠. 당신은 완성된 옷을 입은 모습이 아니라 그 그림을 토대로 자신의 작은 밀랍인형을 만들었더군요. 마담 프란체스카의 후원자로서, 그 디자인을 볼 기회가 있었겠죠. 하지만 약혼 무도회에 참석하지 않았기 때문에 완성된 드레스를 보지는 못했어요. 그랬으면 드레스 테두리에 장미 리본이 석 줄이 아니라 두 줄 달렸다는 걸 알 수 있었을 거예요.”

“더 이상 듣고 싶지 않아. 그 여자는 매춘부일 뿐이야, 다른 여자들하고 하나 다를 게 없어. 그 여자도 곧 죽을 거라구.”

콘스탄스가 다가왔다.

라비니아는 숨을 죽였지만 로켓을 계속 흔들어 리듬을 유지했다.

“필딩 도브를 독살하도록 사주했던 사람이 당신이었군요. 그렇죠?”

그녀는 부드럽고 달래는 듯한 음성으로 말했다.

콘스탄스는 로켓을 쳐다본 후 시선을 돌렸다. 하지만 스스로도 어쩔 수 없다는 듯, 다시 그 움직임을 눈길로 쫓았다.

"난 모든 걸 계획했어. 세세한 부분까지 말야. 내 남편 웨슬리를 위해서 그랬지. 모든 걸 그를 위해서 했다고. 그는 날 필요로 했어."

"하지만 그는 당신의 총명함이나 변함없는 충성심을 진정으로 고마워하지 않았잖아요, 그렇죠? 당신의 노력을 당연하게 여겼을 뿐이에요. 그는 돈 때문에 당신과 결혼하고 다른 여자들에게 돌아갔죠."

"욕망을 풀기 위해 이용했던 여자들은 중요하지 않아. 중요한 건 웨슬리가 날 필요로 했다는 점이니까. 우리는 파트너였어."

라비니아는 발이 걸려 하마터면 로켓을 빙빙 돌리던 리듬을 놓칠 뻔했다. 정신차려, 바보야. 네 목숨이 달려 있어.

"알았어요."

로켓은 부드럽게 활 모양을 계속 그렸다.

"파트너라, 하지만 당신이 영리한 쪽이었겠죠."

"물론이지. 필딩 도브가 전쟁중 웨슬리의 행적을 조사하고 있다는 걸 알아챈 사람은 나야. 도브가 늙고 약해져 가는 모습을 보고 행동을 개시할 때라고 생각했지. 일단 도브가 죽고 나니까 웨슬리의 앞길을 가로막는 건 아무것도 없었어. 몇 가지 마무리만 잘하면 됐으니까. 항상 그를 위해 내가 해왔던 일이지."

"그의 정부를 얼마나 많이 죽였죠?"

"이 년 전에 그 싸구려 매춘부들을 없애야겠다는 생각이 들었어."

콘스탄스는 움직이는 로켓을 멍하니 보았다.

"그년들을 찾아다니기 시작했지. 쉽지는 않았어. 이제까지 다섯 명을 해치웠지.”

“당신은 살인을 자축하려고 허기트 씨의 이층 전시실에 있는 밀랍인형들을 만들었던 거군요.”

“난 그 여자들에 대한 진실을 세상에 알려야 했어. 매춘부에 겐 결국 고통과 환멸만 남는다는 걸 보여주려고 내 재능을 썼던 거야. 그 여자들을 위한 열정이나 시, 환희는 없어. 단지 고통만 있지.”

“하지만 마지막 여자를 놓쳤잖아요. 어떻게 그런 일이 일어났 죠? 당신이 실수한 건가요?”

“난 실수 따윈 하지 않아.”

콘스탄스가 고함을 쳤다.

“천치 같은 청소부가 문간에 비눗물이 든 양동이를 놓아두었 어. 내가 미끄러져 넘어지는 바람에 그 매춘부가 빠져나갔지. 하지만 곧 그 여자를 잡아낼 거야.”

“당신 조각에 있는 남자는 누구를 모델로 삼은 거죠, 콘스탄 스?”

라비니아가 차분하게 물었다.

콘스탄스는 혼란스러워하는 듯했다.

“남자?”

라비니아가 로켓을 빙빙 돌렸다.

“조각에 새겨진 얼굴은 모두 같더군요. 그가 누구죠, 콘스탄 스?”

“아버지야.”

콘스탄스가 마치 로켓을 날려버릴 듯이 들고 있던 부지깽이 를 휘둘렀다.

“아버지는 매춘부들을 괴롭혔었지.”

그녀는 부지깽이 끝으로 로켓을 건드렸다.

"그는 나도 괴롭혔어. 알아듣겠어? 아버지는 나한테 너무 큰 고통을 줬다구."

라비니아는 그녀가 휘두르는 부지깽이를 두 번이나 피해야 했다. 간신히 로켓을 계속 흔들었지만 주제를 바꿀 때가 됐다는 것을 알았다.

"훌튼 펠릭스가 일기장을 입수한 다음 협박 편지를 보낼 때까지는 모든 일이 잘 되어가고 있었죠."

"펠릭스는 일기장을 통해서 웨슬리가 블루 챔버의 일원이라는 걸 알아냈어."

콘스탄스가 조금 차분해졌다. 그녀의 눈길이 로켓을 쫓았다.

"난 그 남자를 죽여야 했어. 식은 죽 먹기였지. 그는 바보였어. 협박 편지를 받고 며칠 안 되어 놈의 행방을 알 수 있었다구."

"당신이 그를 죽이고 일기를 훔쳐갔군요."

"난 웨슬리를 보호하려고 그랬어. 모두 그를 위해서 한 거야."

콘스탄스가 느닷없이 악에 받친 몸짓으로 부지깽이를 휘둘렀다. 라비니아는 그 서슬에 뒤로 물러났다. 갈고리진 쇠막대기가 옆에 있던 밀랍인형의 두개골을 쳤다. 조각상은 카펫 위로 고꾸라졌고, 머리 부분이 박살났다.

라비니아는 부채를 든 수줍어하는 여자 조각상 뒤에 서서는 팔을 뻗어 로켓을 다시 빙빙 흔들기 시작했다.

콘스탄스는 짜증스러운 듯 번쩍대는 은빛 물건을 응시했다. 그녀는 눈길을 돌렸지만, 이내 다시 돌아오기를 반복했다. 완전한 최면상태에 빠지진 않았지만 신경이 분산된 것은 확실했다.

"당신은 일기를 읽고 나서야 도브 부인과 당신 남편이 한때 연인 관계였다는 사실을 알았군요. 그 때문에 모든 일이 바뀌었겠지요. 다른 여자들이야 무시할 수도 있었지만 그 관계만은 용서할 수 없었던 거예요.”

“다른 계집들은 문제가 아니었어.”

콘스탄스가 성난 얼굴을 하고 라비니아를 향해 다가왔다.

“그 여자들은 싸구려 갈보들이었으니까. 그는 잠깐 즐기려고 그 여자들을 매춘굴에서 데려왔던 거야. 그리고는 거리로 돌려보냈지. 하지만 조앤 도브는 달라.”

“그녀가 블루 챔버의 두목과 결혼했기 때문인가요?”

“그래, 그녀는 다른 계집들과 차원이 다르다구. 그 여자는 부유하고 권력이 있는데다 아주르가 알고 있는 사실을 모두 꿰고 있었어. 일기를 읽자마자 알 수 있었지. 웨슬리가 블루 챔버의 두목 자리를 노리게 되면 날 필요로 하지 않을 거라는 사실을 말이야.”

“그가 조앤을 원할 거라고 생각했나요?”

“그 여자는 아주르에게 속했던 모든 걸 웨슬리한테 줄 수도 있어. 아주르의 계약건이나 연락책, 그리고 재정적인 문제라든가 블루 챔버를 어떻게 운영해 왔는지 전부 알려줄 수 있지.”

콘스탄스의 목소리가 좌절감 때문에 날카롭게 올라갔다.

“그에 비해 내가 뭘 해줄 수 있겠어? 게다가 웨슬리는 나한테서는 결코 느껴본 적이 없는 욕망을 한때 그 여자한테 품었지.”

“그래서 그녀를 죽여야 한다고 결심했군요.”

“웨슬리가 그녀를 갖게 되면, 더 이상 날 필요로 하지 않을 테니까.”

콘스탄스가 부지깽이를 다시 휘둘렀다. 하지만 이번에는 흔들리는 로켓을 목표로 하는 것 같지 않았다. 라비니아는 부채를 들고 있는 여자 조각상을 콘스탄스에게 밀어붙였다. 쇠막대기가 밀랍인형의 머리 부분을 날리고 바닥에 쓰러진 조각상은 산산조각났다.

"그 여자가 나한테 고통을 준 만큼, 나도 그 여자를 괴롭히고 싶었어."

콘스탄스는 계속해서 눈으로는 열쇠를 쫓았다.

"그래서 그 여자가 죽는 장면을 묘사한 작품을 보내줬지. 그녀가 잠시나마 고통스러운 생각을 하길 원했거든. 공포를 알게 되길 바랐어."

그녀는 다시 부지깽이를 들어올렸다. 하지만 그 동작은 저번보다 느려졌다.

"왜 남편을 죽였나요?"

라비니아는 손을 뒤로 뻗어 장애물이 있는지 확인하며 천천히 물러났다.

"선택의 여지가 없었어. 그가 모든 걸 망쳐 놓았거든."

콘스탄스가 양손으로 부지깽이를 쥐었다.

"멍청한 인간 같으니라구. 멍청이, 멍청이! 멍청한 거짓말쟁이야."

잔뜩 화가 나 씩씩거리는 숨결을 따라 가슴이 오르락내리락 했다. 그녀는 시선을 로켓에 고정한 채 라비니아의 얼굴을 쳐다보았다.

"웨슬리는 토비어스 마치가 파놓은 함정에 곧장 걸어들어갔지. 마치와 만난 밤 집에 돌아왔을 때, 웨슬리는 신경이 날카로운 상태였어. 그는 시종에게 자기 물건을 꾸리라고 시키더니 외국으로 도망치겠다고 하더군."

라비니아의 손가락이 피아노에 닿았다. 그녀는 멈춰섰다.

"그때 당신 계획이 몽땅 헛수고가 돼버렸다는 걸 알았군요."

"난 그의 탈출을 돕는 척했어. 웨슬리가 알던 남자가 항구에서 그를 외국행 배에 태워 주기로 했지. 나는 그와 함께 갔지."

"그리곤 그를 쏘아 죽였죠."

"내가 할 수 있는 일이라곤 그것밖에 없었어. 그가 모든 걸 망쳐 버렸으니까."

콘스탄스의 입이 비틀렸다.

"난 그를 때려죽이고 싶었어. 그의 매춘부들을 죽였을 때처럼 말야. 하지만 자살한 것처럼 보여야 한다는 것을 알고 있었지. 그래야만 마치와 다른 사람들이 만족해서 조사를 그만 둘 테니까."

"이젠 당신이 블루 쳄버의 두목이 되려는 건가요?"

"그래, 내가 아주르가 될 거야."

콘스탄스는 흔들리는 로켓을 응시했다.

"물론 그렇게 되겠죠. 현명하고 영리한 아주르 말예요."

라비니아가 갑자기 제일 가까이 놓인 밀랍인형을 향해 열쇠를 던졌다. 콘스탄스의 눈길이 반짝이는 그 은제품을 쫓았다. 라비니아는 피아노 위에 있던 촛대를 들어 콘스탄스에게 던졌다. 촛대가 그녀의 머리에 부딪히자 콘스탄스는 고함을 지르며 부지깽이를 떨어뜨리더니 무릎을 꿇었다. 손으로 머리를 감싼 그녀의 입에서 신음소리가 터져나왔다.

라비니아는 의식을 잃은 번 부인의 몸을 훌쩍 뛰어넘어 소파 위로 올라가서는 재빨리 뒷편으로 뛰어내렸다. 그리고는 황급히 문을 향해 달렸다.

손잡이를 쥐기 직전, 문이 콰당 하고 열렸다. 무시무시한 표정의 토비어스가 문간에 서 있었다.

"도대체 어떻게 된 거요?"

그가 그녀를 붙잡아 끌어안고는 뒤쪽을 살펴보았다.

라비니아는 그의 품안으로 파고들었다.

콘스탄스는 여전히 무릎을 꿇은 채 이제 흐느껴대고 있었다.

"다 그녀가 한 짓이었소?"

토비어스는 조용히 물었다.

"그래요, 그녀는 자기와 남편 네빌 경이 파트너 관계라고 생각했어요. 그들 사이에 맺은 협정을 네빌 경이 어겼다고 생각해서 그를 죽인 거예요."

27

"그가 자신을 사랑하지 않는다는 걸 알았지만, 그와 자신 사이엔 좀더 중요하고 지속적인 유대 관계가 있다고 생각했대요."

라비니아가 말했다.

"형이상학적인 관계 말인가요?"

조앤이 눈썹을 치켜올렸다.

"네빌 경 같은 성격의 남자하고요? 그 가엾은 여자는 속았군요."

"그들의 관계가 형이상학적인 의미였다고 생각했는지 어떤지는 모르겠어요."

라비니아는 찻잔을 내려놓았다.

"사실, 아닌 쪽인 듯 싶어요. 그녀는 파트너 관계에 대해 말했거든요."

"제기랄."

토비어스는 커다란 등받이 의자에 깊숙이 몸을 묻고는 그녀에게 어두운 눈길을 던졌다.

"물론 그녀는 그렇게 믿었겠지."

"그녀는 자기가 그에게 없어서는 안 될 여자이고, 꼭 필요한 존재라고 믿었던 거죠."

라비니아는 의자의 팔걸이에 손을 올려놓고 조앤과 눈을 마주했다.

"그 여자는 완전히 미쳤어요."

토비어스가 양 손끝을 마주 댔다.

"그렇기 때문에 가족들이 그녀를 사설 정신병원에 수용시켰지. 그녀는 평생을 갇힌 채로 보내게 될 거요. 아무도 그 여자의 헛소리와 광란에 더 이상 관심을 두지 않게 될 거고."

조앤이 고개를 들었다.

"네빌 경이 버린 정부 중 몇 명을 죽이고, 콜체스터 가의 무도회가 있던 날 밤에 날 죽이려든 사람도 그녀인가요?"

"몇 년간 그 여자는 네빌 경의 바람기를 참아내야 했어요. 그 여자들이 남편에게 아무것도 아닌 존재라고 스스로를 세뇌시켰죠."

조앤이 얼굴을 찡그렸다.

"글쎄, 사실 그랬어요."

"그래요."

라비니아가 말했다.

"콘스탄스는 자기와 네빌 경과의 관계가 다른 여자한테 욕정을 느끼는 것과는 차원이 틀리다고 확신했던 것 같아요. 욕정은 결국 사라져 버리는 것이니까요. 내 생각에 욕정은 그녀한테는 고통일 뿐이었어요. 그의 욕정은 원하지 않았죠."

토비어스가 뭐라 웅얼댔다. 그녀가 의문이 담긴 시선을 던졌지만 그는 아무 말도 하지 않았다. 그저 어둡고 수수께끼 같은 표정으로 불길만을 응시할 뿐이었다. 그녀는 다시 조앤에게로 고개를 돌렸다.

"하지만 콘스탄스는 다른 여자들을 증오했죠. 네빌 경을 블루 챔버의 수장으로 만들겠다고 마음먹자, 매춘부들을 없앨 좋은 구실이 생긴 거예요. 그녀는 매춘부들이 네빌 경의 장래에 위협이 될 수도 있다고 설명했어요."

"네빌 경은 그녀가 무슨 짓을 하는지 알고 있었소."

토비어스가 끼어들었다.

"하지만 그에겐 어쨌든 상관없었지. 그는 그녀가 내세운 살인 이유를 의심 없이 받아들였소. 심지어 밀랍인형들까지 꽤 재미있다고 생각했으니. 내가 그를 자극하여 고백을 얻어내려 했던 밤을 떠올려 보니, 그는 자신이 살인자라고 인정하진 않았었소. 그 여자들이 죽었다는 사실을 알고 있다는 것만 인정했을 뿐이지."

"그런 종류의 일은 콘스탄스가 다 알아서 했죠."

라비니아가 불길에 시선을 고정한 채 말했다.

"그녀는 그를 위해서 성가신 일들을 처리하는 데 행복해했어요. 하지만 일기를 읽고 나서 조앤 부인에 대해 공포와 분노를 참을 수 없었던 거죠."

조앤이 씁쓸함에 머리를 저었다.

"이미 말했지만, 그 여자는 분명히 미쳤어요."

"미친 사람에겐 자기만의 논리가 있는 법이죠."

라비니아가 상기시켰다.

"그 논리에 따라 그녀는 당신이 자기와 네빌 경과의 관계에 심각한 위협이 된다는 판단을 내린 거예요. 네빌 경이 블루 챔버를 장악하고 나서 당신과의 친밀했던 관계를 되살릴까 봐 걱정이었던 거죠."

조앤은 미약하게 몸을 떨었다.

"내가 그 끔찍한 인간과 어떤 식으로라도 다시 관계되기를 원했다는 듯이 들리네요."

"그녀는 자기 식대로 그를 사랑한 거예요. 당신이 그를 원하지 않을 줄은 상상도 못했겠지요."

토비어스는 왼쪽 다리를 불가 쪽으로 뻗으며 고개를 내저었다.

"그녀의 혼란스런 머리에는 당신이 가장 위협적인 상대였던 셈이죠. 당신이야말로 그 여자가 제공할 수 있는 것들 이상을 줄 수 있을 테니까 말입니다."

조앤이 머리를 흔들었다.

"너무 슬픈 일이에요."

라비니아가 목청을 가다듬었다.

"그래요. 내가 오늘 오후에 토비어스한테 보냈던 전갈을 읽고 그녀는 내가 여전히 수사를 계속하고 있다는 걸 눈치챘죠. 그 여자는 자기 소유의 마차가 있었기 때문에 나보다 몇 분 먼저 번 부인의 작업실에 도착했죠. 난 비 때문에 걸어가야 했거든요. 그녀는 번 부인을 기절시켰어요."

"그 예술가가 죽지 않아서 다행이에요."

"번 부인의 말에 의하면 자신의 숱 많은 머리와 모자가 충격을 어느 정도 막아주었다더군요. 그녀는 의식을 잃고 바닥에 쓰러졌지만, 죽은 체할 만큼 기지가 있었지요. 난 그 직후에 도착했어요. 그녀가 번 부인을 다시 내려치기 전에."

조앤이 토비어스를 쳐다보았다.

"라비니아의 전갈이 전달되지 않았는데도 당신은 어떻게 시간에 꼭 맞춰서 번 부인 집에 갔던 거죠?"

토비어스가 미소지었다.

"하지만 난 전갈을 받았습니다. 그 심부름꾼 녀석은 처음엔 레이디 네빌의 부하한테 정보를 팔았지만, 약삭빠르게 내게 그 정보를 다시 팔아치웠죠."

"똑똑한 녀석이군요, 그럼 이야기는 마무리됐네요. 당신이 무사해서 정말 다행이에요, 라비니아. 당신하고 마치 씨에게 난 너무나 고마워하고 있어요."

조앤이 자리에서 일어났다.

라비니아도 일어나며 말했다.

"천만에요."

"어제 내가 말했던 것은 유효해요. 난 당신한테 빚을 지고 있다고 생각하거든요. 당신 둘 중 어느 분한테라도 내가 도울 만한 일이 있다면, 언제라도 찾아오세요."

조앤이 미소지었다.

"고마워요. 하지만 당신의 도움을 요청할 필요가 없었으면 하네요."

"나도 역시 그렇습니다."

토비어스가 일어나 조앤을 위해 문을 열어주었다.

"하지만 우리 둘 다 당신의 관대한 제안에는 매우 감사하고 있습니다."

조앤의 눈이 비밀스러운 즐거움으로 빛났다. 그녀는 문을 나가 홀에서 잠깐 멈췄다.

"앞으로 조사할 일이 있을 경우에 날 제쳐놓는다면 정말 실망스러울 거예요. 그게 대단히 흥미로운 일이라는 걸 알았거든요."

라비니아는 할말을 잃은 채 멍해졌다. 토비어스는 한 마디도 하지 않았다.

조앤은 우아하게 고개를 숙여 작별인사를 한 후, 몸을 돌려 현관으로 나갔다. 그곳에는 칠튼 부인이 배웅하러 나와 있었다.

토비어스가 서재의 문을 닫고 포도주 진열장으로 걸어가서 술 두 잔을 따랐다. 그는 말없이 라비니아에게 한 잔을 건네고 커다란 의자에 몸을 묻었다.

오랫동안 그들은 침묵 속에 앉아서, 벽난로에 너울대는 불꽃을 바라만 보았다.

"네빌 경의 집에서 칼라일의 편지를 발견한 날 밤, 내 자신이 굉장히 운이 좋다는 생각을 했소. 하지만 일부러 발견될 만한 장소에 놓아둔 가짜일 수도 있겠다는 생각이 들더군."

"네빌 경의 파멸을 원하는 사람이 그런 일을 했을 테죠."

"레이디 네빌이 편지를 찾기 쉬운 장소에 두었을지도 모르지."

"이 일이 시작될 때부터, 레이디 네빌이 원한 거라고는 도브 부인의 죽음뿐이었어요. 남편이 자기의 계획을 다 망쳤다는 게 분명해지고 나서야 그가 죽기를 원했죠."

"그날 밤에 내가 네빌 경의 집을 찾을 작정이었다는 걸 알았던 다른 사람이 있소. 범죄조직과 연관된 누군가가 사람을 시켜 위조 편지를 몰래 네빌 경의 침실에 숨겨놓도록 했을지도 모르지."

라비니아가 몸을 떨었다.

"맞아요."

침묵이 내려앉았다.

"그리폰의 스마일링 잭이 전해준 소문들에 관해 내가 얘기한 것, 기억하오? 블루 챔버를 장악하기 위한 분쟁과 관련된 소문 말이오."

"기억해요."

라비니아는 포도주를 홀짝이고는 잔을 내려놓았다.

“하지만 잭이 당신한테 말한 이야기들은 고작 길거리나 매춘굴에서 흘러나온 조잡하고 근거 없는 소문에 불과하다는 의심이 드는군요.”

“당신 말이 맞다고 생각하오.”

토비어스가 눈을 감고 머리를 쿠션에 기댄 채 무의식중에 허벅지를 문질렀다.

“하지만 분쟁에 대한 이야기에는 약간의 진실이 있기는 하오. 그것에 대해 흥미로운 결론을 그려볼 수 있지.”

“그래요. 블루 쳄버와 약간의 연관이라도 있었던 사람 중에서 조앤 도브만이 살아남았죠.”

“맞소.”

긴 침묵이 다시 내려앉았다.

“그녀는 우리에게 빚을 졌다고 생각하오.”

토비어스가 침착하게 말했다.

“도와줄 일이 있다면 언제라도 연락하라고 말했고요.”

“우리가 다른 수사를 하게 될 때 자기도 참여하면 재미있을 거라고도 덧붙였지.”

불꽃이 벽난로에서 탁탁 소리를 내며 기세 좋게 타올랐다.

“포도주를 한 잔 더 들어야겠소.”

잠시 후 토비어스가 말했다.

“나도 그래요.”

28

토비어스는 다음날 오후, 커다란 트렁크를 들고 라비니아의
서재로 들어왔다.

라비니아가 그 트렁크를 보고 이맛살을 찌푸렸다.

"거기에 뭐가 들어 있어요?"

"이탈리아에서 우리가 함께 지냈던 시간을 기리는 작은 기념
품들이오."

그가 바닥에 트렁크를 내려놓고는 열기 시작했다.

"진작에 주려고 했지만 최근에 우리가 좀 바빴지 않소. 까맣
게 잊고 있었지."

그녀는 호기심이 일어 그에게로 걸어갔다.

"내가 남겨놓고 왔던 조각상 중 하나였으면 좋겠어요."

"조각상은 아니오."

토비어스가 트렁크 뚜껑을 들어올렸다.

"다른 거요."

라비니아는 트렁크 안을 들여다보았다. 안에는 가죽 표지의 책들이 차곡차곡 쟁여져 있었다. 파도 같은 기쁨이 몰려들어 라비니아는 트렁크 옆에 무릎을 꿇고 안으로 손을 뻗었다.

"내 시집들이군요."

그녀는 책 겉장에 뚜렷이 새겨진 글자들을 손가락으로 쓸어보았다.

"집사 휘트비를 우리가 처음 만난 다음날 당신 방으로 보냈소. 다친 다리 때문에 직접 가볼 수가 없었거든. 그가 당신 책들을 챙겨왔소."

라비니아는 바이런의 시집 한 권을 집어들고 일어났다.

"얼마나 감사한지 모르겠어요, 토비어스."

"그 상황에서 내가 할 수 있는 일은 고작 이것뿐이었소. 당신이 이미 몇 번 분명히 말했듯이, 그날 밤 벌어진 일은 모두 내 잘못이었소."

그녀가 싱긋 웃었다.

"정말 그래요. 그렇지만 난 당신한테 감사하고 있어요."

토비어스는 양손으로 그녀의 얼굴을 감싸 쥐었다.

"당신의 감사는 바라지 않소. 난 우리의 파트너 관계를 지속하는 일에 훨씬 관심이 있소. 며칠 전 내가 한 제안을 생각해 보았소?"

"조사를 함께 하자던 제안 말인가요? 그래요, 사실 난 곰곰이 생각해 보았죠."

"당신 의견은 어떻소?"

그가 물었다.

그녀는 두 손으로 시집을 아주 꽉 움켜쥐었다.

"우리 사이에 더 깊은 친분관계가 생기면, 불협화음이 심해지고 요란한 말다툼이 벌어질 거라는 게 내 의견이에요. 엄청난 좌절감은 말할 것도 없고요.”

그는 진지한 눈빛을 하고 끄덕였다.

“동의해야겠군. 하지만 나로서는 우리의 ‘불협화음’과 ‘요란한 말다툼’이 이상하게 즐겁다는 걸 말해 둬야겠소.”

라비니아는 미소짓고 나서 책을 책상에 내려놓고는 팔을 그의 목에 둘렀다. 그녀는 그에게서 눈을 떼지 않았다.

“나도 그래요.”

그녀가 속삭였다.

“하지만 ‘좌절감’은 어떻게 하고요?”

“아, 그렇지. 좌절감이 있었지. 다행스럽게도 치료법이 있소.”

그가 엄지손가락으로 그녀의 입술 가장자리를 매만졌다.

“치료효과가 일시적이라는 점은 인정하겠소. 하지만 필요한 만큼 얼마든지 처방할 수 있다오.”

그녀가 웃기 시작했다.

그는 그녀의 웃음이 멈출 때까지 키스했다. 그리고 아주 오랫동안 키스를 계속했다.

<끝>

로맨틱 타임스, 미국 로맨스 작가 협회가 찬사를 보낸
로레타 체이스의 인기작!

The Lion's Daughter

내 모든 것을 함께 할 수 있는 사랑!

아버지가 알바니아의 권력 다툼에 휘말려 암살당했다는 소식에
불 같은 성격의 소유자 에스메는 복수를 다짐한다.
그러나 아버지의 정적들이 보낸 부하들에 의해
그녀를 꼭 닮은 사촌 남동생 퍼시발이 실수로 대신 납치되자,
퍼시발의 보호자인 영국 귀족 배리안은 에스메와 함께 구출에 나선다.
한편, 남장한 에스메를 사내아이라고만 믿은 배리안은
길고 낯선 여행길에서 불꽃 같은 머리칼과 가녀린 몸집을 한
이국의 소년에게 끌리는 자신의 감정을 깨닫고
곤혹스러움을 느끼며 죄책감에 시달리는데…….

언제나 화려하고 격정적인 로맨스를 선사하는
리사 클레이파스의 신작!

Where Passion Leads

낯선 두 타인을 한순간에 휩쓸어 버린 사랑!

연극 관람을 하던 중 극장에 불이 나는 바람에 어머니와 헤어져
런던의 밤거리를 헤매게 된 로잘리.
불량배들 손에 붙잡힌 그녀를 구출한 랜들 버클리 경은
순결한 로잘리를 헤픈 여자로 착각한다.
결국 랜들은 그녀에게 책임감을 느끼고 한동안 돌보아 주기로 결심한다.
프랑스에서 그들은 서로를 점점 더 알아가게 되고,
증오로 시작된 관계는 점차 사랑으로 변해 가지만……
점차 드러나는 로잘리의 출생의 비밀은 그녀를,
그리고 둘의 사랑을 위험에 빠뜨린다.

우편 엽서

보내시는 분

□□□-□□□

도서 출판 큰나무
서울특별시 서대문구 충정로 3가 3-95 2층
TEL : (02) 365-1845~6 FAX : (02) 365-1847
e-mail : btreepub@chollian.net
http : // www.bigtreepub.co.kr

1 2 0 - 8 3 7

구입해 주셔서 감사합니다.
이 엽서는 좋은 책을 만드는 데 소중한 밑거름으로 활용될 것입니다.

이름:　　　　　　　(남·여)	주소: (　　　-　　　)
생년월일:	
직업:	
전화:	
독자회원번호:	e-mail:

■ 구입하신 책명

■ 구입지역 및 서점

■ 구독신문 및 잡지명

■ 좋아하는 작가, 작품

■이 책을 구입하게 된 동기
○지은이 이름　　○제목　　○표지　　○신문광고
○출판사 이름　　○주위의 권유　　○신간 안내·서평
○기타

■이 책에 대한 소감(내용, 제목, 표지, 편집체재 등)

■큰나무에 바라는 말(발간을 희망하는 책 등)